Brigitte Blobel • Her

cbt

Foto: © privat

DIE AUTORIN

Brigitte Blobel, 1942 in Hamburg geboren, studierte Theaterwissenschaften und Politik und arbeitete in Frankfurt als Redakteurin bei Associated Press. Neben ihrer Tätigkeit als freie Journalistin und Drehbuchautorin hat sie zahlreiche Bücher für Jugendliche und Erwachsene geschrieben. Ihre Bücher wurden in 18 Sprachen übersetzt und mehrfach ausgezeichnet.

Von Brigitte Blobel ist außerdem bei cbt lieferbar

Mauer im Kopf (30584)
Böses Spiel (30630)
Roter Zorn (30631)

Brigitte Blobel

Herz im Gepäck

cbt

cbt – C. Bertelsmann Taschenbuch
Der Taschenbuchverlag für Jugendliche
in der Verlagsgruppe Random House

FSC

Mix

Produktgruppe aus vorbildlich
bewirtschafteten Wäldern und
anderen kontrollierten Herkünften

Zert.-Nr. SGS-COC-001940
www.fsc.org
© 1996 Forest Stewardship Council

Verlagsgruppe Random House FSC-DEU-0100
Das für dieses Buch verwendete FSC-zertifizierte
Papier *München Super Extra* liefert Arctic Paper
Mochenwangen GmbH.

2. Auflage
Sonderausgabe cbt Taschenbuch Oktober 2009
Gesetzt nach den Regeln der Rechtschreibreform
© 2005 cbj Verlag in der Verlagsgruppe
Random House GmbH, München
Alle Rechte vorbehalten
Lektorat: Burkhard Heiland
Umschlagfoto: Look-foto /age fotostock
Umschlaggestaltung: zeichenpool, München
he · Herstellung: ReD
Satz: Uhl + Massopust, Aalen
Druck und Bindung: GGP Media GmbH, Pößneck
ISBN: 978-3-570-30632-1
Printed in Germany

www.cbt-jugendbuch.de

TEIL 1

*I*n der Schule, die Joe besuchte, gab es seit neuestem eine Glaswand, die Lehrerzimmer und Verwaltung von dem Rest der Schule trennte. Wer wollte, konnte durch dieses Glas hindurch in den Pausen die Lehrer beobachten, wie sie auf ihrem Flur miteinander diskutierten, wie sie die Waschräume verließen und ihre Hände mit einem Taschentuch abtrockneten, als gäbe es dort keine Handtücher. Man konnte sehen, wie sie das Faxgerät bedienten, in ihre Handys sprachen und wie sie ihre Jacken und Mäntel in den Flurschränken einschlossen.

Und vor der Glaswand mit den Doppelschwingtüren war immer eine Aufsicht postiert, entweder ein Lehrer oder jemand von der SSV, jemand aus der neunten oder der zehnten Klasse.

An diesem Tag, als Joe seinen Klassenlehrer sprechen wollte, hatte Sven Fischer Dienst, wie Joe ein Schüler aus der Zehnten. Sven war zwei Jahre jünger als Joe, der bereits zwei Ehrenrunden gedreht hatte.

Es war gleich nach der sechsten Stunde und Joe hatte nach der sechsten Stunde Schluss. Er wollte es schnell hinter sich bringen. Er hatte seine Sachen dabei, einen Rucksack, der ziemlich schwer war. Der sich ausbeulte. Joe konnte sehen, wie Sven einen interessierten Blick darauf warf. So, als vermute er wer weiß was in dem Teil.

»Hallo«, sagte Sven. Er stand genau vor der Tür. Einfach an ihm vorbeigehen, das würde nicht klappen. Jeder, der durch die Glaswand wollte, musste sagen, warum, weshalb, wieso.

Sven Fischer war Stürmer in der Fußballmannschaft der Schule. Sein Foto hing, zusammen mit den Porträts der anderen Spieler, in dem Flur im ersten Stock, zwischen Bio- und Chemieraum.

»Hi.« Joe schaute auf seine Fußspitzen. »Ich muss zu Don Corleone.«

»Hat er dich bestellt?«, fragte Sven.

Joe schüttelte den Kopf. »Aber ich muss trotzdem mit ihm reden. Er ist schließlich unser Klassenlehrer.«

»Musst du bei ihm antanzen?«, fragte Sven. Er grinste.

Joe ärgerte es, dass Sven grinste, und die Bemerkung von ihm ärgerte ihn auch, aber er schwieg dazu. Er wollte keinen Streit.

»Was dagegen?«, knurrte er nur.

»Überhaupt nichts«, sagte Sven und ließ ihn durch.

Die Tür zum Lehrerzimmer war geschlossen, aber er konnte laute Stimmen und manchmal ein Lachen hören. Er wartete ein paar Sekunden, da aber niemand herauskam oder hineinwollte, klopfte er.

Keine Reaktion.

Joe klopfte noch einmal.

Wieder rührte sich nichts, nur die Stimmen drinnen wurden lauter, so als wollten sie sein Klopfen übertönen.

Joe drückte die Klinke herunter und schob die Tür halb auf.

Er spähte in den Raum, der in ein gedämpftes Licht getaucht war. Vor den Fenstern waren die gelben Sonnenrollos halb heruntergezogen und die Lehrer bewegten sich davor wie Schattenfiguren. Der Raum war noch größer als der Kunstraum im zweiten Stock und er hatte mehrere runde Tische. An diesen Tischen konnten mindestens dreißig Lehrer gleichzeitig Hefte korrigieren oder sich auf den Unterricht vorbereiten, irgendwelche Feiern abhalten oder über die Versetzungen der Schüler abstimmen. Daumen hoch oder Daumen runter, vor sonnengelben Rollos. Die Wände waren zugestellt mit Regalen, in denen es unordentlicher aussah, als Joe vermutet hatte. Wenn man dachte, wie die Lehrer ihre Schüler ständig zur Ordnung anhielten! Unter manchen Tischen stapelten sich Bücherkartons oder gebündelte Zeitschriften. Die Luft war schwer vom Zigarettenqualm – auch so eine Sache, über die in der Schule heftig diskutiert wurde: totales Rauchverbot. Joe hatte gesagt, das muss dann für alle gelten, auch für die Lehrer. Vielleicht brauchen sie deshalb diese Glastür und davor eine extra Aufsicht, dachte Joe, damit wir ihnen nicht auf die Schliche kommen bei dem, was sie so machen.

Don Corleone stand mit der Biologielehrerin, die Joe in der Arbeit über Osmose eine Fünf gegeben hatte, am Kaffeeautomaten. Jeder konnte durch den Lärm ihr Lachen hören. Er sah, wie sie mit ihrer Halskette spielte und den Kopf leicht zur Seite neigte, während sie Don Corleone zuhörte. Die Biolehrerin hieß Doris Kunstmann, und Joe konnte sich nicht erinnern, dass er sie je im Unterricht hatte lachen sehen. Sie sah so hübsch aus, wenn sie lachte.

Der Erste, der Joe bemerkte, war Don Corleone. Als habe er Joes Blicke im Rücken gespürt, drehte er sich ruckartig um. »Nicht reinkommen!«, rief er.

Joe wusste, dass Schüler das Lehrerzimmer nicht betreten durften. Er nickte. Er sah, wie der Kaffee aus der Tasse über Don Corleones Hand schwappte, wie die Biolehrerin ein Taschentuch aus ihrer Jackentasche zauberte und ihm die Tasse abnahm und seinen Ärmel abtupfte, was Don Corleone gereizt mit sich geschehen ließ.

Auch die anderen Lehrer schauten jetzt zur Tür. Joe trat zwei Schritte zurück in den Flurschatten.

Er sah, wie Don Corleone auf ihn zukam und wie er dabei nach rechts und links irgendetwas murmelte.

»Hallo Joe«, sagte Don Corleone, nachdem er die Tür hinter sich zugezogen hatte, »was gibt's?«

»Ich wollte mit Ihnen wegen der Wahl zum Schulsprecher reden.«

»Ach ja?« Don Corleone schaute verstohlen auf die Uhr. Joe ließ sich nichts anmerken, aber er dachte: Das ist gemein, wir haben noch keine Sekunde geredet.

»Ich hatte mich in die Wahlliste eingetragen«, sagte Joe.

Don Corleone hob den Blick. Er sah Joe in die Augen. »Hab ich gesehen.«

»Aber Sie haben meinen Namen gestern wieder durchgestrichen.«

»Stimmt«, sagte Don Corleone. »Und ich hab es dir gleich heute im Unterricht gesagt. Keine Heimlichkeiten.«

Joe holte tief Luft. Er hatte sich auf dieses Gespräch gut vorbereitet. Für ihn ging es um viel. Um nicht zu sagen: um alles.

»Ja, Sie haben es gesagt, Sie haben nur nicht gesagt, wieso. Ich glaube, ich könnte ein guter Schulsprecher sein. Ich war bei den Pfadfindern, acht Jahre lang, mir hat die Arbeit mit Kids immer Spaß gemacht. Ich hab auch Verantwortung übernommen. Jeder in der Neunten oder Zehnten kann sich auf die Liste setzen. Ich weiß, wie man …«

»Joe«, unterbrach Don Corleone sanft, »du hast nicht wirklich gedacht, dass du auf der Liste bleiben könntest, oder? Du hast deinen Spaß gehabt, einen Tag hing die Liste aus, mit deinem Namen auf Platz sechs. Also, was willst du mehr?«

»Ich möchte mich zur Wahl stellen«, sagte Joe.

»Vergiss es«, sagte Don Corleone. Seine Stimme verlor etwas

von ihrer Sanftheit. »Solange ich hier Lehrer bin, wirst du nicht Schulsprecher.«

»Und wieso nicht?«, fragte Joe.

»Das fragst du? Im Ernst? Das fragt ein Schüler, der in diesem Jahr hundert Unterrichtsstunden versäumt hat? Der bei Klassenarbeiten immer mal wieder gern ein leeres Blatt abgibt? Der, nur weil er sich über seine Zensur in Geo geärgert hat, die Weltkarte, für die wir ein kleines Vermögen ausgegeben haben, draußen im Regen in die Pfütze gelegt hat? Das kann nicht dein Ernst sein, Joe. Es gibt an dieser Schule keinen Lehrer, der dich mehr verteidigt hat als ich. Ich habe versucht, was ich konnte, Joe. Auf der Klassenreise warst du die Hälfte der Zeit betrunken. Schon vergessen, dass die ganze Klasse deshalb nicht ins Theater konnte? Alles schon vergessen?«

Joe sagte nichts. Er schaute Don Corleone ruhig in die Augen. Red nur weiter, dachte er, ich hör gar nicht zu. Ich weiß doch schon, was du sagst. Es hat nur leider gar nichts damit zu tun, dass ich Schulsprecher werden möchte. Aber das kapierst du nicht.

»Sie finden es also okay, meinen Namen einfach auszustreichen?«

Don Corleone seufzte. »Ich würde es besser finden, Joe«, er legte väterlich seine Hand auf Joes Schultern, »wenn du dir einen Ruck gäbest und dich wie ein ganz normaler Schüler benehmen könntest. Das würde ich viel besser finden. Aber den Gefallen tust du mir ja nicht. Noch weniger tust du mir den Gefallen, einmal eine Mathearbeit abzuliefern, in der du wenigstens *versuchst*, ein paar Aufgaben zu lösen. Wir schreiben Freitag wieder eine Arbeit. Schon dafür geübt? Es ist so ziemlich deine letzte Chance, von der Fünf runterzukommen.«

»Also, ich kann mich nicht zur Wahl stellen?«

»Nein«, sagte Don Corleone. »Aber dafür mach bitte nicht uns verantwortlich. Das hast du dir selber zuzuschreiben.«

Joe musste plötzlich an die Filme denken, in denen die Feinde sich ein letztes Mal mustern, bevor der Kampf losgeht. Die Boxer zum Beispiel, bevor sie in den Ring steigen und sich die Nasen blutig schlagen, die gucken sich noch einmal so an. Damit sie wissen, wie ihr Feind aussieht, damit sie das nicht vergessen.

Joe schob seinen Rucksack über die Schulter, warf seinem Klassenlehrer einen eiskalten Blick zu und drehte sich grußlos um. Die Aufsicht war immer noch da. Sven grinste, als Joe an ihm vorbeiging.

»War ja kurz«, sagte er.

Joe zuckte nur gleichmütig die Achseln.

Joes Klassenzimmer lag im zweiten Stock am Ende des Flurs. Es hatte zum Beginn der siebten Stunde geläutet, doch nur eine Klasse hatte jetzt noch Unterricht, vorn rechts, gleich neben dem Treppenaufgang. Hier aber, am Ende der Sackgasse, war Joe ganz allein. Er hatte die Tür hinter sich zugezogen, bevor er mit der Arbeit begann.

Er holte aus seinem Rucksack die Sprühdosen und baute sie vor sich auf. Dann zog er seinen Anorak aus, schob die Ärmel seines Sweatshirts über die Ellenbogen und schaute sich in der Klasse um. Er dachte, das wird verdammt viel Arbeit. Er ging zu dem großen Kippfenster und versuchte, es ganz zu öffnen. Das war nicht leicht, weil der Griff verbogen war.

Als er es endlich geschafft hatte, blies ein kräftiger Nordwind in den Raum. Das war gut so, denn ihm wurde von dem Chemiekram immer übel.

Joe schraubte die Deckel von den Sprühflaschen und begann ruhig und konzentriert mit seiner Arbeit. Er besprühte zuerst die Stühle mit Karmesinrot. Es sah aus, als habe ein Blutbad in dem Klassenraum stattgefunden.

Dann Grün für die Tische. Wenn sich das versehentlich mit dem Rot vermischte, sah es aus wie Hundekot. Dann machte Joe sich mit blauer Farbe an die Wände. Er sprühte über die Zeichnungen, über das Foto von Albert Einstein, wo er die Zunge rausstreckt, über ein Theaterplakat der Shakespeare Company und über die Wandtafel, auf der noch die letzten Algebraformeln standen, die er nicht verstanden hatte. Überall sprühte er in Blau: FUCK SCHULE. Er schrieb es so oft, bis ihm die Arme wehtaten. Er sprühte sich in einen richtigen Rausch. Er bewegte sich immer schneller, drehte sich, die Sprühdose in der Hand, er warf die Tische um, die Stühle, und mit jedem Knall, mit dem ein Möbelstück auf den Boden fiel, explodierte es in seinem Kopf wie ein Feuerwerk.

FUCK SCHULE – FUCK SCHULE…

Da flog die Tür auf. Schlug gegen den Kartenschrank. Der Knall war noch lauter. In der Tür stand Jutta Dietrich, bei der Joe nur einmal Unterricht hatte, damals als Don Corleone mit dieser Hongkong-Grippe im Bett lag. Das eine Mal hatte ihm genügt. Viel zu streng und auch noch humorlos, fand er, und sie hatte ihn gleich beim Wickel.

Jutta Dietrich trug einen hellen, fast weißen Hosenanzug und dazu ein rotes T-Shirt. Ihre schicke Ledertasche baumelte an ihrer rechten Hüfte. Sie starrte mit weit aufgerissenen Augen auf das Chaos. Ihre Tasche rutschte langsam, wie in Zeitlupe, von der Schulter, ausgerechnet in eine Farblache, die sich in einer Mulde des Linoleums gebildet hatte. Die Tasche war aus hellem Leder, und sofort erschien darauf ein Fleck in der Farbe von Hundekot, der sich langsam höher fraß. Joe war fasziniert.

»Bist du wahnsinnig?«, schrie die Lehrerin.

Sie stürzte vor, um Joe die Sprayflasche aus der Hand zu nehmen. Aber als sie nur noch zwei Schritte von ihm entfernt war, hob Joe die Flasche wie einen Colt und richtete sie auf ihre Brust.

»Bleiben Sie weg«, sagte er leise, »gehen Sie raus. Lassen Sie mich in Ruhe.«

»Das werde ich nicht tun!«, rief Jutta Dietrich empört. Mit zwei Schritten war sie bei ihm und schnappte mit einer Bewegung, so schnell, dass Joe nicht reagieren konnte, nach der Flasche, riss sie ihm aus der Hand. Sie hatte ein hochrotes Gesicht und ihr Atem ging schnell.

»Du bleibst da stehen und rührst dich nicht«, zischte sie. »Keinen Schritt, verstanden?«

Sie stürzte zurück zu ihrer Handtasche, tastete mit zitternden Fingern nach dem Handy. Sie war sehr aufgeregt. Sie schaute immer wieder zu Joe, der sich nicht rührte, der wie versteinert dastand. Sie wählte eine Nummer, schnappte immer wieder nach Luft, während sie sprach, als habe sie einen Asthma-Anfall.

»Das Zimmer der Zehn B!«, rief sie in ihr Handy. »Zweiter Stock! Ich brauch dringend Hilfe!«

*E*s war einer dieser ersten schönen Tage, die man keinesfalls in verräucherten Kneipen verbringen sollte. Die Narzissen poppten, die Krokusse breiteten sich wie lila Teppiche aus auf den Verkehrsinseln der Stadt, in den Wallanlagen plusterten sich die ersten Kätzchenzweige an den Weiden, und die Eichhörnchen warfen verdorrte Winterfrüchte aus ihren Baumverstecken und putzten sich, um dann mit buschig aufgerichtetem

Schwanz auf Weibchensuche zu gehen. Julie hatte an diesem Mittag, als sie aus der Schule kam, ihre Strümpfe ausgezogen und beschlossen, dass nun Frühling sei. Der Wind blies kräftig, aber auch irgendwie verheißungsvoll aus südwestlicher Richtung. – An der Bergstraße, der wärmsten Gegend in Deutschland, so war am Morgen im Radio zu hören gewesen, blühten schon die Kirschbäume. Aber auch hier, in Hannover, in Deutschlands Norden, kitzelte die Sonne auf der Haut, und die Vögel, zurück aus Ländern wie Marokko und dem Senegal, zwitscherten wieder ihre alten Hits und kackten auf die Autos, die unter den Straßenbäumen parkten.

Es war definitiv zu schön, um den Nachmittag in einer verräucherten Kneipe zu verbringen, aber andererseits war es der Ort, an dem Julie ihre Freunde treffen konnte. Keiner aus Julies Clique würde sich an diesem Tag an den Mühlteich setzen, etwa um liebeswütigen Erpeln zuzuschauen bei ihren tollpatschigen Versuchen, eine Ente zu besteigen. Sie alle waren heute im *Quasimodo*, einer Kneipe, in der der Zigarettenteer die Wände schwarz gefärbt hatte und der Geruch von abgestandenem Bier eine innige Ehe mit dem lila Samtvorhang der Bühne eingegangen war. Im *Quasimodo* fand an diesem Tag die erste »Slam-Poetry-Session« statt, ein Ereignis, auf das Julie seit Tagen hinfieberte.

Sie hatte, bevor diese Plakate überall in der Gegend an Bäumen, Bauzäunen und Schulmauern klebten, gar nicht gewusst, was »Slam-Poetry« ist.

Ausgerechnet Florence, die in Deutsch auf einer glatten Fünf stand, hatte sie aufgeklärt: »Das ist eine Veranstaltung, bei der jeder auf die Bühne gehen und seine eigenen Gedichte vortragen kann. So eine Art Test, weißt du, wie gut deine Sachen beim Publikum ankommen. Das ist manchmal total abgefahren, da kommen die verrücktesten Leute und tragen

Texte vor, bei denen du denkst: Hey, tickt der Dichter noch richtig?«

Florence hatte vorher in Frankfurt gewohnt – sie zog alle zwei Jahre um, weil ihr Vater immerzu einen neuen Job hatte.

In Frankfurt war Slam-Poetry gerade absolut in. Florence brachte die halbe Klasse dazu, an diesem Nachmittag, an dem der Frühling in Hannover poppte, ins *Quasimodo* zu ziehen. Um achtzehn Uhr sollte es losgehen. Es wurde kein Eintritt verlangt, alle Getränke kosteten drei Euro, das war human. Das konnte Julie sich gerade noch leisten, obwohl sie sich beim Kauf einer neuen Strickjacke gerade vollkommen verausgabt hatte. Diese Strickjacke, eng, mit fünf kleinen Perlenknöpfen und V-Ausschnitt, taillenkurz, trug sie zu ihren Lieblingsjeans, als sie mit einer Viertelstunde Verspätung ins *Quasimodo* kam.

Julie war zuvor erst ein einziges Mal in dieser verräucherten Kneipe gewesen, im vergangenen Herbst, als die Klasse dort den letzten Schultag vor den Ferien gefeiert hatte. Aber da hatten sie draußen gesessen. Das *Quasimodo* war die Kneipe, in der sich sonst der harte Kern der Schule traf, die Leute, die gerne morgens so aussahen, als hätten sie eine echt harte Nacht gehabt, und die dabei doch nichts anderes erlebt hatten als die Tatsache, dass sie vom Bierhocker gekippt waren. Zum *Quasimodo* gehörte eine Art Biergarten im Hinterhof der Kneipe, zwischen hoch aufragenden Mietshäusern, die über und über mit Graffiti voll geschmiert waren. Wo es keine Graffiti gab, wucherte ein Efeu, und wo kein Efeu wucherte, sah das Auge nur Schimmel auf nacktem Beton.

Im Gegensatz zu manchen Leuten in der Schule hatte Julie nie den Hang zu solchen Orten verspürt. Sie war, wie sie selber fand, ein ziemlich braver Typ. Manchmal fand sie sich selber langweilig, weil sie weder die Punk- noch die Hip-Hop-Phase ihrer Klasse mitgemacht hatte. Statt Alkohol trank sie Apfelschorle, und wenn die anderen sich einen Joint reinzogen, wickelte sie einen Mintkaugummi aus.

Sie hatte es gerne schön und gemütlich. Sie schlief gerne lange, sie liebte ihr Bett. Auch ihr Zimmer war schön eingerichtet, nicht provozierend, nicht auf cool getrimmt. Einfach nur gemütlich. Weil sie so was mochte, ging sie auch lieber ins *Stübchen*, wo man in alten Plüschsofas versinken und einen Milchkaffee aus Riesentassen schlürfen konnte, oder ins *Como*, wo es das beste Eis der Stadt gab.

Die Kneipe, das *Quasimodo*, war nur halb voll. Julie hatte schon befürchtet, dass sie keinen Platz mehr bekommen würde, nach all dem Hallo, das um dieses Event gemacht worden war. Im hinteren Teil herrschte gähnende Leere, und nur vorn, um die Bühne herum, waren alle Tische und Stühle besetzt. Das Licht war so schummrig, dass Julie, die direkt aus der hellen Sonne kam, eine Weile brauchte, bis sie Florence und die anderen aus ihrer Klasse ausmachen konnte.

Florence hatte sich für das Ereignis rausgeputzt, sie war stark geschminkt, aber nur, das wurde Julie erst später klar, um die hektische Röte in ihrem Gesicht zu verstecken. Florence hatte Lampenfieber, denn sie wollte auch etwas vortragen, ausgerechnet Florence, mit ihrer Fünf in Deutsch!

Neben Florence saß Didi, ein Junge aus der Elften, der seit Monaten daran gearbeitet hatte, Florence rumzukriegen – und nun endlich Erfolg hatte.

Didi gab gerade großspurig die Bestellung auf. »Was willst du?«, rief er Julie zu, als sie sich durch die Reihen leerer Tische zwängte.

Neben Didi saßen Gilda und Ronnie, das Liebespaar der Klasse. Wie immer eng umschlungen, die Blicke ineinander versenkt und, wenn sie nicht gerade etwas tranken oder etwas sagten, mit Lippen, die wie Saugnäpfe aneinander klebten. In der Klasse hatte man sich daran gewöhnt, dass Gilda und Ronnie ihre Liebe immerfort zur Schau stellen mussten, vielleicht weil sie selber so verblüfft darüber waren, dass es jemanden gab, der sich in sie verlieben konnte, denn sie sahen beide nicht gerade umwerfend aus und für beide war diese Liebe die allererste. Weil sie wie Uhu und Patex aneinander klebten, wurden sie in der Schule nur noch »Uhu und Patex« genannt.

»Was trinkt ihr denn so?«, fragte Julie, während sie einen Stuhl an den Tisch zog.

»Uhu und Patex nehmen Cola, ich ein Bier und Florence einen Kamillentee«, sagte Didi, »weil sie so aufgeregt ist.«

Florence verdrehte die Augen und schüttelte heftig den Kopf.

»Ich bin kein bisschen aufgeregt. Mann, hör doch auf damit, Didi. *Du* machst mich nervös.«

Julie bestellte eine Apfelschorle und erfuhr erst da, dass Florence sogar mehrere eigene Texte vortragen wollte. Julie konnte es nicht fassen.

»Und worum geht es?«

»Warte ab«, sagte Florence. »Ist meist ziemlich harter Stoff.«

»Wahrscheinlich zu viel für deine zarte Seele«, sagte Didi. Er zwinkerte Julie zu, aber sie war trotzdem sauer. Sie verstand nicht, wieso sie immer die zarte Seele war, wo sie sich kein bisschen anders benahm als die anderen.

Der rote Samtvorhang war noch geschlossen. Aus den Verstärkern tönte irgendein Hip-Hop. Die Bedienungen waren zwei magersüchtige Typen mit bleichen Gesichtern, ihre Geldbörsen hingen an Gürteln, die ihre schmalen Hüften markierten. Der eine von ihnen hatte falsche Wimpern und am Kinn einen schwarzen Schönheitsfleck.

Florence starrte den Typen hingerissen an. »Habt ihr das gesehen?«, wisperte sie, als er die Drinks abgestellt hatte. »Falsche Wimpern! Mann, ist das geil!«

Der Hip-Hop hämmerte in Julies Kopf, die Apfelschorle perlte durch ihre Speiseröhre, Patex und Uhu küssten sich ohne Unterbrechung, Didi drehte sich eine Zigarette, Florence blätterte nervös in dem Papierstapel auf ihren Knien, und dann auf einmal tat sich was auf der Bühne: Man brachte einen Tisch, einen einfachen Holztisch, braun, mit vier Beinen.

Sofort wurde wild applaudiert. Der Mann, der den Tisch hereintrug, war ungefähr dreißig und sah dem Geschichtslehrer ihrer Schule unheimlich ähnlich. Er war es aber nicht. Er verschwand wortlos wieder hinter dem Vorhang und kam ebenso wortlos zurück mit einem Stuhl, ein einfacher Holzstuhl, vier Beine. Frenetischer Jubel. Der Mann verbeugte sich wieder stumm, verschwand hinter dem Vorhang. Die Musik setzte schlagartig aus.

Julie schaute sich um. Der Raum hatte sich inzwischen zu drei vierteln mit Leuten gefüllt.

Jetzt kam der Mann mit einem Mikrofon auf die Bühne. Er stellte es auf den Tisch, rückte es hin und her und verursachte damit jedes Mal ein Knacken in den Lautsprechern, und wenn es knackte, johlten die Zuschauer.

Didi grinste. »Hey, gute Stimmung, was?«

Florence beugte sich zu Julie. »Ich glaub, ich pack das doch nicht«, flüsterte sie.

»Was? Was?«, schrie Julie. Der Lärmpegel war zu hoch.

»Ich pack es nicht!«, brüllte Florence. »Ich mach mir vor Angst in die Hose!«

Aber da beugte Didi sich vor, schaute Florence in die Augen. »Du schaffst das. Ich weiß es«, sagte er eindringlich. Und Julie begriff plötzlich, wie Didi Florence rumgekriegt hatte. Er gab für sie den Macker, den Beschützer. Er war ihr Held.

Florence lächelte ein bisschen wie eine Schauspielerin vor einem riesengroßen Auftritt, Oscar-Verleihung oder so. »Ich weiß nicht«, sie wiegte den Kopf, »nur wenn ihr mir versprecht, dass ihr ganz doll applaudiert, auch wenn ihr meinen Text scheiße findet.«

»Das ist doch sowieso klar«, brüllte Didi.

»Hey, wenn das sowieso klar ist, wie soll ich dann rauskriegen, wie ihr meinen Text wirklich findet?«, fragte Florence.

Gilda streichelte Ronnies Gesicht und sagte: »Als wenn's auf so was ankommt!«

»Worauf kommt es denn sonst an?«, rief Florence. Sie regte sich jetzt wirklich auf.

Ronnie lächelte Gilda an und Gilda lächelte zurück. Die Botschaft war klar: Es kommt auf die Liebe an.

Florence seufzte tief.

Der Mann trat wieder vor den Vorhang. Er stellte eine Tischlampe auf, mit einem biegsamen Bügel. Er fummelte so lange an der Lampe herum, bis der Fokus des Lichts genau die Tischmitte traf. Das Publikum johlte. Da verbeugte sich der Mann, faltete die Hände vor dem Bauch, räusperte sich und verbeugte sich wieder. Die Leute pfiffen, klatschten, trampelten auf den Boden.

»Tolle Stimmung!«, schwärmte Gilda und kuschelte sich an ihren Ronnie.

Julie schaute sich um. Sie sah in feixende, erlebnishungrige Gesichter, die von zwei Scheinwerfern rechts und links von der Bühne angestrahlt wurden.

Denen ist es völlig wurscht, dachte Julie, wer hier was vorträgt. Die sind ja jetzt schon high.

Als sie sich zu Florence beugte, um ihr diese Erkenntnis mitzuteilen, räusperte der Mann auf der Bühne sich noch einmal und sagte: »Willkommen zur ersten Slam-Poetry-Session im *Quasimodo*. Ich hoffe, ihr wisst alle, wie das ungefähr abläuft, jeder kann hier«, er deutete auf Tisch und Stuhl, Lampe und

Mikro, »seine eigenen Texte vortragen. Oder auch Lieder, wenn er seine Gitarre dabeihat, oder was er sonst braucht. Jedenfalls ist der einzige Lohn, den ihr für euren Auftritt bekommt, der Applaus des Publikums.« Er zögerte, sagte zweimal: »Ähm, ähm…«, und legte dann die Hand über die Augen, um besser ins Publikum zu schauen. »Der eine oder andere von euch braucht sicher noch ein bisschen, um Mut zu sammeln, hier raufzukommen und sich mit seinen Texten euch zum Fraß vorzuwerfen. Deshalb werden jetzt der Reihe nach die Leute auftreten, die das Ganze hier initiiert haben. Die sich dafür eingesetzt haben, dass das *Quasimodo* diese Sache in Angriff genommen hat. Also, wenn es gut läuft, könnte dies zu einer Tradition werden.«

Wieder Gejohle, Füßegetrampel und Applaus.

»Es kommt natürlich ein bisschen darauf an, ob es sich am Schluss für uns rechnet, für die Bedienung und so. Also, vergesst nicht, eure Bestellungen aufzugeben. Jeder Softdrink, wie gesagt, drei Euro. Wir gehen jetzt noch einmal rum und nehmen die Bestellungen auf und dann geht es los. Der Erste ist Joe Leinemann und er trägt etwas aus einem Gedichtzyklus vor.«

Julie sah sich an ihrem Tisch um. »Joe Leinemann? Kennt ihr den?«, fragte sie.

Alles schüttelte den Kopf.

»Jedenfalls nicht von unserer Schule«, sagte Didi. Didi war seit Jahren in der SSV des Gymnasiums, und er war Vertrauensschüler, er kannte einfach jeden aus der Oberstufe.

Joe, ein etwa 17- oder 18-jähriger Junge, kam auf die Bühne, mit vorgebeugten Schultern, hängendem Kopf und mit strähnigen Haaren, die ihm in die Stirn fielen. Er schaute niemanden an, schlurfte in seinen ausgebeulten Hosen und einem blauen T-Shirt, das noch nie ein Bügeleisen gesehen hatte, zu dem Tisch. Die Gummisohlen seiner Schuhe quietschen so, dass er selber ganz verdutzt danach blickte.

Der erste Applaus.

Er hob den Kopf und starrte fassungslos in den Zuschauerraum, dann zuckte er etwas hilflos die Schultern, und wieder johlten die Leute.

Joe reagierte dieses Mal nicht.

Er legte ein kleines Büchlein auf den Tisch, betrachtete den Stuhl, hob ihn hoch, klopfte auf die Unterseite, stellte ihn wieder hin und nahm vorsichtig Platz.

Ein paar Leute aus dem Zuschauerraum riefen ihm etwas zu. Aber Julie verstand in dem Krach fast gar nichts.

Julie glaubte, dass sie den Jungen schon einmal gesehen hatte, aber sie konnte sich nicht genau erinnern. Er war ein Typ, der einem irgendwie im Gedächtnis blieb. Lang und dünn, schmale Schultern, riesige Füße. Seine Bewegungen hatten etwas Unkoordiniertes, Schlenkerndes. Er klopfte mit den Fingern gegen das Mikrofon. Er nickte. Das Mikrofon funktionierte. Er schlug das Büchlein auf. Er lehnte sich zurück, blickte einen Augenblick wieder in den Zuschauerraum und sagte: »Ich lese aus meinem Gedichtzyklus. Es ist…«

»Lauter!«, brüllte jemand von hinten. Julie drehte sich um. Es war ein Junge, der seine Baseballkappe mit einem extralangen Schirm tief ins Gesicht gezogen hatte.

»Hier versteht man kein Wort, Joe!«, rief er. »Du musst weiter ran ans Mikrofon!«

Joe nickte, er beugte sich vor. Er schob seine Hände zwischen die Knie, wahrscheinlich sollte niemand sehen, dass sie zitterten.

Julie war sich sicher, dass er aufgeregt war. Er fuhr sich mehrfach mit der Zunge über die Lippen, als müsse er sie anfeuchten. Und einmal legte er die Hand gegen den Kehlkopf und räusperte sich. Dann sagte er: »Also, ich wollte sagen, ich lese aus dem Gedichtszyklus…«

»Hey, mal langsam! Erklär das erst mal. Was soll das sein, so ein Zyklus?«

Der Zwischenruf kam von einer jungen Frau, vielleicht Mitte zwanzig, die ganz in der Nähe von Julies Tisch saß. Sie hatte eine grün gefärbte Haarsträhne – langer Zopf und ansonsten ein fast kahl rasierter Kopf. Ihre Augenbrauen waren gepierct. Julie fand, dass sie ziemlich fertig aussah. Aber da beugte Didi sich zu ihr und sagte: »Die kenn ich! Die sitzt bei dem Schlecker am Rathaus an der Kasse. Oh Mann, find ich echt geil, dass die zu so was kommt!«

Joe schaute an der Tischlampe vorbei in den Zuschauerraum. »Wer hat das gefragt?«

Die Frau hob den Arm. Sie hielt dabei einen blauen Drink hoch, in dem ein gestreifter Strohhalm steckte.

Joe lächelte. »Oh, hi, Biene.«

»Hey, Joe«, rief Biene und schwenkte ihr Glas.

Joe fuhr sich wieder mit der Zunge über die Lippen und räusperte sich noch mal.

»Also, für alle, die das wissen wollen, ein Zyklus ist eine Sammlung, so eine Anzahl von Gedichten, die sich mit einem einzigen Thema befassen.«

»Sex?«, schrie einer, und alle lachten. Und klatschten.

»Nein«, sagte Joe. »Aber so was Ähnliches.«

»Was ist denn ähnlich wie Sex?«

»Saufen!«, brüllte einer. Wieder gab es Applaus.

Joe klopfte gegen das Mikrofon und es wurde wieder ruhiger.

Julie hatte festgestellt, dass er in den wenigen Minuten, die er jetzt auf der Bühne stand, bleich geworden war. Man spürte seine Anspannung. Und Julie ertappte sich dabei, dass sie unter dem Tisch für ihn die Daumen drückte. Sie hatte auch immer Lampenfieber, vor jeder Klassenarbeit, ihr Herz klopfte sogar schon, wenn sie sich vorgenommen hatte, sich im Unterricht zu melden. Das war verrückt. Aber es war Tatsache.

»Sagen wir mal so«, begann Joe, nachdem er einen Augenblick überlegt hatte, »die Gedichte beschäftigen sich mit unserer Welt, irgendwann am Ende, wenn keiner mehr Bock auf Sex hat.«

»Oh Mann! Nicht dein Ernst! Joe! Was soll das denn?«

Das war der Typ mit der Baseballkappe.

Julie schaute sich um. Die Leute waren unruhig und begannen, wieder durcheinander zu reden. Joe hatte den entscheidenden Augenblick verpasst. Er hatte zu viel geredet oder zu wenig, oder er hatte das Falsche gesagt. Das war jetzt hart, dachte Julie, nach zehn Sekunden soll sich entscheiden, ob einer Erfolg hat oder nicht, und weil sie das ungerecht fand, sprang sie auf, klatschte in die Hände und brüllte gegen den Lärm an: »Vielleicht lassen wir ihn einfach mal anfangen? Leute! Haltet doch mal die Klappe!«

Ihr Herz schlug wild, und ihr Kopf glühte, als sie sich setzte. Florence beugte sich zu ihr und gab ihr einen Kuss. »Das war echt süß«, flüsterte sie. »Ich wünsch mir, dass das jemand auch für mich tut.«

Es war tatsächlich ein bisschen ruhiger geworden. Joe versuchte, Julie anzuschauen. Er blickte jedenfalls in ihre Richtung und ein Lächeln flog über sein Gesicht. Julie fand, dass er richtig super aussah, wenn er lächelte.

»Danke«, sagte er. »Wie heißt du?«

»Sie heißt Julie!«, brüllte Didi.

»Danke, Julie«, sagte Joe noch einmal, und dann glättete er mit der Hand die Seite im Notizbuch und begann zu rezitieren. Er sprach laut, deutlich, aber mit einer monotonen Stimme, die ein Singsang war, und er betonte die Worte eindringlich, und dadurch hatte das alles einen unheimlichen Sog, wie Julie fand, es war wie ein Strudel, mit dem man immer tiefer hineingezogen wurde in das Gedicht und in die Bilder, die es verwendete. Es sprach von einem, der etwas Wichtiges erkannt hatte, von der Welt und von sich selbst. Denn das Chaos war das Thema. Das, was am Ende einer ungerechten Gesellschaft übrig bleibt.

Seit meinem Tod ritz ich Gedichte
In die Wände meines Sarges
Ritz ich mit meinen Knochenfingern
Die Sätze ein
Die keiner wagt zu denken.
Seit meinem Tod weiß auch ich Bescheid
Wie die, die lange wissen
Was mit uns passiert
Nach den Würmern
Ameisen und den Käfern.

Man will nicht, dass wir weiterleben
Nach dem Tod.
Wir sollen schweigen
Damit alle wie die Lemminge
Sich von den Ufern stürzen in das Meer
Und oben warten die Geier.

Nach meinem Tod bin ich zum
Zweiten Mal geboren
Und dieses Mal, ich schwör's
Passiert nicht wieder das wie damals
Als ich meine Gedanken hab klingeln lassen
Wie Eiswürfel im Alkohol
Und mit fünf Promille vor die Glotze kotzte
Nein Leute
Seit meinem Tod weiß ich Bescheid.

Sein letzter Satz lautete: »Glaubt nicht, es ist erst fünf vor zwölf! Stellt eure Uhren auf zehn Minuten später!«

Er schlug sein Buch zu, stand auf und warf dabei aus Versehen die Tischlampe um, sie stieß gegen das Mikrofon, er fasste danach, verhedderte sich im Kabel und eine Sekunde später fiel die Lampe auf den Boden und das Licht ging aus. Kurzschluss. Frenetischer Beifall. Die Leute johlten und trampelten, schrien: »Joe! Joe! Joe!«

Florence seufzte: »Oh Gott! Der war so gut! Ich geh da nicht rauf.«

»Jetzt kannst du sowieso nicht«, sagte Julie. »Also, reg dich nicht unnötig auf.«

Sie behielt die Bühne im Blick, obwohl man fast nichts sehen konnte. Die Notbeleuchtung war eingeschaltet, eine rote, schummrige Funzel über dem Eingang, aber das war weit weg.

Nach ein paar Minuten ging das Licht wieder an.

Jubel.

Auf der Bühne stand nun wieder jener Mann, der sich zu Beginn um das Technische gekümmert hatte, er lächelte entschuldigend und sagte: »Kleiner Kurzschluss, kommt nicht wieder vor, wir haben das jetzt im Griff. Also, als Nächster hat sich Miroslav Ziemeck auf die Liste gesetzt. Ist er hier?«

Durch die Tischreihen kam ein älterer Mann, der Julies Vater hätte sein können. Er trug einen Anzug, eine Krawatte, und er kam sich in dem Outfit wahrscheinlich bescheuert vor, jedenfalls grinste er verlegen.

Julie sah, wie Joe sich an der Wand entlang zum hinteren Teil der Kneipe vorarbeitete. Immer wieder wurden ihm Hände entgegengestreckt, oder jemand stand auf, um ihn zu umarmen.

Der kennt einen Haufen Leute, dachte Julie, und sie empfand so etwas wie Neid, als sie Joe beobachtete.

Dann lehnte Joe an der Wand, holte aus der Tasche ein Päckchen Tabak, Zigarettenpapier und begann, sich eine Zigarette zu drehen.

Das beruhigte Julie. Also bleibt er noch, dachte sie.

Der zweite »Poet« war jetzt auf der Bühne. Er zog eine Brille aus der Jackentasche und bekam sofort freundlichen Applaus.

»Ich bedanke mich im Namen meiner Kurzsichtigkeit«, sagte der Mann, und die Leute lachten.

»Gutes Publikum«, bemerkte Florence.

Julie reagierte nicht. Sie blickte zu Joe hinüber. Er hatte die Zigarette zwischen die Lippen geklemmt und ließ ein Feuerzeug aufflammen.

Ohne etwas zu sagen, stand sie auf, ging durch die Reihen auf Joe zu. Als sie fast bei ihm war, standen schon zwei Mädchen da, die ihn bewundernd ansahen, auf ihn einredeten, ihn berührten. Es war ihm sichtlich unangenehm, dass die Mädchen ihm so auf die Pelle rückten, das fand Julie sympathisch.

Aber sie hatte keine Lust, einen Typen anzusprechen, der schon von anderen Mädchen belagert wurde. Das hatte sie noch nie gemacht und sie würde es nie tun. Deshalb wandte sie sich ab. Florence, vorn an der Bühne, suchte nach ihr. Sie war aufgestanden und blickte sich suchend um.

Julie wollte gerade ihre Hand heben, um sich bemerkbar zu machen, da nuschelte jemand in ihr Ohr: »Julie? So war es doch: Julie. Oder?«

Julie drehte sich um. Sie merkte, dass sie ganz rot wurde. »Stimmt«, sagte sie.

»Hey, danke, dass du mir vorhin geholfen hast.« Joe sah sie an. »Das war echt gut.«

»Dein Gedicht war gut, nicht ich«, sagte Julie.

Joe hob die Augenbrauen. »Es hat dir ein bisschen gefallen?«

»Nicht nur ein bisschen.« Julie lächelte. »Das ging richtig

allen unter die Haut. Meine Freundin Florence zum Beispiel hat gesagt: Der Typ ist so gut, da trau ich mich gar nicht auf die Bühne.«

»Das hat sie gesagt?«, fragte Joe ungläubig. »Ich hatte schon Angst … die Leute sind so unruhig, die konzentrieren sich alle nicht … Aber ist ja klar, das ist eben Slam-Poetry. Das ist Spaß.«

»Schreibst du schon lange Gedichte?«

Joe wollte etwas antworten, da klopfte Miroslav auf der Bühne gegen das Mikrofon und begann zu sprechen.

Joe beugte sich zu ihr und sagte leise: »Tut mir Leid, ich muss raus, ich glaub, ich bin im Augenblick nicht in der Stimmung, mir Sachen von anderen Leuten anzuhören.«

»Geht mir genauso«, flüsterte Julie zurück.

»Und außerdem«, flüsterte Joe, »schien die Sonne, als ich vorhin herkam …«

»Vielleicht scheint sie immer noch?«, fragte Julie.

Sie grinsten sich an. »Man könnte das ganz einfach checken.«

*D*ie Sonne war tatsächlich noch da. Und der Wind hatte sich gelegt. Es war lau und schön, und wenn man tief einatmete, hatte man den ganzen Frühling in den Lungen. Das meinte jedenfalls Joe.

Sie gingen am Mühlenteich entlang, als er plötzlich sagte: »Bleib mal stehen. Hol mal ganz tief Luft.«

Julie blieb stehen. Sie schaute ihn an, lächelte und holte ganz tief Luft.

»Nee, Augen zu«, befahl Joe.

Julie machte die Augen zu und dachte noch: Hey, da geh ich mit einem Typen, den ich seit zehn Minuten kenne, und schon tu ich alles, was er will.

»Und jetzt atme mal ganz tief ein. So richtig bis in die Lungenspitzen, dass es da kitzelt.«

Julie holte Luft, presste die Kiefer fest zusammen – und musste lachen.

»Nicht lachen, dann funktioniert das nicht«, sagte Joe.

Julie gehorchte. Sie war ernst, sie atmete ein zweites Mal tief ein.

»Wenn du dich jetzt konzentrierst«, sagte Joe, »dann kannst du so spüren, wie der Frühling sich in deinen Lungen ausbreitet.«

Julie öffnete die Augen. Joe lächelte. Und irgendwie, mit diesem Frühling in den Lungen und mit Joes Lächeln, hatte Julie das Gefühl, dass dieser Tag einer der schönsten in ihrem bisherigen Leben werden könnte.

»Und?«, fragte Joe. »Hab ich Recht?«

Sie nickte. Und weil es so schön war, holte sie gleich noch einmal tief Luft und erlaubte dem Frühling, sich in ihren Lungen auszubreiten.

Sie gingen weiter am Ufer des Teichs. Die Enten schwammen ruhig im Kreis, und auf den Bänken saßen die Leute, das Gesicht in die Abendsonne gewandt.

»Wenn du so traurige Gedichte schreibst«, begann Julie, »dann…«, sie stockte.

»Ja?«, fragte Joe. »Dann was?«

Julie hatte den Satz begonnen, ohne zu wissen, wie sie ihn zu Ende bringen sollte. Sie lächelte verlegen. »Ich meine, bist du dann auch so traurig, wenn du so was hinschreibst?«

»Klar«, sagte Joe. Er kickte einen Kirschkern mit der Fußspitze in den Teich. Sie schauten zu, wie die kreisförmigen kleinen Wellen sich ausbreiteten auf dem spiegelglatten Wasser.

»Das ist ja furchtbar«, sagte Julie.

Joe lachte. »Wieso? Wieso furchtbar?«

»Ich meine, wenn man so traurig ist.«

»Ich finde eher die allgemeine Fröhlichkeit traurig«, sagte Joe. »Dieses behämmerte, belämmerte Hi-ich-bin-unheimlich-gut-drauf-Gefühl. Das geht mir total auf den Geist. Leute, die immer alles so geil und scharf und sexy und hammerhart finden und sich nicht für einen Cent Gedanken um Wichtiges machen.«

Julie schwieg. Sie überlegte, zu welcher Sorte Menschen sie eigentlich gehörte.

Das Hi-ich-bin-unheimlich-gut-drauf-Gefühl... Manchmal wachte sie morgens so auf, mit einem Gefühl, als könne dies ein guter Tag werden. Dann war sie so positiv eingestellt, dann fühlte sie eine Energie, eine Kraft, um den Tag gut zu meistern, dann fürchtete sie sich nicht vor Klassenarbeiten, vor einem Referat, dann wusste sie, nichts würde ihr etwas ausmachen, dann war das Leben einfach schön.

Sie warf Joe einen vorsichtigen Blick zu. Ob er so was schon doof fand? Andererseits gab es auch unheimlich viele Tage, an denen sie sich am liebsten im Bett verkroch. Decke über den Kopf und abtauchen. Es waren Tage, an denen sie mit ihrer Teetasse in der Hand in eine Kerze starren konnte, eine gute Musik im Hintergrund, und dann spürte sie in sich, in ihrer Seele, in ihrem Kopf – spürte, wie etwas in Bewegung kam, als würden sich Wunden auftun, und Fragen regten sich in ihr. Warum es sie gab. Warum sie jetzt, in diesem Augenblick, genau dort war, wo sie war. Mit der Teetasse und der Kerze, und im Nebenzimmer saßen ihre Eltern und lasen Zeitung. Und gegenüber bellte ein Hund. Und jemand warf alte Zeitungen in den Container. War das der Sinn des Lebens? Dass sie Abfall produzierten, aus dem – wieder aufbereitet – nichts als neuer Abfall wurde?

Das Komische war, dass es Julie jetzt in diesem Augenblick,

bei diesem Gang am Teich, ganz leicht fiel, mit Joe über so etwas zu reden. Sie hatte vorher noch nie mit einem anderen Menschen solche Gedanken ausgetauscht. Auch hatte sie noch nie jemandem erzählt, dass ihr nachts, wenn sie in einen sternenklaren Himmel schaute, ganz schwindlig wurde von der Unendlichkeit, in der sie sich dann sah.

Joe nickte, als sie ihm das erzählte. »Verstehe ich total«, sagte er. »Das ist genau der Moment, wo wir begreifen, dass wir nur durch Zufall hier sind. Diese Erde, weißt du … dass sich hier Leben entwickelt hat, das ist ein Zufall. Vielleicht gibt es den Zufall noch einmal, irgendwo, auf einem anderen Stern, in einem anderen Sonnensystem. Millionen Lichtjahre entfernt. Wir trudeln durch dieses Weltall und wissen nicht mal, ob es irgendwo zu Ende ist und wie das Ende aussieht. Das muss einen doch schwindlig machen.«

»Ich hab mal angefangen, auf meinem Computer ein Tagebuch zu schreiben«, sagte Julie. »Aber als ich mir das dann durchgelesen hab«, sie lachte, »das war so ein hohles Zeug. Das hab ich schnell wieder gelöscht.«

»Worum ging es denn da?«

»Ach, ich weiß nicht. Um Feten. Um Klamotten. Um Krach mit meinen Eltern.«

»Und um Verknalltsein«, fügte Joe hinzu, und Julie musste wieder lachen.

»Klar, auch um Verknalltsein.«

»Wann hast du dich das erste Mal verliebt?«, fragte Joe.

»Das erste Mal?« Julie warf den Kopf in den Nacken. »Warte mal. Da ging ich in die dritte Klasse. Er hieß Daniel. Er hatte schwarze Locken und war total süß. Alle Mädchen waren in ihn verliebt.«

Joe lächelte. Er ging in die Hocke, riss ein paar Grashalme ab und warf sie den Enten zu, die ans Ufer geschwommen waren und von dort aus die Passanten beobachteten, aus einer Entfernung von nur ein paar Metern. Julie hatte nie genau darauf geachtet, wie bunt das Gefieder der Erpel ist.

»Irgendwie ungerecht«, sagte sie und hockte sich neben ihn ins Gras, »dass bei den Tieren immer die Männchen so schön sind.«

»Bei den Menschen ist es umgekehrt«, sagte Joe. »Die Frauen sind schön und brauchen nur abzuwarten, dass die Männer ihretwegen vor Liebeskummer halb tot sind.«

»Männer haben doch keinen Liebeskummer«, sagte Julie. »Frauen haben Liebeskummer. Steht in jedem Roman.«

»Du müsstest alle meine Gedichte kennen«, sagte Joe, »dann wüsstest du besser Bescheid.«

Julie lachte. »Du hast also auch Liebesgedichte geschrieben?«

»Nur Liebeskummer-Gedichte«, sagte Joe. »Aber das ist vorbei. Abgehakt.«

Er reckte das Kinn, schleuderte ein ganzes Büschel Gräser ins Wasser und erhob sich.

»Wird Zeit«, sagte er. »Schon halb acht.« Er nickte ihr zu. »War echt gut, mit dir zu reden.«

»Ja«, sagte Julie, »finde ich auch.« Sie war ein bisschen betroffen über den abrupten Schluss ihrer Begegnung. Aber sie wollte sich das nicht anmerken lassen. Sie streckte Joe die Hand hin und sagte: »Also dann, schreib weiter so schöne Gedichte.«

»Ja, mach ich.«

Er beugte sich vor, legte seine Hand auf ihre Schulter und gab ihr einen Kuss. Nicht auf den Mund – auf die Wange, oder besser: auf die Schläfe, jedenfalls spürte sie in der Nähe ihres rechten Ohres den warmen Abdruck seiner Lippen. Sie wurde rot.

»Ich geh da lang.« Joe deutete mit dem Kopf in Richtung Sonnenuntergang.

Eigentlich musste Julie genau in die gleiche Richtung. Aber sie hatte das Gefühl, dass es die Situation irgendwie in eine peinliche Zielgerade bringen würde, wenn sie zusammen weitergingen.

»Ich in die andere«, sagte sie.

Sie lächelten sich noch einmal an. Joe räusperte sich. »Vielleicht sieht man sich ja wieder«, sagte er.

»Ja«, antwortete Julie, »vielleicht.«

Sie zogen die Schultern hoch, nickten ernst und wandten sich voneinander ab.

In der gleichen Sekunde drehten sie sich beide wieder um. Und lachten.

»Peinlich«, sagte Julie.

»Ja? Findest du?« Joe war rot geworden. Er log und sagte: »Ich überhaupt nicht.«

»Ich wollte nur fragen…«, entgegnete Julie. Und stockte.

»Ja? Was?« Er trat näher zu ihr heran.

»Auf welche Schule gehst du eigentlich? Du bist nicht am Friedrich-Gymnasium, oder?«

Er schüttelte den Kopf. »Nee, nicht meine Liga.«

»Ah.« Julie fragte nicht weiter. Sie wartete einfach. Und schließlich sagte Joe: »Ich geh auf die Mommsen-Schule. Kennst du die?«

Julie nickte. Sie kannte die Schule. Es war eine Realschule. Und zufällig die Schule, an der ihre Mutter Lehrerin war. Aber das behielt sie lieber für sich. Das hätte Joe bestimmt nicht gut gefunden. Das spürte sie.

»Gute Schule?«, fragte sie stattdessen.

Joe seufzte, er schüttelte den Kopf. »Die Schule, die mir gefiele«, sagte er, »die muss noch erfunden werden. Also, du gehst aufs Friedrich-Gymnasium. Hätte ich mir irgendwie denken können.«

Julie fühlte sich merkwürdig, als er sie so mit schief gelegtem Kopf begutachtete.

»Wieso?«

»Du hast so was … na ja …«, Joe grinste, »so was von einem behüteten Töchterchen, so aus gutem Hause … Sagte man das früher: Töchterchen aus gutem Hause? Lieg ich falsch?«

Julies Kopf glühte. Sie ärgerte sich, dass sie überhaupt angefangen hatte, Joe nach seiner Schule zu fragen.

»Ich glaub, du liegst total falsch«, sagte sie, drehte sich um und lief weg, in die falsche Richtung.

Sie musste den ganzen Mühlenteich umkreisen, um in die Wetzelstraße zu kommen. Dorthin, wo sie wohnte. Ein weißes Haus, wie ein Würfel, mit einem Flachdach, mit einem Garten, der im Sommer jeden Mittwoch gemäht und jeden Samstag gewässert wurde. Mit einer angebauten Garage, in der der Opel ihres Vaters stand. Der Opel immer *in* der Garage und der Polo ihrer Mutter *davor*, weil sie morgens zuerst das Haus verließ, um zur Mommsen-Schule zu fahren.

Julies Vater war Journalist. Er arbeitete für die Wirtschaftsredaktion einer Tageszeitung. Er wusste alles über Börsen, Banken, Bilanzen. Das Thema faszinierte ihn. Er sagte immer: Wer die Welt verstehen will, muss nur den Wirtschaftsteil einer guten Zeitung lesen.

Als Julie die Haustür aufschloss, dachte sie daran, was Joe wohl von so einem Satz hielt!

Und da musste sie lachen.

Ihre Mutter saß im Wohnzimmer am Schreibtisch und korrigierte Hefte. Sie lächelte flüchtig und ein bisschen gehetzt, wie immer, wenn Julie sie bei solcher Arbeit störte.

»Dein Vater hat gerade angerufen«, sagte sie. »Er ist in einer Stunde hier. Hast du Lust, uns irgendwas zum Abendbrot zu machen?«

»Klar«, sagte Julie, »mach ich.«

Als sie in der Küche den Kühlschrank inspizierte, dachte sie schon wieder an Joe. Sie trat auf den Küchenbalkon, schloss die Augen, holte ganz tief Luft und ließ Joe und die Frühlingsdüfte ganz tief in ihre Lungen, bis in die Spitzen. Es war ein gutes Gefühl.

*J*ulies Mutter wirkte angespannt. Es hatte einen schwerwiegenden Vorfall in der Schule gegeben, weswegen sie spontan den Schulpsychologen angerufen und ihn um Rat gebeten hatte, wie man sich in diesem Falle verhalten sollte.

Der Psychologe hatte gesagt, schwierige Schüler brauchen ganz besonders viel Zuwendung …

»Wie man das aber hinkriegen soll«, sagte Julies Mutter erregt, »kann einem niemand sagen. Ich habe in meinen Klassen bis zu dreißig Schüler! Davon sind die Hälfte Ausländer, manche von ihnen sprechen nicht einmal richtig Deutsch! Sie reden zu Hause Türkisch oder Arabisch, Russisch oder Serbisch. Deutsch ist für sie eine Fremdsprache. Das ist das tägliche Problem … Und wenn es dann auch noch einen deutschen Schüler gibt, der …«

Sie schob den Teller von sich und knallte das Besteck auf die Tischplatte. Julie und ihre Eltern saßen beim Essen. Julie hatte sich viel Mühe gegeben, noch etwas zu »zaubern«, und war stolz auf die Tortilla, die nun auf dem Tisch stand, zusammen mit frischem Salat mit einem kräftigen Dressing... Aber die Stimmung ihrer Mutter verdarb ihr die Freude daran.

Julies Vater versuchte, wie immer, wenn das Reizthema Schule besprochen wurde, abzulenken.

»Bei mir sind heute auf dem Schreibtisch ein paar tolle Reisekataloge gelandet. Ich hab sie mitgebracht. Habt ihr Lust, mal ein bisschen auf Traumreise zu gehen?«

Aber Julies Mutter hörte gar nicht zu. »Diese Kinder tragen ihre Probleme alle in die Schulen, ihren ganzen Frust, den sie zu Hause aufbauen. Von uns Lehrern verlangt man nicht nur, dass der Lernstoff erarbeitet wird, sondern dass wir aus diesen Schülern auch noch gute, verantwortungsvolle Staatsbürger machen. Manchmal finde ich das einfach unzumutbar.«

»Dann hör auf«, sagte Julies Vater. »Dann kündige und mach was anderes. Du musst doch nicht Lehrerin sein.«

»Aber es ist mein Beruf!«, rief Julies Mutter aufgebracht. »Ich habe mich für diesen Beruf entschieden, weil ich die Arbeit mit Schülern liebe!«

»Dann beschwer dich nicht immer«, sagte Julies Vater.

Julie seufzte. »Das nervt echt. Kann vielleicht mal jemand sagen, wie die Tortillas schmecken? Ich hab beim Zwiebelschneiden vorhin geheult. Ich frag mich echt, wozu ich das alles gemacht habe. Wozu der ganze Stress?«

Ihre Mutter beugte sich vor und streichelte Julies Arm. »Du weißt aber schon, dass du es gut hast, Schätzchen, oder?«

»Ich? Gut?« Julie stellte die Pfanne zurück auf den Herd und setzte sich wieder an den Tisch. »Ich bin die Einzige in der Klasse, die eine Lehrerin als Mutter hat. Die anderen bemitleiden mich rund um die Uhr!«

»Wieso?«, fragte ihr Vater. »Was sagen die denn?«

»Na, wie ätzend das sein muss, wenn man sich zu Hause nie über die Schule auslassen kann. Wenn man nie seinen Frust über die Lehrer und… na ja, über alles so richtig rauslassen kann.«

Julies Mutter lehnte sich lächelnd zurück. »Das ist hart«, sagte sie. »So ein schweres Leben hast du?«

»Ach, Mama, du willst es nicht verstehen. Und du«, an ihren Vater gewandt, »lässt du mir auch noch was übrig?«

Julies Vater hatte sich die ganze Zeit mit dem Löffel von der Tortilla auf den Teller geschaufelt und sah jetzt ganz verlegen, dass die Schüssel fast leer war. Er reichte sie schnell an seine Tochter weiter.

»Seht ihr«, sagte Julie, »und dann hat man auch noch einen raffgierigen Vater!«

Da mussten sie alle lachen.

Aber Julies Mutter kam noch einmal auf die Schule zurück. »Dieser Psychologe glaubt, dass an den Schulen zu wenig diskutiert wird, zu viel befohlen, und dass die Meinungen der Schüler oft nicht genügend respektiert werden. Und dass die Schüler deshalb ausrasten und mit Gewalt reagieren. Findest du das auch, Julie?«

»Weiß nicht, ehrlicherweise ist mir das egal. Ich kenn solche Leute nicht.« Julie stand noch einmal auf, um die Milchtüte aus dem Kühlschrank zu holen, und setzte sich wieder. »Bei uns an der Schule ist das kein Thema.«

»Ihr seid auch ein Gymnasium. An der Realschule sieht das anders aus, mein Schätzchen. Nicht nur, was die Gewalt betrifft. Wenn ich sehe, wie meine Schüler mich morgens mit stumpfen Blicken angucken… Die ganze Nacht haben sie vorm Fernseher gehangen oder sie haben sich in irgendwelchen Diskotheken herumgetrieben. Die sind manchmal total apathisch. An nichts wirklich interessiert. Es ist ein Jammer. Ich frage mich, wie diese Kids später im Leben den Existenzkampf gewinnen wollen.«

»Mann, Mami!« Julie starrte ihre Mutter an. »Du tust gerade so, als wenn die Realschüler zweite Wahl wären!«

»Sind sie doch auch«, sagte Julies Vater.

Julie holte tief Luft. Sie konnte nicht glauben, was sie hörte. »Das sagt ihr, obwohl Mami da Unterricht gibt?«

Ihre Mutter sah sie an.

»Schatz! Was glaubst du denn, warum wir dich ins Gymnasium geschickt haben? Warum ich damals, als du in der vierten Klasse in Mathe so abgerutscht bist, jeden Nachmittag mit dir geübt habe? Warum wohl? Weil es egal ist, ob man auf eine Realschule oder aufs Gymnasium geht?«

»Aber früher habt ihr immer gesagt, die Realschule ist mehr was für Leute mit praktischen Begabungen, und das Gymnasium für Schüler, die eher theoretisch denken können. Soll das jetzt nicht mehr stimmen?« Julie schüttelte den Kopf. »Das klingt fast rassistisch, wie du über deine Schüler redest.«

»Was?«, schrie Julies Mutter jetzt empört. »Was unterstellst du mir da?«

Julie zerknüllte die Papierserviette und warf sie auf den Teller. Sie erhob sich.

»Julie!«, rief ihr Vater. »Bitte, wir sind noch nicht fertig mit dem Abendessen.«

»Ich schon«, knurrte Julie und zog die Küchentür hinter sich zu.

Wenige Augenblicke später – Julie hatte sich gerade mit einem Buch auf ihr Bett geworfen – stand ihre Mutter in der Tür. »Darf ich reinkommen?«

Julie schaute nicht auf. Sie zuckte nur gleichmütig mit den Schultern. Ihre Mutter setzte sich auf die Bettkante. »Was ist mit dir los, Schatz?«, fragte sie. Sie legte ihre Hand auf Julies Beine. Etwas, das Julie nicht ausstehen konnte, weil es sie immer daran denken ließ, dass ihre Beine zu dick waren.

Grob schob sie die Hand der Mutter weg. »Lass das, bitte.«

Ihre Mutter seufzte. »Sag mir, was los ist.«

Julie schleuderte wütend ihr Buch auf den Boden. »Nichts, verdammt! Nichts ist los! Ich will nur euer Gerede über uns Schüler nicht, verstehst du das? Ich will hier zu Hause nicht über die Schule sprechen, nicht mit euch.«

»Und deshalb warst du so aggressiv?«, fragte ihre Mutter.

»Mami!« Julie starrte ihre Mutter wütend an. »Ich war nicht aggressiv! Überleg doch mal, was du gesagt hast! Ich meine, über deine eigenen Schüler!«

»Ich weiß, was ich gesagt hab, Schatz. Aber du hast auch keine Ahnung, mit welchen Problemkindern ich mich rumschlagen muss. Wenn ich dir zum Beispiel erzählen würde, was ich heute …«

Julie rollte sich auf den Bauch, robbte vor und angelte ihr Buch. »Mami, ich will mir das nicht anhören, verstehst du? Ich! Will! Nicht!«

Ihre Mutter seufzte, sie stand auf. »Okay, gut. Wahrscheinlich hast du Recht. Es bringt dich nur in Konflikte.«

Julie schwieg.

»Wie war denn dein Nachmittag? Was hast du erlebt?«

Ihre Mutter stand an der Tür, sie wollte ganz offensichtlich, dass die Harmonie zwischen ihr und Julie wiederhergestellt wurde. Aber Julie nahm das Buch, schlug es auf und tat, als würde sie weiterlesen.

»Du willst es mir nicht erzählen?«, fragte ihre Mutter.

Julie schüttelte den Kopf.

»Und warum nicht?« Das war das Schlimme an ihren Eltern, dass sie nie aufgaben.

»Weil es nichts zu erzählen gibt!«, knurrte Julie: »Darf ich jetzt weiterlesen, bitte? Wir haben das bis morgen für Deutsch auf!«

Das half. Ihre Mutter hob entschuldigend die Arme, küsste die Luft in ihre Richtung und war wieder weg.

Endlich wieder allein, streckte Julie sich flach auf dem Rücken aus und legte das Buch aufgeschlagen auf ihr Gesicht.

Und während sie so dalag, wurde ihr auf einmal bewusst, dass sie noch nie mit jemandem aus der Realschule befreundet war. Natürlich kannte sie ein paar Schüler aus ihrer Straße. Kids, mit denen sie die Grundschule besucht hatte und die dann auf die Mommsen-Realschule gekommen waren, als sie selbst aufs Gymnasium ging.

Aber befreundet war sie mit denen nicht.

Joe würde der Erste sein. Falls ihm etwas daran lag, mit ihr befreundet zu sein. Aber Julie hatte so ein Gefühl, als wenn sie Joe bald wiedersehen würde.

Die Lottoannahmestelle, die Joes Großeltern betrieben, lag in der Nähe des Bahnhofs, in einem Viertel, in dem nachts mehr Polizei patrouillierte als irgendwo sonst in der Stadt. Joes Großeltern besaßen das Geschäft schon seit fünfzig Jahren, und damals, so sagten sie oft, sei das hier eine gute Gegend gewesen, da habe es anständige Hotels gegeben, in denen die Reisenden abstiegen, die mit der Bahn unterwegs waren. Heute wurden in vielen der Hotels und Pensionen die Zimmer stundenweise vermietet, und die Zuhälter in ihren Ferraris und aufgemotzten Sportwagen fuhren die Straßen auf und ab, in denen die Nutten auf Kunden warteten. Die Mädchen und jungen Frauen kamen oft in den Laden, um einen Lottoschein abzugeben, oder sie kauften die BILD, um über die neusten Verbrechen und Scheidungen der Prominenz im Bilde zu sein, und manche nahmen auch noch eine kleine Schnapsflasche mit, einen Jägermeister oder einen Whisky. Ein Schluck Schnaps machte das Leben, das sie führten, leichter. Joes Großmutter war immer besonders nett zu den Mädchen. Manche kamen im Winter auch nur, um sich aufzuwärmen, wenn sie stundenlang in Wind und Schnee gewartet hatten auf einen Freier. Die Großmutter sagte nie etwas, wenn sie wieder gingen, ohne einen Cent auszugeben.

Der Laden wurde früher um sechs Uhr abends geschlossen, aber seit die Öffnungszeiten sich geändert hatten, blieben Joes Großeltern meistens bis um acht, um mit dem Kaufhaus und mit den anderen Geschäften in der Gegend mitzuhalten. Die Türken hatten ohnehin schon seit Jahren viel längere Verkaufszeiten. Da konnte man noch abends um acht frische Milch, Gemüse oder Bier kaufen. Der Videoshop nebenan war vierundzwanzig Stunden geöffnet, rund um die Uhr. Er hatte eine Extra-Abteilung für Pornos, die für Jugendliche unter sechzehn Jahren gesperrt war. Manchmal versuchten Kids aus der Gegend, sich da reinzuschummeln. Joe ging da nie hin.

Gegenüber, der Laden der Telekom, reizte ihn schon mehr. Da wurden immer die neuesten Handy-Generationen vorgestellt und oft genug drückte er sich da am Schaufenster die Nase platt. Joe besaß ein Handy, aber das war zwei Jahre alt. Die anderen in seiner Klasse hatten alle ultramoderne Dinger und gaben damit in der Schule mächtig an. Es war ihm egal. Er wusste, dass seine Großeltern ihm so ein Teil sofort kaufen würden, wenn er sie nur darum bat. Und genau deshalb tat er es nicht.

Dienstags und donnerstags holte Joe seine Großmutter aus dem Geschäft ab. Denn dienstags und donnerstags war sie abends in dem Laden allein, weil sein Großvater zu Vereinssitzungen ging. Joe musste pünktlich da sein, das war so verabredet, um dann mit der Großmutter zur Bank zu gehen, die Tageseinnahmen abgeben. Es gab ein besonderes Schließfach dafür. Joes Großmutter fühlte sich sicherer, wenn er sie dabei begleitete. Es gab zu viele Typen, die herumlungerten und alles beobachteten, was im Viertel passierte. Die Großmutter war sicher, dass es einen Haufen Leute gab, die genau wussten, wann sie allein im Laden war. In der Bäckerei an der Ecke hatte eine Bande schon zweimal die Verkäuferin überfallen und war mit dem Geld auf und davon. In der Kasse einer Lottoannahmestelle ist entschieden mehr Geld als in der Kasse einer Bäckerei. Deshalb fühlte die Großmutter sich nie sicher.

Joe kam heute zehn Minuten zu spät. Das Eisengitter war schon halb heruntergelassen und das Licht gelöscht bis auf die Neonröhre über der Tür, und die Großmutter saß, in Hut und Jacke, auf dem Schemel hinter dem Verkaufstresen, die Ledertasche mit den Tageseinnahmen auf dem Schoß. »Tut mir Leid«, sagte Joe fröhlich, als er unter dem Eisengitter durchschlüpfte, »bin ein bisschen spät heute.«

Seine Großmutter stand seufzend auf. »Ich hätte schon eine Stunde früher Schluss machen können«, sagte sie, »war überhaupt nichts los. Man fragt sich, warum man das hier überhaupt noch macht, wenn die Miete höher ist als die Einnahmen.«

Joe lachte. Er nahm seiner Großmutter die Tasche ab. »Komm, Omi, du übertreibst. Ist hinten alles zu?«

»Ja. Aber schau lieber noch mal nach. Ich vergesse in letzter Zeit so viel.«

Joe ging nach hinten. Vorbei an den Zeitungsstapeln, die zurückgingen an die Verlage, vorbei an Getränkekisten und Regalen mit Schreibmaterial. Da der Laden in der Nähe einer Grundschule war, verkauften Joes Großeltern auch Schulzeug –

Buntstifte, Filzschreiber, Hefte und Federmappen. Das alles stapelte sich in dem kleinen Nebenraum, von dem es einen Ausgang in den Hof gab. Die Tür war abgeschlossen, die Kette lag vor.

»Alles okay«, sagte Joe. Er rieb seine Hände.

Die Großmutter lächelte. »Danke, Junge. Dir geht's heute gut, wie?«

»Mir geht's hervorragend«, sagte er.

Sie verließen gemeinsam den Laden. Joe schloss die Tür ab und gab seiner Großmutter den Schlüssel, dann zog er das Eisengitter ganz herunter und gab den Code ins Sicherheitsschloss ein. Er machte das, seit er zwölf war. Seit er zwölf war, galt er für seine Großeltern als ein fast schon Erwachsener. Seit dieser Zeit sprachen sie mit ihm über ihre Probleme mit der Hausverwaltung, mit der Lottogesellschaft, mit der Rentenversicherungsanstalt, über Altersbeschwerden und über Beerdigungen und Traueranzeigen. Über alles, was wichtig war in ihrem Leben.

Wie jeden Abend, wenn Joe sie abholte, hakte sich seine Großmutter bei ihm ein, Joe trug die Tasche mit dem Geld.

Aus dem Dönerladen winkte Çelim und sie winkten zurück. Çelim war einmal in Joes Klasse gegangen. Als er die Neunte das zweite Mal wiederholen sollte, hatte er keine Lust mehr. Seinem Vater gehörte der Dönerladen. Und der lief gut, so nah am Bahnhof. »Ich trete bei ihm ins Geschäft ein«, hatte er an seinem letzten Tag großspurig verkündet. »Wir planen was Großes. Eine Kette von Läden, verteilt über die ganze Stadt.«

Aus der Kette war immer noch nichts geworden, aber wenn Joe mit Çelim redete, dann machte der ihm jedes Mal klar, wie froh er war, nicht mehr in die Schule zu müssen.

Joe war immer gut mit Çelim zurechtgekommen, obwohl er in der Schule als Schläger gegolten hatte. Çelim diskutierte nicht, sondern forderte seine Gegner immer zum Fight heraus. Er hatte mehr Zeit im Fitnesscenter verbracht als irgendwo sonst. Alle dachten, er würde später mal Bodyguard werden, für den Vorsitzenden der Muslime in Hannover ... oder so. Aber Çelim sagte, seine Familie sei eine Familie von Kaufleuten. Und das wollte er auch sein.

Çelim kam aus dem Laden. Er verbeugte sich strahlend vor Joes Großmutter. »Hallo, Frau Leinemann, wie war das Geschäft?«

»Könnte besser sein, mein Lieber«, antwortete sie lächelnd. »Und bei dir?«

»Ich bin zufrieden, danke.« Er zupfte Joe am Ärmel und senkte die Stimme. »Hast du eine Sekunde Zeit, Joe?«

»Klar.«

Joe löste sich vom Arm seiner Großmutter, bat sie: »Warte eine Sekunde, ja?«, und drückte ihr die Tasche in die Hand.

Çelim ging mit ihm ein paar Schritte zur Seite. »Wie ist es in der Schule?«, fragte er.

»Geht so.« Joe zuckte mit den Schultern. »Ich muss da irgendwie durch.«

»Keinen Bock mehr?« Çelim schaute ihn interessiert an.

»Na ja.« Joe seufzte. »Ich hab schon lange keinen Bock. Aber ich brauch den Abschluss.«

»Wofür?«, fragte Çelim.

»Wofür wohl!« Joe lachte. »Du bist vielleicht gut.«

»Irgendwann erbst du den Laden deiner Großeltern. Da kannst du was draus machen. Das könnte eine Goldgrube werden.«

»Klar«, sagte Joe. »Irgendwann vielleicht. Aber eigentlich ist das nichts für mich, ist nicht mein Ding.«

»Keine Lust, Kohle zu machen?«, fragte Çelim grinsend. »Du warst zwar immer schon ein Irrer, aber Geld brauchen auch die Irren.« Er schlug Joe auf die Schulter. »Wir machen einen neuen Laden auf. Eine Supersache. Auf dem Messegelände. Ich brauch da jemanden, dem ich vertrauen kann, wenn die CEBIT läuft. Weißt schon, die Computermesse.«

Klar wusste Joe, was die CEBIT ist. Ganze Schulklassen pilgerten da immer hin, um sich über die Neuheiten auf dem Computermarkt zu informieren, und gingen mit Taschen voller Prospekte wieder nach Haus.

Joe starrte Çelim an. »Du fragst mich, ob ich einen Dönerladen übernehmen will?«

Çelim schlug ihm wieder auf die Schulter. »Genau. Ich frage dich. Ist ein Job für vier Wochen. Und wenn das klappt…«

Joe bemerkte aus den Augenwinkeln, wie zwei Typen in dunklen Kapuzenshirts auf sie zuschlenderten. Er sah, wie einer der beiden seine Hand langsam in die Tasche steckte, und für einen Augenblick dachte Joe: Aufpassen! Aber dann holte der Typ nur eine Packung Zigaretten hervor. Der andere hatte schon sein Feuerzeug in der Hand, und beide blieben ganz nah bei Joe und Çelim stehen und gaben sich Feuer – aber so, dass Joe ihre Gesichter unter den tief hängenden Kapuzen nicht sehen konnte. Sie redeten, doch Joe hörte nicht, worüber sie sprachen, weil Çelim laut weiterredete. Über den Dönerstand auf dem Messegelände und dass er schon immer davon träumte, etwas mit Joe zusammen zu machen. »Wir waren doch echt gute Kumpel, oder?«, sagte Çelim. »In meiner Klasse warst du der Einzige, den ich nicht verprügelt hab.« Er lachte. »Im Gegenteil, ich hab dich aus jeder Sauerei rausgepaukt. Weißt du noch?«

Die beiden Typen in den Kapuzenshirts inhalierten, pafften den Rauch in die Luft und redeten dabei leise weiter. Joe glaubte zu hören, dass es Russisch war. Dann gingen sie weiter. Joe fühlte Erleichterung in sich aufsteigen. Seine Großmutter stand ein paar Schritte weiter vor dem Dönerladen und schaute hinein. Am Spieß drehte sich das Fleisch und der Saft tropfte auf einen großen Aluminiumteller.

»Weißt du«, sagte Çelim, »ich kenn viele Türken, die das sofort machen würden, Döner verkaufen. Hundert Leute. Mit Kusshand würden die das machen. Aber ich will keinen Türken als Partner, ich will einen wie dich, einen Deutschen. Nicht einen Türken mit einem deutschen Pass. Ich will einen Deutschen mit einem deutschen Pass und mit dem zusammen was aufbauen. Hey«, er boxte ihn freundschaftlich auf die Brust, »was sagst du?«

Joe war von diesem Angebot vollkommen überrumpelt. Und gerührt. Er mochte Çelim wirklich gern, aber ans Geldscheffeln mit ihm hatte er eigentlich nie gedacht. Er war anders als Çelim. Çelim trug eine imitierte Rolex am Handgelenk und lief im Sommer mit einer Spiegelbrille herum. Er trug Markenklamotten. Er war ein Angeber. Aber ein netter Angeber.

»Also? Was sagst du?«

In diesem Augenblick spürte Joe in seinem Rücken eine Bewegung. Es war mehr ein kalter Luftzug, ein Wind, eine Ahnung. Er wirbelte herum. Und er sah, wie die beiden Typen auf seine Großmutter zusprangen, wie sie sie gegen die Scheibe stießen, und er hörte den dumpfen Schlag, mit dem ihr Kopf auf das Fenster prallte. Er sah, wie sie ihre Tasche losließ und langsam zu Boden sackte. Einer der Typen versetzte seiner Großmutter noch einen Tritt mit dem Fuß, der zweite schnappte die Tasche und schon rannten sie. Es waren höchstens fünf, sechs Sekunden vergangen. Çelim und Joe starteten gleichzeitig.

Çelim schrie: »Ihr Ärsche! Ich krieg euch!«, und verfolgte die beiden aus dem Stand.

Joe brachte kein Wort hervor. Er sah, dass die Typen auf die Straße rannten, sah, wie ein Wagen auf sie zukam und wie ihre

Gestalten einen Augenblick im Scheinwerferlicht leuchteten, dann sprangen sie ins Auto und waren weg. Joe stürzte zu seiner Großmutter. Sie lag auf dem Boden, neben dem Abfallkübel mit Papiertellern und Plastikgabeln und Zigarettenkippen, und sie hatte die Augen geschlossen, als Joe sich über sie beugte.

»Omi«, flüsterte er erschrocken, »ist alles gut? Sag was, bitte.«

Die Großmutter wimmerte leise. Çelim kam zurück, er keuchte. »Diese Schweine! Die hatten einen Komplizen, die sind mit dem Auto weg. Ich hab die Nummer ungefähr im Kopf.« Er rannte in den Laden, und Joe sah, wie er einen Kuli nahm und etwas auf den Rand einer Zeitung schrieb.

»Tut dir was weh, Omi?«, fragte Joe.

Seine Großmutter öffnete die Augen, sie schüttelte den Kopf. »Haben sie die Tasche?«, fragte sie, als sie sich mühsam aufstützte und hochsah.

»Ich glaube schon«, antwortete Joe. »Aber wichtig ist doch, ob du okay bist. Vergiss das Geld.«

Er half seiner Großmutter auf die Beine. Çelim kam wieder aus dem Laden, und inzwischen waren einige Passanten stehen geblieben, sie fragten, was los sei.

Jemand sagte: Die Polizei muss her! Und ein anderer meinte: Früher hätte es so was nicht gegeben. Und ein Dritter: Was meint ihr wohl, was noch alles passieren wird! Wir haben fünf Millionen Arbeitslose. Das ist das Chaos.

Çelim und Joe führten die Oma in den Dönerladen und sie setzte sich auf einen der roten Plastikstühle. Çelim brachte ihr ein Glas Wasser, aber ihre Hände, als sie das Glas umfassten, zitterten so, dass sie fast alles verschüttete.

Joes Großmutter hatte eine Woche zuvor ihren vierundsiebzigsten Geburtstag gefeiert. Da hatten die Nachbarn, als sie zum Gratulieren kamen, noch gesagt: »Würde keiner glauben, dass Sie schon vierundsiebzig geworden sind, Frau Leine-mann.«

Aber jetzt, mit ihrem totenbleichen Gesicht und den zitternden Händen, wirkte sie wie hundert.

Und Joe hatte plötzlich eine furchtbare Angst um seine Großmutter. Und er dachte: Wenn sie stirbt, habe ich außer Opa niemanden mehr.

Er hatte keine Erinnerung an seine Mutter, keine Erinnerung an seinen Vater. Sie waren bei einem Verkehrsunfall ums Leben gekommen. Er war in ein Heim gebracht worden, und von da hatten sie, die Großeltern, ihn irgendwann geholt. Sie hatten erst spät erfahren, dass es seine Eltern nicht mehr gab, dass er ein Waisenkind war – denn aus einem Grund, den Joe nicht kannte und über den die Großeltern nie sprachen, hatte es schon vor seiner Geburt keinen Kontakt mehr zwischen ihnen gegeben.

Er hatte keine Geschwister, keinen Onkel, keine Tanten. Sein Großvater war fast achtzig.

Joe kniete vor dem roten Plastikstuhl, auf dem seine Oma saß, streichelte ihre zitternden Wangen und murmelte immerzu, wie beschwörend: »Es wird alles gut, hörst du? Alles wird gut, mach dir keine Sorgen, Omi. Das Wichtigste ist, dass du dir keine Sorgen machst. Hörst du, was ich sage?«

Çelim rief die Polizei. Dann brachte er ein feuchtes Tuch, mit dem Joes Großmutter sich den Schmutz aus dem Gesicht und von den Händen wischen konnte.

»Was ist das für eine beschissene Welt«, murmelte Çelim.

Joe nickte. »Das kannst du laut sagen.«

Çelim musterte Joe. »Du machst dir verdammte Sorgen um deine Großeltern, was?«

Joe sagte nichts. Er schluckte. Er nickte.

Da sahen sie das Blaulicht des Streifenwagens.

Weil das Klassenzimmer renoviert wurde, war die Zehn B jetzt in dem alten Flachbau einquartiert worden, ein Gebäude, das wegen Asbestverdacht seit zwei Jahren leer stand und abgerissen werden sollte.

Der Raum war kleiner als der alte Klassenraum und die Tische standen noch enger. Die Tafel ließ sich nicht verstellen und die Fenster konnte man nur kippen, nicht richtig öffnen.

Am Montag würden sie wieder in ihren Klassenraum zurückziehen können, das hatte man ihnen gesagt. – Den anderen hatte man das gesagt, mit Joe sprach keiner über die Sache.

Joe hatte einen Eintrag ins Klassenbuch bekommen, einen Verweis des Rektors, zwanzig Stunden Sozialdienst und die Auflage, sich mit dem Schulpsychologen zusammenzusetzen. Bislang hatte der aber noch keine Zeit für Joe gehabt und das war ihm nur recht.

Don Corleone hatte gesagt, dass er gerne Joes Eltern sprechen würde, aber Joe hatte darauf nicht reagiert. Joe wusste, dass die Sache irgendwann im Sande verlaufen würde. Er kannte sich mit so was aus.

Außerdem hatte er gestern noch im Internet ein bisschen herumgeforscht und festgestellt, dass das Besprühen von Wänden und Gegenständen nicht als Straftat gewertet wurde, weil es keine Sachbeschädigung war, sondern nur eine Sachbeschmutzung. Irgendeine Kommission war zwar gerade dabei, dieses Gesetz zu ändern, aber Joe hatte ohnehin nicht vor, ein Sprayer zu werden.

Don Corleone stand an der Tafel und neben ihm Dominik Schröder, das Matheass. Sie schrieben um die Wette eine Formel auf, die aus vielen Wurzeln bestand …

Don Corleone trug wie immer seine Lederjacke und ungebügelte Baumwollhosen. Die Sonnenbrille hatte er in seine dicken grauen Haare gesteckt. Don Corleone war lichtempfindlich, auf dem Schulhof ging er immer mit Sonnenbrille herum.

Eigentlich hieß Joes Klassenlehrer Donald Corssen, aber seit er einmal mit einer Schulklasse in Neapel gewesen war, hatte er diesen Spitznamen weg. Das war lange her, damals hatten alle noch den Mafia-Film »Der Pate« gesehen, wo Marlon Brando einen Mafiaboss spielte, so einen Mann, der mit leiser, sanfter Stimme Gewalt und Schrecken verbreitete.

Don Corleone hob die Augenbrauen, als Joe sich grußlos durch die engen Tischreihen zwängte.

»Schau mal einer an, welche Ehre! Der junge Herr kommt auch noch zum Unterricht!«

Joe saß an einem Einzeltisch in der letzten Reihe, so gefiel es ihm. Er hatte niemanden im Nacken. Und alles unter Kontrolle.

Er stellte schweigend seinen Rucksack unter den Tisch und holte das Mathebuch raus, legte es auf die Arbeitsplatte. Don Corleone kam auf ihn zu. Auch er hatte sich unter Kontrolle, wollte sich von der »Sprühaktion«, von diesem Vorfall, nicht hinreißen lassen – zumal Joe dafür seine Bestrafung erhalten hatte. Allerdings, nun kam Joe schon wieder zu spät zum Unterricht …

Der Lehrer klopfte sich die Kreidereste von den Fingern.

»In fünf Minuten«, sagte er beherrscht, »ist die Stunde zu Ende. Ich hoffe, du hast eine richtig gute Ausrede. Denn die schlechten sind schon alle verbraucht.« Er verschränkte die Arme vor dem gewölbten Bauch. »Also?«

Die anderen Schüler hatten sich alle zu ihm umgedreht. Erwartungsvoll. Sie erwarteten immer etwas, wenn Joe auftauchte.

Joe hob den Kopf. Er lächelte, er sah müde aus. Er hatte Ringe unter den Augen. Er war bleich.

»Tut mir Leid«, sagte er, »aber ich bin total durch den Wind.«

»Er ist total durch den Wind«, wiederholte Don Corleone.

»Habt ihr gehört, Leute? Joe ist total durch den Wind. Was für ein Zufall.« Nun doch eine Anspielung auf gestern.

Ein paar in der Klasse kicherten. Joe schnaubte verächtlich. Er legte die Arme um das Mathebuch und konzentrierte sich auf die Formeln. Er rechnete damit, dass Don Corleone gleich eine Frage zum Mathestoff abschießen würde.

Aber Don Corleone beugte sich nur noch etwas weiter vor und fragte: »Und warum bist du total durch den Wind?«

»Ich hatte einen Termin«, sagte Joe. Er merkte, dass das hier so schnell nicht vorbei sein würde. Er richtete sich darauf ein, er war ganz cool.

»Einen Termin hatte der Herr!«, rief Don Corleone. »Habt ihr gehört?« Er drehte sich Beifall heischend zu den anderen um. »Dabei hattest du doch hier einen Termin, eure Mathestunde. Ganz vergessen?«

»Nein«, knurrte Joe. »Aber es ging nicht anders.«

Don Corleone schnaubte durch die Nase, schüttelte den Kopf. Er ärgerte sich jetzt wirklich, er konnte nicht mehr lange dieses leicht ironisch-sarkastische Getue aufrechterhalten, das spürte Joe.

»Also«, sagte Don Corleone, »wir warten.«

»Ich musste zur Polizei«, sagte Joe. Er hob den Kopf, er schaute Don Corleone in die Augen. Er versuchte, ganz ruhig zu sein.

»Da haben gestern Abend zwei Typen meine Oma zusammengeschlagen«, sagte er. »Total brutal. Und sind mit ihrem Geld weg. Den Tageseinnahmen. Wir haben die Polizei gerufen, und die Polizei hat eben gesagt, ich sollte heute Morgen noch mal vorbeikommen.«

»So«, sagte Don Corleone nachdenklich, er rieb sich das Kinn. »Das hat die Polizei gesagt.«

»Ja.« Joe schaute Don Corleone in die Augen.

»Und du hast dir diese hübsche Geschichte nicht zufällig einfach nur ausgedacht?«, fragte Don Corleone.

Joe gab keine Antwort. Er blickte in sein Mathebuch. Er tat, als würde er sich auf das konzentrieren, was da stand.

Don Corleone schoss das Blut ins Gesicht. »Ich glaube dir, verdammt noch mal, kein Wort!« Er schrie jetzt. »Und ich habe die Nase voll von diesen Ausreden! Jetzt muss sogar noch eine Oma zusammengeschlagen werden, nur weil ein gewisser Joe in Erklärungsnöten ist! Ich glaube dir kein Wort, mein Lieber! Ich will nicht von gestern reden, das ist für mich abgehakt, obwohl es mir schwer fällt … aber jetzt schon wieder so eine haarsträubende Geschichte. Irgendwann reicht es auch mir. Ich lass mich von dir nicht zum Deppen machen. Du kannst gehen, sofort!«

Joe hob den Kopf. Er verstand nicht richtig, er zog die Augenbrauen zusammen. »Gehen?«, fragte er.

»Ja«, sagte Don Corleone, »gehen. *Gehen!!* Ein Verb. Gehen, ging, gegangen. Oder mit anderen Worten, noch kürzer: Raus!« Er zeigte zur Tür. Sein Arm zitterte. »Ich hab nicht auch noch Lust auf deine blöden Witze.«

»Das ist kein Witz«, sagte Joe ruhig. »Sie haben wirklich meine Oma zusammengeschlagen.«

In der Klasse lachten ein paar. Jemand brüllte: »Echt der Hammer! Die Oma!«

Allmählich wurde es immer lauter, die Leute lachten. Ein paar setzten sich auf den Tisch, um besser sehen zu können.

Don Corleone stützte seine großen Hände auf Joes Tischplatte und kam Joe so nahe, dass ihre Stirnen fast gegeneinander stießen.

»Ich möchte, dass du gehst, dass du den Klassenraum sofort verlässt«, sagte er sehr leise. »Und zwar auf der Stelle, Joe. Hast du mich verstanden?«

»Nein«, sagte Joe.

Da ballte der Lehrer die Faust und schlug auf den Tisch.

Joe sprang sofort auf. Er griff nach seinem Rucksack, stopfte das Mathebuch rein, warf den Rucksack über die Schulter und ging, den Kopf in den Nacken gelegt, aus dem Zimmer.

Es war vollkommen ruhig.

Don Corleone bewegte sich erst wieder, als die Tür hinter Joe zugeschlagen war.

»Und wir«, sagte er, »gehen jetzt auf Seite neunundachtzig und konzentrieren uns auf den Unterricht.«

Joe stieg im Treppenhaus des Hauptgebäudes in den zweiten Stock. Es war sehr still. Offenbar gab es keine Freistunden für irgendeine Klasse, überall waren die Türen geschlossen und nur ganz gedämpft drangen Stimmen auf die Flure.

Joe stieg die Treppe hoch. Sein Gesicht war angespannt und noch ein bisschen bleicher als vorher.

Im zweiten Stock bog er nach links und öffnete die Glastür zum Verwaltungstrakt. Er klopfte an die Tür, auf der »Sekretariat« stand. Niemand hielt ihn auf. Er öffnete die Tür erst, als eine fröhliche Stimme von innen rief: »Immer schön reinkommen!«

Das war die Stimme von Sonja Birgel, der Sekretärin. Alle mochten sie, sie war rothaarig, klein und stand kurz vor der Pensionierung. Sie war umgeben von einer Gruppe von Lehrern, die ihren Schreibtisch umlagerten. Auf dem Tisch ein Kuchen mit Kerzen, eine Sektflasche, Blumen. Frau Birgels Gesicht war vor Erregung gerötet. Sie hob gerade das Glas, als Joe hereinplatzte und sagte: »Ich möchte mich über einen Lehrer beschweren. Kann ich zum Rektor? Ist er da?«

Alle blickten ihn an. Da war Heiner Lamprecht, der Musiklehrer, der immer nur Cordhose und Fliege trug, Camilla Horn, Englisch und Deutsch, dann die französische Austauschlehrerin mit ihrem roten Brillengestell, Bernd Fischauer, Geografie, und der nette Hausmeister Wronski.

Alle starrten ihn an wie einen Eindringling. Dabei durfte man während der Unterrichtszeiten jederzeit ins Schulsekretariat.

»Junge.« Es war Camilla Horn, die als Erste ihr Glas abstellte und ihm entgegenging.

»Joe Leinemann? Aus der Zehn B?«

Er nickte.

Die Lehrerin versuchte, ruhig zu sein, obwohl sie offenbar sehr erregt war. Natürlich dachte auch sie an die Sprühaktion, sagte aber nichts davon. »Ist es dir schon einmal eingefallen, dich zu entschuldigen, wenn du in einen Raum platzt?«

»Dies ist das Sekretariat«, sagte Joe bockig. »Da konnte man bisher jederzeit rein, wenn man ein Problem hat.«

»Und wie wär es dann wenigstens mit einem ›Guten Tag‹?«, fragte die Lehrerin. »Das zumindest, oder?«

Joe schaute sie an.

Er nickte nur und wandte sich dann direkt an Sonja Birgel. »Frau Birgel, ich muss zum Rektor. Ich muss ihn sprechen, jetzt gleich.«

Jetzt stellte Bernd Fischauer sein Glas so auf den Schreibtisch, dass es ein lautes Geräusch machte. »Frau Birgel hat heute Geburtstag, Joe«, sagte er scharf. »Und wir wollten in dieser Sekunde mit ihr anstoßen.«

»Okay«, sagte Joe, »dann warte ich so lange.« Er verschränkte die Arme vor dem Körper und schaute trotzig aus dem Fenster.

Es war eine Provokation. Er spürte, dass sie seine Feinde waren. Aber er wollte das aushalten. Er genoss es geradezu. Er fühlte sich im Recht. So wie gestern, als ihm verwehrt wurde, für das Amt des Schulsprechers zu kandidieren. Er wollte es noch einmal versuchen, sein Recht zu bekommen, nichts als sein Recht.

Die Sekretärin machte einen Versuch, ihn zu besänftigen. Sie trat auf Joe zu und sagte: »Herr Assmann hat wenig Zeit, komm doch später noch mal, ja?«

Aber Joe wollte nicht später wiederkommen.

»Tut mir Leid«, sagte er störrisch, den Blick unverwandt auf Frau Birgel gerichtet, »ich wollte nicht stören.«

»Aber du störst, Junge!«, rief der Mathelehrer. »Merkst du das nicht?«

»Hast du denn jetzt keinen Unterricht?«, fragte Camilla Horn.

»Doch«, sagte Joe, ohne die Lehrerin anzusehen. »Darum geht es ja gerade. Ich sagte doch, ich will mich beschweren.«

»Und welche Stunde habt ihr gerade?«

»Mathe«, sagte Joe.

Das war das Stichwort für den Hausmeister. »Du suchst doch bloß einen Vorwand, um nichts zu lernen, was? Mal sehen, was du heute …« Er brach ab.

»Nein«, sagte Joe unbeirrt, »darum geht es nicht.«

Sonja Birgel klopfte an die Tür des Rektors. Sie wartete eine Sekunde, drückte die Tür auf und verschwand.

Eine Sekunde später kam sie raus. »Aber ganz kurz«, sagte sie und ließ ihn eintreten.

»Du willst mich sprechen?«, knurrte Herr Assmann, ein kleiner, beleibter Mann mit einem Ansatz zur Glatze. Er saß mit hochgekrempelten Hemdsärmeln am Schreibtisch, vor sich einen Aktenstapel.

Joe sah ihn an, er nickte.

Herr Assmann warf einen Blick durch die geöffnete Tür auf die Geburtstagsgesellschaft draußen im Vorzimmer und winkte Joe hereinzukommen.

Joe schloss die Tür hinter sich und machte ein paar Schritte auf den Schreibtisch zu. Er war noch nie im Zimmer des Rektors gewesen, jedenfalls konnte er sich nicht erinnern. Es war ein großes, helles Zimmer, mit den Fenstern zum Schulhof. Joe konnte sich gut vorstellen, wie der Rektor von hier oben das Treiben der Schüler auf dem Hof beobachtete.

Herr Assmann verschränkte seine Hände auf den Akten. »Also? Wo ist das Problem?«

»Ich möchte mich beschweren«, sagte Joe nun zum dritten Mal.

Herr Assmann lehnte sich zurück. »Über wen?«

»Über Don Corleone«, Joe stockte, räusperte sich und fing noch einmal von vorne an. »Ich ... ich meine ... also, Herr Corssen, ich möchte mich über Herrn Corssen beschweren.«

Der Rektor nickte bedächtig. Er ließ Joe nicht aus den Augen. »Und wie lautet die Beschwerde?«

»Er behandelt mich ungerecht, weil er mich nicht leiden kann.«

Der Rektor hob den Kopf. »Wundert dich das? Nach allem, was passiert ist?«

»Er ist ungerecht.«

»Aber wieso? Was tut er?«

»Er behauptet, dass ich lüge, auch wenn ich die Wahrheit sage.«

»Aha.«

Sie schwiegen.

»Und das ist alles?«, fragte der Rektor.

»Es gibt Leute in der Klasse«, sagte Joe, »bei denen lässt er praktisch alles durchgehen, die können ihm auftischen, was sie wollen, die liebt er, die lächelt er an. Aber wenn ich den Mund aufmache, dann guckt er mich an, als würde er am liebsten gleich ...«

Herr Assmann lehnte sich weit vor. »Und was, Joe, glaubst du wohl, ist der Grund dafür?«

»Keine Ahnung«, sagte Joe.

Sein Gegenüber holte tief Luft. »Joe Leinemann, was ist mit deinem Gedächtnis los?«

Joe schloss kurz die Augen, konzentrierte sich, riss die Augen wieder auf. »Herr Rektor, wenn ich hier an der Schule manchmal irgendwie aus dem Ruder laufe und...«

Die Tür ging auf. Sonja Birgel steckte ihren Kopf herein.

»Chef, die Flasche ist gleich leer! Soll ich Ihnen lieber ein Glas...«

»Kommt nicht infrage! Ich bin sofort bei euch!« Herr Assmann hob die Arme, verdrehte die Augen. »Eine Sekunde.«

Da wusste Joe, dass auch der Rektor ihm nicht zuhören wollte. Die Wahrheit nicht wissen wollte.

»Also?«, fragte Herr Assmann, während er sich das Sakko von der Sessellehne angelte. »Du wolltest noch etwas sagen?«

Joe schüttelte den Kopf. »Ist schon gut.«

»Schon gut? Auf einmal?« Der Rektor war verblüfft.

»Ja«, sagte Joe.

»Aber eben wolltest du doch noch etwas sagen. Du hast angefangen...«

»Ich hab vergessen, was ich sagen wollte.« Joe machte eine kurze, knappe Verbeugung, drehte sich um und ging zur Tür. Er spürte, dass seine Bewegungen eckig und seine Schritte verkrampft waren.

»Joe Leinemann!«, rief der Rektor.

Joe schaute sich nicht um.

»Joe!«, brüllte der Rektor.

Egal. Schluss. Aus.

*J*oe wartete vor ihrer Schule.

Julie kam mit einem Pulk von Klassenkameraden durch den Nebenausgang, und sie wollte gerade nach links in die Königstraße abbiegen, als sie wie zufällig noch einen Blick auf das Haupttor warf. Das Blut schoss ihr in den Kopf, als sie Joe erkannte. Er trug das gleiche blaue T-Shirt wie am Vortag bei der Gedichtlesung, aber er sah irgendwie fertiger aus. Noch fertiger. Ganz weiß. Er lehnte an der Mauer, und er klopfte im Sekundentakt, wie ein Automat, seine Zigarettenkippe gegen die roten Backsteine. Dabei musterte er jeden Schüler, der durch das Haupttor kam.

Julie sah Joe dort stehen. Er blickte in die andere Richtung.

Julie überlegte, was sie machen sollte.

Da stand plötzlich Florence neben ihr und wisperte ihr ins Ohr: »Guck mal nach rechts.«

»Tu ich doch.«

»Dein Dichter!«, wisperte Florence und grinste.

»Du bist blöd«, knurrte Julie. »Der will doch gar nichts von mir.«

»Ach nein?« Florence verdrehte den Kopf so, dass sie Julie in die Augen sehen konnte und Joe vor den Blicken der Freundin verschwand.

»Warum ist er dann wohl hier?«

»Weiß ich doch nicht, wieso«, knurrte Julie, aber ihr Kopf glühte. Sie hatte sich vorher dafür entschuldigt, dass sie gestern so schnell abgehauen war aus dem *Quasimodo*, ohne zu warten, bis Florence mit ihrem Beitrag drangekommen war.

Florence tat so, als sei es ihr egal gewesen, aber Julie wusste, dass es nicht stimmte. Von Didi hatte sie gehört, dass Florence' Vortrag schlecht angekommen war. Die Leute hatten gelacht an einer Stelle, die Florence »supertraurig« gemeint hatte. Und einer aus dem Publikum hatte ganz laut »aufhören!« gebrüllt, worauf Florence wütend von der Bühne gestolpert war, mit den Worten: »Ihr seid ein total unfaires Publikum.« Aber das hatte ihr auch keine Pluspunkte mehr eingebracht. Deshalb wäre es gut gewesen, wenn Julie geblieben wäre. Um sie zu trösten. Oder um zu applaudieren. Und Bravo zu rufen, wenn die anderen grölten – das hätte sie machen müssen. Deshalb war sie ja eigentlich auch hingegangen, um Florence beizustehen. Und nicht, um einen Typen zu hören, der Joe Leinemann hieß, eine ganz andere Schule besuchte, andere Freunde hatte und überhaupt.

Julie hatte ein schlechtes Gewissen. Sie wollte ihrer Freundin das sagen und sich noch einmal entschuldigen, aber da schnippte Joe seine Kippe weg, machte eine halbe Drehung mit dem Kopf und schaute genau zu ihr hin.

Und ohne dass sie es wollte, hob sich von selbst ihre Hand, ihr Gesicht verzog sich zu einem Lächeln, und sie winkte.

»Na also«, zischte Florence. »Fallt euch schon um den Hals.« Sie gab Julie einen Schubs ins Kreuz und Julie stolperte vorwärts.

»Hi«, sagte Joe. »Wie geht's?«

»Danke«, Julie lächelte, »ganz okay.«

Sie standen mitten im Strom der Schüler, die an ihnen vorbei zu den Bussen, den Fahrradständern, dem Fußgängerübergang wollten.

Sie standen da, lächelten sich an und hatten keine Ahnung, was sie sagen sollten.

»Ich dachte«, meinte Joe, nachdem er sich dreimal geräuspert hatte, »ich komm mal vorbei und guck, ob du immer so lächelst, wenn du mich siehst. So wie neulich im Club.«

Julie lachte. »Und? Tu ich?«

Joe nickte. »Noch besser.« Er holte tief Luft. »War echt gut, ich hab das gebraucht, ich hab seit gestern Abend nur neue Scheiße erlebt.«

»Oh«, sagte Julie erschrocken und wartete. Sie dachte, wenn er mir was sagen will, wird er es schon tun.

Joe deutete mit dem Kopf in Richtung Zentrum. »Gehen wir ein Stück? Oder musst du gleich nach Hause?«

»Wir können ein Stück gehen«, sagte Julie. »Auf mich wartet zu Hause keiner.«

»Dann haben wir ja was gemeinsam«, sagte Joe.

Er warf seinen Rucksack von der linken auf die rechte Schulter und ging neben Julie her.

»Heute ist Freitag und da hat meine Mutter nachmittags immer eine Konferenz«, sagte Julie.

Joe schwieg.

»Und wieso ist bei dir niemand zu Hause?«, fragte Julie.

»Bei mir?« Joe hob die Schultern. »Ich weiß nicht.« Er schaute sie an. »Ist einfach nichts los. Nichts.«

»Wie: nichts?« Julie lachte verlegen. »Dein Zuhause ist ein Nichts oder was?«

»So ungefähr. Das heißt... quatsch, überhaupt nicht.« Er holte tief Luft. Er schaute in den Himmel, der an diesem Mittag grau war. »Gestern Abend haben sie meine Oma zusammengeschlagen. Und ich stand daneben. Unfassbar...«

Julie blieb stehen. Sie starrte Joe an, die Augen weit aufgerissen. »Deine Oma zusammengeschlagen? Das ist ja furchtbar. Oh Gott! Ist ihr was passiert?«

Joe schüttelte den Kopf. Er blieb neben Julie vor der Fußgängerampel stehen. Gegenüber, am Eingang zu einem Supermarkt, machte sich gerade eine Schlange aus Einkaufswagen selbstständig und rollte auf die Straße zu.

Sie sahen, wie ein Junge sich geistesgegenwärtig vor die Wagen warf und mit seinem ganzen Gewicht versuchte, sie aufzuhalten, bis andere Passanten ihm halfen. »Gute Reaktion«, sagte Joe grimmig. »Hätte ich mir selber auch gewünscht.«

»Willst du nicht erzählen, was passiert ist?«

Joe nickte. Sie gingen an dem Supermarkt vorbei, durch die Einkaufsstraße mit den Blumenkübeln aus Beton, den Abfallkörben und Sitzen aus geflochtenem Draht. Die Sitze waren eiskalt im Winter und quetschten, wenn Sommer war, rote Rillen in die Haut, aber man konnte sie weder beschmieren noch verfeuern. Es war der Versuch einer Stadt, sich gegen Vandalismus und Zerstörungswut zu behaupten. In den Blumenkübeln wucherten die Fuchsien und Margeriten, und wenn man nicht so genau hinsah, bemerkte man auch nicht die Zigarettenkippen, die Colabecher und Bierdosen, die zwischen den Blumen steckten. Julie hatte das Gefühl, dass ihre Augen nur Hässliches erblickten, während sie neben Joe herging und ihm zuhörte.

Die Einnahmen von achthundertneunzig Euro waren also weg, die Lederhandtasche der Großmutter war aber wieder aufgetaucht, mit ihren Papieren, jedoch ohne Haustürschlüssel. Joe war am Morgen bei der Polizei gewesen und hatte die Tasche identifiziert, er musste eine Erklärung unterschreiben und durfte sie dann mitnehmen, von den Tätern fehlte jede Spur.

»Du kannst dir ungefähr vorstellen, wie das jetzt für meine Oma wird, wenn sie weiter abends allein im Laden steht«, sagte er. »Immer kann ich nicht bei ihr sein. Die hat doch nur noch Angst.«

»Das tut mir unheimlich Leid«, sagte Julie mitfühlend. »Wirklich, ich finde das so unfair, wenn diese Typen, bullenstark, sich ausgerechnet alte Leute aussuchen, von denen sie wissen, dass da keine Gegenwehr kommt.«

»Ich hätte ihr helfen müssen«, sagte Joe. »Ich hätte sie beschützen müssen. Ich fühle mich miserabel.«

Julie nickte beklommen. Sie konnte sich vorstellen, wie es in Joe aussah. Er musste sie sehr gern haben, seine Großmutter, sonst würde ihn das Ganze nicht so mitnehmen. Und er sah mitgenommen aus. Richtig fertig.

»Aber du glaubst mir, oder?«, fragte Joe.

»Klar, wieso?«

»Weil man mir heute nicht geglaubt hat, als ich das erzählt hab. Irgendwie scheint man mich für einen Spinner zu halten, einen Wahnsinnigen.« Er seufzte. »Ich weiß auch nicht. Ich hab heute einen schlechten Tag.« Er lächelte ihr zu. »Ich sollte dich damit nicht belästigen. Ich bin ein Idiot. Wir haben uns gestern erst kennen gelernt und heute laber ich dich schon mit meinen Problemen voll.«

»Das ist doch vollkommen okay«, sagte Julie mit warmer Stimme.

Er warf ihr einen kurzen Blick zu, steckte die Hände in die Hosentaschen und ging mit gesenktem Kopf neben ihr her.

»Gestern war ein guter Nachmittag«, sagte Joe.

Julie lächelte. »Ja, finde ich auch.«

»Ich hab meine Gedichte vorgelesen und sie sind ziemlich gut angekommen.«

»Mehr als ziemlich gut«, sagte Julie.

»Und dann haben wir uns kennen gelernt«, sagte Joe.

Julie nickte. Ihr Herz schlug. Sie atmete nur ganz flach, damit sie die nächsten Sätze von Joe auch nicht verpasste, es war laut in der Gegend, in der sie gerade unterwegs waren, aus dem WOM, dem Musikladen, dröhnte Musik.

»Und die Sonne schien«, sagte Joe. »Das war insgesamt ein richtig guter Nachmittag. Aber dann, der Abend...«

Julie nickte.

»Ich hole meine Oma jeden Dienstag und Donnerstag von ihrem Laden ab«, sprach Joe weiter. Er zögerte, dann fügte er hinzu: »Sie haben einen Zeitschriftenladen, mit Lotto und so. Papierkram. In der Nähe vom Bahnhof.«

Sie gingen an ein paar Klamottengeschäften vorbei, wo sich haufenweise Kundschaft drängte.

»Muss man sich mal vorstellen«, sagte Joe nach einer Weile, »gestern ist ihr das passiert und heute sind meine Großeltern schon wieder um sieben aufgestanden und um acht waren sie in ihrem Geschäft. Das sind richtige Arbeitstiere.«

Julie lachte. »Komm, wie redest du von denen.«

»Ja«, sagte Joe. »Die kennen nichts anderes als ihre Arbeit, die haben den Laden schon seit neunundvierzig Jahren! Immer an der gleichen Stelle, und alle zehn Jahre kommt der Maler, und ab und zu brauchen sie ein neues Vorhängeschloss für das Eisengitter. Wahnsinn.«

Julie schwieg.

Gegenüber war ein Hamburger-Imbiss, vor dem ein paar Jungs herumalberten, zwischen Mopeds, Skateboards und abgestellten Fahrrädern.

»Die haben die besten Hamburger«, sagte Joe, »obwohl ich mehr auf Döner stehe. Ich würde dich ja einladen, aber meine Kohle reicht nicht. Ich wollte heute Morgen meine Alten nicht anhauen um Geld. Nach dem Schock.«

»Ich hab auch kein Geld mit.« Julie ärgerte sich, dass sie ausgerechnet an diesem Tag ihr Portmonee zu Hause gelassen hatte.

Sie wär unheimlich gerne mit Joe jetzt da reingegangen, oder woandershin, ins *Stübchen* zum Beispiel. Sie fürchtete sich vor dem Augenblick, wo Joe sagen würde: Also dann, bis ein anderes Mal, und einfach wieder verschwinden würde.

Aber sie hatte ihrer Mutter auch versprochen, gleich nach Hause zu gehen, eine dringende Kuriersendung entgegennehmen. Wie so oft hatte ihre Mutter den ganzen Nachmittag

Konferenzen… Es war also keine Gefahr, dass sie auf Joe stoßen würde. Und Joe auf ihre Mutter. Er fände es bestimmt nicht gut, wenn er wüsste, dass sie Lehrerin an seiner Schule ist. Hundertprozentig nicht gut. Aber ein Zusammentreffen würde sich vermeiden lassen. Julie musste ihn einfach rechtzeitig nach Hause schicken. Deshalb sagte sie, fast beiläufig, damit es nicht irgendwie wichtig und besonders klang: »Wenn du willst, können wir zu mir nach Hause gehen. Ich kann uns eine Lasagne machen, in der Mikrowelle.«

Joe schaute sie an, unsicher. Dann hob er die Augenbrauen. »Lasagne?«, fragte er.

Julie nickte. »Oder Pizza?«

»Lasagne klingt super«, sagte Joe. Er lachte plötzlich. Er hob den Kopf und deutete auf einen blauen Fleck im Wolkenmeer. »Noch ein paar Minuten, dann kommt die Sonne«, sagte er.

Als sie vor Julies Haustür standen und sie nach ihrem Schlüssel kramte, betrachtete Joe das Klingelschild. »Du heißt Dietrich?«, fragte er.

»Ja, Julie Dietrich. Wieso?«

»Nur so«, sagte Joe. »Dietrich ist ein ziemlich häufiger Nachname, oder?«

»Ja, find ich auch«, sagte Julie. Sie schloss auf. »Komm rein«, sagte sie.

Im Flur helles Laminat, das glänzte.

»Ich zieh lieber die Schuhe aus«, sagte Joe.

Sie saßen in Julies Küche an dem runden Tisch. Julie hatte zwei Platzdecken hingelegt, darauf die Teller mit der Lasagne, Besteck.

Jeder hatte ein Glas Apfelschorle vor sich. Auf dem Küchenbalkon, direkt in einem Sonnenfleck, aalte sich Tschinky, die Nachbarskatze. Die Sonne schien in den Hof und auf das Dach der gegenüberliegenden Häuser. Die Balkontür stand offen, und es roch, wenn man genau aufpasste, ein bisschen nach den Gewürzen, die Julies Mutter draußen in ein paar Kübeln züchtete.

Julie schaute sich um wie eine Fremde in der Küche. Und sie dachte: Hey, ist schön hier.

»Gestern, als wir geredet haben«, sagte Joe, »ist mir plötzlich die Idee für einen neuen Text gekommen.«

»Ein Gedicht?«

»Ja, ein Gedicht. Deshalb wollte ich schnell nach Hause. Ich muss das dann immer sofort aufschreiben. Aber als ich zu Hause war, hab ich's auf einmal nicht mehr hingekriegt.« Er grinste. »Festplatte gelöscht.«

»Oh«, sagte Julie, »schade. Du weißt gar nicht mehr, wie es ging?«

Joe schüttelte grinsend den Kopf. »Aber ich denke, es kommt wieder. Wenn ich hier so sitze, die gute Lasagne im Bauch, und dich ansehe… es kommt bestimmt wieder.«

Und Julie dachte: Komisches Gefühl, zu wissen, dass man irgendwie teilhat am Entstehen eines Gedichtes. Und sie dachte, ein bisschen verschämt, vielleicht hat es ja auch was mit mir zu tun? Und dann dachte sie: Vielleicht ein Liebesgedicht?

Aber wenn sie Joe so ansah und wenn sie an den Text dachte, den er im *Quasimodo* vorgetragen hatte, dann war es wenig wahrscheinlich, dass Joe sich Gedanken über die Liebe machte.

Nach dem Essen saßen sie in Julies Zimmer und guckten ihre CDs durch und redeten über die Art von Musik, die ihnen gefiel.

Eigentlich suchten sie immer nach Gemeinsamkeiten, das war schnell klar, und sie freuten sich jedes Mal, wenn es einen

Typ oder einen Titel gab, den sie beide gut fanden. Joe hatte schon einen Stapel CDs zur Seite gelegt, die er mit nach Hause nehmen wollte, um sie für sich zu brennen.

Und plötzlich hörte Julie, wie ihre Mutter nach Hause kam. Es war erst fünf, sie kam früher als erwartet.

Julies Mutter ließ die schwere Aktentasche auf den Boden fallen. Dann knallte der Schlüsselbund in die Keramikschüssel. Dann klapperte der Kleiderbügel. Und an der Art dieser Geräusche wusste Julie schon, dass ihre Mutter schlechte Laune hatte.

Das fehlte gerade noch. Wenn Joe sie jetzt sah und ihre Mutter ihn – Julie spürte, dass das nicht gut ausgehen würde.

Oh Gott, dachte Julie, was mach ich jetzt bloß?

Joe war immer noch ahnungslos. Er lächelte und trommelte mit den Fingern den Rhythmus des Schlagzeugs gegen die Bierflasche. Das Erste, was er gefragt hatte, als sie in ihre Wohnung kamen, war: »Habt ihr so was wie Bier im Kühlschrank?«

Klar hatten sie Bier. Joe hatte die erste Flasche sofort geleert. Dies war schon die zweite. Die war jetzt auch leer. Er hatte die Augen geschlossen. Es sah aus, als wenn er träumte oder über einen neuen Gedichtanfang nachdachte.

Als habe er gespürt, dass Julie ihn musterte, öffnete er jetzt die Augen und lächelte. »Hey, schön bei dir«, er hielt die Flasche hoch. »Meinst du, ich kann noch eine kriegen?«

»Ich glaub nicht«, sagte Julie.

»Okay, macht nichts.« Joe ließ sich wieder in die Kissen fallen, die Julie auf dem Boden ausgebreitet hatte.

Sie erhob sich, ging auf Zehenspitzen zur Tür und drückte sie ganz lautlos zu.

»Was ist los?«, fragte Joe.

»Nichts«, sagte Julie, als sie sich wieder neben Joe niederließ. »Nur meine Mutter.«

»Und dann machst du die Tür zu?«, fragte Joe.

Julie hob die Schultern. »Sie ist manchmal ein bisschen genervt, wenn sie nach Hause kommt.«

»Ah«, sagte Joe, und nach einer Weile. »Warum?«

»Der Job stresst sie halt«, sagte Julie. Sie robbte vor, um die CD leiser zu stellen, es gab eine Art von Musik, bei der ihre Mutter sofort einen Krampf bekam. Besonders wenn die Laune nicht gut war. Julies Mutter behauptete, dass es Bands gab, die aggressive Musik machten oder mit ihren Songs Aggressionen bei den Zuhörern heraufbeschwören wollten. Julie glaubte hingegen, dass alle Musik dazu da war, die Leute in einen Zustand zu versetzen, in dem ihnen der Alltag egal war.

Julie hörte, dass ihre Mutter in der Küche war. Sie hörte das Scheppern, als sie etwas in den Ausguss stellte. Es war komisch. Selbst bei geschlossener Tür und wo doch Joe da war und sie sich eigentlich ganz auf ihn konzentrieren wollte, hörte sie mit einem Ohr immer, was ihre Mutter machte. Sie dachte an die Küche, und dass die Küche nicht aufgeräumt war. Irgendwie hatte Julie es spießig gefunden, nach dem Essen die Sachen in die Spülmaschine zu räumen und den Topf, in dem sie Milchschaum gemacht hatten, abzuspülen. Sie hatte sich das für später vorgenommen, wenn Joe weg war…

Joe streckte die Hand aus, er hatte ein kleines Loch in ihren Socken entdeckt und drehte einen Finger hinein. Es kitzelte und Julie zog den Fuß mit einem leisen Aufschrei zurück. »Lass das!«, rief sie lachend. Aber Joe hatte ihren Fuß gepackt und ließ sie nicht los, und sie wandte sich und drehte sich, kicherte und versuchte, ihren Fuß freizubekommen. Joe lachte laut.

Da flog ihre Tür auf. Normalerweise klopfte ihre Mutter. Das war abgemacht, aber irgendwie hatte sie es an diesem Tag vergessen. Vielleicht vergessen wollen. Die Tür flog Joe ins Kreuz, weil er sich gerade aufrichten wollte und Julie mit sich hochziehen. Weil er vielleicht gerade Julie an sich ziehen und sie küssen wollte ...

»Julie! Wie sieht die Küche ...« Ihre Mutter brach mitten im Satz ab.

Joe richtete sich auf, zupfte sein T-Shirt zurecht, zog den Bauch ein, hob den Kopf und im gleichen Augenblick verlor sein Gesicht alle Farbe.

»Hallo Mami«, sagte Julie hastig, »ich weiß, ich hab nicht aufgeräumt. Ich mach das ...«

»Joe Leinemann?«, fragte Julies Mutter gedehnt. »Was machst du in unserem Haus?«

Julie starrte Joe an, Joe starrte ihre Mutter an. Er brauchte einen Moment, um zu begreifen. Und ihm fiel, während er so dastand, nicht fähig zu irgendeiner Reaktion, wieder ein, dass er den Namen Dietrich ja auf dem Klingelschild gelesen hatte. Und dass ihm da schon, für eine kleine Sekunde, ein Verdacht gekommen war. Dass nämlich Julies Mutter eine Lehrerin für Englisch und Deutsch an seiner Schule sein könnte. Und es war Julies Mutter, die gestern plötzlich im Klassenraum gestanden hatte, als er ...

»Raus!«, hörte er. »Aber sofort!«

Joe schluckte, holte zweimal tief Luft, zog eine Grimasse, die alles bedeuten konnte, ließ Zigarettenpapier und Tabak in der Hosentasche verschwinden, wurde rot, als er sah, wie dreckig seine Socken waren, schaute wieder auf, überlegte, ob es angebracht war, die CDs jetzt einzupacken ... und entschied sich dagegen.

Julies Mutter trat zur Seite, um ihn durchzulassen. Joe hielt den Kopf gesenkt, als er an ihr vorbeiging.

Julie hatte immer noch kein Wort gesagt.

»Mami!«, flüsterte sie schließlich, als sie hörte, wie Joe im Flur seine Turnschuhe anzog, »was machst du?«

»Ich? Ich mache gar nichts«, sagte ihre Mutter und ging aus dem Zimmer. Sie wartete neben Joe, bis er seine Schuhe zugebunden hatte. Dann öffnete sie die Haustür, weit, und blieb neben der offenen Tür stehen. Kalte Luft kam herein. Kalte, feuchte Luft. Die Sonne hatte sich längst wieder verkrochen.

»Joe!«, rief Julie.

Er wandte sich zu ihr um.

»Ist schon gut«, sagte er. »Tut mir Leid. Ich… das heißt… also, mach's gut. Und danke für die Lasagne.« Er hob den Arm. Er winkte ihr. Er lächelte, und das Lächeln war so traurig, dass Julie dachte: Nein, nein, nein!

Sie stellte sich zwischen ihre Mutter und Joe. »Was habt ihr denn?«, rief sie aufgeregt, fast den Tränen nahe. »Was ist denn passiert? Mami! Sag doch was? Wieso geht Joe jetzt?«

»Ich gehe«, sagte Joe, »weil deine Mutter es besser findet.«

»Genau so ist es«, sagte Julies Mutter.

»Warum?«, rief Julie. »Was? Joe!«

Sie wollte Joe festhalten, aber er machte sich sanft von ihr los und war schon draußen, bevor sie noch etwas sagen konnte.

Nachdrücklich ließ ihre Mutter die Tür ins Schloss fallen.

»Was um alles in der Welt«, fragte Julie, »hast du mit Joe Leinemann zu tun?«

An diesem Abend erfuhr Julie, dass Joe Leinemann ein »Problemschüler« war, aggressiv, unberechenbar, unerziehbar. Dass die Lehrer seinetwegen schon mehrfach den Psychologen um Rat gebeten hatten, und dass es nur eine Frage der Zeit war, wann man Joe endgültig von der Schule weisen würde.

Julie konnte nicht glauben, dass ihre Mutter, wenn sie in diesem abfälligen Ton von Joe sprach, den gleichen Jungen meinte, der mit ihr am Mühlenteich spazieren gegangen war, der Gedichte schrieb und die gleiche Musik mochte wie sie.

»Du weißt nicht, was er schon alles auf dem Kerbholz hat«, sagte Julies Mutter, »heute hat er sich beim Rektor über einen Lehrerkollegen beschwert.« Sie lachte grimmig. »Er! Sich! Über einen Lehrer!«

»Und warum?«, fragte Julie. Es klang dumpf. Sie saßen im Wohnzimmer, Julie lag in einem Sessel und hatte sich, damit ihre Mutter sie nicht immer so ansehen konnte, ein Kissen auf das Gesicht gelegt.

Ihre Mutter trank Tee. Einen Beruhigungstee. Den brauchte sie oft, wenn sie den ganzen Tag in der Schule verbracht hatte.

»Er ist mal wieder zu spät gekommen, und zwar eine ganze Stunde, und natürlich hat er nicht im Traum daran gedacht, sich zu entschuldigen, sondern eine ganz infame Lüge aufgetischt, und da ist dem Lehrer der Kragen geplatzt, was ich gut verstehen kann.« Sie nahm einen Schluck Tee.

»Was war denn das für eine Lüge?«, fragte Julie.

»Ich hab keine Ahnung.« Julies Mutter wärmte ihre Hände an dem Teebecher. Sie trank in kleinen, vorsichtigen Schlucken. »Und es interessiert mich auch nicht. Wenn wir im Kollegium jeden Tag Joes neue Unverschämtheiten durchsprechen würden, kämen wir zu nichts mehr. Seine Eltern haben drei Vorladungen bekommen zum Gespräch mit dem Rektor. Sie haben alle drei Briefe ignoriert. So sieht das aus.« Sie winkte müde ab. »Die meisten Eltern arbeiten heute nicht mehr mit den Lehrern zusammen, in manchen Schichten gehört es zum guten Ton, die Lehrer für das eigene Versagen verantwortlich zu machen.«

»Mami«, seufzte Julie, »nicht schon wieder. Das kenn ich doch!«

Julies Mutter zuckte die Schultern. »Ich kann nur sagen, dass ich heilfroh bin, einen wie Joe Leinemann nicht unter meinen Schülern zu haben.«

»Vielleicht wäre es ja gut«, sagte Julie. Sie schob das Kissen vorsichtig ein bisschen weg und beäugte ihre Mutter. »Vielleicht könntest du ihm helfen. Früher jedenfalls hast du immer davon gesprochen, dass man den schwierigen Schülern besonders helfen muss.«

»Ja!«, rief Julies Mutter. »Da habe ich ja auch noch geglaubt, dass in jedem Kind ein guter Kern steckt! Heute bin ich mir da nicht mehr so sicher.«

Julie stopfte das Kissen in die Sesselritze und richtete sich auf. Sie überlegte, ob sie ihrer Mutter erzählen sollte, was sie von Joe wusste, dass er Gedichte schrieb, dass er sich über Politiker aufregte und dass er bei seinen Großeltern wohnte, weil – sie hatte ihn danach gefragt – seine Eltern nicht mehr lebten.

Aber sie tat es nicht.

Sie dachte, Joe wird das nicht wollen. Wenn Joe wollte, dass die Lehrer so was über ihn wissen, dann hätte er es gesagt.

Sie nahm das Fernsehprogramm vom Wohnzimmertisch und wollte verschwinden, als ihre Mutter sie zurückrief.

»Bitte, Schätzchen«, sagte sie und streckte zärtlich die Arme nach Julie aus, »gib dich nicht mit solchen Jungen ab, ja?«

»Und warum nicht?«, fragte Julie trotzig. Sie blieb stehen. Ihre Mutter ließ die Arme sinken.

»Es gibt an deiner Schule so viele tolle Jungen. Sandro, Tom, Hannes, Matthias. Mein Gott, das sind so nette Jungs aus guten Familien. Mit denen hast du dich doch immer verstanden!«

»Ja und?«, fragte Julie kalt.

»Und wieso auf einmal dieser Joe Leinemann? Ausgerechnet dieser hoffnungslose Fall? Wo um alles in der Welt hast du ihn kennen gelernt?«

»Mama«, sagte Julie gedehnt, »das ist doch total kaputt, wie du über einen Jungen deiner Schule redest. Was glaubst du denn, wo ich ihn kennen gelernt hab? Denkst du, ich mach irgendwas Verbotenes oder was?«

So ging es noch eine Weile hin und her. Julie merkte, dass es sinnlos war, darüber diskutieren zu wollen, dass sie sich ihre Freunde gerne selber aussuchte.

Sie steigerte sich immer mehr in eine Abwehrhaltung, je inständiger ihre Mutter sie bat, sich nicht mit Joe einzulassen.

»Nie hast du irgendwas gesagt«, rief Julie schließlich erbost, »wenn ich mit einem Jungen angekommen bin. Nie irgendwas! Und heute machst du ein Riesentheater! Ich lass mir von euch nicht vorschreiben, mit wem ich meine Nachmittage verbringe! Du fragst mich doch auch nicht, wie ich deine Freunde finde!«

»Du bist immer noch sechzehn, meine Süße«, sagte ihre Mutter sanft.

»Bald nicht mehr«, schnaubte Julie und warf die Tür hinter sich zu.

*F*ür Julie

Komm, wir beamen uns zum Mond
Wenn er voll und rund ist
Damit wir nicht an ihm vorbeifliegen
Ins Nichts.
Komm, wir beamen uns zum Mond
Nur du und ich
Und setzen uns auf einen Stein
Und sehen auf die alte Erde
Die einmal blau war.
Der blaue Planet

Ist nicht mehr blau.
Weißt du das?

Nicht so blau wie deine Augen
Nicht so klar.
Es wissen schon die Astronauten
Und wir da oben wissen.
Du und ich.

In deinen Haaren der Geruch
warmer Erde.
Dein Lächeln
lässt Wasser fließen
Aus trocknem Stein.
Und wenn du sprichst
Fallen Sterne aus deinem Mund.
Was brauchen wir noch!

Als der Computer das Gedicht druckte, verließ Joe sein Zimmer, um sich im Kühlschrank ein Bier zu holen. Es war halb neun Uhr abends und seine Großeltern saßen vor dem Fernseher und schauten die Hitparade der Volksmusik.

Joe blieb einen Augenblick in der Tür stehen.

»Guckt ihr schon wieder diesen Mist?«, fragte er, während er die Flasche an die Lippen setzte.

Sein Großvater drehte sich zu ihm um.

»Willst du sehen, welchen Mist sie auf den anderen Kanälen haben?« Er streckte Joe demonstrativ die Fernbedienung hin.

»Ach ja«, sagte seine Großmutter, »setz dich zu uns, Junge.«

Joe hörte, wie in seinem Zimmer der Drucker arbeitete. Er setzte sich auf die Sessellehne, griff nach der Fernbedienung und zappte weiter, bis er plötzlich innehielt.

Auf dem Bildschirm war eine chaotische Szene von Wasserwerfern, prügelnden Polizisten, von Demonstranten, die Betttücher hochhielten, auf denen irgendetwas geschrieben war.

Die Demonstranten waren jung und sie sahen aus wie Jugendliche überall in Europa, die Polizisten trugen Panzerwesten, Schutzschilde und Helme.

»Oh Gott«, stöhnte Joes Großmutter. »Schon wieder nichts als Chaos. Mach doch wieder die schöne Musik an, Junge.«

Sie trug einen dicken Verband um die linke Hand. Und am Kopf hatte sie ein Pflaster. Sie sah ein bisschen ramponiert aus, aber glücklicherweise war nichts gebrochen.

Jemand von der Versicherung hatte angerufen und gesagt, dass sie für den Verlust des Geldes aufkommen würden, eine Leistung, die Gott sei Dank mit im Vertrag war. Deshalb ging es der Großmutter nicht schlecht.

»Nee, lass mal«, sagte der Großvater. »Worum geht's denn da, Joe?«

»Ich schätze mal, das Kyoto-Protokoll«, meinte Joe, nachdem er eine Weile auf den Bildschirm gestarrt hatte.

»Die Umweltschutzkonferenz.«

»Und gegen wen protestieren sie da?«, fragte die Großmutter. Sie hatte sich in ihrem Leben, seit dem Krieg, nie mehr »für so politische Sachen« interessiert, wie sie es nannte.

Aber ihren Enkel fragte sie trotzdem.

»Sie protestieren gegen die Amis, Oma«, sagte Joe. »Gegen die Amerikaner.«

»Und warum?«

»Hörst du nie zu, wenn dein Joe dir was erklärt?«, knurrte der Großvater.

»Sie wollen das Protokoll nicht unterschreiben, Oma«, erklärte Joe geduldig, »weil sie die größten Umweltsünder überhaupt sind, Amerika ist die Dreckschleuder Nummer eins, die unseren Planeten kaputtmacht.«

»Na, na«, knurrte Joes Opa jetzt.

»Stimmt aber«, sagte Joe. Er setzte das Bier an die Lippen. Er sah, die Demonstranten hatten sich untergehakt und gingen jetzt in gerader Front auf die Polizisten zu. Im Hintergrund erhob sich ein riesiger Palast, wahrscheinlich der Tagungsort.

Der Fernsehreporter kam ins Bild. Er war aufgeregt, er wurde umringt von Demonstranten, die alle etwas in die Kamera hielten und ihn wegdrängen wollten.

»Ach, mach mal doch lieber wieder die Musik an«, sagte Joes Großmutter und streichelte seinen Arm. »War gerade so schön.«

Joe zappte zurück auf die Eins, nahm seine Flasche und ging zurück an seinen Computer.

Das ausgedruckte Gedicht lag auf dem Boden. Er hob es auf, trug es zur Lampe und las es noch einmal. Er hatte sich vorgenommen, Julie dieses Gedicht zu schenken. Es hieß ja schon: Für Julie. Er wusste nur noch nicht genau, bei welcher Gelegenheit er es ihr geben sollte. Er war auch nicht sicher, ob es gut genug war. Ob Julie begreifen würde, was er damit alles sagen wollte. Vielleicht fiel ihm ja noch was Schöneres ein.

Er hatte schließlich Zeit, die ganze Nacht, den nächsten Tag. Solange er wollte, konnte er an seinen Texten arbeiten. Für den nächsten Tag hatte er sich schulfrei gegeben. Außerdem würde er mit Çelim reden. Eine Dönerbude auf der Messe – wieso eigentlich nicht?

Das Gedicht ist unheimlich schön«, sagte Julie. »Danke.«

Sie gingen nebeneinander am Mühlenteich entlang. Es hatte geregnet in der Nacht, und es war zu feucht, um sich irgendwohin zu setzen.

Joe trug ein Sweatshirt, auf dem PEACE stand. Er hatte die

Hände in den Hosentaschen vergraben und Julie rollte das Blatt mit den Versen verlegen zwischen den Fingern.

»Ich hab zwar schon ein paar Liebesbriefe bekommen«, sagte sie mit einem kleinen Auflachen, »aber so ein Gedicht… das ist was anderes.«

»Freut mich«, sagte Joe, »wenn es dir gefällt.«

Die Enten schwammen eilig ans Ufer, als sie sahen, dass Joe und Julie am Schilfrand stehen blieben. Die Tiere hofften immer, dass jemand ihnen Futter ins Wasser warf, Brotreste oder Kerne. Dabei war Sommer und sie konnten überall selber Futter finden.

»Ich hab unheimlichen Ärger mit meinen Eltern«, sagte Julie nach einer Weile.

Joe warf ihr einen Seitenblick zu. »Meinetwegen?«

Julie lächelte. »Ich weiß nicht. Ich glaube, das hat nur am Rande was mit dir zu tun.«

»Als deine Mutter da in der Tür stand, bei dir zu Hause«, sagte Joe, »da wusste ich: Es ist ein Fehler.«

»Was ist ein Fehler?«

Joe zögerte. Er ging in die Knie und streckte die Hand aus, um den Erpel anzulocken. Der Vogel blieb in zwei Metern Entfernung vor ihnen im Wasser und schwamm schützend vor der Ente hin und her. Vielleicht waren sie gerade dabei, eine Familie zu gründen. Vielleicht bauten sie gerade in der Ufernähe ein Nest und fühlten sich durch Julie und Joe gestört.

»Das mit uns«, sagte Joe.

Julie ging neben Joe in die Hocke. Sie hielt das zusammengerollte Gedicht in der Hand.

»Quatsch«, sagte sie. »Bloß weil meine Mutter Lehrerin ist?«

»Weißt du, wie deine Mutter bei uns heißt? Die eiserne Lady.« Er lachte, als er sah, wie Julie zusammenzuckte. »Sie fackelt nicht lange, wenn ein Schüler ihr quer kommt.«

»Mami hat noch drei Geschwister, alles Brüder. Sie sagt, sie musste sich als Kind immer alles erkämpfen. Deshalb ist sie wohl so.«

Joe zuckte mit den Schultern. Die Enten schwammen gemächlich weiter am Ufer entlang. Sie kümmerten sich nicht mehr um Julie und Joe.

»Und? Wie war es heute?«

»Ich war nicht in der Schule.« Joe richtete sich auf. Er streckte Julie die Hand hin, um sie auch hochzuziehen.

»Du warst nicht in der Schule?« Julie stöhnte auf. »Oh Mann, Joe. Du machst alles immer schlimmer.«

»Es wird doch sowieso alles immer schlimmer«, sagte Joe. »Wozu brauch ich einen Abschluss, wenn es sowieso keine Jobs gibt? Schon mal was von den Problemen gehört, die es wegen der Globalisierung gibt?«

»Klar, hab ich.«

Joe nickte grimmig. »Dann weißt du auch, dass es in Deutschland bald keine einfachen Jobs mehr gibt. Die Unternehmen, bei denen man früher einfache Arbeit finden konnte, die verschwinden alle in die Billiglohnländer. Es wird immer noch mehr Arbeitslose geben. Wieso soll ich weiter in die Schule gehen? Es ist alles so aussichtslos. Die machen unsere Erde kaputt und uns dazu.«

»Ist doch Blödsinn.« Julie steckte das Gedicht in ihre Jackentasche. Sie blieb vor Joe stehen.

»Unsere Wirtschaft durchläuft gerade eine schwierige Phase der Umstellung, sagt mein Vater.«

»So, sagt dein Vater.« Joe kickte Steine vom Weg vor sich her.

»Mein Vater versteht was davon. Er arbeitet für eine Wirtschaftszeitung. Er schreibt über Börsentrends und so.«

Joe blieb stehen. Er starrte Julie fassungslos an. »Dein Vater schreibt über Börsentrends?«

»Ja, Anlageberatung. So was eben.«

Joe sagte nichts. Er ging nur einfach weiter, mit gesenktem Kopf. Julie musste schnell gehen, um mit ihm Schritt zu halten.

»Was ist denn nun schon wieder?«, fragte sie.

Joe schnaubte grimmig. »Wenn ich das Wort Börse schon höre. Da hocken ein paar Leute in dunklen Anzügen zusammen, draußen warten die schwarzen, gepanzerten Limousinen, und diese Leute teilen sich die Erde neu unter sich auf, du kriegst das Öl und ich dafür die Kohle. Du den Kaffee, ich das Soja. Du machst die Fabrik in Deutschland zu und in China machst du wieder eine auf. Um Menschen geht es da nie.« Er starrte Julie an. »Und das findet dein Alter toll?«

Julie raufte sich die Haare. »Mann! Joe! Was hab ich mit dem Job meines Vaters zu tun? Was hab ich damit zu tun, wie er über so was denkt? Ich werf dir doch auch nicht vor, dass deine Großeltern eine Lottoannahmestelle haben, oder? Das ist doch auch die große Verarsche, wenn man den Leuten Geld aus der Tasche zieht und so tut, als würden sie irgendwann reich werden. Reich wird doch bloß die Lottogesellschaft!« Julie hatte sich richtig in Rage geredet.

Joe schaute sie an und plötzlich musste er lachen.

»Okay«, sagte er, »hören wir damit auf. Was machen wir? Wie lange hast du Zeit?«

»So lange du willst«, sagte Julie.

»Und deine Eltern?«

»Mann, Joe! Ich bin bald siebzehn! Glaubst du, meine Eltern fragen mich jede Stunde, was ich mache?« Sie klopfte auf ihre Umhängetasche. »Ich hab heute Geld dabei. Ich könnte dich einladen.«

»Wow«, sagte Joe.

Julie tat, als überlegte sie. »Als Dankeschön für das Gedicht.«

»Mhmh«, lachte Joe. »Mach einen Vorschlag.«

»Wie wär's mit Kino?«, fragte Julie.

Sie schauten sich an. »Horrorfilm?«, fragte Joe.

Julie schüttelte den Kopf.

»Action?«

Julie schüttelte wieder den Kopf.

»Aha«, sagte Joe, »Liebe.«

Julie nickte. Sie lachten, hakten sich unter und liefen los.

Es war toll, mit Joe zu kuscheln, fand Julie, sie kannten sich erst seit ein paar Tagen und waren sich doch überhaupt nicht fremd. Sie lagen in den dicken Kinosesseln im Cinemaxx, zu ihren Füßen eine dicke Tüte Popcorn, sie hatten die Füße gegen die Vorderlehne gestellt, den Kopf angelehnt und sahen zu, wie Julia Roberts irgendwem den Kopf verdrehte. Ab und zu trafen sich ihre Hände und dann verhakten sich ihre Finger. Einmal beugte Joe sich zu ihr herüber, und als sie in seine Augen blickte, wusste sie, dass der Moment gekommen war. Sie lächelte und schloss erwartungsvoll die Augen. Sie fand, dass er anfangen müsste. Sie wartete und dann fühlte sie plötzlich seine Lippen auf ihrem Mund. Er hatte warme, trockene Lippen. Es war toll. Wenn er küsste, schloss er nicht die Augen, sondern schaute sie ganz intensiv an. Das erhöhte noch das Glücksgefühl. Dass er nicht einfach nur den Kuss genoss, sondern den Kuss und sie, Julie.

»Du hast unheimlich schöne Augen«, flüsterte Joe, gerade als Julia Roberts mit ihren unglaublichen Augen und ihrem Strahlelächeln groß die Leinwand ausfüllte.

»Echt?« Julie kicherte selig.

»Mhmh«, machte Joe, und dann küssten sie sich wieder.

Hinter ihnen rückten die Leute weiter auseinander, weil

Julie und Joe immer mehr miteinander verschmolzen. Sie legte ihren Kopf an seine Schulter, er spielte mit ihren Haaren, und manchmal beugte er sich ein bisschen vor, um sie genau anzusehen, und dann küssten sie sich wieder. Als hätten sie das Küssen gerade erst erfunden und könnten gar nicht glauben, wie toll das ist.

Ab und zu schaufelte Joe Popcorn auf seine Handteller, dann mummelten sie eine Weile und schauten zu, wie die im Film sich liebten. Julie wünschte, dass der Film nie zu Ende ginge.

*I*hre Eltern waren noch wach, als Julie gegen zehn Uhr zurückkam. Julie hatte gehofft, dass sie vielleicht schon im Bett wären. Aber leider erwies sich das als falsche Hoffnung. Sie hörte, wie der Fernseher ausgeschaltet wurde, als sie die Hausschlüssel in die Keramikschüssel legte, sie legte die Schlüssel ganz behutsam, fast lautlos, aber ihre Eltern schienen nur auf dieses Geräusch gewartet zu haben.

Eine Sekunde später stand ihre Mutter im Flur. »Hallo, Schätzchen«, sagte sie heiter. »Wir haben uns gerade gefragt, wo du wohl bist.«

»Hallo, Mami.« Julie gab ihrer Mutter einen Kuss und stellte sich in die Tür zum Arbeitszimmer, um ihrem Vater zuzuwinken. Er stand vor der Bücherwand und blätterte in einem dicken Band, er arbeitete. Nur kurz schaute er hoch, schob die Brille zurecht, lächelte und sagte: »Na, Gott sei Dank.«

»Du weißt, dass morgen ein ganz normaler Schultag ist?«, fragte ihre Mutter.

»Klar, weiß ich, aber kein Problem. Schularbeiten sind gemacht, eine Arbeit steht nicht an.«

Ihre Mutter nickte, sie folgte Julie zur Garderobe, schaute zu, wie sie ihre Jacke aufhängte, ging ihr nach bis zu ihrem Zimmer, sah zu, wie Julie ihre Schuhe auszog, und wich dann zur Seite, um sie durchzulassen ins Bad. Julie drehte sich in der Tür um. »Willst du mir auch noch ins Bad folgen?«, fragte sie. Sie fragte es freundlich, harmlos.

Ihre Mutter schüttelte den Kopf. »Ich warte nur noch auf eine Erklärung«, sagte sie. »Ich dachte, die kommt irgendwann. Wieso kommst du so spät nach Hause?«

»Mami«, Julie rollte mit den Augen, »es ist gerade zehn! Wo ist da das Problem?«

»Du hättest Bescheid sagen können.«

Julie seufzte. »Okay, ich hab's vergessen. Wir haben gequatscht und irgendwie ist die Zeit so schnell davongeflogen.« Sie lachte. »Ich war bei Florence. Sie schreibt neuerdings Texte, keine Gedichte mehr, so Songtexte im Hip-Hop-Stil. Finde ich ganz gut. Didi ist superstolz auf sie.«

Ihre Mutter nickte, Julie schloss sich im Bad ein. Sie putzte ihre Zähne, weil sie plötzlich das Gefühl hatte, die Mutter könnte Joes Küsse riechen oder ihr irgendetwas ansehen.

Julie putzte die Zähne, rieb die Lippen und cremte sie dann mit Balsam ein. Sie kämmte ihre Haare, die noch ganz zerzaust waren (vielleicht war das aufgefallen?), und nickte ihrem Spiegelbild zu.

Als sie die Badezimmertür aufzog, lehnte ihre Mutter an der Garderobe. »Hey«, sagte Julie überrascht, »du stehst ja immer noch da.«

»Ja«, sagte ihre Mutter ruhig, »ich steh immer noch da.«

Julie spürte, wie ihr Kopf heiß wurde. Sie küsste in die Luft, lachte und sagte: »Also, ich hau mich in die Falle, ich hab morgen zur Zweiten. Ich räum dann den Frühstückstisch ab. Schlaft gut.«

»Du auch«, antwortete ihre Mutter.

Es war komisch, diese Blicke im Rücken zu spüren. Julie schloss ganz behutsam ihre Tür.

Deine Eltern haben sich gestern ganz schön Sorgen gemacht«, sagte Florence. »Wo bist du gewesen?«

Julie hatte die Freundin am Schultor getroffen. Sie gingen zusammen die Treppen hoch in den ersten Stock. Es war laut. Die Kleinen aus der Unterstufe rempelten und krakeelten herum, schlugen ihre Schultaschen gegen das Geländer und boxten sich von den Treppenstufen. Florence schob die Kids energisch von sich weg, wenn sie angerempelt wurde. »Hey, passt mal auf. Habt ihr keine Manieren?«, rief sie wütend.

Dann drehte sie sich zu Julie um und sagte diesen Satz, bei dem Julie plötzlich dachte: Au, das wird hart.

»Meine Eltern haben bei dir angerufen?«, fragte sie fassungslos.

»Ja, sie haben versucht, dich auf dem Handy zu erreichen. Aber das ging wohl nicht.«

»Meine Prepaid-Karte ist abgelaufen«, sagte Julie, »das wissen sie. Ich wollte mir eine neue kaufen, aber ...« Sie runzelte die Stirn. »Was hast du ihnen gesagt?«

»Ich hab gesagt, dass ich keine Ahnung hab, wo du bist.«

Julie schloss die Augen.

»Hab ich was falsch gemacht?«

Julie schüttelte den Kopf. »Um wie viel Uhr war das?«

»So gegen neun«, sagte Florence. Sie lachte. »Hey, ich hab aber gesagt, möglich, dass du noch vorbeikommst, dann würde ich dir sagen, dass du deine Eltern anrufen sollst.«

Auf dem Flur vor ihrer Klasse gab es irgendeinen Tumult.

Jemand lag am Boden, ein Mädchen weinte, alles Kids aus der fünften Klasse. Florence kümmerte sich sofort um das Problem, aber Julie ging wie in Trance an dem ganzen Trubel vorbei, ging in die Klasse, setzte sich an ihren Platz und starrte mit ausdruckslosem Gesicht vor sich hin.

Sie wissen, dass ich gelogen habe, dachte Julie.

Und sie dachte: Obermist!

Denn sie hatte eine Abmachung mit ihren Eltern: Egal was passiert: niemals lügen. Und eigentlich – bis auf ein paar kleine Ausnahmen – hatte sie sich immer daran gehalten.

Sie verstand plötzlich nicht mehr, warum sie ihre Mutter angelogen hatte. Wieso hatte sie nicht einfach gesagt: Okay, stimmt, ich war mit Joe im Kino, und danach sind wir noch durch die Stadt gelaufen, weil es so ein schöner Abend war und weil wir uns so gut verstehen und die Zeit im Flug vergangen ist?

Warum hat sie das nicht gesagt?

Als sie vor zwei Jahren mit Daniel Volkert zusammen war, hatte sie ihrer Mutter immer alles erzählt. Er war ganz anders als Joe. Daniel war sportlich, hatte nie einen Schluck Alkohol angerührt und ging gern zur Schule. Es hatte ihren Eltern natürlich gefallen, dass Daniel ehrgeizig war, weil er später mal Medizin studieren wollte wie sein Vater. Herr Dr. Volkert war Kardiologe, und als Julies Vater einmal dieses Herzproblem hatte, da war er zu ihm in die Praxis gegangen. Das alles gefiel ihren Eltern. Sie mochten Daniel und luden ihn zum Essen ein, wenn er Julie besuchte. Julies Mutter wollte immer alles wissen über Daniel und sie. Sie war wie eine Freundin gewesen, so verständnisvoll. Und als Daniel und sie sich das erste Mal geküsst hatten, hatte es ihre Mutter am gleichen Abend gewusst. Sie hatten damals auch über Sex gesprochen. Und ihre Mutter hatte ihr empfohlen, rechtzeitig die Pille zu nehmen, es war ein vertrauensvolles Gespräch gewesen, zwischen einer Mutter und einer Tochter, die keine Geheimnisse voreinander haben.

Sie war noch nicht sechzehn gewesen, und trotzdem hatten die Eltern ihr erlaubt, bei Feten bis Mitternacht wegzubleiben. Sie durfte sogar ein Wochenende bei Daniel verbringen, im Ferienhaus. Allerdings waren Daniels Eltern dabei.

Dann ging Daniel in einem Schüleraustausch für ein Jahr nach Italien und dort verliebte er sich in eine gewisse Giovanna. Und machte Schluss, indem er ihr eine E-Mail schickte. Eine einzige E-Mail. Von diesem Musterknaben. Wird sie nie vergessen.

Sie hatte eine Weile gebraucht, um darüber wegzukommen. Giovanna aus Rom! Sie war krank vor Eifersucht und Enttäuschung. Und sie war einsam. Niemand in der Klasse hatte eine Ahnung, wie elend sie sich ein halbes Jahr lang fühlte. Ihre Mutter natürlich, die hatte es gewusst.

Und gerade deshalb hätte Julie sich gewünscht, dass ihre Mutter sich freut, wenn sie sich neu verliebt.

Je mehr Julie sich in Gedanken in dieses Thema hineinsteigerte, desto mehr regte sie sich auf…

*D*er Unterricht hatte bereits begonnen. Die Lehrerin war längst in der Klasse, es stand bereits jemand an der Tafel und versuchte sich an der grafischen Darbietung einer Tsunamiwelle. Julie spürte, wie das alles an ihr vorbeiging.

Ihre Mutter wusste, dass sie am Abend nicht bei Florence gewesen war. Es würde eine Aussprache geben.

Julie hasste Aussprachen mit ihrer Mutter. Sie wurde dann so spröde, so streng. Sie war dann auf einmal wie eine Lehrerin, die einen Schüler tadelte, und nicht mehr wie eine Frau, die ihr Kind verstehen will. Sie wurde dann so streng, und wenn sie streng wurde, wirkte sie kalt und unnahbar.

Oh Gott, dachte Julie, ich will nicht nach Hause.

Çelim hatte viel zu tun. Es war kurz nach zwölf, und ab zwölf kamen die ersten Kunden von der Baustelle ein paar Straßen weiter und wollten ihr Mittagessen. Die Baustelle wurde von einem türkischen Unternehmen betrieben und fast alle Arbeiter waren Türken. Und alle wollten mittags einen Döner.

Çelim schwitzte. Er hantierte mit dem Messer, er grillte die Falafel, schnitt sie auf, legte Salat und Zwiebelringe hinein, Rote Bete und saure Gurken, tat ein Jogurtdressing dazu und ein bisschen scharfe Soße, schließlich das Fleisch. Mit flinken Fingern klappte er die Falafel dann zusammen, hüllte sie in ein Papier und reichte sie über den Tresen. »Der Nächste?«

Joe stand etwas abseits an einem der Stehtische, vor sich eine Cola, die er nur halb ausgetrunken hatte und die inzwischen ganz warm war. Er beobachtete Çelim. Wie geschickt der war, wie schnell, wie der alles im Griff hatte.

Unglaublich, wie er zwischen Deutsch und Türkisch hin und her wechselte. Deutsch sprach er praktisch ohne Akzent und sein Türkisch war bestimmt ebenfalls perfekt. Çelim war in Berlin geboren, aber seine Mutter zum Beispiel konnte immer noch kein Wort Deutsch, nach achtzehn Jahren in Berlin und Hannover. Sie sprach nur türkisch mit ihrer Familie. Nicht so gut für seine Mutter, wohl aber für Çelim, der auf diese Weise zweisprachig aufgewachsen war. Joe konnte nicht einmal richtig Englisch. Das ärgerte ihn, aber es war nun mal so.

Allerdings, das Englische interessierte ihn auch nicht wirklich, er hätte gerne Italienisch gelernt oder Spanisch. Überhaupt wäre er gerne einmal nach Lateinamerika gefahren. Irgendwann wollte er das tun, und da wäre es gut, wenn man ein bisschen Spanisch sprach, mehr sagen konnte als einfach nur »Hombre!«.

Çelim zwinkerte ihm zu. »Gleich wird's ruhiger«, rief er, »wenn die erste Truppe durch ist. Dann reden wir.«

Joe nickte. »Okay, mach dir keinen Stress.«

»Ich mach mir nie Stress«, sagte Çelim grinsend, »ich liebe meinen Job.«

Joe dachte daran, dass er jetzt schon den dritten Tag hintereinander nicht zur Schule gegangen war. Seine Großeltern ahnten nichts. Sie verließen sowieso immer vor ihm das Haus. Seine Großmutter stellte ihm das Frühstück hin, das machte sie seit Jahren.

Wenn Joe aufstand, waren sie beide schon weg. Aber die Wohnung war geputzt, die Küche aufgeräumt, und nur für ihn standen auf dem Küchentisch ein Teller und ein Becher, Brot, Butter, Honig. Was er so liebte.

Sie taten alles für ihn. Er war ihr einziger Enkel. Sie liebten ihn wie ihren Sohn. Das sagten sie. Und vielleicht stimmte es auch.

Joe hatte sich Elternliebe aber immer anders vorgestellt. Wie, das konnte er nicht sagen. Aber anders.

Heute schwitzten sie in seiner Klasse über der Mathearbeit. Er musste grinsen, wenn er daran dachte, wie sie jetzt in Panik gerieten, die Schüler der Zehn B, die Mathearbeiten waren immer sehr schwierig.

Joe hatte schon drei Fünfen in dem Fach. Mathe war eh abgehakt. Egal ob er diese Arbeit mitschrieb oder nicht.

Mathe, dachte Joe, interessiert mich einen Dreck. Don Corleone kann mich mal.

Er sah, wie Çelim mit der Kasse hantierte, wie er im Kopf Preise zusammenzählte – manchmal bezahlte einer für fünf Leute Getränke, Nachtisch, Kaffee und so weiter, Çelim rechnete alles im Kopf.

Haben wir auch nie richtig gelernt, dachte Joe, das Kopfrechnen.

Über dem Klo in der Ecke hing ein Fernseher von der Decke, es lief ein türkisches Programm, manchmal schaute Joe hoch, aber er konnte nicht verstehen, worum es ging.

Dann sah er plötzlich ein großes Gebäude, umgeben von hohen Zäunen, von sehr hohen Zäunen, er sah Wachmannschaften, und als die Kamera auf das Dach des Hauses schwenkte, sah er die amerikanische Fahne. Eine US-Botschaft irgendwo in der Welt.

Und dann die Leute vor der Botschaft. Ein Haufen Leute, richtig viele Menschen, drängten sich davor, und die Wachmannschaften standen da mit ihren Gewehren im Anschlag und hielten die Demonstranten auf Abstand.

Waren es überhaupt Demonstranten? Um was ging es da? In welchem Land fand das alles statt?

»Hey, Çelim«, Joe deutete auf den Fernseher, »kriegst du auch deutsche Programme rein?«

»Klar«, sagte Çelim, »aber meine Kundschaft interessiert sich nicht für deutsche Programme.« Er warf trotzdem einen Blick auf den Bildschirm. »Scheiß-Irak-Krieg«, sagte er.

»Darum geht es?«, fragte Joe.

Çelim füllte eine Falafel und reichte sie strahlend dem Jungen vor ihm über den Tresen. Er nahm den Zehneuroschein, gab Münzen wieder raus und blickte erneut zum Fernseher.

Er hörte einen Augenblick zu. Plötzlich schwenkte die Kamera wild herum, irgendwo explodierte auf einmal etwas, alles rannte hektisch durcheinander, Schreie waren zu hören, und dann hielt ein Soldat seine Hand vor die Kamera... und es wurde schwarz auf dem Bildschirm. Daraufhin erschien das Gesicht einer Ansagerin.

»Wie ich es schon sagte, der Scheiß-Irak-Krieg«, sagte Çelim. »Die Amis haben jetzt zugeben müssen, dass sie keine Massenvernichtungswaffen im Irak gefunden haben. Wahnsinn, oder? Und der Terror geht nun erst richtig los.«

Joe nickte. Er fuhr sich mit der Hand durch die Haare. Er deutete auf den Bildschirm.

»Und wo war das eben?«

»Die Amerikanische Botschaft in Berlin«, sagte Çelim. »Die Demonstranten machen eben jeden Tag Dampf. Muss ein komisches Gefühl sein für den Botschafter, wenn er immer nur noch durch den Kellerausgang sein Haus verlassen kann, weil er Angst hat, ein faules Ei an den Kopf zu bekommen.« Çelim lachte. Er deutete auf die Kaffeemaschine. »Einen schönen türkischen Kaffee?«

Joe schaute auf die Uhr. »Jetzt nicht«, sagte er. »Ein anderes Mal. Machst du mir zwei Döner fertig, zum Mitnehmen? Ich muss los.«

»Wie, du musst los? Ich denke, du bist gekommen, um mit mir zu reden, Mann!«

Joe antwortete nicht, er wartete, bis Çelim ihm die beiden Dönerpäckchen in einer Plastiktüte gab. Er bezahlte und wandte sich zum Gehen.

»Bis dann, Çelim.«

»Hey, Joe.« Çelim lief hinter Joe her, als der zur Tür ging. »Wir wollten doch was reden, Mann!«

»Ich komme morgen wieder.« Joe legte seine Hände auf Çelims Schulter. »Ich hab eine Verabredung.«

Çelim musterte Joe und pfiff durch die Zähne. »Eine Frau?«, fragte er.

Joe grinste. Er sagte nicht Ja, nicht Nein.

»Eine heiße Baut?«, fragte Çelim.

Joe gab keine Antwort.

»Dann lass dich nicht aufhalten, Joe, nagel sie auf die Matte!« Çelim machte eine eindeutige Handbewegung. »Du kriegst das hin, Sportsfreund!«

Joe lächelte. Er wusste, dass Çelim etwas drastisch war in diesen Dingen …

Sie waren mit dem Bus zum Fluss gefahren und so lange am Ufer entlanggegangen, bis sie eine warme, geschützte Bucht fanden, zwischen Holunderbüschen und dicht bewachsen mit einem Unkraut, das weiße Blüten hatte und einen süßen Duft verströmte. Die Kiesel waren glatt und rund, und sie fühlten sich an wie Seide, wenn man über ihre Oberfläche strich. Julie musste immer wieder mit der flachen Hand darüber streichen, weil das Gefühl so schön war.

Joe breitete seine Jacke für sie aus. Sie setzten sich ganz dicht aneinander und Joe legte seinen Arm um sie und zog sie noch näher zu sich heran. Sie konnte den Geruch seiner Haare einatmen und das machte sie irgendwie verlegen. Er benutzte ein Shampoo, das ein bisschen nach süßem Zimt roch.

Die Sonne schien und überall zwitscherten die Spatzen. Als sie sich hinlegten, warfen die Büsche Schatten über ihre Gesichter.

Joe hatte sich über sie gebeugt und kitzelte sie mit einem Grashalm, der ganz weich und biegsam war. Er kitzelte mit dem Halm ihren Haaransatz, fuhr damit über ihre Stirn und weiter bis zur Nasenspitze.

»Gleich muss ich niesen«, sagte Julie.

Joe strich über ihre Wangen, ihr Kinn, ihre Lippen. Sein Gesicht war ganz dunkel und er schaute ernst.

Einmal blickten sie sich in die Augen und da lächelten sie beide.

Dann legte Joe den Grashalm weg und berührte ihre Lippen mit den Fingerkuppen. Da musste sie die Augen schließen, weil sie dachte, er konnte sonst darin lesen, was sie in diesem Moment fühlte. Und sie wollte nicht, dass er es wusste.

Aber er schien es zu ahnen. Denn er beugte sich noch weiter über sie und küsste sie. Erst ganz vorsichtig, und dann, als sie seine Küsse erwiderte, drängte er sich noch enger an ihren Körper, und sie küssten sich so lange, bis beide keine Luft mehr bekamen.

Joe lachte, als er sich zurückfallen ließ. »Ich hab zu wenig Übung«, sagte er, »oder ich atme irgendwie falsch. Nach einer Zeit krieg ich keine Luft mehr. Woran liegt das?«

Julie antwortete nicht, sie glaubte auch nicht, dass er darauf eine Antwort erwartete. Es waren Sätze, die er aus Verlegenheit geäußert hatte, die keine Bedeutung hatten.

»Wahrscheinlich«, murmelte Joe, »muss man einfach mehr üben.« Und er küsste sie noch einmal.

Julie hatte ganz plötzlich eine Vision. Es war, als trete sie aus sich heraus und könne sich selbst dabei zusehen, wie sie in dieser Uferbucht lag, auf der Jacke, die einem Jungen gehörte, und wie dieser Junge sich über sie beugte, wie er seine linke Hand unter ihren Nacken schob und ihr Gesicht zu sich hindrehte. Sie konnte sehen, wie sie ihre Knie anzog, so als wollte sie sich abstützen. Sie sah, wie ihre linke Hand nach den Kieseln neben ihr tastete, und dann sah sie einen Arm, der irgendwie nicht zu ihr zu gehören schien, bis sie plötzlich diesen Arm um Joes Oberkörper schlang. Sie konnte sehen, wie ihre Bluse aus dem Gürtel rutschte und wie Joes Hand sich dicht unter den dünnen Baumwollstoff schob. Eine gestreifte Bluse in Pastellfarben. Sie sah, dass Joes Arm dunkler war als ihre Haut. Und dann auf einmal dachte sie: Wenn Mama uns so sieht.

Und sie stieß den Jungen erschrocken von sich weg und richtete sich auf.

»Was ist los?«, fragte Joe. Er lächelte, seine Stimme war ganz sanft und glücklich. »Gefällt es dir nicht?«

»Joe…«, begann Julie und schaute in sein Gesicht. Er lächelte. Er hatte so ein süßes Lächeln. Sie wünschte, sie könnte vergessen, dass sie eben an ihre Mutter denken musste, und ihn einfach wieder in den Arm nehmen, aber das ging plötzlich nicht.

»Wollen wir hier bleiben?«, fragte sie und legte die Hände über die Augen, um das Ufer abzuspähen.

»Ist doch schön hier, oder?«

Julie nickte. Sie zog die Knie an und umschlang sie mit den Armen, sie schaute den Mücken zu, die über die Wasseroberfläche tanzten.

»Dahinten ist ein Steg«, sagte sie und deutete nach rechts, weiter flussabwärts. »Und ein Boot.«

Sie wusste nicht, warum sie das sagte, vielleicht wollte sie nur, dass Joe aufhörte, sie zu streicheln und sie anzustarren. Vielleicht aber dachte sie auch, dass es schön sein müsste, da auf dem Bootssteg zu liegen, auf warmen Holzplanken, und durch die Ritzen den Fischen zuzuschauen. Falls es Fische gab in dem Fluss.

Sie stand auf und richtete ihre Kleider zurecht.

Joe strich sich mit den Händen die Haare aus dem Gesicht.

»Hab ich irgendwas falsch gemacht?«, fragte er.

Julie schüttelte den Kopf. »Überhaupt nicht.«

»Was ist denn auf einmal?«

»Gar nichts«, sagte sie. »Ich möchte nur mal zu dem Bootssteg.«

»Und warum?«

»Einfach mal schauen. Vielleicht ist es da schön. Kommst du mit?«

Sie ging schon los. Joe bückte sich, nahm die Jacke von den Steinen und hielt sie mit einem Finger an dem Aufhänger. Er folgte Julie bis zu dem Bootssteg. Sie schaute sich nicht ein einziges Mal nach ihm um.

Ihr Herz schlug. Sie war sehr aufgeregt, und sie wusste nicht genau, warum. Wenn er in diesem Augenblick etwas gesagt hätte, hätte sie sich sofort wieder umgedreht und sich ihm in die Arme geworfen. Und es wäre egal gewesen, was dann passierte, aber er sagte nichts. Er ging im Abstand von einem Meter hinter ihr her.

Der Holzsteg war schmal und brüchig und man konnte drei Meter weit hinausgehen auf den Fluss. Breit und träge floss das Wasser zwischen grünen Ufern und den Viehkoppeln dahin.

Sie standen am Ende des Steges und betrachteten das Ruderboot, das leise an einem Strick hin und her schaukelte. Es waren keine Ruder dabei, ganz klar, sonst konnte ja jeder eine nette kleine Fahrt machen und das Boot womöglich noch mitgehen lassen.

»Vielleicht fahr ich für eine Weile nach Berlin«, sagte Joe plötzlich.

Julie drehte sich zu ihm um. Sie starrte ihn an.

»Nach Berlin? Jetzt? Mitten in der Schulzeit?«, fragte sie. »Wie soll das gehen?« An sie beide dachte Julie in diesem Augenblick auch, doch das sagte sie nicht.

Joe zuckte die Achseln. »Die Schule interessiert mich nicht, weißt du doch«, er schaute sie an. »Die Schule hab ich abgehakt.«

»Nicht dein Ernst, Joe.«

»Doch, mein voller Ernst.«

Joe zog das Boot an dem Strick nah an den Holzsteg heran.

»Einsteigen?«, fragte er einladend.

»Warum nicht! Aber Joe, du fährst nicht nach Berlin, oder?«

»Doch«, sagte Joe und reichte ihr die Hand. »Doch, irgendwann fahre ich.«

Sie kletterte in das Boot und es schwankte bedenklich. Aber Joe sprang hinterher, stellte sich breitbeinig und balancierte das Schaukeln wieder aus. Er wirkte, als habe er sein halbes Leben in solchen kleinen Ruderbooten verbracht, es passte irgendwie zu ihm. Julie dachte, hier gefällt er mir besser als in der Stadt.

Und sie fragte sich für eine Sekunde, warum das so war. Aber eine Antwort hatte sie nicht.

Joe zog sein T-Shirt aus, rollte es zusammen und wickelte es in die Jacke ein, beides streckte er Julie entgegen. »Mach es dir bequem«, sagte er.

Julie kuschelte sich in das Heck des Bootes, das Kleiderkissen nahm sie als Rückenstütze. Joe saß mit nacktem Oberkörper vor ihr auf dem Brett in der Mitte des Bootes. Verstohlen sah sie ihn an.

Seine Brust war weiß und schmal. Als er sich wohlig in der Sonne streckte und die Hände hinter dem Kopf verschränkte, traten die Sehnen und Muskeln an den Armen hervor. Er hatte kein Gramm Fett am Körper. Er sah beinahe mager aus. Julie fand das schön.

Joe hatte ihr auf dem Weg hierher im Bus sein Handy geliehen, damit sie zu Hause eine Nachricht auf das Band sprechen konnte. »Mami, ich komm ein bisschen später. Wir haben noch eine AG.«

Es war wieder eine Lüge, aber nicht so schlimm, hatte Julie gefunden, beim zweiten Mal ging es schon leichter.

Joe nahm jetzt aus seiner mitgebrachten Plastiktüte die zwei

Döner heraus und reichte Julie einen. Er war stolz auf seine Idee mit dem Essen, und Julie, die sich schon gefragt hatte, was er da mit sich herumschleppte, machte große Augen.

»Hmm«, schwärmte sie, als sie in das saftige Teil biss, das sogar noch ein bisschen warm war, »echt lecker«. Sie klaubte mit den Fingern einen Kebabfetzen auf und schob ihn in den Mund, dann ließ sie einen Zwiebelring hinterher schlängeln, der mit einem scharfen Dressing getränkt war. »Die Zwiebeln sind auch lecker«, sagte sie, »so süß. Passt gut zu der Soße.«

Joe nickte wortlos, er verschlang seinen Döner in Minutenschnelle, er hatte Hunger wie ein Wolf und bedauerte nur, dass er bei Çelim nicht auch noch ein paar Bier gekauft hatte.

»Mein Freund macht die besten Döner der Stadt«, sagte er. »Sind Kalbfleisch-Döner. Und für die Soße hat er ein spezielles Rezept. Das ist nicht so ein Industriescheiß.«

»Woher kennst du Çelim?«, fragte Julie.

Joe erzählte, dass Çelim seinen Laden in der gleichen Straße hatte, in der die Lottoannahmestelle seiner Großeltern war, in der Nähe des Bahnhofs. Er überlegte, ob er Julie jetzt schon sagen sollte, dass er plante, eine Weile selber einen Dönerladen zu führen, während der Messe.

Aber das war ja noch nicht spruchreif, und er war auch nicht sicher, ob das seine Probleme löste. Die Idee mit Berlin war dagegen sehr verlockend, und er kam, während Julie weiteraß, noch einmal darauf zurück.

»In Berlin bist du frei. Da kontrolliert dich nicht ständig jemand. Wie in der Schule. Oder zu Hause. Da gibt es in jedem Viertel mindestens drei Poetry-Läden«, sagte er. »Da gibt es einen in Mitte, einen in Friedrichshain, einen in Kreuzberg… Da kannst du jeden Tag auf einer dieser Bühnen sitzen und dein Zeug vortragen, immer neue Leute, andere Kritiker.« Er grinste. »Oder Bewunderer.«

»Bestimmt mehr Bewunderer als Kritiker«, sagte Julie kauend. »Deine Sachen sind doch gut.«

Er sah sie an.

»Ich dachte, du kommst vielleicht mit.«

Julie knüllte die Folie zusammen, in die der Döner eingewickelt gewesen war. »Nach Berlin?«

»Keine Lust?«

»Klar hab ich Lust.«

»Also, dann …« Joe strahlte sie an.

»Mann, Joe, du machst Witze. Ich hab Schule, wir schreiben nächste Woche eine Matheklausur und ich hab nicht die geringste Ahnung!«

»Geh einfach nicht hin, dann merkst du nicht, dass du es sowieso nicht konntest, und die Lehrer merken es auch nicht.«

Julie starrte Joe an, um herauszubekommen, ob das ein Witz sein sollte. Er lächelte gleichmütig.

Julie schüttelte ihre Mähne, schob sie mit den Händen zurück und sagte: »Du bist ein Clown, echt, ich hab noch nie jemanden wie dich getroffen.«

»Dann wurde es Zeit«, sagte Joe.

Er krabbelte im Boot nach vorn und versuchte, den Knoten des Seils zu lösen.

»Was machst du?«, fragte Julie.

»Ich dachte, wir schippern ein bisschen über den Fluss«, sagte Joe.

»Und wie soll das gehen? Ohne Ruder?«

Joe hatte den Trick herausgefunden, wie man den Seemannsknoten öffnen konnte. Es war ein altes Hanfseil, das lange im Wasser getrieben hatte und Schlieren von Algen mit sich zog.

Er ließ das Seil ins Wasser platschen und stieß mit beiden Händen vom Bootssteg ab.

Das Boot driftete gemächlich vom Ufer weg.

»Schön, oder?«, fragte Joe nach einer Weile. Es war vollkommen still. Ein paar Mücken flogen dicht über der Oberfläche und eine Grille stand wie ein Hubschrauber reglos auf dem Wasser. Ein grüner Zweig trieb ruhig an ihnen vorbei.

Julie sagte nichts. Sie hatte es sich wieder im Heck des Bootes bequem gemacht und schaute in den Himmel. In der letzten Zeit gefiel es ihr, die Wolken zu beobachten. Joe hatte auch ein gutes Gedicht über Wolken gemacht. Sie wusste nur nicht mehr genau, wie es ging. Sie wollte ihn gerade fragen, da sagte er: »Der amerikanische Präsident hat zugegeben, dass es im Irak keine Vernichtungswaffen gab oder gibt.«

Julie sagte nichts, sie schaute auf die Wolken.

Joe lachte grimmig. »Wenn man bedenkt, dass das der Kriegsgrund war. Was glaubst du, wie viele Leute in dem Krieg gestorben sind? Ich meine Iraker, Männer, Frauen und Kinder.«

Julie antwortete nicht, sie hatte die Augen halb geschlossen, damit Joe nicht merkte, wie sie ihn anschaute. So genau, als wollte sie sich jedes kleinste Detail einprägen. Er hatte einen Leberfleck auf dem linken Arm, klein wie ein Kirschkern. Julie überlegte, wie ein Leberfleck entsteht. Sie hatte keine Ahnung.

Joes Haare waren weich und dünn. Vielleicht würde er später Geheimratsecken bekommen wie ihr Vater, dem die Haare ausfielen, seit er dreißig war. Ihr Vater ließ sich die Haare jetzt immer ganz kurz schneiden, damit man nicht merkte, »wie es um ihn stand«, so sagte er immer spaßhaft. Ob Joe manchmal daran dachte, wie er aussehen würde mit vierzig?

Julie wusste, wie sie aussehen würde: wie ihre Mutter. Sie hatte alles von ihrer Mutter geerbt, die Nase, den Mund, die Figur. An der Figur ihrer Mutter gab es nichts auszusetzen. Aber Julie fand, dass sie sonst nichts von ihrer Mutter hatte, nicht ihren Ehrgeiz, nicht ihre strengen Ansichten, sie war mehr wie ihr Vater. Ihr Vater war sanft und nachgiebig, aber alle Väter sind nachgiebig gegenüber ihren Töchtern, sagt man.

Ob Joe wohl aussah wie sein Vater, als der jung gewesen war?

Julie hörte nur mit halbem Ohr, worüber Joe die ganze Zeit sprach. Endlich merkte er es und verstummte. Er beugte sich zur Seite und ließ die Hände einen Augenblick durch das Wasser gleiten, rieb sie dann an seinen Hosenbeinen trocken und sah Julie an.

»Das interessiert dich einen Scheiß, oder?«, sagte er. »Dass diese ganze Welt kaputtgeht, nur weil ein reiches, egoistisches Land alle Reserven dieser Erde für sich haben will. Die führen ihre Kriege nicht nur wegen der Massenvernichtungswaffen, den Amis geht es ums Öl. Die wollen die Kontrolle über alle Energiereserven der Welt. Nur damit nachts ihre bescheuerten hundertfünfzigstöckigen Hochhäuser illuminiert werden können.«

»Mann, Joe, wieso regst du dich so auf?«

Joe schaute sie an. »Ich frage mich, wieso du dich nicht aufregst«, sagte er, »das schreit doch zum Himmel! Ich frage mich, wieso wir nicht aufstehen und etwas dagegen tun?«

»Jetzt gleich?«, fragte Julie amüsiert. »Hier?«

Sie schauten zurück. Der Bootssteg lag weit hinter ihnen. Je mehr sie in die Mitte des Flusses geraten waren, desto stärker wurde die Strömung. Am Ufer rannten zwei Männer hin und her und gestikulierten wild und hielten die Hände wie Trichter vor den Mund, um ihnen etwas zuzurufen.

»Verstehst du, was die sagen?«, fragte Julie.

Joe musterte die beiden, wie sie versuchten, mit dem Boot Schritt zu halten.

»Ich glaube, es ist ihr Boot«, sagte er schließlich.

»Wir müssen zurück.« Julie richtete sich auf, sie spähte zu

den Männern herüber. »Sie sind echt sauer.« Sie kicherte, weil die Situation so verrückt war. »Und was machen wir jetzt? Wir haben kein Ruder.«

Joe lachte, er breitete die Arme aus. Er versuchte, sich auf dem schwankenden Boot aufzurichten, und rief, so laut er konnte: »Ich hab keine Ahnung!« Und dann brach er in ein wildes Gelächter aus und warf sich auf Julie und küsste sie. Und die beiden Männer blieben stehen, schwer keuchend, und starrten zu ihnen rüber.

So was hatte Julie noch nie erlebt. Es war richtig komisch. Sie konnte Joes Küsse gar nicht richtig genießen, weil sie so lachen musste.

Julies Mutter kam gegen halb drei nach Hause, sah, dass der Anrufbeantworter auf dem Telefon im Zimmer blinkte, und drückte auf den Wiederholungsknopf.

»Hallo, Mami, ich bin's, ich wollte nur sagen, ich komm ein bisschen später. Wir treffen uns hier noch mit der Bio-AG. Wir reden dann, ja? Nicht böse sein. Julie.«

»Wenn's stimmt«, murmelte Julies Mutter. Sie legte die heutigen Arbeiten auf ihren Schreibtisch, ging in die Küche und kümmerte sich um das Essen.

Dann machte sie sich daran, die Hefte zu korrigieren.

Um halb fünf klingelte ihr Handy.

Es war Don Corleone. »Hallo, liebe Kollegin«, sagte er. »Stör ich?«

»Aber nein, kein Problem, ich korrigier gerade. Unfassbar, was da immer noch für Fehler auftauchen. Wir haben den Stoff seit Wochen durchgekaut.«

»Ja, ich weiß.« Don Corleone seufzte. »Manchmal fühlt man

sich wie der berühmte Hamster im Rad. Man rackert und rackert und kommt nicht vorwärts.«

Julies Mutter mochte Don Corleone. In den Sitzungen saßen sie meist nebeneinander und flüsterten sich ihre Bemerkungen ins Ohr. Don Corleone war witzig und klug. Er liebte das Leben und die schönen Dinge. Julies Mutter war einmal mit ihm zusammen mit einer zehnten Klasse in Prag gewesen. Da hatte er sie abends, als die Schüler in der Disko waren, in ein Restaurant in der Altstadt ausgeführt, ein Weinlokal, wo er zuvor den schönsten Tisch hatte reservieren lassen. Er hatte den besten Wein ausgewählt und sich mit dem Kellner lange über die Art unterhalten, wie man Teigknödel zubereitet. So hatte sie erfahren, dass Don Corleone ein Hobbykoch war und in den Herbstferien Weinreisen nach Italien machte, zu seinen Lieblingswinzern im Orvieto. – Julies Mutter freute sich über den unerwarteten Anruf.

»Ich würde dich gerne etwas fragen, Jutta«, sagte Don Corleone. Er räusperte sich und irgendetwas in seiner Stimme machte sie hellhörig.

»Ja? Frag ruhig.«

»Deine Tochter, Julie...«, begann Don Corleone.

»Ja?«

»Hältst du es für möglich«, Don Corleone räusperte sich wieder, »dass ich sie heute zusammen mit unserem Lieblingsschüler gesehen hab?«

Julies Mutter hielt kurz die Luft an. »Wen meinst du?«, fragte sie.

»Joe Leinemann. Du weißt, dass er die Schule schwänzt?«

»Nein«, Julies Mutter schluckte. »Das wusste ich nicht.«

»Okay, dann sag ich es dir jetzt. Seit dieser kleinen Auseinandersetzung«, er räusperte sich, »du erinnerst dich, er wollte sich über mich beschweren...«

»Ich weiß, Donald. Ich weiß.«

»Gut. Die beiden, deine Tochter und Joe, standen an der Bushaltestelle der Linie sechzehn. Ich kam zufällig vorbei. Und sie sahen aus, als wenn sie ziemlich viel Spaß miteinander hätten.«

Julies Mutter atmete tief durch. Sie fuhr sich mit der Hand über die Augen. »Bitte nicht«, murmelte sie.

»Jutta?« Don Corleones Stimme wurde energischer, lauter. »Du wusstest das, ja?«

»Ich wusste«, sagte Julies Mutter, »dass die beiden sich kennen, ich habe Julie allerdings gedrängt, sich nicht weiter mit ihm zu treffen.«

»Das war gut, hat aber offensichtlich nichts genützt«, sagte Don Corleone bitter. »Nun haben wir vielleicht bald zwei Herumtreiber. Nichts wird so leicht nachgemacht wie schlechte Vorbilder. Wir kennen das ja. Ich hab keine Ahnung, in was für Kreisen Joe verkehrt, ob er Drogen nimmt oder ...«, er stockte, »jedenfalls kann das nicht in deinem Sinne sein, ich wollte dich warnen. Mehr nicht.«

»Ich weiß das zu schätzen, Donald«, sagte Julies Mutter. Ihr war auf einmal ganz schwindlig. Sie musste sich an der Tischkante festhalten. Es war ihr, als würde genau das passieren, wovor sie sich immer gefürchtet hatte: dass sie die Kontrolle über ihr Kind verlor.

Jutta Dietrich war, wie sie selber sagte, ein Kontrollfreak. Sie war fest davon überzeugt, dass ohne Kontrolle nichts funktionieren würde. Auch ihr eigenes Leben nicht. Sie hatte immer alles im Griff gehabt. Sie hatte ihren Beruf geplant, die Hochzeit, sie hatte geplant, wann sie ein Kind haben würde. Es war immer nur an *ein* Kind gedacht worden, zwei Kinder hätten es ihr unmöglich gemacht, weiter als Lehrerin zu arbeiten.

Julie war ihr Wunschkind gewesen und sie war ein hinreißendes Baby. Das erzählte Jutta Dietrich gern, wie wenig Probleme sie mit der kleinen Julie gehabt hatte. Es war eine Freude gewesen, sie aufwachsen zu sehen und sie mit leichter Hand zu führen. Das sagte Jutta Dietrich auch gern: mit leichter Hand führen.

»Hallo, bist du noch dran, Jutta?« Don Corleone schwieg einen Augenblick.

Julies Mutter fasste sich. »Natürlich, entschuldige bitte, was sagtest du?«

»Ich sagte, mir ist inzwischen fast wurscht, wie Joe Leinemann sein Leben verpfuscht, aber bei deiner Tochter ist das natürlich was anderes.«

Julies Mutter schloss die Augen. »Danke. Danke, Donald, dass du mir Bescheid gesagt hast.«

Sie drückte die Austaste. Sie brauchte eine Weile, bis sie aufstehen und zum Telefon im Flur gehen konnte. Sie spielte sich noch einmal Julies Ansage vor.

»Eine Bio-AG«, murmelte Julies Mutter. »Das nennst du also eine Bio AG.«

*D*er Mann, dem das Boot gehörte, hatte per Handy die Polizei alarmiert. »Und ihr«, raunzte er, »bleibt schön hier stehen, bis die Kripo da ist. Und rührt euch nicht vom Fleck. Wollen wir doch mal sehen, ob in diesem Land noch Ordnung herrscht! Oder ob jeder machen kann, was er will, mit dem Eigentum anderer Leute!«

Er war so aufgeregt, dass er nach Luft japste, wenn er sprechen wollte. Er hieß Jensen, ihm gehörten die Koppeln rechts und links am Flussufer, und das Boot brauchte er, wenn er von einer Koppel zur anderen übersetzen wollte. Dann sparte er sich den weiten Umweg mit dem Trecker über eine kilometerweit entfernte Brücke.

»Ich bin zwei Stunden zu spät mit dem Melken dran!«, schrie er. »Was glaubt ihr, wie meine Kühe sich fühlen mit dem Euter? Und die Milch kommt zu spät weg! Womöglich nimmt die Molkerei sie nicht mehr an. Wer bezahlt mir den Ausfall? Ihr haltet das wohl für einen Kinderstreich, aber da habt ihr euch getäuscht! Ihr seid keine Kinder mehr, ihr wisst genau, was ihr tut!«

Sein Gesicht war feuerrot angelaufen, und der andere, jüngere Mann, ebenso in kariertem Hemd, Latzhose und Gummistiefeln, sagte immer: »Vadder, schon gut. Ist schon gut. Du weißt, was der Arzt sagt: Du sollst dich nicht aufregen.«

»Sie haben das Boot doch wieder zurück«, sagte Joe. Er war verlegen und schuldbewusst. Aber er wollte vor Julie auch nicht den kleinen Deppen spielen. »Und außerdem stand an dem Bootssteg nirgendwo, dass es privat ist.«

Jetzt wurde auch der Jungbauer sauer. »Habt ihr gedacht, wir hätten das Boot dort festgemacht, damit so faules Pack wie ihr fröhlich darin rumvögeln kann?«, schrie er.

Joe ging auf den Aufgebrachten zu und packte ihn an der Latzhose. »Wir haben nicht gevögelt, Mann!«, sagte er scharf.

»Ich weiß, was ich gesehen hab«, knurrte der Jungbauer, und der Alte neben ihm fuhr sich mit einem schmutzigen Taschentuch über die feuerrote Stirn und sagte: »Ich weiß auch, was ich gesehen hab.«

»Wir haben uns bloß geküsst«, sagte Julie schüchtern, »das ist doch nicht so schlimm.«

Der Bauer Jensen starrte sie an. »Wenn ich eine Tochter wie dich hätte«, knurrte er, »dann würde ich der aber kräftig den Hintern versohlen. Aber so, dass sie zwei Wochen nicht sitzen könnte.«

Joe verdrehte die Augen. »Mit Ihnen kann man einfach nicht normal reden.«

»Ach, hört doch auf.« Jensen machte eine wegwerfende Bewegung.

Auf der anderen Seite muhten die Kühe und scharrten sich unruhig am Stacheldrahtzaun.

»Seht ihr?« Er hob jetzt anklagend die Hand. »Seht ihr das? Wo habt ihr die verdammten Ruder gelassen! Einfach ins Wasser geworfen, oder was? Ich muss zu meinen Tieren!«

»Da waren keine Ruder«, sagte Joe.

Der Jungbauer ballte die Fäuste. »Jetzt ist genug!«, knurrte er. »Natürlich waren da Ruder. Die liegen immer im Boot.«

»Es lagen aber keine da!« Joe schaute ihm in die Augen. »Ich schwör's.«

Der Streifenwagen kam auf dem Uferweg entlang. Er musste durch Schlaglöcher fahren, und das Schmutzwasser spritzte hoch, wenn sie eine Pfütze durchqueren. Sie sahen den Wagen schon von weitem. Bauer Jensen nickte grimmig. »Pass auf die beiden auf«, sagte er und ging den Polizisten entgegen.

Sein Sohn baute sich vor Joe und Julie auf.

Julie war das Lachen vergangen, seit sie den Streifenwagen näher kommen sah. Sie schaute immer wieder Hilfe suchend zu Joe rüber, aber der spielte den Coolen, tat völlig unbeteiligt. Er versuchte, den Jungbauern in ein Gespräch zu verwickeln.

»Wie viel Milch geben Ihre Kühe denn so?«, fragte er leutselig.

Keine Antwort.

»Wie heißt die Rasse?«

»Schwarzbunte«, kam es knurrig.

»Ah, die geben viel Milch, oder?«

»Kommt auf das Futter an.«

»Das wächst hier doch toll, oder?«

»Na ja, wenn es zu viel regnet und das Grün zu schnell hoch-schießt, hat es nicht genug Nährstoffe. Die Sonne müsste schon öfter rauskommen.«

»Morgen wird bestimmt wieder gutes Wetter!«, sagte Julie. Sie schaute verstohlen zu dem Streifenwagen.

Die Polizisten waren ausgestiegen und lehnten vorn am Kühler, während Bauer Jensen auf sie einredete, mit nervösen großen Gesten. Von Zeit zu Zeit schauten alle drei zu ihnen rüber.

»Ich könnte nachher schnell beim Melken helfen«, schlug Joe vor. »Wenn Sie mir zeigen, wie das geht.«

»Da kann man nicht helfen«, sagte der Jungbauer. »Das machen die Maschinen.«

Der eine Polizist zückte ein Notizbuch und schlug es auf.

Julies Herz machte einen Satz. »Joe«, flüsterte sie.

Aber Joe machte weiter mit der coolen Unterhaltung.

»Maschinen«, sagte er. »Geil.«

»Und die Kühe«, sagte der Jungbauer, »kennen genau ihre Zeiten, sie stehen immer schon am Melkstand, wenn wir kommen. Aber wenn wir spät dran sind, so wie jetzt, wenn sie uns sehen und wir trotzdem nicht mit dem Melken anfangen, dann werden sie unruhig, und das ist nicht gut.«

»Verstehe«, sagte Joe.

Die beiden Polizisten kamen zu ihnen. Bauer Jensen folgte mit triumphierendem Gesicht.

Julie spürte, wie die Panik ihr die Luft abwürgte. Joe tat immer noch, als sei das alles kein Problem. Dafür bewunderte sie ihn.

»Die kriegen dann leicht eine Euterentzündung«, sagte der Jungbauer, »und dann muss der Tierarzt kommen und das wird teuer.«

Die Polizisten waren jetzt bei ihnen. Der mit dem Notizbuch

nickte schroff und sagte: »So, das wird also eine Anzeige wegen versuchtem Diebstahl und Sachbeschädigung.«

»Ja! Und wer weiß, was noch alles kommt!«, rief Bauer Jensen.

Julie dachte an die Euterentzündung und den Tierarzt, ihr wurde ganz schlecht.

»Wir haben doch nur Blödsinn gemacht!«, sagte sie fast flehend. »Wir wollten doch das Boot nicht klauen!«

»Wer es glaubt, wird selig«, rief Jensen. »Die haben sich doch nicht mal um unsere Rufe geschert!«

»Wir konnten nicht! Da waren ja keine Ruder im Boot!«, rief Julie.

Der Alte schnaubte. »Die habt ihr schnell ins Wasser geworfen. Die treiben jetzt wahrscheinlich schon fünf Kilometer weiter flussabwärts. Oder ihr habt sie im Schilf versteckt, was?«

»Das ist doch Blödsinn!«, rief Joe hitzig. »Warum sollten wir so einen Scheiß machen?«

»Wie alt bist du?«, fragte der Polizist ungerührt.

»Siebzehn«, sagte Joe.

»Und du?« Das galt Julie.

»Erst sechzehn«, flüsterte Julie. »Bitte, könnten wir nicht …«

»Nichts da! Nichts da!«, rief aber Jensen hitzig. »Ihr werdet jetzt mal spüren, was es heißt, in einem Rechtsstaat zu leben.«

»Das wussten wir vorher auch schon«, sagte Joe. »Und was bringt uns das?«

»Werd bloß nicht frech, Junge!«

Bauer Jensen war immer noch auf hundert. Julie musste an ihren Großvater denken, der immer zu hohen Blutdruck hatte und der an einem Schlaganfall gestorben war. Sie dachte plötzlich: Lass den Mann bitte keinen Schlaganfall kriegen.

»Sie müssen sich doch nicht so aufregen!«, flüsterte sie.

Jensen fauchte sie an. »Ich müsste mich nicht aufregen, wenn es nicht solche Leute gäbe wie euch!«

Der Polizist klappte sein Notizbuch zu, er wandte sich an Jensen. »Wir könnten immer noch«, sagte er, »die Anzeige fallen lassen. Das Ganze so als Dummer-Jungen-Streich durchgehen lassen.«

Julie und Joe warfen sich einen kurzen Blick zu, und Julie dachte: Wir haben Glück. Oh ja, wir haben Glück.

»Letzten Endes«, sagte der Polizist versöhnlich, »ist ja nichts passiert. Das Boot ist wieder da.«

»Und die Ruder«, brüllte Jensen, »ohne die Ruder ist das Boot nichts wert! Und meine Arbeitszeit? Gilt die etwa überhaupt nicht? Wegen diesen Spinnern hier stehe ich heute Nacht noch um zwölf im Stall!«

»Man kann ja auch mal über seinen Schatten springen«, sagte der Polizist. »Sie waren doch auch mal jung und den beiden tut's doch Leid.«

»Ja«, sagte Julie bettelnd. »Unheimlich Leid.«

Aber Jensen schüttelte störrisch seinen Kopf. »Ich lass mich nicht für doof verkaufen. Diese jungen Leute, die denken doch sowieso, dass wir Bauern der letzte Mist sind, aber wenn wir nicht dafür sorgen würden, dass ...«

»Schon gut, Vadder. Ist ja schon gut«, murmelte sein Sohn nun beschwörend. »Die haben das nicht böse gemeint.«

»Was? Du auch?«, fauchte Jensen seinen Sohn an und stieß ihn zurück. Der Polizist steckte sein Notizbuch ein.

»Okay, wir nehmen die beiden jetzt mit. Oder seid ihr mit den Fahrrädern hier?«

»Mit dem Bus«, sagte Joe.

»Monatskarte?«, fragte der Polizist.

Beide schüttelten den Kopf.

»Dann zeigt doch mal eure Fahrkarten«, sagte der andere.

Julie hasste ihn dafür, dass er so grinste. Sie griff in ihre Hosentasche und förderte ihren Busfahrschein zutage. Joe hatte sie überreden wollen, schwarz zu fahren. Gut, dass sie es nicht gemacht hatte.

»Okay.« Der Polizist warf nicht einmal einen Blick auf den Fahrschein, den sie so triumphierend in der Hand hielt. »Ihr steigt jetzt ein, wir fahren auf die Wache.«

Er schob die beiden vor sich her zum Auto.

»Und was ist, wenn noch weitere Schäden auftauchen?«, rief Jensen. »Wegen der Milch und so?«

»Wir sind morgen wieder bei Ihnen«, sagte der Polizist, während er die hintere Wagentür öffnete, »dann kommt das alles noch ins Protokoll. So, steigt ein.«

Julie dachte einen Augenblick, dass sie vielleicht auch Handschellen bekämen. Aber das hier war kein Fernsehkrimi. Das war die Wirklichkeit.

Die Polizisten sagten während der Fahrt kein Wort.

Manchmal warf einer einen Blick in den Rückspiegel, um zu kontrollieren, ob die beiden sich auf der Rückbank gut benahmen.

Joes Hand rutschte langsam zu Julies Hand. Als ihre Finger sich trafen, verhakten sie sich.

»Wusstest du, dass Kühe von Aufregung eine Euterentzündung bekommen können?«, fragte Joe leise.

Julie schüttelte den Kopf. Sie musste lachen. Sie machte sich so klein, dass die Polizisten ihr Gesicht im Rückspiegel nicht sehen konnten.

»Siehst du«, flüsterte Joe, »schon wieder was gelernt.« Und er drückte noch mal ihre Finger.

Julie wusste, er wollte sie aufmuntern. Er wollte nicht, dass sie sich Sorgen machte wegen ihrer Eltern. Und überhaupt.

Aber sie machte sich Sorgen. Sie hatte ein ganz schlechtes Gefühl im Magen, als der Streifenwagen schließlich vor der Polizeiwache hielt und die beiden sich zu ihnen umdrehten.

»Jetzt nehmen wir eure Aussagen zu Protokoll und anschließend werden eure Eltern benachrichtigt. Und dann schauen wir mal.«

Als Julies Mutter kam, um sie von der Polizeiwache abzuholen, da war Joe schon weg. Er hatte Glück gehabt, denn seine Großmutter glaubte, es habe noch etwas mit dem Überfall zu tun, dass Joe von den Polizisten angehört wurde. »Es liegt eine Anzeige gegen Ihren Sohn vor«, hatte der Polizist am Telefon gesagt. Julie hatte es genau verstanden. Aber Joes Großmutter hatte offenbar gedacht, dass es sich um die Anzeige handelte, die Joe gemacht hatte.

Sie war vollkommen unbesorgt und sagte, dass Joe bald kommen müsste, um sie aus dem Laden abzuholen.

Daraufhin unterschrieb Joe das Protokoll.

Julie saß wie ein Häufchen Elend auf ihrem Stuhl.

»Willst du, dass ich warte, wie es mit deiner Mutter ausgeht?«, fragte Joe.

Julie schüttelte den Kopf. »Nein«, sagte sie tapfer lächelnd, »ich krieg das schon hin.«

»Bist du sicher?«

Julie nickte wieder. »Ist besser, wenn du nicht dabei bist«, sagte sie.

Joe beugte sich vor, legte seine Hände auf ihre Schultern und schaute sie eindringlich an.

»Da passiert gar nichts«, flüsterte er, »die haben die Anzeige nur aufgesetzt, um dem Bauern einen Gefallen zu tun. Die wissen genau, dass das ein Blödsinn ist.«

Julie nickte, obwohl sie nicht sicher war, ob Joe Recht hatte. Die Polizisten hatten das mit der Anzeige und dem Protokoll schon ziemlich genau genommen.

»Also, ich ruf dich an«, sagte Joe.

»Nein! Nicht anrufen!«, rief Julie. »Wer weiß, wer da drangeht.«

»Du brauchst ein Handy«, sagte Joe.

Julie nickte. Sie saßen immer noch in dem Verhörzimmer, nebenan, durch ein eingelassenes Fenster, konnten sie hören, wie die Polizisten sich unterhielten, es ging offenbar um einen anderen Fall.

»Okay, ich bin dann wieder vor der Schule«, sagte Joe. »Halt die Ohren steif.«

»Klar«, sagte Julie, »mach ich.«

Er beugte sich vor, schob ihre Haarsträhne hinter die Ohren und flüsterte: »Denk dran: Berlin.«

Julie kicherte. Die Vorstellung, irgendwann hier einfach weg zu sein und mit Joe durch Berlin zu streifen, war ziemlich gut.

Julie saß allein in dem kargen Zimmer und starrte gegen die Neonröhre an der Decke. Tote Fliegen klebten daran. Auf dem Fensterbrett ein vertrocknetes Usambaraveilchen. Wer denen das wohl geschenkt hat, dachte Julie. Vielleicht eine Oma, der sie die Handtasche wieder zurückgebracht haben.

Julie musste an Joes Großmutter denken, und wie praktisch es war, bei so alten, freundlichen Leutchen zu wohnen, die keinen Argwohn kannten. Joes Großeltern hatten keine Ahnung, dass er seit Tagen die Schule schwänzte. Wirklich, ziemlich praktisch, dachte Julie.

Und dann hörte sie eine Tür, die ins Schloss fiel, und feste, energische Schritte. Die Schritte kamen sehr schnell näher, Julie erhob sich von ihrem Stuhl.

Das ist sie, dachte sie. Das ist ihr Gang. Sie trägt die braunen Stiefel. Wetten?

Die Tür ging auf.

»Hallo, Mami.« Julie stand, das lebendige schlechte Gewissen, vor ihrer Mutter. Ein Bild zum Erbarmen. Aber Julies Mutter erbarmte sich nicht.

»Hallo«, sagte sie nur schroff. Sie schaute durch das Glasfenster in den Raum nebenan. »Der Polizist, der mich angerufen hat, ist der da drin?«

»Ja«, sagte Julie. »Mami, ich...«

Aber ihre Mutter war schon im Nebenraum.

Julie sah, wie die beiden sich begrüßten, und dann sah sie, wie der Polizist um ihre Mutter herumging, um die Tür zu schließen. Sie konnte nicht hören, was sie miteinander redeten. Aber sie konnte sie durch das Fenster sehen, jedenfalls ihre Gesichter.

Doch das half ihr nicht weiter.

Das Gespräch war nur kurz, dann öffnete sich die Tür und beide kamen heraus zu Julie. Sie setzte ein flehendes Mädchenlächeln auf.

»Mami«, begann sie noch einmal, »es tut mir wirklich...«

Ihre Mutter schaute sie nur flüchtig an. Julie sah keine Wärme und kein Verständnis in diesem Blick. Und sie wusste: Das wird hart, wenn wir erst mal hier raus sind.

Die Mutter gab dem Polizisten dankend die Hand. »Danke, sehr nett.«

»Dafür nicht«, sagte der Polizist, und er begleitete Mutter und Tochter noch bis zur Tür. »Hauptsache, es bleibt bei diesem einen Mal.«

»Dafür werden wir sorgen«, kam die knappe Antwort. Und Julie hatte augenblicklich eine Gänsehaut. Sie hat irgendeinen Plan, dachte sie, ich kenne sie doch. Meine Mutter hat einen Plan und von dem wird sie sich nicht mehr abbringen lassen.

Am Wochenende«, sagte Julies Vater, der sie in ihrem Zimmer aufsuchte, »bleibst du bei uns zu Hause. Ist das klar?«

Julie lag auf ihrem Bett und lernte Vokabeln, das heißt, sie versuchte, Vokabeln zu lernen. Sie konnte sich nicht konzentrieren.

Sie hatte gehört, wie ihre Mutter telefonierte, ein paarmal war der Name Julie gefallen und auch Joes Name. Aber sie hatte keine Ahnung, worum es ging.

Dann war ihr Vater nach Hause gekommen und die Eltern hatten sich in das Arbeitszimmer zurückgezogen und die Tür hinter sich nachdrücklich geschlossen. Julie war einen Augenblick am Überlegen gewesen, ob sie die Initiative ergreifen und ihren Vater begrüßen sollte. Aber dann hatte sie sich dagegen entschieden. Joe würde das nicht wollen, Joe würde cool bleiben in solchen Augenblicken. Und was sollte auch die ganze Aufregung? Wir haben nichts Schlimmes gemacht, wir sind nicht schwarz mit dem Bus gefahren, wir haben niemanden beklaut. Und nichts kaputtgemacht. Eigentlich ist nichts gewesen, außer dass ein Bauer nicht rechtzeitig zum Melken kam.

Je länger die Unterredung ihrer Eltern dauerte, desto sicherer hatte sie sich gefühlt. Es würde nicht schlimm werden, es konnte nicht schlimm werden. Vielleicht ein bisschen Stubenarrest. Das war früher immer die Geheimwaffe ihrer Eltern gewesen, besonders wenn gerade eine Fete steigen sollte und ihr Stubenarrest angedroht wurde. Das wirkte immer. Deshalb wunderte Julie sich auch nicht, als ihr Vater sagte: »Am Wochenende ist Ausgangssperre.« Damit hatte sie gerechnet. Sie richtete sich von ihrem Bett auf, legte das Vokabelheft weg, nahm einen Yogasitz ein und schaute ihren Vater an. Sie war froh, dass er allein gekommen war. Ihr Vater war nicht so streng. Er war eben auch kein Lehrer, und er redete nicht immer davon, dass Erziehung nur dann Sinn hatte, wenn sie konsequent war. Oder dass Kinder Grenzen kennen lernen müssen. Das sagte ihre Mutter gerne, das mit den Grenzen, vielleicht hatte sie ja Recht.

»Am Wochenende«, sagte ihr Vater, »wollen wir mit dir reden. Ganz in Ruhe. Wie es weitergeht.«

Julie hatte das Gefühl, dass ihr Herz zwei Schläge aussetzte und dann ganz heftig polternd wieder seinen Rhythmus suchte, sie presste die Hand gegen die Brust.

»Wie es weitergeht?«, fragte sie verständnislos.

»Wir müssen das ganz in Ruhe bereden«, sagte ihr Vater. »Ohne Eile. Ohne Hektik, und vor allen Dingen ohne Unterbrechung. Hattest du am Wochenende etwas vor?«

Er schoss diese Frage so unerwartet, dass Julie einen roten Kopf bekam. Natürlich hatte sie eigentlich am Wochenende etwas vor.

Meistens war am Freitag eine Fete bei jemandem aus der Schule, oder sie verabredete sich ins Kino mit Florence, Didi, Uhu und Patex, oder sie trafen sich im *Backstage* zu einem Bier. Oder es war einfach nur ein Klönabend mit einer Freundin angesagt…

An diesem Wochenende allerdings hätte sie sich mit Joe treffen wollen. Es war für beide irgendwie klar, dass sie ab sofort ihre Zeit miteinander verbringen würden. Weil es das Schönste war.

Julie spürte den aufmerksamen Blick ihres Vaters. Sie schüttelte lächelnd den Kopf, warf die Haare zurück und sagte: »Nichts Besonderes, das Normale einfach nur.«

»Mhm, das Normale.« Ihr Vater blickte sie an. Er betrachtete seine Hände. Dann schaute er auf. »Wenn man nur wüsste, was bei dir im Augenblick *das Normale* ist.«

Julie erwiderte nichts, darauf konnte man nichts erwidern. Das war irgendwie eine blöde Bemerkung, fand sie. Alles wegen einem kleinen Bootsausflug. Und einer kleinen Lüge.

»Deine Mutter, die immer so großartige Ideen hat«, sagte er, während er wieder seine Hände betrachtete, als müsse er sich an ihrem Anblick festhalten, »deine Mutter hat auch schon einen Plan. An dem wird sie bis zum Wochenende noch arbeiten.« Er hob plötzlich den Blick und lächelte Julie an. »Du siehst also, wir wollen dich nicht bestrafen oder irgend so etwas Altmodisch-Antiquiertes machen, sondern dir helfen.«

Julie verdrehte die Augen. »Wieso müsst ihr mir helfen? Ich bin doch okay. Ich meine, jetzt ist einmal was schief gegangen...«

Ihr Vater unterbrach sie. »Einmal was schief gegangen?«, fragte er sanft. »Das mag, was dich betrifft, ja stimmen, aber dein Joe... Weißt du nicht, was dein famoser Freund Joe Leinemann sonst noch alles angestellt hat? Hat er dir das nicht erzählt? Was in der Schule passiert ist?«

»Wir reden nicht über die Schule«, sagte Julie. »Du weißt doch, dass mich das Thema nervt.«

»Vielleicht wäre es ganz gut, wenn ihr dennoch ein bisschen darüber reden würdet«, sagte ihr Vater. »Lass dir von Joe doch mal erzählen, wie das war, als er seinen Klassenraum so verwüstet hat, dass er für Wochen nicht mehr benutzbar ist, lass dir doch mal erzählen, wie deine Mutter ihn zufällig bei diesem Vandalismus erwischt und wie er ihr um ein Haar diese giftige Farblösung ins Gesicht gesprüht hätte...«

Julie richtete sich auf. Sie öffnete den Mund, sie starrte ihren Vater an. »Joe?«, fragte sie atemlos.

»Ja. Von dem reden wir doch, oder? Was glaubst du, warum deine Mutter so allergisch auf ihn reagiert? Es gibt konkrete Gründe. Es gibt ausreichend konkrete Gründe, warum deine Mutter darüber nachdenkt, dich aus der Schusslinie zu bringen.« Die Stimme ihres Vaters wurde jetzt schärfer.

»Aus der Schusslinie?«, wiederholte Julie fassungslos. »Sag mal, in welchem Film bin ich hier eigentlich?«

»Das fragen wir uns auch.« Ihr Vater stand auf.

Julie schluckte, sie räusperte sich. »Und wie… wie… ich meine, was soll das für eine Idee sein, an der ihr da brütet?«

Ihr Vater streckte die Hand aus, berührte flüchtig, fast verlegen ihr Haar und sagte: »Es ist noch ein bisschen zu früh, darüber zu reden. Das ist alles noch nicht in trockenen Tüchern.«

So sprach ihr Vater. Das ist alles noch nicht in trockenen Tüchern.

Er ging zur Tür. Und als spürte er Julies flehenden Blick im Rücken, drehte er sich noch einmal um und sagte: »Wir üben uns jetzt in Schadensbegrenzung.« Dann ging er.

Und Julie fiel wieder auf ihr Bett zurück und dachte: Schadensbegrenzung. Was für ein abartiges Wort. Das muss ich Joe sagen. Der macht daraus glatt ein Gedicht.

Sag mal, Joe, stimmt das, was mein Vater erzählt hat?«

Joe hatte Julie erneut vor der Schule abgepasst, und diesmal war es Julie ein bisschen peinlich gewesen, als Florence sie wieder anstieß und raunte: »Dein Lover!«

Sie waren eine Weile schweigend nebeneinander hergegangen, dann hatte Julie gesagt: »Ich muss dich was fragen.«

»Oh«, hatte Joe gesagt und die Augenbrauen hochgezogen. »Das klingt ja dramatisch.«

Julie war stehen geblieben und hatte gewartet, bis Joe ihr in die Augen schaute. Und dann hatte sie diese Frage gestellt, mit der sie sich die ganze Nacht rumgeplagt hatte: »Stimmt das, was mein Vater mir erzählt hat?«

»Keine Ahnung«, Joe hob die Schultern. »Was hat er denn gesagt?«

»Dass du dein Klassenzimmer demoliert hast? Und«, sie stockte, »dass du meine Mutter bedroht hast?«

Joe holte tief Luft und verdrehte die Augen. Er kann mir nicht mehr ins Gesicht schauen, dachte Julie, also stimmt es.

»Die Klasse demoliert!«, stöhnte Joe und fuhr sich durch die Haare. »Was heißt hier demoliert! Es ist praktisch nichts kaputtgegangen außer drei oder vier Stuhlbeinen, und die Stühle in unserer Schule sind so was von marode, die aus meiner Klasse können sich freuen, dass sie auf diese Weise ein paar neue kriegen. Und was deine Mutter betrifft: Ich hätte ihr nichts getan, das war nur eine Drohung, das musst du mir glauben.«

Julie trat ganz dicht an Joe heran.

Leute gingen an ihnen vorbei, blickten sie an, und auch Schüler aus ihrer Schule waren darunter, die sie neugierig musterten. Es war Julie egal.

»Sag mal, rastest du oft so aus?«

Joe grinste verlegen. »Nicht oft, aber es kommt schon mal vor, wenn mir einer blöde kommt, so wie Don Corleone.«

»Wer ist das?«

»Unser Klassenlehrer. Ich hab bei ihm Mathe. Für mich ist klar, es gibt in der ganzen Stadt hier keinen Lehrer, der Mathe schlechter erklärt als er.«

»Ach. Und woher weißt du das? Hast du schon bei allen anderen Lehrern Mathe gehabt?«

»Es ist ein Fakt.«

»Und es liegt nicht zufällig daran, dass du keinen Bock aufs Lernen hast? Oder?«

Joe schaute sie an. Seine Augen wurden schmal. »Da spricht das Lehrertöchterchen«, sagte er. »Hübsch. So artig.«

Julie holte aus und gab ihm eine Ohrfeige. Das kam so schnell, so unerwartet, dass sie selber ganz erschrocken war. Ihr Kopf glühte sofort.

»Oh Gott«, flüsterte sie. »Oh nein, entschuldige.«

»Keine Angst, ich schlage nicht zurück, ich schlage keine Frauen«, sagte Joe. Er legte kurz seine Hand auf die Wange. Er lächelte. »Siehst du, so schnell geht das.«

»Was?«

»Das Ausrasten.«

»Ich wollte das nicht«, stammelte Julie. »Ich hab…«

»Genauso geht es mir auch manchmal, es passiert was, und wenn es passiert ist, denke ich: Das wollte ich nicht. Aber dann ist es nicht mehr rückgängig zu machen. Und dann muss man damit leben. Das ist dann irgendwie Teil der eigenen Biografie. Das muss man auch aushalten können.«

Julie starrte Joe an. Sie versuchte zu verstehen, was in seinem Kopf vorging. »Ich kann es einfach nicht leiden, wenn jemand mir vorwirft, dass meine Mutter Lehrerin ist.«

»Ich werfe dir nichts vor«, sagte Joe, »ich schon gar nicht.«

»Sind wir trotzdem Freunde?«, fragte Julie flehend. Auf einmal dachte sie, dass sie es nicht aushalten würde, wenn Joe nicht mehr nach Schulschluss am Tor auf sie warten würde. Wenn sie mit ihm nie wieder so etwas erleben würde wie diesen Nachmittag am Flussufer…

»Freunde?«, sagte Joe. »Das doch sowieso. Ich dachte bloß, das mit uns, das wäre mehr als nur Freundschaft.«

Sie sahen sich in die Augen. Um sie herum das Wogen der

Menschen, die Radfahrer, die Fußgänger. Vor einer Imbiss-
bude ein Hund mit einer viel zu langen Leine, die sich am
Fahrradständer verheddert hatte. Der Geruch von ranzigem
Fett drang Julie in die Nase.

Julie spürte, wie die Tränen in ihr aufstiegen. »Ich würde dir
jetzt unheimlich gern einen Kuss geben, Joe«, flüsterte sie.

»Und warum tust du es nicht?«

»Weil es mir peinlich ist.«

»Also muss der Macker wieder mutig sein«, sagte Joe, beugte
sich vor und küsste sie auf den Mund. Und alle konnten es sehen.

Abends holte Joe seine Großmutter aus dem Laden ab, er
trug die Stapel mit den alten Zeitungen nach draußen und
hängte sich die Tasche mit dem Geld um den Hals. Er ließ
seine Großmutter nicht mehr aus den Augen, wenn er sie jetzt
abends begleitete. Und er erlaubte ihr auch nicht, die Tageseinnahmen selbst zur Bank zu tragen.

Seine Großmutter zeigte nie Angst, wenn sie mit ihrem Enkel durch die Straßen ging. Die Nutten standen vor dem Stun-
denhotel in der Nähe des Bahnhofs, und die Großmutter, die
einige von ihnen kannte, grüßte freundlich. Sie kannte auch
den Parkwächter neben dem Einkaufscenter, und oft trafen sie
ein altes Ehepaar, das immer um die gleiche Zeit den Hund
zum Pinkeln auf die Straße brachte; der Hund, ein Rauhaar-
dackel, war so verfettet, dass er kaum laufen konnte.

»Habt ihr ihn immer noch nicht auf Diät gesetzt?«, fragte sie
und lachte, als sie sah, wie das Tier, fett und keuchend, reglos
neben einem Baum stand.

»Der bekommt fast gar nichts«, sagte die Besitzerin. Und die
Großmutter nickte gutmütig.

»Zu viel Fürsorge ist manchmal gefährlich«, sagte sie zu Joe, als sie weitergingen. »Da macht man manchmal genau das Falsche.« Sie schaute ihn von der Seite schelmisch an. »Ich hoffe, dass wir aus lauter Fürsorge nicht das Falsche mit dir gemacht haben.«

»Bestimmt nicht«, sagte Joe.

Er war in Sorge wegen Julie. Dass ihre Mutter so gegen ihn war, und er ärgerte sich über die Sache mit dem Boot. Völlig überflüssig das alles. Seine Großmutter lief neben ihm, doch er hörte nicht wirklich zu, was sie ihm auf dem Heimweg alles erzählte.

Von den Kunden und den Vertretern und von den Geschichten, die sie während des Tages hörte. Seine Großmutter lebte für diese Geschichten. Früher hatte sie manchmal zu ihm gesagt: »Wenn ich jünger wäre, würde ich ein Buch schreiben. Titel: Das Lotto-Glück.« Heute sprach sie nicht mehr davon, aber was die Leute ihr erzählten, gefiel ihr immer noch.

Als sie in ihre Straße einbogen und den Hauseingang schon sehen konnten – sie wohnten in einem vierstöckigen Mietshaus aus rotem Klinker –, sah Joe Don Corleone.

Er blieb stehen. »Das glaub ich nicht«, murmelte er fassungslos. Aber es gab keinen Zweifel. Der Mann, den er sah, war groß wie sein Klassenlehrer, dick wie er und trug eine Baskenmütze. In der Hand hielt er eine Zigarre, die aber nicht angezündet war. Don Corleone! Der hatte ihm jetzt gerade noch gefehlt.

»Da vorne steht mein Klassenlehrer«, sagte Joe.

Seine Großmutter lachte freudig. »Glaubst du, er will uns besuchen?«

»Keine Ahnung. Ich weiß nicht, was er sonst hier in der Gegend will.«

»Aber das wäre doch reizend!« Sie war ganz aufgeregt.

»Dann lerne ich endlich mal jemanden aus deiner Schule kennen! Wird auch wirklich Zeit, oder?«

Als Don Corleone sie entdeckt hatte, schob er die Zigarre in die obere Jacketttasche und knöpfte das Sakko zu.

Joe hielt die Großmutter am Ellenbogen, ihre Handtasche baumelte vor seiner Brust.

Er hätte die Tasche jetzt gerne abgenommen, weil er sich damit albern vorkam, aber es war zu spät. Und er wollte auch keine Nerven zeigen, Joe nahm sich vor, ganz cool zu sein, egal was kommen würde.

»Hallo, Joe«, sagte Don Corleone, »freut mich, dich zu sehen.« Er verneigte sich leicht vor seiner Großmutter. »Guten Abend.«

»Hallo, und guten Abend!« Die Großmutter streckte Don Corleone herzlich die Hand hin.

»Joe sagte mir schon, Sie sind sein Klassenlehrer! Das ist ganz reizend! Ich habe schon so lange ein schlechtes Gewissen, dass ich nie zu den Elternabenden komme. Aber wissen Sie, wir haben ein Geschäft, Zeitschriften und Lotto-Toto, und wir schließen erst um halb acht und…«

»Oma«, sagte Joe sanft, »ich glaube nicht, dass das alles so interessant ist.«

»Oh doch«, sagte Don Corleone, »doch, doch, ein Geschäft, eine Lotto-Toto-Annahmestelle.«

»Spielen Sie auch?«, fragte die Großmutter.

Don Corleone schüttelte lächelnd den Kopf. »Bis jetzt nicht, aber wer weiß… wäre vielleicht gar nicht schlecht, oder?«

Er zwinkerte Joe zu. »Ich bräuchte ein neues Auto.«

Die Großmutter legte ihre Hand auf Don Corleones Arm. »Bei mir haben schon viele Kunden ganz schöne Sümmchen gewonnen. Da war zum Beispiel das junge Mädchen, eine Änderungsschneiderin«, sie wandte sich an Joe. »Wie heißt noch die kleine süße Türkin aus dem…«

»Aische, Oma. Aber das ist jetzt echt nicht…!«

»Wollen Sie zu uns raufkommen?«, fragte die Großmutter den Lehrer. »Wenn es Sie nicht stört, dass es bei uns ein bisschen durcheinander aussieht…«

Don Corleone lächelte. »Gern«, sagte er, »danke für die freundliche Einladung.«

Joe ging voran, um aufzuschließen. Die Großmutter redete weiter auf den Lehrer ein, während Joe die Treppenbeleuchtung einschaltete – im Treppenhaus war es auch im Sommer immer dunkel.

»Wir wohnen im dritten Stock«, rief er. »Leider kein Fahrstuhl.«

»Macht nichts«, sagte Don Corleone tapfer.

Die Wohnung sah gar nicht so schlecht aus. Joe hatte am Morgen das Frühstück abgeräumt und sogar die beiden Mülltüten, die seine Großmutter an die Wohnungstür gestellt hatte, mit runtergenommen. Darüber freute er sich jetzt. Und an dem Blick, den sie ihm zuwarf, merkte er, dass auch sie darüber erleichtert war.

Don Corleone sagte, ja, er würde gerne eine Cola trinken, und ja, auch Salzstangen wären prima. Während Joes Großmutter die Salzstangen holte und Joe für die Drinks sorgte, schaute Don Corleone sich in dem kleinen voll gestellten Wohnzimmer verstohlen um.

Joe wusste, dass es schönere Wohnzimmer gab. Moderner, heller, mit mehr Platz. Er wusste, dass Don Corleone die spanischen Puppen auf dem Sofa lächerlich finden würde, aber seine Oma liebte die nun mal. Flamencotänzerinnen. Aus Sevilla. Über ihnen wohnten Spanier und von ihrer Urlaubsreise in die Heimat brachten sie jedes Mal eine neue Puppe für sie mit. Joe wusste, dass Don Corleone auch die vielen Kalender an den Wänden lächerlich finden würde. Aber die sammelte sein Großvater. Jedes Jahr zu Weihnachten wünschte er sich nichts als Kalender mit schönen Fotos. Und die hingen alle nebeneinander an der Wand. Der Mai war aufgeschlagen.

Als er Don Corleones Blick begegnete, schaute Joe ihn stolz und trotzig an.

»Wissen deine Eltern eigentlich«, fragte der Lehrer so beiläufig wie möglich, »dass sie dreimal eine Einladung zu einem Gespräch bekommen haben? Hast du ihnen die Einladungen überhaupt gegeben?«

»Nein«, sagte Joe.

»Und warum nicht, wenn ich fragen darf?«

»Ich hab's vergessen«, sagte Joe.

Mit einem ratlosen Achselzucken sagte Don Corleone: »So ungefähr hab ich mir das gedacht.« Er seufzte. »Wissen sie überhaupt, welche Probleme du mit deiner Schule hast? Und wir mit dir?«

Joe schaute auf seine Schuhe, er blieb stumm. Don Corleone wartete, bis er merkte, dass Joe keine weiteren Fragen beantworten wollte.

So schwieg auch er, bis Joes Oma kam und sich ihm gegenüber auf das Sofa setzte.

»Die Eltern kommen wohl erst später?«, fragte er.

Die Großmutter schaute zu Joe. Und Joe holte einmal tief Luft und sagte: »Die kommen gar nicht.«

»Ah«, sagte Don Corleone.

»Weiß denn dein Lehrer gar nicht, dass deine Eltern seit langem ... seit langem tot sind?«, fragte die Großmutter mit dünner Stimme.

Joe hob nur die Schultern.

»Nein«, sagte Don Corleone. »Das wusste ich nicht. Seit wann...«

»Schon sehr lange«, sagte Joe barsch. »Sie müssen keine Betroffenheit mimen.«

»Aber Joe!«, flüsterte die Großmutter entsetzt. »Wie redest du denn!«

»Ich frage auch nur«, sagte Don Corleone, nachdem er tief durchgeatmet hatte, »weil ich wissen wollte, wer denn der Erziehungsberechtigte ist.«

»Wir haben ihn aus dem Heim geholt, als er fünf war«, sagte die Großmutter. »Wir wussten ja gar nicht, dass seine Eltern... dass mein Sohn und meine Schwiegertochter...«

Joe unterbrach sie schroff. »Ich hatte eine gute Zeit. Das Heim war nicht schlecht. Und meine Großeltern haben gut für mich gesorgt, und dann hatte ich ja auch noch die Pfadfinder, da war es klasse. Ich brauch kein Mitleid.«

Er spürte Don Corleones eindringlichen Blick. Der Lehrer saß ganz aufrecht.

Joe machte eine Geste zu seiner Großmutter. »Der Opa«, sagte er, »spielt heute Skat.«

»Ja, immer dienstags und freitags ist er in seinen Vereinen, Skat und Kegeln.« Die Großmutter schaute Joe zärtlich an. »Und dann holt Joe mich immer ab aus dem Geschäft, damit mir nichts passiert. Und trotzdem ist neulich...« Sie schaute Hilfe suchend zu Joe. »Wann war das noch?«

»Hab ich vergessen«, knurrte Joe.

»Ach Unsinn! Du willst mir doch nicht erzählen, dass du vergessen hast, wie diese Bande mich umgestoßen hat und mir die Handtasche weggeraubt, und wie sie mir dann noch den Fußtritt in den Bauch...«, sie drehte sich zu Don Corleone um, der mit steinernem Gesicht zugehört hatte. »Achthundertneunzig Euro haben die Gangster mitgenommen! Aber das Geld gehörte ja nicht mir! Das ist nur der Umsatz! Nicht der Gewinn! Verstehen Sie?«

Don Corleone fasste nach seiner Zigarre, als suche er Halt. Dann räusperte er sich und sagte leise zu Joe: »Tut mir Leid.«

Joe nickte. Ganz cool. Er zog die Lasche von seiner Coladose und ließ den Inhalt in das Glas laufen. Ganz gemächlich, als sei das das Wichtigste der Welt.

»Ist schon okay«, sagte er lässig.

Die Großmutter wollte etwas sagen, aber Don Corleone unterbrach sie, nachdem er sich zweimal geräuspert hatte. »Das darf uns aber trotzdem nicht daran hindern, zu klären, warum du immer wieder so lange unentschuldigt von der Schule fernbleibst. In diesem Monat schon zehn Tage, wir haben heute den 19. Mai.«

»Aber Joe!«, flüsterte die Großmutter. Sie legte ihre Hand auf die Brust, eine Geste, die immer kam, wenn sie sich erschrak. »Was hör ich da?«

Joe fixierte den Lehrer. »Es ging mir nicht gut«, sagte er. »Aber das ist vorbei. Ich komm morgen wieder.«

Don Corleone nickte. »Aha«, sagte er, »schön zu hören. Und was ist mit übermorgen?«

»Auch«, sagte Joe. »Da komm ich auch.«

»Gut.« Don Corleone fasste nach der Zigarre, als brauchte er jetzt etwas Versöhnliches, an dem er sich festhalten konnte.

»Und was ist mit den zwei Arbeiten, die wir inzwischen geschrieben haben? Mit dem Mathetest und der Englischarbeit?«

Die Großmutter hatte sich vorgebeugt und verfolgte das Gespräch. »Du hast die Arbeiten nicht geschrieben?«, fragte sie, ihre Stimme klang traurig.

»Oma, ist schon gut«, sagte Joe eindringlich.

»Ganz im Gegenteil«, sagte Don Corleone, »es ist gar nicht gut. Es steht sogar sehr schlecht.«

»Sehr schlecht? Was heißt das?«, rief die Großmutter nun. Sie umklammerte die Sofalehne. »Wieso hast du uns nie etwas gesagt, Junge? Junge!«

»Oma, reg dich nicht auf, bitte«, flüsterte Joe.

Don Corleone räusperte sich. »Ich bedaure, dass ich Ihnen so schlechte Nachrichten bringen muss, Frau Leinemann. Aber Joe macht uns seit langem Kummer. Er weiß, dass er die Schule verlassen muss, wenn diese Versetzung wieder gefährdet ist.«

»Die Schule verlassen? Ist das wahr?« Die Großmutter hatte ein Gesicht wie Asche. Sie zitterte.

»Was uns alle im Lehrerkollegium ratlos macht«, sagte Don Corleone, »ist die Tatsache, dass Joe den Ernst der Lage offenbar immer noch nicht begriffen hat. Er tut, als sei das alles ein Spiel, als könne er das alles nach seinen Regeln wieder hinkriegen.« Er wandte sich an Joe. »Aber dies ist kein Spiel, Joe. Dies ist verdammter Ernst. Ohne Schulabschluss sehe ich für deine Zukunft schwarz.«

Joe senkte den Kopf. Er wollte Don Corleone nicht ansehen und seine Großmutter auch nicht. Er presste die Hände zwischen die Knie und versuchte, sich an irgendeine gute Musik zu erinnern. An irgendetwas, das nicht so wehtat wie dieses Gespräch. Er hoffte, dass es jetzt vorbei war. Aber es war nicht vorbei. Seine Oma fragte etwas, und ihre Stimme wurde immer zittriger und flehender, und Don Corleone, offenbar froh, dass er endlich jemanden hatte, der ihm wirklich zuhörte, holte weit aus und redete. Redete.

»Ich war heute Nachmittag unterwegs. Und wie der Zufall es wollte, bin ich an einer Bushaltestelle vorbeigefahren, vom Bus Nummer sechzehn. Und da dachte ich, hey, das ist doch der Joe, der die ganzen Tage nicht in die Schule gekommen ist. Dem geht's aber gut.«

Die beiden blickten sich an. Wie zwei Kämpfer.

Joe zwinkerte nicht. Ich halte mich gut, dachte er.

Aber Don Corleone zwinkerte auch nicht.

»Ich schreib die Arbeiten nach«, sagte Joe schließlich. »Ist das dann okay?«

Don Corleone seufzte. »Gesetzt den Fall, du schreibst ausnahmsweise etwas Besseres als eine Fünf.«

»Ich streng mich an«, sagte Joe. »Wenn ich mich anstrenge, krieg ich das hin.«

Er sagte das, weil seine Großmutter dabeisaß und weil er nicht wollte, dass sie sich aufregte.

»Und warum«, fragte Don Corleone, »strengst du dich dann nicht immer an?«

Joe blickte seinem Lehrer in die Augen. Er dachte: Weil ich Schule Scheiße finde. Aber das sagte er nicht, er hoffte, der Lehrer würde es in seinem Gesicht lesen. Laut sagte er: »Keine Ahnung. Hab manchmal einfach keinen Bock.«

»Aber Joe!«, rief seine Großmutter. »Ich bin ganz entsetzt! Was ich da alles höre!«

Don Corleone erhob sich. Er trank im Stehen sein Glas leer, stellte es behutsam auf den Tisch zurück und verbeugte sich vor Joes Großmutter. »Wir geben Ihrem Enkelsohn noch eine Chance«, sagte er. »Ich denke, dass ich das durchkriege. Aber es ist seine letzte Chance!«

Sie schaute den Lehrer mit riesengroßen Augen an. Sie nickte.

Joe ging voran zur Wohnungstür.

Don Corleone sagte, als er die Hand auf die Türklinke legte: »Tu es doch einfach für sie. Für deine Großmutter.«

*K*ann ich mit dir reden, Mami?«, fragte Julie am nächsten Morgen, als sie in die Küche kam. Sie wollte noch vor dem Wochenende, der großen Aussprache, dass sich die Stimmung besserte.

Julies Mutter deckte gerade den Frühstückstisch. Sie sah blass aus, und sie trug diesen weichen hellblauen Rollkragen-pulli, der eigentlich viel zu warm für die Jahreszeit war – den sie aber immer trug, wenn es ihr schlecht ging. Ihre Haare waren achtlos im Nacken zusammengebunden, einfach nur mit einem der vielen Gummibänder, die im Bad in dem chine-sischen Kästchen lagen.

»Du willst mit mir sprechen?«, fragte sie. »Warum?«

»Das weißt du genau.«

Ihre Mutter drehte sich zu ihr um, sie hatte eine Flasche mit Orangensaft in der Hand. »Aber vielleicht«, sagte sie, »möchte ich nicht mit dir sprechen.«

Ihre Stimme war wie Glas. Julie wusste, dass sie vorsichtig sein musste. Wenn ihre Mutter so eine Stimme hatte, konnte es jeden Augenblick krachen.

»Dass dieser blöde Bauer die Polizei geholt hat«, sagte sie, »war doch bescheuert! Wir haben überhaupt nichts gemacht!« Sie nahm Geschirr aus dem Wandschrank und stellte es auf den Tisch.

Die Mutter holte Gläser aus dem Regal daneben und ver-teilte sie. Am Tisch hatten sie alle drei ihren Stammplatz.

Julies Vater allerdings lag noch im Bett. Er musste erst um zehn in der Redaktion sein, zur ersten Konferenz. Er hatte, wie Julies Mutter immer sagte, in der Familie das große Los gezo-gen. Dafür kam er abends aber oft erst spät nach Hause.

»Erstens«, sagte ihre Mutter, »ist der Bauer nicht… blöde, wie du es nennst, wenn er auf sein Recht pocht. Ich glaube, Mäd-chen, du hast gar nicht verstanden, worum es eigentlich geht.«

Sie sagt »Mädchen« zu mir, dachte Julie. Achtung.

»Es geht darum, dass ein Bauer, der sechzehn Stunden am Tag arbeitet, es sich nicht gefallen lassen muss, wenn übermütige Schüler, die offenbar nichts Besseres zu tun haben, ihn an der Arbeit hindern. Und sein Eigentum entwenden für eine Vergnügungsfahrt.«

Wie sie das Wort »Vergnügungsfahrt« aussprach!

»Wir haben uns ja bei ihm entschuldigt«, sagte Julie leise, fast kleinlaut.

Ihre Mutter setzte sich. Sie hatte Ringe unter den Augen, sie sah sehr müde und erschöpft aus. Julie spürte, wie sich ein Gefühl in ihr ausbreitete, etwas, das wie ein schlechtes Gewissen war. Sie versuchte, es wegzudrücken.

»Julie«, sagte ihre Mutter, »ich kann mit dir nicht reden, weil ich keine Lust mehr habe, ständig von dir angelogen zu werden.«

Julie schluckte. Aber sie schwieg.

»Seit dieser Junge aufgetaucht ist, dieser Joe«, fuhr ihre Mutter fort, »hast du dich sehr zu deinem Nachteil verändert.«

»So schnell?«, rief Julie erregt. »So schnell soll ich mich verändert haben? Ich kenne Joe seit ein paar Wochen ...«

»Ich weiß nicht, wie lange du ihn kennst«, warf ihre Mutter ein, »aber ...«

»Ich kenne ihn seit genau drei Wochen!«, rief Julie. »Ich hab ihn in der Zeit vielleicht zehnmal gesehen! Mann! Und das soll mich verändert haben? Das glaubst du selbst nicht!«

Ihre Mutter fuhr sich gereizt durch die Haare. Sie hatte ein ganz spitzes Kinn bekommen, wie immer wenn sie sich ärgerte. Julie kannte niemanden so gut wie ihre Mutter, sie konnte in ihrem Gesicht lesen wie in einem offenen Buch.

»Nicht immer ist es wichtig, wie oft man mit einer Person zusammentrifft«, sagte ihre Mutter, »sondern was bei diesen Treffen passiert.«

»Ha!«, schrie Julie. »Und, was glaubst du, was passiert ist?«

»Weiß ich doch nicht«, sagte ihre Mutter. »Du erzählst mir ja nichts.«

Julie verdrehte die Augen. Es hatte keinen Zweck, mit ihrer Mutter zu reden, sie konnte Joe eben einfach nicht leiden. Sicher hatte es mit dieser unsinnigen Sprayaktion zu tun, aber da war noch ein tieferes Vorurteil gegen ihn, und Julie könnte reden wie Milch und Honig, es würde nichts nützen.

Und dann sagte ihre Mutter auch noch genau das:

»Ich habe dir versucht, zu erklären, dass Joe nicht der richtige Umgang für dich ist.«

»Mami! Wie das klingt! Der richtige Umgang! Was ist denn der richtige Umgang in deinen Augen?«

Ihre Mutter reagierte nicht auf Julies empörten Zwischenruf. Sie redete ruhig weiter.

»Dieser Joe ist seit einer Woche nicht mehr in der Schule gewesen. Er hat kein Attest gebracht, nicht angerufen, sich nicht entschuldigt. Er hat zwei wichtige Arbeiten versäumt, und außerdem ist völlig unklar, ob er den Realschulabschluss überhaupt schafft. Er steht in drei Fächern auf Fünf.«

»Mami«, sagte Julie eindringlich, »das interessiert mich doch überhaupt nicht. Joe ist …«

»Abgesehen davon, dass er die achte und neunte Klasse schon einmal wiederholt hat«, unterbrach sie ihre Mutter.

Aber Julie ließ sich nicht abbringen von dem, was sie sagen wollte. »… Er ist so klug, er macht sich so viele Gedanken. Er weiß so viel …« Sie schüttelte den Kopf. »Davon habt ihr Lehrer null Ahnung.«

»Ach ja? Und was weiß er denn alles?«

Julie beugte sich vor, sie hatte das Gefühl, dass sie jetzt um Joe kämpfen musste. Dass sie es ihm schuldig war.

»Ich weiß, dass du dir deine Meinung über Joe längst gebildet hast. Und dass du nicht akzeptierst, dass ich einen anderen Joe kenne als du. Was glaubst du denn? Dass wir Schüler so sind, wie ihr Lehrer uns seht? Glaubst du das wirklich? Es gibt tausend Themen, die in der Schule nicht behandelt werden und über die man sich Gedanken macht. Mein Gott, hältst du mich für so dumm, dass ich nicht merke, ob ein Junge intelligent ist oder nicht? Ob er sich für etwas engagiert? Redest du mit deinen Schülern über Politik? Zum Beispiel über die ganzen Kriege im Osten, also ich meine dort im Irak und der ganzen Ecke, über den Terrorismus und wie das alles miteinander zu tun hat? Und dass es dabei immer auch um Amerika geht? Redest du darüber? Du mit deiner großen Amerika-Liebe? Bestimmt nicht! Aber Joe redet darüber. Und ich finde es gut, dass Joe immerhin so viel Optimismus hat, dass er glaubt, es ist noch was zu retten ...«

»Julie«, sagte ihre Mutter sanft, »darum geht es gar nicht.«

»Nicht? Es geht genau darum! Du findest diese Welt doch auch schön, Mami.«

»Ja und?«, fragte Julies Mutter.

»Und wieso machst du dir keine Sorgen?«

»Ich hab nie gesagt, dass ich mir keine Sorgen mache, oder? Aber wenn ich mir Sorgen mache, gehe ich trotzdem jeden Morgen in die Schule.« Julies Mutter erhob sich. Sie trank im Stehen ihren Kaffee.

»Du weißt, dass du am Wochenende zu Hause bleiben musst?«

Julie nickte grimmig, sie wusste, dass sie kein Stück weitergekommen war. »Papi sagt, ihr wollt mit mir reden.«

»Ja, das ist richtig.« Ihre Mutter sammelte die Schlüssel und ihren Kleinkram ein und verstaute alles in ihrer Tasche.

»Worüber wollt ihr eigentlich mit mir reden?«

»Das wirst du noch früh genug erfahren«, sagte ihre Mutter

und ging aus der Küche. In der Tür drehte sie sich noch einmal um. »Heute kommst du gleich nach der Schule nach Hause, ja?«

Julie stöhnte auf.

»Ich verlass mich darauf«, drängte ihre Mutter.

»Klar«, knurrte Julie. Sie warf ihrer Mutter einen Blick zu, der war trotzig und verletzt. »Ich bin kein Kind mehr!«, rief sie wütend. »Und wenn ich euch etwas frage, dann hab ich das Recht auf eine Antwort! Was ist denn früh genug für euch? Wenn ich achtzehn bin?«

Ihre Mutter kam noch einmal zurück, sie stellte die Tasche ab, stützte beide Hände auf den Tisch und schaute Julie an.

»Wir denken darüber nach«, sagte sie ruhig, »dich für ein Jahr nach Amerika zu schicken. Als Austauschschülerin.«

Julie starrte sie an. »Was?«, wisperte sie.

»Du hast gefragt und ich habe geantwortet.« Ihre Mutter hob die Tasche auf und ging hinaus.

Julie sprang auf. »Aber wieso? Aber ich... aber ich will nicht!« Sie stürzte ihrer Mutter nach, lief ihr durch den Flur hinterher. »Wieso denn Austauschschülerin! Und gleich ein Jahr! Über so was müsst ihr doch mit mir reden! Mich fragen, ob ich das überhaupt will! Das könnt ihr doch nicht über meinen Kopf hinweg beschließen!«

Ihre Mutter hatte die Haustür schon in der Hand.

»Das tun wir auch nicht, Schatz«, sagte sie. »Wir reden ja mit dir, und zwar am kommenden Wochenende.«

Die Tür fiel ins Schloss.

»Das lass ich mir nicht gefallen«, murmelte Julie. »Nur über meine Leiche. Ich bleibe hier.«

*J*oe wartete nicht am Tor wie sonst.

Julie kam wie sonst auch im großen Pulk aus dem Gebäude und überquerte zusammen mit den anderen den Schulhof, um durch das Seitentor zu gehen. Joe hatte in den letzten Tagen immer hier am Seitentor gewartet. Er hatte an der Mauer gelehnt, sich eine Zigarette gedreht, ganz cool, und ihr entgegengesehen. Und wenn Julie ihm dann gegenüberstand, schob er die Hand mit der Zigarette auf den Rücken, weil er inzwischen wusste, dass sie Zigarettenrauch nicht so gut vertrug, und er lächelte. Und sagte: »Endlich.«

Und sie lächelte auch und sagte. »Stimmt.«

Das war ein Ritual, das sie so schön fand, dass es nie aufhören sollte.

Aber er war nicht da.

Und Florence, die nach ihm ausspähte, sagte: »Hallo, wo ist dein Poet? Ist was passiert?«

»Keine Ahnung«, sagte Julie lahm. Sie hatte das Gefühl, dass ihr übel werden würde. Sie schloss die Augen.

»Habt ihr euch gestritten?«, fragte Didi, der jetzt auch herankam mit seiner Gilda.

Julie schüttelte den Kopf, noch immer mit geschlossenen Augen.

»Hat er Schluss gemacht mit dir?«, fragte Gilda.

Und Didi lachte und rief: »Das war aber kurz und heftig.«

»Quatsch«, sagte Julie. »Joe hat heute bis zur siebten.«

Sie hatte keine Ahnung, ob das stimmte, abgesehen davon, ob er überhaupt zur Schule ging. Sie sagte es nur so ins Blaue, um die anderen loszuwerden. Sie hob die Hand, rief: »Ciao, bis morgen«, und drehte kurzerhand nach rechts ab, als sie auf der Straße waren. Nur um allein zu sein.

Sie kam nach Hause, es war halb zwei, aber ihre Mutter war nicht da, es war auch nichts auf dem Band, keine Nachricht, nicht von ihrer Mutter, nicht von Joe – aber mit ihm hatte sie ja sowieso abgemacht, dass er nicht anrufen sollte.

Jetzt jedoch wünschte sie ganz dringend, dass Joe anrief. Wie sollte sie reagieren, wenn ihre Eltern am Wochenende mit ihr redeten? Sich stur stellen? Einfach Nein sagen? Oder mit Argumenten kommen?

Argumente waren besser als stures Abschalten, bei ihren Eltern kam das jedenfalls immer gut an.

Joe würde ihr helfen, würde jede Menge Argumente liefern. Aber was für ein Irrsinn überhaupt! Wieso sollte sie weg von hier? Das war nicht einzusehen. Weder nach Amerika noch sonst wohin.

Nein.

Sie wollte nirgendwohin.

Außer nach Berlin, mit Joe. Sie wollte mit ihm durch die Poetry-Slam-Läden ziehen, wollte ihn sehen, auf den Bühnen, an dem kleinen Lesetisch mit der Leselampe, in seinem PEACE-T-Shirt, umjubelt von den Zuhörern.

Das war der Kick. Sie wollte, dass die Leute Joe mochten, so wie sie ihn mochte.

Sie holte sich einen Jogurt aus dem Kühlschrank und nahm ihn mit in ihr Zimmer. Aus ihrer Schreibmappe holte sie das Gedicht, das Joe ihr gemacht hatte, und legte sich auf ihr Bett.

Sie las.

Für Julie:
Komm, wir beamen uns zum Mond
Wenn er voll und rund ist
Damit wir nicht an ihm vorbeifliegen
Ins Nichts.

Das Telefon klingelte. Sie sprang auf und stürmte ins Wohnzimmer. Sie konnte das Telefon nicht finden.

Es klingelte ruhig weiter. Julie warf die Kissen vom Sofa, suchte die Zeitungen durch.

Das Telefon klingelte weiter.

Sie rannte in die Küche, schaute sich hektisch um.

Wo war das verdammte Telefon?

Es klingelte immer noch. Es klingelte achtmal, bevor der Anrufbeantworter sich einschaltete. Sie hatte nicht mitgezählt, aber sie wusste, es könnte jeden Augenblick vorbei sein.

Es ist bestimmt Joe. Das ist er, dachte sie.

Oh Joe!

Sie stieß die Schlafzimmertür ihrer Eltern auf. Das Bett war schon gemacht. Auf dem Nachttisch neben einem Glas Wasser, das unberührt war, lag das Telefon. Als sie es in die Hand nahm, brach das Klingeln ab.

Julie stürzte mit dem Telefon ins Wohnzimmer und baute sich vor dem Anrufbeantworter auf. Sie wartete, das rote Lämpchen leuchtete einen Moment, dann hörte auch das Leuchten auf.

Julie wollte nicht zurückrufen. Ihre Eltern würden es auf dem Display ausmachen, und das wäre jetzt das Letzte. Sie schleuderte das Telefon aufs Sofa. Und außerdem wollte sie ihn sehen. Sie musste ihn sehen.

Komm, wir beamen uns zum Mond.

Sie ging in den Flur, zerrte ihre Jeansjacke vom Haken, kramte ihre Schlüssel vom Schlüsselteller und verließ die Wohnung.

Als sie im Vorgarten war, klingelte das Telefon wieder. Aber das hörte sie nicht, weil die Fenster zur Straße geschlossen waren.

Sie nahm den Bus zum Bahnhof und stieg eine Station vorher aus. Sie ging durch diese Straße, die sie vorher noch nie so bewusst gesehen hatte. Es gab Sex- und Porno-Geschäfte, ein chinesisches Restaurant mit Papierlaternen an der Fassade, von denen rote Troddeln baumelten. Eine Videothek mit blinden Fenstern, auf denen stand: NUR FÜR ERWACHSENE. Eine Änderungsschneiderei, ein kleiner Schlachter, der einen Schweinskopf aus Plastik in der Auslage hatte. An der Ecke ein türkischer Lebensmittelladen. Unter den gestreiften Sonnenschirmen waren das Gemüse und das Obst ausgelegt, Apfelsinenpyramiden, Körbe mit Erdbeeren, kleine Schalen mit Himbeeren, Kartoffeln in Säcken. In der Tür stand der Besitzer, ein großer Mann mit Schnauzbart. Er hielt seine Hand auf den Kopf des Sohnes, der Kleine trug ein T-Shirt des FC Wolfsburg.

»Hallo«, sagte Julie.

»Hallo«, antwortete der Ladenbesitzer.

Er schob seinen Sohn zur Seite, um Julie Platz zu machen, dass sie eintreten konnte.

»Ich wollte nur etwas fragen.«

»Ja bitte?«

Julie sagte, dass sie einen Zeitungsladen suche, mit einer Lotto-Annahmestelle.

Der kleine Junge drehte sich zu seinem Vater um und sprach zu ihm hoch, in schnellem Türkisch. Der Vater lächelte: »Mein Sohn kennt das Geschäft. Er bringt Sie hin.«

So folgte Julie dem kleinen Jungen, der sich im Slalom durch die Enge bewegte. Er kannte viele Leute in der Gegend, zwei Mädchen, die Kopftücher trugen und ein Eis aßen, eine dicke, alte, verschleierte Frau, die prall gefüllte Plastiktüten schleppte, zwei Jungen auf Inlineskates. Alle vier oder fünf Schritte drehte er sich zu ihr um, um sicher zu sein, dass Julie ihm auch folgte.

Vor einem kleinen Laden blieb er stehen, er zeigte mit der

ausgestreckten Hand auf das Schaufenster. LEINEMANN stand in einem Halbkreis angeordnet darauf, eine Lotto-Werbung war im Innern aufgestellt, Schreibutensilien waren zu sehen und auch ein paar Kinderbücher.

Joes Großmutter stand gebückt neben dem Ladentresen und schnitt mit einer großen Schere eine Kordel auf, die um einen Packen Zeitschriften gebunden war.

Sie drehte Julie den Rücken zu, als sie den Laden betrat. Es war ein voll gestellter Raum, in den fast kein Tageslicht fiel. An einer Wand stapelten sich Zigarettenstangen, mindestens fünfzig verschiedene Sorten, an der anderen gab es ein Regal, in dem das Büromaterial lag, Briefbögen, Briefumschläge in verschiedenen Größen, Stifte, Kugelschreiber, Hefte. Daneben die Kinderbücher, Bilderbücher, Geschenkpapier.

Es roch nach kaltem Tabak und nach einem süßlichen Parfum, das Joes Großmutter offenbar benutzte.

Die alte Frau stöhnte, als sie sich aufrichtete, eine Hand ins Kreuz gedrückt. Sie drehte sich langsam um, und ihr müdes Gesicht erstrahlte sofort, als sie Julie sah.

Sie war eben die geborene Ladenbesitzerin, jeder Kunde ein König – oder eine Prinzessin.

»Na, Herzchen«, sagte sie, während sie sich abstützte, um sich vollkommen aufzurichten, »was suchst du denn?«

Julie lächelte, ein bisschen unsicher. Sie überlegte, ob sie lieber erst etwas kaufen sollte, um dann nach Joe zu fragen. Aber ihr fiel nichts ein, was sie kaufen könnte.

»Ich ... äh ... ich weiß nicht ...«, stotterte sie, während ihre Augen die Auslagen abtasteten. »Vielleicht eine Zeitschrift?«

»Die Zeitschriften sind alle da drüben, Herzchen«, sagte die

Großmutter und ging weiter an ihren Platz. Hinter dem Tresen gab es einen Drehstuhl, ausgepolstert mit Kissen, die einen Häkelbezug hatten. Julie hatte so etwas zuletzt in einem Film aus den Sechzigerjahren gesehen. Alles wirkte eng und ein bisschen verstaubt, so als wäre hier die Zeit stehen geblieben.

Sie sah auf das Zeitschriftenregal.

Da lagen all die Frauen- und Modezeitschriften, und sie alle verkündeten neue Diäten, neue Frisuren, neue Kleider.

Wahllos nahm sie ein Heft und blätterte darin. Sie schaute flüchtig hinüber zu Joes Großmutter.

»Ich bin eine Freundin von Joe«, sagte sie. »Julie, vielleicht hat Joe schon von mir erzählt?«

Die Großmutter nahm die Brille vom Tisch, bog die Bügel auseinander und schaute Julie aufmerksam an. »Eine Freundin? Julie? Nein, das hat er mir nicht gesagt.« Sie strahlte. »Aber ich freue mich natürlich. Seid ihr in einer Klasse?«

»Nein, ich geh auf eine andere Schule.«

»Ah, welche denn?«

»Aufs Friedrich-Gymnasium.«

»Oh«, die Großmutter lächelte. »Dass Joe eine Freundin hat, die aufs Gymnasium geht! Wer hätte das gedacht.«

»Wissen Sie«, fragte Julie, »wo Joe jetzt ist?«

»Oh nein, Herzchen, das weiß ich nie. Er ist doch groß, oder? Ich schreib ihm doch nicht vor, was er tun soll. Obwohl...«, sie lächelte wehmütig, »gestern. Na ja...«, sie hob die Schultern, »gestern hat sein Klassenlehrer uns besucht. Ich war ein bisschen erschrocken über das, was ich erfahren habe. Aber vielleicht hast du ja einen guten Einfluss auf ihn. Im Gymnasium muss man sich anstrengen, oder? Du machst doch bestimmt immer deine Schularbeiten. Und du schwänzt auch nicht, oder?«

Julie schüttelte den Kopf.

»Ich weiß manchmal nicht, was mit dem Jungen los ist«, sagte die Großmutter bekümmert. »Er ist oft so still. So traurig. Ich weiß nicht.«

Julie legte die Zeitschrift wieder hin.

Die Großmutter seufzte. »Ihm macht die Schule keinen Spaß. Das finde ich schlimm. Man muss doch etwas lernen! Sonst geht es ihm auch nicht besser als seinen Eltern...« Sie schüttelte wieder betrübt den Kopf. »Die jungen Leute denken immer, dass sich alles von selber regelt, die Zukunft, der Beruf, das Auskommen im Leben.« Sie hob den Kopf. »Aber es regelt sich gar nichts von allein. Und Joe will das nicht begreifen. Er will immer seinen eigenen Kopf durchsetzen. Er denkt, er ist zu gut für die Schule.« Sie lachte traurig. »Aber ich glaube, dass die Schule zu gut ist für ihn! Sein Vater hat auch nicht gelernt. Und wenn wir mit ihm geschimpft haben, dann wurde er bockig. Dann hat er... ach.« Sie machte eine müde Handbewegung. »Ich will nicht daran denken. Es tut so weh.«

Julie ging schnell zurück zur Auslage, nahm die Zeitschrift erneut und legte sie auf die Kasse. »Ich nehm die«, sagte sie.

Die Großmutter nickte gleichgültig, sie war mit ihren Gedanken ganz woanders.

»Als der Joe noch kleiner war, da wusste ich immer, wo er ist.« Sie lächelte. »Bei den Pfadfindern, die hatten ein Haus, das sie umbauten und renovierten, in dem sie sich um behinderte Kinder kümmerten. Sie haben mit den Kindern gemalt, sind mit ihnen unterwegs gewesen im Zoo, haben mit ihnen gespielt. Der Joe, der hat ganz oft welche von den Kindern mit nach Hause gebracht. Ich weiß noch, das eine Mädchen, es hatte spastische Anfälle, er hat es auf dem Rücken zu uns nach oben getragen in die Wohnung. Wir wohnen im vierten Stock!« Sie lächelte. »Und an den Wochenenden, da waren die Pfadfindergruppen unterwegs, da hat er geschwärmt von den Lagerfeuern, von der Kameradschaft, er hat sich Spiele ausgedacht, Abenteuerspiele, er hat für seine Gruppe gekocht und Pläne gemacht. Wenn er bei den Pfadfindern war, musste ich mich nie um ihn sorgen.«

Julie legte das abgezählte Geld auf die Kasse. Die Großmutter schob es in ihre Hand, ließ die Kasse aufspringen und verteilte Julies abgezählte Münzen in die einzelnen Fächer.

»Ich sag ihm, dass du hier warst.«

»Ja«, sagte Julie, »das wäre nett. Wenn Sie ihm sagen würden, dass ich am Wochenende keine Zeit habe, dass es mir Leid tut.«

»Das mach ich. Gut. Wie war noch dein Name?«

»Julie.«

»Ach ja, Julie.« Sie runzelte die Stirn, überlegte und sagte plötzlich: »Du hast doch unsere Adresse?«

»Nein, die hab ich nicht.«

»Wenzelstraße vierundachtzig. Das sind so große rote Mietshäuser. An der Haustür steht das Namensschild: Leinemann.«

Julie lächelte. »Danke schön.«

Sie rollte die Zeitschriften zusammen und war im Begriff zu gehen, da rief die Großmutter ihr nach: »Sollen wir mal eben versuchen, ob er zu Hause ist? Es geht ihm nicht besonders, er hat Magenprobleme, sagte er, aber vielleicht ist er ja da.« Sie hielt schon den Telefonhörer in der Hand.

Julie wurde rot. Sie lächelte. »Ja?«, sagte sie. »Wenn das geht?«

»Warum soll das nicht gehen!«

Die Großmutter wählte die Nummer, legte die Hand auf die Muschel und lächelte Julie an. »Er geht nie so schnell ran.«

Aber dann meldete Joe sich doch, und seine Großmutter sagte: »Rate mal, wer hier ist. Ich geb gleich weiter.«

»Hallo«, sagte Julie. Mehr nicht.

Schweigen. »Ja?«, fragte Joe. »Wer ist da?«

»Ich bin's«, sagte Julie.

»Julie? Du? Was machst du bei Oma?«

Julie merkte, wie neugierig Joes Großmutter zuhörte, und sie wandte sich ein bisschen ab.

»Joe«, sagte sie, »du… ich muss dir was sagen… Meine Eltern, die… die haben sich was Schreckliches ausgedacht.«

Schweigen.

»Was? Was hast du gesagt? Ich versteh dich schlecht!« Joe klang erregt, atemlos. Als spürte er die Gefahr, die auf sie zukam.

»Meine Eltern… sie wollen mich wegschicken, für ein ganzes Jahr. Zum Austausch… nach Amerika, in die USA. Joe, ich bin völlig am Boden. Ich weiß nicht, was ich machen soll. Ich will nicht weg! Joe, ich dachte, du wärst vielleicht hier im Laden und…« Sie brach ab.

Pause. Schweigen.

»Das ist der Wahnsinn!«, flüsterte Joe. »Das können die doch nicht machen!«

»Ich hab ihnen schon gesagt, dass ich nicht will. Auf keinen Fall will ich hier weg. Aber…«

»Und auch noch nach Amerika!«, rief Joe erregt. »Ich meine, was macht das denn für einen Sinn? Wer will denn heute in die USA?«

»Sie denken vielleicht, dass es gut ist für mich. Ich weiß ja auch nicht…« Sie war ganz hilflos.

»Mann! Was soll denn daran gut sein? Verdammt!« Joe schrie jetzt.

Julie merkte, dass Joes Großmutter sehr neugierig war, aber den Eindruck erwecken wollte, als interessiere sie das Gespräch kein bisschen. Sie rumorte herum und räumte Sachen von einer Seite zur anderen.

»Das weiß ich doch, Joe, bitte! Schrei mich doch nicht an! Das ist doch nicht meine Idee!«

Joe schwieg. Julie versuchte, ihn sich vorzustellen, wie er am Telefon hing oder wie er hin und her lief in der Wohnung seiner Großeltern.

»Bleib, wo du bist«, sagte Joe, »ich komm sofort.«

»Ich kann hier nicht so lange warten, Joe! Ich muss nach Hause. Ich hab meinen Eltern versprochen, nicht wegzugehen.«

»Das ist mir egal, bleib, wo du bist. Ich bin in zwanzig Minuten da.« Er legte auf.

Julie drehte sich um und schaute in die großen Augen von Joes Großmutter.

Sie versuchte ein Lächeln. »Er kommt gleich«, sagte sie. »Er holt mich hier ab.«

Die alte Frau nickte bedächtig. »Das ist gut«, sagte sie.

Julie deutete auf die Straße. »Ich warte draußen. So schöne Sonne.« Sie hätte auch sagen können: Hier drinnen halte ich es nicht aus. Aber das sagte sie natürlich nicht.

Julie wartete auf der Straße. Sie blätterte in der Zeitschrift, aber nichts konnte sie wirklich fesseln. Es war ihr egal, welche Schuhe man im Herbst tragen würde und welches Make-up zur Modefarbe Pink passte.

Nur zwanzig, dreißig Meter weiter, in der Nähe des Eingangs zum Hotel Metropol, einem schmalbrüstigen Haus mit grauer, verwitterter Fassade, standen zwei junge Frauen und warteten auf Freier. Julie musste immer wieder zu ihnen hinsehen.

Die eine trug Netzstrümpfe zu einem Mini, der gerade ihren

Po bedeckte. Sie hatte riesige Brüste und blond toupiertes Haar. Die andere trug Hotpants in Hellgrün und ein Oberteil in Orange mit Spagettiträgern. Sie hatte feurige Korkenzieherlocken und trug eine große Sonnenbrille, die sie in die Stirn geschoben hatte. Beide kauten Kaugummi und schauten gelangweilt auf die Autos, die vorbeifuhren.

In der Zeitschrift gab es einen Artikel darüber, wie man mehr Spaß am Sex haben könnte. Julie schlug den Titel auf und begann zu lesen.

Sie hatte noch keinen Sex gehabt. Und außer Joe hatte bislang auch nur Daniel sie berühren dürfen. In ihrer Klasse gab es Mädchen – wie Florence –, die hatten schon mit Jungen geschlafen; Florence und Didi schliefen regelmäßig miteinander, immer wenn die Eltern von Florence ihren Saunaabend bei Freunden hatten. Dann besuchte Didi Florence zu Hause und er blieb in ihrem Bett bis kurz vor ein Uhr nachts. Weil die Eltern von Florence immer um halb zwei nach Hause kamen, mit der letzten Metro. Und Uhu und Patex schliefen sowieso miteinander, denen hatten die Eltern es sogar erlaubt.

Ein Wagen fuhr in Höhe des Hotels an den Bordsteinrand und bremste. Sofort nahm die junge Frau mit den Netzstrümpfen ihren Kaugummi aus dem Mund und warf ihn auf den Boden. Sie stakste auf ihren hohen Absätzen zum Auto, und als die Scheibe runtergedreht wurde, verschwand ihr Oberkörper fast im Wagen. Die andere Frau schaute zu Julie hin und Julie hielt schnell die Zeitschrift wieder vors Gesicht.

Sie schätzte die beiden auf ungefähr Anfang zwanzig. Sie waren also nur ein paar Jahre älter als sie. Und sahen irgendwie schon so fertig aus.

Die Frau mit den Netzstrümpfen stieg ins Auto ein, auf der Beifahrerseite, und der Wagen fuhr mit hoher Geschwindigkeit davon.

Die andere lehnte sich an die Hauswand und zupfte an ihren Hotpants herum, die zwei Nummern zu eng waren. Immer wieder warf sie Julie einen neugierigen Blick zu, das nervte sie irgendwie, sie wandte sich ab.

Leute gingen vorbei, Julie achtete nicht auf sie. Es waren irgendwie immer die gleichen Menschen, die in einer Groß-stadt unterwegs waren – eine bunte Mischung aus vielen Le-bensläufen, aus enttäuschten Hoffnungen, aus großen Plänen, die die Leute mit sich herumtrugen.

Manchmal bog wer vom Bürgersteig ab in den Lotto-Laden, und dann warf Julie einen Blick durch das Schaufenster und sah, wie Joes Großmutter bediente. Aber auch das war nicht wirklich interessant.

Von Zeit zu Zeit schaute sie auf die Uhr. Die Sonne wanderte langsam auf das Dach eines sechsstöckigen Eckhauses zu. In einigen Minuten würde sie dahinter verschwinden und die Straße in den Schatten tauchen.

Ein Mann, ungefähr Mitte vierzig, so alt wie Julies Vater, mit einem Regenmantel und einer braunen Aktentasche, war schon zweimal vorbeigekommen. Er blieb häufig stehen, schaute in die Auslagen der Geschäfte, nestelte an seinem Mantel herum, blieb wieder stehen, band die Schuhbänder neu. Einmal öffnete er seine Aktentasche, als er mitten auf dem Bürgersteig stand, und suchte sehr lange und ausgiebig darin herum. Zweimal streifte sein Blick dabei Julie·und sie schaute sofort zur Seite.

Als sich der Mann ihr das dritte Mal näherte, stoppte er, blieb stehen und sprach sie an. Aber ohne sie dabei anzusehen, so, dass andere gar nicht merken konnten, dass er mit ihr redete. Es wirkte verrückt auf Julie, wie ein dummes Spiel.

»Du bist neu hier«, sagte er.

Julie starrte ihn an. »Ich? Neu?«

»Ich hab dich hier noch nie gesehen«, sagte der Mann. Er sprach, fast ohne seine Lippen zu bewegen, das war komisch. »Ich kenne hier alle.«

»Ich warte auf jemanden«, sagte Julie barsch und drehte sich weg.

Der Mann nickte, ging zwei Schritte und kam wieder zurück. Er öffnete erneut seine Aktentasche und sprach dabei zu ihr. »Die warten hier alle«, sagte er. »Das ist doch normal.«

»Ich warte auf meinen Freund«, sagte Julie. Sie schaute fast sehnsüchtig zu Joes Großmutter, aber die bediente gerade zwei junge Männer. Julie sah, wie sie eine Stange Marlboro-Zigaretten über den Tresen reichte.

»Was nimmst du denn?«, fragte der Mann, er flüsterte es beinah.

»Ich? Was ich nehme? Drogen oder was?«

»Ich meine, wie viel du verlangst… für eine Nummer.«

Da erst kapierte Julie wirklich, was er von ihr wollte. Vorher hatte sie sich das nicht eingestehen wollen.

»Hauen Sie ab!«, rief sie und stieß den Mann so heftig zur Seite, dass ihm die Tasche aus der Hand fiel und alle Papiere darin sich auf dem Bürgersteig verteilten. Es waren tatsächlich amtliche Papiere und Dokumente, das sah sie noch, aber dann lief sie schon.

Es war sinnlos, hier auf Joe zu warten, es war eine blöde Idee gewesen, zu seiner Großmutter zu gehen, zu dieser Tageszeit war er nie in ihrem Geschäft. Alles, was sie tat, war sinnlos, kindisch und blöd.

Ich weiß nicht, was ich machen soll, dachte Julie, während sie rannte. Ich bin total durch den Wind. Wieso ist Joe nicht gekommen. Verdammt noch mal, er weiß doch, wie sehr ich ihn brauche, wieso kann er sich nicht einmal beeilen?

Oh Gott, ich will nicht nach Amerika…

Sie blieb schwer atmend stehen.

Ein Mädchen, vollkommen ausgemergelt, das Gesicht von Drogen gezeichnet und mit spindeldünnen Beinen, trat ihr in den Weg.

»Hallo Schwester«, sagte das Mädchen, »hast du mal 'nen Euro für mich? Ich hab Hunger.« Sie kam näher, grinste und hielt die Hand auf.

Julie schüttelte den Kopf.

Sie schaute sich um. Noch jemand Verrücktes, Ausgeflipptes, der etwas von ihr wollte. Sie fühlte sich auf einmal völlig überfahren. Wieso war Joe nicht gekommen? Wo war er? Warum half ihr niemand?

Das Mädchen fasste ihren Arm. Ihre dünnen Finger umklammerten sie. »Einen Euro! Bitte!«

Julie kramte in ihrem Rucksackfach. Sie holte ein Zweieurostück heraus und drückte es dem Mädchen in die Hand. Das Mädchen lächelte, es hatte die Augen mit schwarzem Kajal umrandet und der Lippenstift war auch fast schwarz. Um den Hals trug das Mädchen geknotete Lederbänder. Sie hatte schlechte Zähne.

»Danke, Schwester«, sagte das Mädchen, »ich wusste, dass du ein guter Mensch bist. Ich drück dir die Daumen. Viel Glück.« Sie drehte sich um und stellte sich einem anderen Passanten in den Weg, streckte bettelnd die Hand aus.

Julie hatte noch dieses »viel Glück« im Ohr, als sie weiterging. Sie hatte eine halbe Stunde auf Joe gewartet, in einer Gegend, in der sie es sonst keine fünf Minuten ausgehalten hätte. Sie konnte Joe nicht anrufen, weil sie kein Handy hatte. Und nirgends gab es hier einen Fernsprecher. Sie hasste ihre Eltern, weil sie ihr nicht erlaubten, ein Handy zu haben, »damit du dich nicht verschuldest wie so viele andere«. Wie immer total pädagogisch.

Joe, wo bist du nur? Bestimmt kommst du morgen zu meiner Schule, dachte Julie. Du hast keine Schuld, dass du mich hast warten lassen, irgendetwas ist passiert, irgendetwas, das dich aufgehalten hat. Ich muss abwarten, ich muss durchhalten bis morgen.

Sie lief, ihr roter City-Rucksack schlug gegen ihre Schulter, sie keuchte und der Schweiß lief ihr aus den Haaren in die Augenbrauen. Sie rannte. Als sie sich umschaute, sah sie, dass ein paar Leute, die sie beim Laufen angerempelt hatte, sich empört umdrehten und ihr nachblickten.

Sie lief, bis sie die nächste Bushaltestelle erreicht hatte. Schwer atmend lehnte sie sich gegen die Glaswand des Wartehäuschens. Ihr war ganz übel.

Als der Bus endlich kam, drängte sie sich an den anderen vorbei und warf sich auf einen freien Sitz. Sie lehnte den Kopf gegen die Rückenlehne, und als der Bus anfuhr, kamen ihre Tränen.

*I*hre Mutter öffnete die Tür, bevor Julie den Schlüssel umdrehen konnte. Sie war sehr blass. Und sehr erregt.

»So hältst du dich also an die Abmachungen«, rief sie.

Julie ließ sich auf den Boden fallen und zog im Sitzen ihre Turnschuhe aus.

»Wir hatten abgemacht«, sagte ihre Mutter, »dass du gleich nach der Schule nach Hause kommst.«

»Ich war hier.« Julie stellte ihre Schuhe unter den Garderobentisch, schön ordentlich nebeneinander, und schaute auf.

»Lüg doch nicht schon wieder!«

»Verdammt, was redest du? Bitte! Ich lüge nicht! Ich war hier. Aber du warst ja nicht da.«

»Ich hab angerufen«, sagte ihre Mutter, mühsam beherrscht, »um zehn nach zwei. Du weißt, dass ich das Wort ›verdammt‹ nicht leiden kann.«

Julie reagierte nicht auf die Zurechtweisung. »Ich weiß, dass du angerufen hast. Ich hab das Telefon gehört. Das Klingeln.«

»Und warum hast du dann nicht abgenommen?«

Julie merkte an dem Ton, in dem ihre Mutter sprach, dass sie ihr kein Wort glaubte.

»Ich konnte das Telefon nicht finden. Papi hatte es ins Schlafzimmer gelegt. Ich hab es erst gefunden, als es schon aufgehört hatte zu klingeln.«

Ihre Mutter seufzte. »Du hast auf alles eine Antwort, ja? Du denkst, du drehst dir die Wahrheit schon so zurecht, dass sie gut für dich ist, oder?«

Julie erhob sich endlich. Sie standen sich jetzt gegenüber, Mutter und Tochter, wie zwei Gegner. Es schnürte ihr die Kehle zu. So war es früher nie gewesen.

»Mami, hör auf!«, stöhnte sie, »ich will mich nicht immer mit dir streiten.«

»Glaubst du, mir macht das Spaß?«, rief ihre Mutter. »Glaubst du, ich finde das schön, auf einmal eine Tochter zu haben, der man nicht mehr vertrauen kann? Du bist noch nicht volljährig. Wir haben immer noch die Verantwortung für dich!«

»Aber du kannst mir doch vertrauen!«

Ihre Mutter schaute sie an. »Wo warst du?«, fragte sie nach einem kurzen Schweigen.

Julie holte tief Luft. »Ich bin einfach rumgefahren«, sagte sie.

»Und warum? Wozu? Rumgefahren?«

»Weiß ich auch nicht.« Julie hob hilflos die Arme.

»Bist du zufällig sooo herumgefahren … dass du Joe getroffen hast?«

»Nein«, sagte Julie, und sie wusste, das war eigentlich schon wieder eine Lüge. Ihre Mutter wandte sich um. Sie schaute ihrer Tochter in die Augen. »Du lügst doch schon wieder«, sagte sie.

»Ich hab ihn aber nicht getroffen«, rief Julie. Sie war jetzt den Tränen nahe. »Und außerdem, wenn ich ihn getroffen hätte… mein Gott… wär dann die Welt untergegangen?«

Ihre Mutter sagte nichts. Sie legte Julie kurz die Hände ans Gesicht, einen kleinen Augenblick, und ging dann an ihr vorbei ins Schlafzimmer.

Julie sah, dass sie die Tür zumachte, und dachte: Okay. Sie will nicht, sie will einfach nicht. Okay, dann will ich auch nicht.

Joe stürzte in den Laden. »Wo ist sie?«, rief er.

Seine Großmutter bediente gerade Kunden, der Laden war voller Leute. Es war Feierabend in den Büros in der Nähe.

»Ich weiß nicht«, sagte seine Großmutter. »Vorhin, als ich rausguckte, war sie noch da.«

»Wo?«, brüllte Joe.

Die Kunden drehten sich zu ihm um. Seine Haare waren wirr, er stopfte, als er sah, wie er angestarrt wurde, das Hemd in die Hose. Und fuhr sich mit den Händen glättend über den Kopf.

»Fast direkt vor der Tür«, sagte die Großmutter und wandte sich wieder den Kunden zu.

Joe stürzte nach draußen. Er sah sich um. Vor dem Hotel Metropol gingen die Mädchen auf und ab, wie immer, und warteten auf Freier. Aus dem Video-Shop kamen zwei junge Männer in Lederjacken. Auf der Straße herrschte dichter Verkehr. Die Autos fuhren Stoßstange an Stoßstange.

Er schlängelte sich zwischen den Wagen hindurch, hinüber auf die andere Straßenseite. Schaute sich um. Da gab es einen Bäcker, der verkaufte nach sechzehn Uhr alle Brote und Kuchensorten zum halben Preis. Der Laden war brechend voll.

Joe schaute kurz herein, als hoffte er, Julie könnte unter den Kunden sein. Auch nebenan, in dem Getränkehandel, war sie nicht. In der Zufahrt parkten Autos mit offenem Kofferraumdeckel. Bier, Wasser und Fanta-Kisten wurden eingeladen.

Joe stand unschlüssig da und behinderte die Angestellten.

»Was suchst du?«, motzte einer.

»Nichts«, sagte er.

»Dann steh hier nicht rum«, brummte der Mann gereizt und drückte ihn zur Seite. Joe verstand nicht, wo Julie war. Er hatte mehr als eine halbe Stunde gebraucht, um herzukommen. Okay, er hatte ihr gesagt, er würde in zwanzig Minuten da sein. Aber hätte sie nicht warten können? Als sie ihn anrief, lag er im Bett. Sein Magen hatte wehgetan, wie seit Tagen schon.

Als Julie ihm erzählte, was los war, wusste er auf einmal, woher die Magenschmerzen kamen. Es war so etwas wie eine Vorahnung, dieses Gefühl, das wie eine Säure seine Magenwände verätzte: Hey, es passiert etwas Schlimmes.

Julie weg! Wenn er sich alles vorstellen konnte … aber nicht, dass Julie irgendwann nicht mehr hier war, in seiner Stadt, nicht mehr aus diesem Schultor kommen würde, wenn er auf sie wartete, dass er nicht mehr erleben konnte, wie ihr Gesicht leuchtete, wenn sie ihn entdeckte. Er hatte in seinem Leben noch nie etwas Schöneres gesehen als dieses Leuchten in Julies Gesicht. Das Besondere daran war, dass er es war, der dieses Leuchten erzeugen konnte, er, Joe Leinemann, einfach durch die Tatsache, dass er da stand, am Schultor, und ihr entgegensah. Mann, ich bin ein Glückspilz, hatte er jedes Mal gedacht –

bis auf einmal diese Magenschmerzen anfingen. Bis er nachts aufwachte, ganz ruckartig sich im Bett aufsetzte, die Hände auf den Magen presste und Panik ihn überfiel.

Diese Panikattacken hatte er früher nicht gekannt. Egal was passiert war. Die waren neu. Die machten ihm Angst.

Er träumte jetzt öfter wirres Zeug aus seiner Kindheit, aus dem Heim, in dem er gewesen war, manchmal auch von einer jungen Frau. Sie sah aus wie auf den frühen Bildern, die er in einer Kiste bei seiner Großmutter einmal gesehen – und nie wieder hervorgeholt hatte … Seine Mutter. Er träumte von ihr, dass er sie rief, dass sie von ihm fortging, er konnte ihr Kleid sehen, wie es wehte, wenn sie vor ihm durch die offene Tür verschwand, sie drehte sich nicht um, wenn er rief. Sie ging einfach weg. Wenn er aufwachte, war sein Kopfkissen nass geschwitzt. Es ging ihm schlecht.

Als Julie anrief, war er sofort aufgesprungen. Er hatte sich in Windeseile angezogen, war losgestürzt.

Wo war sie bloß? Verdammt! Wo war sie?

Konnte sie nicht einmal auf ihn warten?

Seine Stimmung schwankte zwischen Verzweiflung und Wut. Wut auf alles.

Joe betrat nun doch den Getränkeladen. Die Regale waren voller Spirituosen. Geordnet nach Sorten, Whisky, Gin, Cognac, Korn.

In kleinen und großen Flaschen.

»Ich nehme einen Whisky«, sagte er mit Trotz in der Stimme. Er deutete auf die billigste Marke, zog einen Zehneuroschein aus der Tasche und knallte ihn auf den Tisch.

Ungerührt nahm der Kassierer das Geld, stellte ihm die Flasche hin und gab das Kleingeld raus.

»Hast du zufällig ein junges Mädchen hier vor der Tür gesehen? Vor einer halben Stunde oder so?«, fragte Joe.

»Wenn ich rausgucke, sehe ich nur junge Mädchen. Aber junge Mädchen mit alten Gesichtern. Meinst du so eine?«

»Nein.« Joe riss eine von den braunen Papiertüten an der Kasse ab und stopfte die Flasche da rein. Dann ging er durch den Autostau wieder zurück auf die andere Straßenseite.

Er schaute sich um. Nein, Julie war nicht da.

Als seine Großmutter ihn an der Straße stehen sah, und als sie die Kunden alle bedient hatte, kam sie zu ihm nach draußen.

»Sie ist weg?«

Joe nickte.

»Nettes Mädchen«, sagte seine Großmutter.

Joe klemmte die braune Papiertüte zwischen die Knie und öffnete den Schraubverschluss.

»Und hübsch«, sagte sie.

»Glaubst du, ich such mir eine Hässliche aus?« Joe setzte die Flasche an die Lippen.

Seine Großmutter tat, als würde sie das nicht sehen.

»Die geht aufs Gymnasium«, sagte sie.

»Na und?«

»Da gehörst du eigentlich auch hin«, sagte sie, »klug genug bist du.«

»Sag das mal meinen Lehrern.«

Er schraubte den Verschluss wieder zu.

»Ich hab mich vielleicht nicht genug um dich gekümmert, Junge«, sagte die Großmutter.

»Quatsch, du hast dich gekümmert.«

»Ja, aber nicht genug.«

Joe schwieg.

»Hauptsache, mein Junge, du wirst nicht wie dein Vater.«

Joe schloss die Augen. Sie sprachen nie über seinen Vater. Er wunderte sich, dass seine Großmutter ihn ausgerechnet jetzt, hier vor dem Laden, erwähnte. Was sollte das überhaupt!

Sein Vater war tot. Aber er fragte: »Und? Wie war mein Vater denn?«

»Schlecht«, sagte seine Großmutter.

Joe schraubte die Flasche wieder auf und nahm noch einen Schluck.

Am Freitagabend hatten Julies Eltern Freunde eingeladen. Es waren die ehemaligen Nachbarn aus Neuenburg, wo Julie mit ihren Eltern gelebt hatte, bevor sie in die Schule kam.

Renate und Reiner hatten dort einen alten Bauernhof gekauft und bewohnten ihn zusammen mit Ziegen, Schafen, Ponys, Hühnern und Katzen. Für Julie, als sie noch ein Kind war, war der Birkenhof der Himmel.

Und deshalb erwarteten Julies Eltern auch, dass Julie den Abend gemeinsam mit den alten Freunden verbrachte.

Sie hatte von Joe den ganzen Donnerstag und Freitag nichts gehört. Zweimal am Freitagnachmittag hatte das Telefon geklingelt, aber immer war ihre Mutter schneller gewesen als sie, und wenn sie den Hörer auflegte, sagte sie nur: »Keiner dran.«

Es gab ein paar Straßen weiter in ihrem Viertel eine Telefonzelle. Aber Julie konnte nicht hinaus, ihre Mutter ließ sie keine Minute aus den Augen. Einmal hatte Joe eine E-Mail an Julie geschickt, an den Familien-PC, deshalb war jetzt ihre einzige kleine Hoffnung, dass er das noch einmal probieren würde. Aber ihre Mutter achtete auch darauf – dass Julie nicht nachsah, ob etwas für sie eingegangen war. So bekam Julies Herz noch einen Sprung…

Aber sie wollte sich nichts anmerken lassen von ihrem Kummer. Sie deckte den Tisch, schnitt die Karotten für die Karotten-Ingwersuppe, eine Spezialität ihrer Mutter, und rührte eine Bayrische Creme an. Dazu sollte es frische Himbeeren geben. Ihre Mutter kümmerte sich um das Hauptgericht, einen Lammbraten.

Julies Mutter hatte das Radio in der Küche eingeschaltet, weil aus dem Bundestag eine Debatte über das Bildungssystem live übertragen wurde.

So arbeiteten sie schweigend.

Wahrscheinlich redeten sie nicht aus Angst, das heikle Thema zu berühren. Julie warf ihrer Mutter manchmal einen Blick zu, aber ihre Mutter tat, als konzentriere sie sich auf diese Radiodebatte. »Was hältst denn du von diesen Einheitsschulen?«, fragte Julie.

Ihre Mutter hob überrascht den Kopf. Ihre Hände waren rot von der Weinmarinade, mit der sie den Braten massierte. »Natürlich gar nichts«, sagte sie. »Das wird uns im Pisa-Test noch weiter nach unten bringen.«

»Aber für die Spätentwickler ist es eine tolle Chance, wenn sie jederzeit aufs Gymnasium wechseln können«, entgegnete Julie.

Ihre Mutter schnaubte. »Und die anderen? Die guten Schüler? Soll das Niveau sich immer nur nach den Spätentwicklern richten? Und die interessierten und ehrgeizigen Kinder werden nicht mehr gefördert?«

»Aus denen kann doch trotzdem was werden«, sagte Julie.

Ihre Mutter sah sie stirnrunzelnd an. »Und wenn lauter Chaoten in einer Klasse sind?«

Julie bereute, dass sie das Thema angefangen hatte. Sie zuckte nur gleichmütig mit den Schultern.

»In Amerika«, setzte ihre Mutter noch hinzu, »haben sie längst begriffen, dass die verschiedenen Schulsysteme nebeneinander bestehen müssen.«

»Mama«, sagte Julie, »können wir bitte nicht von Amerika reden?«

Julies Mutter seufzte, legte den Braten in die Kasserolle und schob ihn in den Ofen.

Am Samstagmorgen wachte Julie mit Kopfschmerzen auf. Es war ziemlich spät geworden gestern Nacht. Die Gäste waren bis nach zwölf Uhr geblieben und Julie hatte brav dabeigesessen und gelächelt. Reiner und Renate wollten alles und jedes von ihr wissen, fragten ihr Löcher in den Bauch, und manchmal hatte Julie das Gefühl, dass sie den Auftrag hatten, ein bisschen in ihrem Privatleben zu forschen und ihr ein paar Ratschläge zu erteilen. Die beiden waren echt nett, ohne Zweifel, aber irgendwann hatte Julie abgeblockt und war in ihr Zimmer gegangen. Doch obwohl sie müde gewesen war, konnte sie lange nicht einschlafen. Nun fühlte sie sich übernächtigt und zerschlagen.

Sie ging ins Bad, nahm aus dem Apothekerschränkchen ein Aspirin und schlich damit in die Küche. Sie holte aus dem Kühlschrank eine Milchtüte, nahm einen Becher und setzte sich.

Auf dem Tisch lag das Telefon. Ihre Mutter hatte gestern Nacht das Taxi für Reiner und Renate gerufen und das Telefon da liegen gelassen. Julie starrte auf das kleine blinkende Licht, während sie die Milch trank, und spürte, wie die Tablette langsam ihre Speiseröhre herunterrutsche.

Wenn Joe jetzt anriefe!, dachte sie. Wenn er jetzt bei sich in der Wohnung herumgeht und an mich denkt, dann spürt er vielleicht …

Sie fixierte das Telefon. Sie trank ganz langsam.

Aus dem Schlafzimmer der Eltern kam nicht das kleinste Geräusch. Samstags frühstückten sie immer sehr spät, nie vor zehn oder halb elf.

Es war neun Uhr.

»Joe«, flüsterte Julie. »Ruf an! Bitte!«

Als das Telefon tatsächlich klingelte, erschrak Julie so, dass sie fast vom Stuhl kippte.

Mit zitternden Fingern drückte sie die On-Taste.

»Ja?«, flüsterte sie. »Hallo!«

»Julie? Bist du das?«

Es war Florence.

Julie sackte vor Enttäuschung fast in sich zusammen. Mit beiden Händen umklammerte sie das Telefon, sonst wäre es ihr glatt weggerutscht.

»Hallo, Florence«, sagte sie schwer atmend, »wieso rufst du so früh an?«

Florence schluchzte. Sie japste und weinte und schluchzte und konnte kein Wort herausbringen.

»Florence, was ist los?«, flüsterte Julie. Sie hatte Angst, die Eltern würden wach werden. Und eben war ihr doch der Gedanke gekommen, bei Joe anzurufen. Die Großeltern waren sicher schon wieder in ihrem Laden, und wenn Joe noch pennte, würde sie das Telefon einfach so lange klingeln lassen, bis er aufwachte. Langsam war es ihr egal, ob ihre Eltern es mitbekamen, wenn sie nur mit ihm sprechen konnte …

»Julie! Kannst du kommen?«, schluchzte Florence. »Ich brauch dich!«

»Wieso? Was ist los?«

Florence schluchzte wieder. »Didi und ich haben Schluss gemacht!« Sie schnäuzte sich. »Ich bin so fertig. Mir geht es so schlecht …« Sie konnte nicht weitersprechen, weil sie einen Weinkrampf bekam.

Obwohl Florence ihre beste Freundin war, hatte Julie keine Lust, sich das jetzt anzuhören, sie hatte genug eigene Sorgen, fand sie, und außerdem konnte sie diesen Didi noch nie besonders leiden. – Florence brauchte immer Jungen, die toll aussahen, die die richtigen Polohemden trugen, die richtigen Jeans dazu und die coole Sonnenbrillen aufhatten. Florence brauchte einen Jungen, mit dem sie angeben konnte, der vorzeigbar war, und Didi schien da eben der absolute Traumprinz zu sein. Bei Florence lief, was Jungen allgemein betraf, erst mal alles über das Äußere. Nachher wunderte sie sich oft, dass die Typen, in die sie sich verliebt hatte, so »hohl« waren... dass sie nichts im Kopf hatten außer Klamotten und dem blöden Gerede über Autos und Formel 1... Florence hätte ganz andere Jungen verdient, fand Julie immer. Aber sie dachte, das muss sie selber merken, Florence mischte sich ja auch nicht in ihre, Julies, Liebesgeschichten ein. Sie sagte ja auch nicht, wie sie Joe fand, und Julie fragte vorsichtshalber erst gar nicht. Joe war allein ihre Sache.

»Wieso habt ihr Schluss gemacht?«, flüsterte Julie nun doch, um der Freundin einen Gefallen zu tun. »Ihr wart doch gestern in der Schule noch...«

»Er hat sich in die blöde Gesine verliebt«, schluchzte Florence, »ausgerechnet in die Ziege!«

»Wer ist das? Kenn ich die?«

»Achte Klasse«, schluchzte Florence, »die immer mit so Afrozöpfen rumläuft...«

Julie hörte, wie die Schlafzimmertür ging. Aber sie vernahm keine Schritte.

»Florence?«, flüsterte sie. »Florence, ich kann heute nicht kommen.«

»Wieso nicht?«, wimmerte Florence. »Wenn ich dich einmal brauche...«

»Aber es geht nicht. Meine Eltern haben es mir verboten.«

Florence schnäuzte sich wieder. »Dass du zu mir kommst?«

»Nein, das hat mit dir nichts zu tun. Ich darf überhaupt nicht weg an diesem Wochenende.«

»Das glaub ich nicht!«

»Ich muss dir nicht sagen, wie ich das finde«, flüsterte Julie. »Es ist wegen…«

Ihre Mutter stand so unerwartet in der Tür, dass Julie zusammenzuckte. Sie war noch ein bisschen verschlafen und blinzelte.

»Mit wem telefonierst du?«, fragte sie. Auf einmal war sie hellwach. »Mit diesem Joe?«

»Nein, Mami, ich telefoniere nicht mit Joe.«

Ihre Mutter kam auf sie zu. Sie war barfuß und ihre Füße machten ein patschendes Geräusch auf dem Linoleumboden. Sie streckte ihre Hand aus. »Gib mir den Hörer.«

»Mami«, sagte Julie entgeistert, »das ist Florence. Was willst du…«

»Gib mir bitte den Hörer.«

Julie starrte sie einen Augenblick lang an. Dann warf sie das Telefon auf den Küchentisch, stand auf und ging hinaus.

Im Flur hörte sie, wie ihre Mutter fragte: »Joe? Sind Sie das? Joe!«

Julie ging in ihr Zimmer und knallte die Tür hinter sich zu.

*I*hre Eltern hatten alles vorbereitet. Nach dem Frühstück setzten sie sich im Wohnzimmer an den Tisch und Julies Mutter breitete lauter Prospekte vor ihnen aus.

Es waren Broschüren des Komitees »Youth for Understanding«, das für ausländische Schüler den Austausch an deutsche

Schulen organisierte und umgekehrt. Es gab eine Extrabro-schüre für die USA. »Wir sind natürlich nicht die Einzigen, die sich für so ein gutes Programm bewerben«, sagte Julies Mutter. »Wichtig ist natürlich, dass du einen guten Eindruck auf die Prüfer machst.«

»Was denn für Prüfer?«, fragte Julie. Sie warf immer nur einen flüchtigen Blick auf die Fotos, die ihre Mutter mit viel Aplomb vorzeigte. Was sie überhaupt nicht begreifen konnte, war, dass hier offenbar vorausgesetzt wurde, dass sie mit allem einverstanden war.

»Die YFU ist die beste Organisation für einen solchen Aus-tausch«, sagte ihre Mutter. »Das ist alles hundertmal geprüft: die Familien, die Schulen, die Lehrer, das Ausbildungspro-fil…« Sie redete sich immer mehr in eine Begeisterung hinein, die Julie überhaupt nicht teilte.

Ihr Vater saß daneben und nickte alles ab.

Der Farbprospekt zeigte fröhliche junge Leute vor ehrwür-digen High Schools, die inmitten von Parks standen und wie Unis aussahen. Julie sah Leute beim Hockey, bei Theaterauf-führungen oder auf dem Rasen sitzend und lesend.

Julies Mutter strahlte. »Sieht das nicht alles herrlich aus?«, rief sie begeistert. Julie hörte aber in der Begeisterung auch eine gewisse Anspannung. Es kam Julie so vor, als balancierte sie zwischen ihrer Mutter und ihrem Vater auf einem dünnen Seil über dem Erdboden.

»Es sieht fabelhaft aus«, bekräftigte ihr Vater. »Wenn man mir das in der Jugend angeboten hätte… mein Gott«, er seufzte, »dann wär ich jetzt vielleicht Chefredakteur der Finan-cial Times.«

»Du sprichst doch sowieso ein supergutes Englisch«, sagte Julie. »Was hätte dir denn der Austausch gebracht?«

»Das Verständnis für eine andere Kultur, mein Schätzchen«,

sagte ihre Mutter. »Die Erfahrung, die man sammelt, wenn man mal den Kopf über den Tellerrand hinaushebt. Hier«, sie drängte Julie einen weiteren Prospekt auf, »du guckst ja gar nicht richtig hin.«

Julie presste die Hände zwischen die Knie. Alles in ihr war Abwehr.

»Ihr habt mich noch nicht nach meiner Meinung gefragt«, sagte sie trotzig. »Ich finde das ehrlich gesagt ziemlich makaber, dass ihr mich hier vor vollendete Tatsachen stellen wollt. Ich will nicht weg!« Sie wurde lauter. »Wie geht ihr denn mit mir um? Habt ihr euch das schon mal gefragt? Nach der Methode: Funktioniert die Tochter nicht, wie wir uns das denken, wird sie eben kurzerhand über den Atlantik verfrachtet? Und das wegen eines Jungen! Oder täusche ich mich? In welcher Zeit leben wir eigentlich? Und wo?«

Julie sah, dass ihre Eltern sich vielsagende Blicke zuwarfen.

»Nein, ich täusche mich nicht«, rief Julie erregt. »Es ist nur wegen Joe. Nur seinetwegen, weil ihr nichts von ihm haltet!«

»Das hat doch damit nichts zu tun, ob wir von diesem Jungen etwas halten oder nicht.«

»Womit dann?«

Julies Mutter schaute ihren Mann an. »Erklär du es ihr«, sagte sie matt, »ich hab schon genug geredet.«

»Also«, sagte ihr Vater, »wir haben nichts gegen diesen Joe.«

»Das ist nicht ganz richtig«, mischte sich ihre Mutter nun doch ein. »Wir haben schon etwas dagegen, dass du ausgerechnet deine Liebe für einen Jungen entdeckst, der ...«, sie stockte.

Julies Herz schlug heftig. »Der was?«, fragte sie.

»Nun«, sagte ihr Vater, »der nicht zu uns passt.«

Schweigen. Julie starrte ihn an.

»Nicht zu uns passt? Zu uns? Muss er denn zu euch passen? Was soll der Blödsinn?«, schrie Julie. »Was redet ihr da!«

»Pass auf deine Worte auf«, rief Julies Mutter empört.

Julie verschränkte die Arme vor der Brust. Sie bezwang sich. Ihre Stimme wurde wieder leise. »Jetzt ist es eindeutig klar. Ihr schickt mich nach Amerika, damit das mit Joe ein Ende hat.«

Die Eltern blätterten wortlos in den Papieren auf dem Tisch.

»Denkt ihr, er hat einen schlechten Einfluss auf mich? Vertraut ihr mir so wenig?« Sie sprach noch immer mit gesenkter Stimme, schüttelte den Kopf. »Das ist der echte Horror«, zischte sie. »Ich glaube, ich bin auf einem Horrortrip.«

Sie stand auf und verließ das Zimmer. In ihrem Kopf war plötzlich nichts als Leere, wie ein Vakuum, als ob jemand alles Blut daraus entfernt hätte. Das dauerte Sekunden, die wie eine Ewigkeit waren… Und dann tauchte etwas auf in diesem Nichts, ein Gedanke, der Gestalt annehmen wollte. Julie drängte den Gedanken zurück, ließ ihn nicht weiter wachsen. Aber sie würde ihn nicht vergessen.

Die Eltern ließen sie das ganze Wochenende nicht aus den Augen. Sie bemühten sich um sie, und sie waren aufmerksam, doch Julie durfte auch am Sonntag nicht zu Florence, um sie zu trösten.

»Sie kann gerne zu uns kommen«, schlug Julies Mutter vor. »Sie kann auch bei uns schlafen. Aber ihr müsst hier im Haus bleiben. Darauf bestehe ich.«

Florence wollte aber nicht kommen, und sie fand es gemein, dass Julie nicht zu ihr durfte. »Wieso denn nicht?«, drängte sie immer wieder. »Du bist schon hundertmal bei mir gewesen. Das war doch immer okay.«

»Jetzt geht es meinen Eltern eben irgendwie ums Prinzip«, sagte Julie. »Sie wollen einfach nicht, dass ich das Haus verlasse.«

»Wegen Joe?«, fragte Florence. »Weil sie denken, du triffst dich mit deinem Dichter?«

»Genau.«

»Den haben übrigens ein paar Leute gestern gesehen, im *Release*«, sagte Florence, als fiele ihr das erst in diesem Augenblick ein.

Julie saß augenblicklich senkrecht auf ihrem Bett, das Telefon in der Hand. Florence hatte zum dritten Mal heute angerufen. »Wo war er? Nicht dein Ernst. Da geht er hin?«

Julie war nie im *Release* gewesen. Es hieß, der Eintritt war für Leute unter achtzehn verboten. Es war der Club, der den schlechtesten Ruf in der Stadt hatte. Im letzten Sommer hatten sie da den Wet-T-Shirt-Contest abgehalten. Da wurden Mädchen unter eine Dusche gestellt und mussten sich nachher im Scheinwerferlicht, mit dem nassen T-Shirt über dem Busen von geilen Typen bewerten lassen. Nicht im Traum würde Julie so einen Laden je betreten. Was hatte Joe da zu suchen?

Es machte Julie fertig, dass sie immer wieder neue Sachen über Joe erfuhr... Wenn ihre Mutter das jemals rauskriegte...

»Und? Hat er was gesagt?«, fragte Julie heiser.

»Ich glaube, der konnte gar nichts mehr sagen. Der war total breit.«

»Breit?«

»Der hatte sich zugeknallt mit Alkohol. Der lief immer rum, mit so einer Papiertüte, in der eine Flasche steckte. Die Aufpasser vom *Release* haben das gemerkt und wollten ihn rausschmeißen. Da ist er ziemlich durchgedreht. Ich weiß nicht genau, aber ich glaube, die haben die Polizei geholt.«

Julie stöhnte. »Oh nein! Bitte nicht!«

»Ja«, sagte Florence. »Der muss einen echten Aufstand gemacht haben. Was ist mit dem los? Hat der einen Knall oder was?«

»Unsinn«, sagte Julie tapfer. »Er hat einfach ziemlich viele Probleme.«

Julie wartete, dass Florence nachhakte, ihre Freundin war immer gierig nach Geschichten, nach Klatsch, Gerüchten, sie wollte immer alles über alle Leute wissen. Julie hätte jetzt jemanden gebraucht, mit dem sie über Joe reden könnte. Jemand, der nicht so verbohrt war wie ihre Eltern.

Aber bei Florence war sie da im Augenblick an der falschen Adresse.

Florence badete in Selbstmitleid und nichts anderes hatte jetzt in ihrem Kopf Platz. Morgen würde sicher wieder sein wie immer.

»Also?«, fragte Florence. »Sehen wir uns in der Schule? Und dann trösten wir uns beide!«

»Versprochen«, sagte Julie.

Abends um neun Uhr klingelte es. Julie war zufällig gerade im Flur, so ging sie und öffnete die Haustür. Doch da war niemand. Sie lief durch den Vorgarten und schaute nach rechts und links. Die Straße war leer.

»Hallo, wer ist da?«, rief Julie laut.

Niemand antwortete. Ein Hund bellte. Das war alles.

»Joe?«, flüsterte Julie. Sie ging langsam an den Vorgärten der Nachbarhäuser vorbei, spähte über die Hecken. Sie wusste selbst nicht, warum sie das tat.

Irgendwo wurde ein Motorrad angelassen und dann hörte sie in der Ferne die Straßenbahn.

Als sie sich umdrehte, stand ihr Vater in der Einfahrt zu ihrem Haus. Er hielt etwas in der Hand, etwas Weißes, Viereckiges. »Du hast Post!«, rief er.

Julie rannte zurück. Sie war vollkommen außer Atem.

»Wieso denn jetzt am Abend?«, fragte sie, als sie ihm den Briefumschlag aus der Hand nahm. Auf dem Umschlag stand nur: Julie.

Sonst nichts.

Ihr Vater beobachtete sie.

Sie versuchte, ganz cool zu bleiben. Sie öffnete den Brief nicht. »Vielleicht irgendwelche Schularbeiten«, sagte sie.

»Ich dachte, so was macht man heute im Internet«, sagte ihr Vater.

Julie antwortete nicht.

Sie wusste, dass der Brief von Joe war. Er musste einfach von Joe sein.

Er musste von Joe sein!

Sie rannte ins Haus, in ihr Zimmer, warf sich auf das Bett. Langsam, fast behutsam, öffnete sie den Umschlag und zog ein Blatt heraus.

Es war von Joe. Ein Gedicht. Mit der Hand hatte er den Text geschrieben:

Da war mal ein Mädchen
Auf einem Fluss
Im Auto der Polizei
Und im Park.
Ich hab gesehen
Wie sie einen Döner aß
Und dabei lachte
Als gehörte sie mir.
Doch irren ist menschlich
Sagte der Mann
Und flog allein zum Mond
Ach ja:

Der Name des Mädchens
War, glaub ich
Julie

Julie starrte das Papier an. Die Zeilen verschwammen vor ihren Augen. »Ich versteh das nicht«, flüsterte sie, »ich versteh das nicht! Was soll das heißen, Joe?«

Ist das ein Abschiedsbrief?

Was soll das? Hast du auch nur eine Ahnung, wie es mir geht? Denkst du nur an dich? Denkst du etwa, ich melde mich absichtlich nicht bei dir? Dass für mich Schluss ist, dass ich meinen Eltern gegenüber nachgebe?

Oh Mann, was für eine Scheiße, dachte sie, zerknüllte das Papier zu einem Ball und warf es gegen die Wand.

Es gab nur eine Möglichkeit, das wieder gerade zu rücken. Und es war zugleich die einzige Möglichkeit, zu zeigen, dass man nicht über sie bestimmen konnte, wie es gerade in den Kram passte – und jetzt war dieser Gedanke wieder da. Dieser Gedanke, den sie hatte nach der Auseinandersetzung mit ihren Eltern. Und jetzt ließ sie ihn zu. Und er wuchs und nahm Gestalt an.

Julie lächelte.

Sie rief ihn aus der Telefonzelle Ecke Hohenzollernring an. Es war Montag, sechs Uhr dreißig abends, und die Sonne stand noch hoch am Himmel. Julie hatte ihre Sonnenbrille in die Stirn geschoben, an ihrem rechten Bein lehnte der Rucksack, den sie eilig mit den nötigsten Klamotten voll gestopft hatte, wahllos, mit T-Shirts, Wäsche, Socken, CDs… bis nichts mehr hineinpasste. Sie hatte alle Schubladen und Jacken und Taschen in der

Wohnung nach Kleingeld abgesucht. Ihre Eltern ließen überall Münzen herumliegen, und sie hatte so – mit dem letzten Taschengeld – mehr als achtzig Euro zusammenbekommen. Fürs Erste würde es reichen Später musste sie sehen.

Sie stand in der Telefonzelle und wählte seine Nummer.

»Ja, wer ist da?«, knurrte Joe ins Telefon.

»Joe! Ich bin's! Julie! Mann, bin ich froh, dass du zu Hause bist!« Ihre Stimme überschlug sich. »Joe! Ich bin abgehauen!«

»Sag das noch mal.«

»Ich bin abgehauen! Wir können los!«

»Wohin?«

»Wohin du immer wolltest. Nach Berlin! Joe! Ich hab meine Klamotten schon gepackt.«

Sie hörte, wie Joe tief einatmete und wieder ausatmete und wieder einatmete. Sie hörte es durch das Rauschen des Verkehrs hindurch, das Rauschen draußen vor der Telefonzelle, auf dem Hohenzollernring.

»Wo bist du?«, fragte Joe.

Sie sagte es ihm.

»Warte eine Sekunde.« Joes Stimme zitterte. »Ich guck im Internet nach, wann der nächste Zug geht.«

»Mann, Joe! Ich stehe in einer Telefonzelle. Du weißt doch, dass ich kein Handy hab. Wieso treffen wir uns nicht am Bahnhof?«

»Okay, am Bahnhof. Im Reisezentrum. Hast du Geld?«

»Achtzig Euro.«

»So viel krieg ich nicht zusammen«, sagte Joe. »Wir fahren mit den Regios, warte, bis ich komme, ja?«

»Joe?«

»Ja?«

»Hab ich dich jetzt überrumpelt? Sag ehrlich: Willst du überhaupt noch... ich meine... mit mir nach Berlin?«

Joe lachte plötzlich, und Julie spürte, wie ihr ganzer Körper warm wurde und weich und entspannt, als sie ihn lachen hörte.

»Du freust dich also?« Julie musste es ganz genau wissen. Sie brauchte das, um sicherzugehen, dass sie das Richtige tat. Und außerdem, doch das wollte sie sich nicht eingestehen, hatte sie Angst. Eine kleine, kindliche Angst. Sie hatte in ihrem ganzen Leben so was noch nicht gemacht! Einfach abhauen! Jetzt, in diesem Moment, würde wahrscheinlich ihre Mutter nach Hause kommen. Und es war nur eine Frage von Sekunden, bis sie bemerkte, dass ihre Tochter nicht da war. Und auch nicht ihr Rucksack. Und nicht ihr Zeug aus dem Bad, Zahnbürste, Kamm und so weiter. Sie würden merken, dass ihr Personalausweis nicht mehr da war und dass sie ihr Bett abgezogen hatte.

Ja, sie hatte ganz zum Schluss, als der Rucksack schon gepackt war, ihr Bettzeug abgenommen und alles in den Wäschekorb gestopft. Dieses leere Bett mit der nackten Matratze sollte ihre Botschaft sein. Wirksamer als irgendein Brief. Eine unübersehbare Botschaft an die Eltern: Ich wohne hier vorerst nicht mehr …

Am anderen Ende der Leitung war es jetzt still. Julie hörte nur das Atmen von Joe. Dann sagte er: »Du bist wunderbar. Ich liebe dich!« Und er legte auf.

Julies Mutter kam pünktlich um sechs Uhr dreißig nach Hause. Sie brachte die Einkäufe aus dem Supermarkt in die Küche.

»Julie?«, rief sie, während sie die Milchtüten in den Kühlschrank stellte. »Julie? Hat dein Vater angerufen, wann er heute nach Hause kommt?«

Sie bekam keine Antwort. Sie räumte Tomaten und Gurken ins Gemüsefach und legte den Aufschnitt in eine Tupperdose.

»Julie?«, rief sie wieder, diesmal in der Tür zum Flur. »Hörst du nicht? Was machst du?«

Sie sah, dass die Badezimmertür offen stand und auch die Tür zu Julies Zimmer.

Sie hörte kein Geräusch, keine Musik.

Auf einmal fiel ihr auf, dass die Stille in der Wohnung etwas Fremdartiges, Beängstigendes hatte.

»Julie?« Die Stimme klang schon fast schrill.

Sie schaute ins Bad. Es war leer. Sie sah, dass Julies Sachen fehlten, das Waschzeug, das sonst immer in einem Beutel auf dem kleinen weißen Plastikhocker stand.

Dann war sie in Julies Zimmer, starrte auf das Bett, auf die Matratze mit diesem komischen Muster, auf die Daunendecke und das Kopfkissen ohne Bezug. Sie bewegte sich wie in Zeitlupe, ganz langsam ging sie auf Julies Schreibtisch zu. Starrte stirnrunzelnd auf die leere Schreibtischmappe, sah die Schultasche auf dem Stuhl, drehte sich um, sah, dass die Tür des Kleiderschranks offen stand.

Sie stellte sich vor die Wäschefächer und schaute auf die Stapel von T-Shirts, Hemden und Slips.

Sie war kreidebleich. Sie öffnete die andere Kleiderschranktür.

Julies Rucksack war nicht mehr da. Und die Isomatte nicht, die immer zusammengerollt in der Ecke des Kleiderschrankes stand.

»Oh nein, nein!«, flüsterte Julies Mutter.

Sie stürzte aus dem Zimmer, nahm das Telefon und wählte die Nummer von Julies Vater.

»Martin! Julie ist weg!«, schrie sie.

»Weg? Was heißt das, weg?«

»Ihr Rucksack! Ihre Sachen!« Sie flüsterte jetzt. »Und sie hat ihr Bett abgezogen. Oh Gott, was sollen wir nur tun?«

»Ruf ihre Freundinnen an, alle, die du kennst!«, rief Julies Vater. »Und hast du die Nummer von diesem Joe?«

»Glaubst du, sie ist mit Joe… Sie hat mal was von Berlin gesagt… aber ich hab gedacht, das meint sie nicht ernst.«

Julie und Joe warteten in der Halle. Auf der Anzeigetafel war der Zug schon angekündigt. Er sollte in acht Minuten einlaufen, dann aber kam eine Durchsage: »Der Regionalzug über Büchen, Wittenberge, Spandau nach Berlin Zoologischer Garten hat voraussichtlich zwanzig Minuten Verspätung.«

Julie umklammerte Joes Hand.

Joe grinste: »Du bist ganz schön aufgeregt.«

»Ich weiß, meine Hand schwitzt so.«

»Deshalb nicht«, sagte Joe und hielt ihre Finger fest, »ich mein nur überhaupt. Du musst das cooler nehmen.«

»Ich bin eben noch nie abgehauen«, sagte Julie.

Er lachte. »Was? Noch nie? Jedes Kind läuft mal von zu Hause weg, das gehört zur normalen Entwicklung.«

Julie versuchte zu lächeln, obwohl ihr das schwer fiel. Ihr Herz war jetzt, wo es tatsächlich ernst wurde, wie ein einziger schwerer Panikklumpen aus Angst.

»Dann bin ich wohl nicht normal«, sagte sie. Einmal, als sie sich umschauten, schlug ihr Herz ganz wild, da glaubte sie, ihre Mutter zu sehen, eine Frau, die die gleiche Frisur hatte und einen blauen Blazer trug. Aber dann war sie es doch nicht und die Spannung ließ wieder etwas nach.

»Wie oft bist du denn schon abgehauen?«, fragte sie.

Joe hob die Schultern. »Hab nicht mitgezählt.«

»Mehr als dreimal?«

Joe nickte lachend. Julie starrte ihn an.

»Und warum?«

»War immer ein anderer Grund. Oder immer derselbe. Keine Ahnung.« Er sah sich um. »Ich glaub, ich hol mir noch ein Bier.«

»Und du wolltest immer nach Berlin?«

»Nein, nach Berlin will ich erst seit dem Irak-Krieg, als da die Demonstrationen anfingen. Vor der Ami-Botschaft und so… Wo gibt's hier Dosenbier?«

»Ach, du trinkst Dosenbier?«, fragte Julie. »Passt das zu deinen Ansichten?«

»Ist praktischer.« Joe wurde ein bisschen rot.

Julie nickte, sie versuchte zu verstehen, was in ihm vorging.

»Hast du eine Ahnung, wo wir in Berlin wohnen können?«, fragte sie.

Sie saßen auf ihren Rucksäcken im Reisezentrum und beobachteten die Schlangen vor den Schaltern, die mal länger, mal kürzer waren.

»Das wird sich finden«, sagte Joe. »So was ist nie ein Problem.«

Julie lachte. »Für dich ist alles easy, oder?«

»Nicht immer«, sagte Joe. »Aber man muss versuchen, nicht alles so ernst zu nehmen.«

»Hast du deinen Großeltern was erzählt?«

»Die waren nicht da.«

»Meine Eltern auch nicht«, sagte Julie. »Ich wollte ihnen erst einen Zettel hinlegen, aber dann…«, sie zögerte.

»Was dann?«, fragte Joe.

»Na ja, dann dachte ich, das ist kindisch, es ist egal, was ich schreibe, es ist sowieso falsch.«

»Was hättest du denn geschrieben?«

»Das ist ja das Problem, mir war nichts eingefallen.«

»Ich hab meinen Großeltern einfach nur einen Zettel hingelegt, auf dem steht: »Ich bin für ein paar Tage nicht da. Macht euch keine Sorgen.«

Julie dachte, dass es sicher gut gewesen wäre, wenn sie auch so etwas Ähnliches geschrieben hätte. Sie wusste auf einmal nicht mehr, wieso sie auf das Simpelste nicht gekommen war.

»Ich hab mein Bett abgezogen«, sagte sie. »So als Signal, dass ich heute Nacht nicht wiederkomme.«

Joe nickte. »Auch gut«, sagte er.

Er deutete auf die Anzeigetafel. »Der Zug kommt gleich. Gehst du schon rauf? Ich besorg noch was zu trinken.«

*E*s war kurz vor sieben Uhr und der Feierabendverkehr war auf seinem Höhepunkt, auf den Bahnsteigen drängten sich die Menschen.

Julie hatte oben an der Treppe auf Joe gewartet. Jetzt kämpften sie sich mit ihren schweren Rucksäcken vor bis zum Ende des Bahnsteigs.

»Auf Gleis fünf erhält Einfahrt der Regionalexpress aus Göttingen mit Weiterfahrt nach Berlin Zoo über …«

Sie gingen bis zum Ende der Bahnhofshalle, bis sie plötzlich in der Abendsonne standen. Joe stellte den Rucksack noch einmal ab und griff in eine der Seitentaschen. »Ich hab für dich eine Apfelschorle mitgebracht«, sagte er.

»Julie! Julie!!!«

Julie runzelte die Stirn, sie senkte den Kopf und schloss die Augen. Hatte da jemand ihren Namen gerufen?

»Bitte treten Sie von der Bahnsteigkante zurück und Vorsicht bei der Einfahrt des Zuges!«

»Julie!!!«

Julie riss die Augen auf, sie schaute den Bahnsteig entlang. Joe schien nichts zu hören. Er blickte nach vorn, aus dem Bahnhof weg, auf den Schienenstrang. Die Lokomotive war schon auszumachen, sie arbeitete sich durch das Gewirr von Gleisen und Weichen langsam zum Bahnhof vor. Joe hatte seinen Rucksack geschultert, auf seinem Gesicht lag die Sonne.

Der Zug lief ein, Bremsen quietschten, die Türen öffneten sich.

Julie drehte sich um. Ihr Vater kam ihr entgegen, kämpfte sich durch die Menschentrauben. Er hatte Schweißperlen auf der Stirn, sein Jackett war offen und auch der Hemdkragen. Er keuchte, als habe er einen Marathon hinter sich. »Gott sei Dank.« Er schaute zu Joe, der schon am Zugabteil stand und die Reisenden aussteigen ließ. »Ist er das?«, fragte er.

»Wer? Wer soll das sein?«, gab Julie patzig zurück.

»Na, dieser … dieser Joe.«

In dem Augenblick drehte Joe sich zu ihnen um. Er runzelte die Stirn. Sein Gesicht verfinsterte sich. Er schulterte seine Sachen und kam auf sie zu.

»Ich weiß nicht, was Sie vorhaben«, sagte Julies Vater und blickte ihm ins Gesicht, »aber meine Tochter kommt mit nach Hause.«

Joe schaute Julie an. »Willst du das auch?«, fragte er.

Sie schüttelte heftig den Kopf.

»Also, dann sag was«, forderte Joe sie auf.

Julies Vater bückte sich nach ihrem Rucksack. Da riss Joe ihm den Rucksack aus der Hand. »Hey, Moment«, rief er trotzig. »Julie will nicht nach Hause.«

»Papa!«, schrie Julie. »Lass mein Zeug los!«

Die ersten Leute auf dem Bahnsteig drehten sich nach ihnen

um. Sie sahen einen Jungen, der sich mit einem Mann, Mitte vierzig, um einen Rucksack stritt. Beide zerrten daran.

Julie warf sich dazwischen. »Ich fahr mit Joe!«, rief sie. »Lass los, Papa. Hör auf!«

Aber ihr Vater ließ nicht los. Er fixierte Joe wie einen Gegner. »Ich fahr mit Joe nach Berlin!«, rief Julie, und sie rief es so laut, als könnte sie die Passanten auf dem Bahnsteig dazu bringen, ihr beizustehen. »Ich lass mich von euch nicht mehr herumkommandieren! Tausendmal hab ich euch gesagt, dass ich nicht in euer bescheuertes Amerika will! Tausendmal!«

»Müssen wir das hier auf dem Bahnhof diskutieren?«, fragte ihr Vater kalt.

»Ja!«, schrie Julie.

»Achtung auf Gleis vier, der Regionalexpress über Winsen, Luhe, Wittenberge nach Berlin Zoo fährt in Kürze ab. Bitte einsteigen und Vorsicht an der Bahnsteigkante.«

Joe ließ den Rucksack los. »Das ist doch Scheiße!«, brüllte er wütend. »Hör auf, dich hier mit deinem Vater herumzustreiten. Das hat doch keinen Sinn!«

»Was hat denn Sinn?«, schrie Julie zurück. »Mann! Was soll ich denn machen!«

»Einsteigen«, schlug Joe vor. »Einsteigen und losfahren.«

Julies Vater hatte jetzt den Rucksack in der linken Hand, mit der rechten packte er Julies Arm. »Du kommst mit nach Hause«, sagte er. »Und wir vergessen diese Episode.«

»Hey, Moment mal!«, rief Joe. »Hören Sie auf, Julie wie ein kleines Kind zu behandeln. Lassen Sie sie los, verdammt noch mal!«

»Ich behandle meine Tochter genau so, wie sie es verdient«, sagte Julies Vater scharf, »und das geht Sie einen feuchten Dreck an.«

Er packte Julies Schulter. Julie stemmte sich gegen ihren Vater. »Papa, lass mich!«, rief sie. »Ich komm nicht mit nach Hause. Joe, tu doch was.«

»Was soll ich denn tun«, schrie Joe.

»Würden Sie die anderen Fahrgäste bitte nicht am Einsteigen hindern?«, sagte mit strenger Stimme der Schaffner. Er schob sie unsanft von der Waggontür weg.

»So eine Scheiße!«, brüllte Joe und schleuderte seinen Rucksack in die Gegend. Er krachte auf einen Gepäckkarren, den eine junge Frau gerade vorbeischob. Auf dem Karren waren zwei Koffer und oben auf dem Koffer saß ein kleiner, vielleicht zweijähriger Junge. Der Junge kippte vor Schreck hinunter, im letzten Moment konnte seine Mutter ihn gerade noch auffangen. Das Kind schrie laut.

Julies Vater schaute versteinert zu.

»Was sind Sie nur für ein Vollidiot!«, sagte er leise, aber scharf.

Joe bückte sich, um die Sachen aufzusammeln, die aus seinem aufgeplatzten Rucksack gequollen waren. Julie starrte auf die Szene, unfähig, sich zu rühren.

»Komm, Julie«, sagte ihr Vater. »Komm, wir haben hier nichts mehr verloren.«

Die Herrschaften«, sagte Julies Vater, als er ihren Rucksack im Wohnungsflur abstellte, »wollten nach Berlin, mit dem Regionalzug. Der hatte jedoch Verspätung. Ohne diese Verspätung hätte ich sie nicht mehr erwischt.«

»Ah«, sagte Julies Mutter. »Und dann säße unsere Tochter jetzt mit Joe Leinemann in einem Zug, um einer wunderbaren Zukunft entgegenzufahren.«

Sie hatte geweint, und sie wollte nicht, dass Julie das merkte. Deshalb redete sie so.

Julie hasste ihre Eltern, wenn sie so sarkastisch waren. Sie blieb mitten im Flur stehen, mit gesenkten Schultern, trotzigem Blick.

Ich werde mich nicht entschuldigen, sagte sie sich, für nichts und gar nichts. Und dass Joe eben so ausgeflippt ist auf dem Bahnsteig, daran war er eigentlich nicht schuld. Natürlich hätte er seinen Rucksack nicht durch die Gegend werfen dürfen, fast hätte es ein Unglück gegeben. Aber wer hatte ihn denn bis auf das Äußerste gereizt? Und ihn herausgefordert? Nein, dachte sie, wenn die nächste Gelegenheit kommt, bin ich wieder weg.

Als könnte ihre Mutter Gedanken lesen, sagte sie: »Das bestätigt mich nur in unserer Entscheidung, dich ins Ausland zu schicken. Hier gerätst du unter die Räder. Was ist nur mit dir los, Julie? Ich verstehe dich nicht mehr. Hattest du nicht einmal Pläne für dein Leben?«

Julie schwieg, die Augen auf den Fußboden gerichtet.

»Oder sind das deine Pläne, mit einem schwer erziehbaren Jungen, der zweimal sitzen geblieben ist, in Berlin auf den Straßen zu leben?«

»Vielleicht Drogen zu nehmen und das tägliche Leben mit kleinen Diebstählen zu finanzieren?«, fügte ihr Vater hinzu. »Ist das deine Vorstellung von Glück?«

Julie hob den Kopf, sie schaute ihren Vater an.

»Nein«, sagte sie.

Da lächelte ihre Mutter, nahm sie in den Arm. »Na also, Kopf hoch, Schätzchen. Du wirst ihn ganz schnell vergessen.«

Julie wusste, was ihre Vorstellung von Glück war. Dieses Flussufer, dieses Licht über dem Wasser und ein Junge, der ihr in die Augen sah und dabei Gedichte zitierte. Ihre Eltern hatten nicht die geringste Ahnung.

Julie fand es unglaublich, mit welcher Geschwindigkeit und Beharrlichkeit sich ihre Eltern in den nächsten Tagen hinter das Projekt klemmten. Jeden Abend eine neue Information, jeden Abend ein Schritt weiter. Und sie hatte nichts, was sie dem entgegensetzen konnte, außer ihrem Willen, nicht wegzufahren. Das nicht mitzumachen. Aber ihre Eltern lächelten nur, wenn sie es sagte, und kümmerten sich nicht darum. Sie hatten schon überall herumerzählt, dass Julie ein Jahr nach Amerika gehen würde. Alle sagten, dass sie Julie um die Chance beneideten. Dass so etwas später im Lebenslauf einen unheimlich guten Eindruck machen würde. Als wenn das wichtig war. Sie wusste ja nicht einmal, was sie später werden wollte.

Ihre Eltern entschieden sich schließlich für eine Familie, die in Connecticut wohnte, im Bundesstaat New York. Bis nach New York City waren es von dort vier Stunden Auto- oder Bahnfahrt. Die Schule, die Julie besuchen sollte, war eine der ältesten und angesehensten High Schools im ganzen Staat New York. Die George School sah auf den Fotos imposant aus. Zweistöckige Bauten aus der Jahrhundertwende, viktorianisch verschnörkelt, inmitten des Campus-Geländes. Es gab alles, was man sich nur wünschen konnte. Hockey- und Tennisplätze, Outdoor- und Indoor-Pool, Speisesäle, Theater, Computerräume und ein Labor für Experimentalphysik, was immer das war.

Julie musste zugeben, dass sie so eine Schule noch nie gesehen hatte. Sie sollte bei einer Familie wohnen, in einem großen Haus mit einem Hund und drei Brüdern, neun, sechzehn und achtzehn Jahre. Der Mittlere, Sydney, besuchte auch die George School. Mit dem Bus waren es bis dorthin nur fünfzehn Minuten. Julie verstand nicht ganz, warum sie ausgerechnet in eine Familie sollte, wo es kein Mädchen gab. Aber allmählich wurde ihr klar, dass ihre Mutter wohl glaubte, bei Jungen müsse sie sich mehr zusammenreißen. Denen könnte sie nichts vorheulen. Und den »Liebeskummer«, wie sie es nannte, vergessen. Es war schon ziemlich raffiniert.

Julies Pech war, dass sie alle Arbeiten verhaute. Ihr gelang nichts. Nicht einmal der Deutschaufsatz bekam eine gute Note. Der Aufsatz war eine Sechs. Sie hatte, so schrieb der Lehrer unter die Arbeit, das Thema verfehlt. In Mathe schaffte sie gerade eine Vier minus und auch die Geoarbeit war ein Desaster. Kein Wunder, sie konnte sich auf nichts mehr konzentrieren. Jeden Tag, wenn sie die Schule verließ, schickte sie ein Stoßgebet zum Himmel: Bitte, lass Joe da stehen. Bitte mach, dass Joe wieder am Tor steht.

Aber Joe zeigte sich nicht. Und wenn sie bei ihm anrief, war er nicht am Apparat. Einmal fuhr sie hin, klingelte unten an der Eingangstür, aber niemand drückte auf den Summer, um sie hereinzulassen. Keiner zu Hause.

Keiner zu Hause?

Die Leute, bei denen Julie ein Jahr verbringen sollte, hießen Davenport: Sue und Richard Davenport, beide waren Immobilienmakler in einer eigenen Firma... Total US-like, dachte Julie und war fassungslos. Die Jungen, außer Sydney: Jason und Mike. Der Hund: Smokey, ein Golden Retriever. Sie kam sich vor wie jemand, der ins Kino geht, aber in den falschen Film geraten ist.

Doch die Dinge verselbstständigten sich. Julie hatte dem Gang der Ereignisse nichts mehr entgegenzusetzen. Zumal es auch weiterhin keinen Kontakt gab zu Joe. Kein Anruf von ihm. Kein Brief. Wie sollte Julie das durchhalten? Wie sollte sie sich gegen die Eltern stemmen, allein?

Julie rechnete damit, dass sie zum Ende der Sommerferien nach Connecticut fliegen sollte, aber eines Tages kam ihr Vater triumphierend mit einem Flugticket der American Airlines nach Hause, und das war ausgestellt auf den 15. Juni. Da wurde Julie krank. Sie bekam hohes Fieber. Der Arzt wurde geholt. Er untersuchte sie. Er legte seine kühle Hand auf ihre heiße Stirn.

»Ich hab gehört, du gehst für ein Jahr in die USA«, sagte er. Julie schloss die Augen und drehte den Kopf weg.

»Ist es das?«, fragte der Arzt. »Bist du deshalb krank? Willst du nicht hin?«

Julie öffnete die Augen und schaute den Arzt an. Sie kannte ihn schon lange. Er kam immer, wenn einer in der Familie krank war.

»Du willst nicht nach Amerika?«, fragte der Arzt.

Sie schüttelte den Kopf.

Da legte er noch mal seine kühle Hand auf ihre Stirn.

»Manchmal«, sagte er, »wird das am schönsten, auf das man sich am wenigsten gefreut hat.«

An diesem Abend rief Florence bei ihr an. Sie wollte hören, wie es ihr ging, und sie erzählte ihr, dass sie Joe gesehen hatte in der Stadt, zweimal kurz hintereinander. Sie sagte, dass er ziemlich fertig ausgesehen habe, und Julies Herz krampfte sich zusammen, als sie das hörte.

Zwei Tage vor der Abreise legte Julie einen Zettel auf den Küchentisch. Ihre Eltern waren nicht da.

Sie schrieb: »Ich bin bei Joe. Ich will nur Tschüs sagen. Julie.«

Sie zog ihre neuen Jeans an, einen neuen Ringelpulli, sie hängte ihren Freizeitrucksack über die Schulter und fuhr los.

In ihrem Rucksack war ein Geschenk für Joe. Es war ihr vor ein paar Tagen eingefallen, dass sie Joe etwas schenken sollte. Damit er sie nicht vergisst. Sie hatte in einem Laden einen Berliner Bären gekauft. Er war ziemlich teuer. Der Bär steckte in ihrem Rucksack.

Joe öffnete die Tür. Er trug Boxershorts und ein weißes T-Shirt, das übersät war mit braunen Flecken. Er war barfuß.

Er zog die Tür hinter sich zu und trat zu ihr hinaus in den Hausflur, als wolle er nicht, dass sie einen Blick in die Wohnung werfe. Auf dem Treppenabsatz standen zwei leere Bierkästen und vier Paar Kindergummistiefel, ein schmaler Rennradreifen lehnte an der Wand. Julie sah das alles und sah es auch wieder nicht, weil sie Joe anschaute. Joe wirkte, als habe er eine Woche lang nicht geduscht. Sie umklammerte den Rucksack mit dem Berliner Bären, als müsse sie sich daran festhalten.

»Tut mir Leid«, sagte sie mit kleiner Stimme.

»Was?«, fragte Joe.

»Alles. Das mit Berlin besonders«, sagte Julie.

Joe schaute an sich herunter. Ihm fiel wohl erst jetzt auf, was er für Zeug trug. Er blickte zur Tür. Die war zu.

»Scheiße«, murmelte er und fuhr sich durchs Haar. »Oh, verdammte Scheiße.«

»Ich geh schon wieder«, sagte Julie. Sie öffnete ihren Rucksack und zog das Geschenk heraus. In blau schillerndem Papier mit gelber Seidenschleife. Sie streckte es Joe entgegen.

»Für dich. Nichts Besonderes. Ein kleines Geschenk.«

Joe schaute sie an. Er hatte schwarze Augenränder und das Weiße in seinen Augen war durchzogen von feinen roten Fäden. Entweder, dachte Julie, hat er die ganze Nacht an irgendwas gearbeitet oder getrunken. Sie wusste plötzlich nicht mehr, warum sie gekommen war.

»Soll ich das jetzt hier gleich auspacken?«, fragte Joe, mit dem Geschenk in der Hand.

Julie zuckte unschlüssig mit den Schultern. »Kannst du auch später machen.«

»Ich hab den Schlüssel innen stecken lassen«, sagte Joe. »Und jetzt ist die Tür zu. Ich wollte gerade unter die Dusche.«

»Tut mir Leid«, sagte Julie.

»Ich weiß nicht, was ich jetzt machen soll«, sagte Joe. Er schaute immer wieder die Tür an, als könnte die ihm eine Antwort geben.

»Ich bin, seit das mit Berlin nicht geklappt hat, ein bisschen von der Rolle«, sagte Joe, und zum ersten Mal schaute er Julie bewusst an. »Ich weiß auch nicht. Es ist alles… so…« Er hob die Schultern. Er lächelte. Jetzt sah er wieder aus wie der Joe, den Julie kannte. Wie der Joe, nach dem sie immerzu Sehnsucht gehabt hatte.

»Man hört und sieht nichts von dir«, sagte er.

Julie nickte. »Gleichfalls«, entgegnete sie und sah ihn an. »Warum hast du dich nicht gemeldet«, fragte sie. »Und du bist nie ans Telefon gegangen. Ich habe immerzu versucht, dich zu erreichen.«

»Ich konnte nicht. Ich war jeden Tag in der Schule.«

»Wow«, sagte Julie. Dabei wusste sie, dass es nicht stimmen konnte. Ihre Mutter hatte ihr am Vortag erzählt, dass Joe seine letzte Chance bei Don Corleone verspielt hatte. Er sollte endlich einen Mathetest nachschreiben, Don Corleone war extra nachmittags in die Schule gekommen, um das mit ihm durchzuziehen, er hatte eine Stunde gewartet. Und dann meldete Joe sich auf dem Handy und sagte lakonisch, dass er es nicht schaffe. »Da war für Donald die Schmerzgrenze erreicht«, hatte ihre

Mutter gesagt. Aber Julie hatte das Gefühl gehabt, dass ihre Mutter wie immer übertrieb.

»Wie klappt's denn in der Schule?«, fragte Julie betont gleichgültig. Sie schaute dabei auf die bunten Kindergummistiefel neben der Nachbartür. Vier Paar. Sie musste an Schneewittchen und die sieben Zwerge denken.

»Geht so«, sagte Joe. »Schule ist nicht mein Ding, aber ich arbeite an was.«

»Aha«, sagte Julie.

»Deshalb siehst du mich so …« Er deutete verlegen auf sein Outfit und grinste plötzlich. »Das Letzte, was ich mir gewünscht habe, ist, dass du mich so siehst. Und ich kann nicht mal rein«, er deutete wieder auf die Tür, »und mir was Anständiges anziehen.«

»Für mich ist das okay«, sagte Julie.

Joe schaute sie an. Dann schüttelte er den Kopf. »Stimmt doch gar nicht. Für dich ist das überhaupt nicht okay. Du lebst doch irgendwie … im Äußeren.«

»Was tu ich?«, fragte Julie empört.

»Im Äußeren seid ihr gefangen, du und deine Eltern. Für euch zählt nur der Eindruck, den einer auf andere macht.« Er lachte traurig. »Was dir fehlt, ist Durchblick, der Überblick …«

Julie merkte, dass sie begann, sich zu ärgern. Er legte sich etwas zurecht, was auf sie absolut nicht zutraf. Und sie wusste, dass sie sich nicht zu verteidigen brauchte. So sagte sie: »Ah, und den hast du also. Den Durchblick.«

»Ich arbeite jedenfalls dran«, sagte Joe. »Aber das ist verdammt hart. Da muss man durch ziemlich viel Morast waten.«

Deshalb sind deine Füße auch so dreckig, wollte Julie bissig antworten, aber sie behielt das lieber für sich, weil es ja »was Äußeres« war.

Joe riss das Geschenkpapier auf und holte den Berliner Bären heraus.

Sein Gesicht verdunkelte sich. »Was soll das denn?« Er starrte sie an.

Julie lächelte jetzt, ein bisschen hilflos. »Ich dachte, weil wir doch zusammen nach Berlin wollten.«

»Mit der Betonung auf ›wollten‹«, sagte Joe grimmig. »Jetzt willst du ja nach Amerika. Und es sieht nicht so aus, als wenn das ein Trip ist, den wir zusammen machen.«

»Nein«, sagte Julie. »Aber es liegt nicht an mir.«

Joe hörte nicht hin, er drehte den Bären in der Hand, plötzlich holte er aus und schlug das Stofftier gegen die Türfüllung. Julie sah, wie der Kopf des Bären sich verformte, ihr wurde heiß. »Warum machst du das?«, schrie sie.

»Weil ich Lust dazu hab«, sagte Joe.

Sie riss ihm den Bären aus der Hand. »Bist du verrückt?«

»Kann schon sein«, sagte Joe. »Und? Was wär daran so schlimm?«

»Was daran schlimm wäre?« Julie starrte ihn an.

Joe lächelte, es wirkte verkrampft, mehr noch, Julie fand auf einmal, dass sein Lächeln zu einer Grimasse wurde.

Aber er kriegte sich wieder ein. »Es geht also los?«, fragte er. »Das Plüschding da ist so was wie ein Abschiedsgeschenk?«

»Ich fliege morgen.«

»Oh! Du fliegst morgen! Klingt wie aus einer amerikanischen Soap, oder? Und dieser Bär da ist der Ersatz für dich, oder was?«

»Red keinen Unsinn«, flehte Julie, »Joe, ich wollte…«

»Den soll ich abends mit ins Bett nehmen, oder was? Soll mit dem knutschen, oder? Weil du ja nicht da bist.«

»Mann! Hör auf!«, zischte Julie. »Bist du betrunken?«

»Ich bin nie betrunken«, sagte Joe. Er fuhr sich durch die

Haare. »Ich hab was getrunken, das stimmt, aber um betrunken zu werden, brauche ich mindestens…«

Julie hatte keine Lust mehr, ihr Herz schlug, aber nicht vor Trauer, sondern vor Wut. Das war nicht ihr Joe. Dieser Junge besaß zwei Gesichter, sie hatte sich in eines davon verliebt, aber das andere… es gehörte irgendwie auch zu ihm. Sie war so hilflos auf einmal. Und so verzweifelt. Dies andere Gesicht… es war das, was ihre Eltern immer meinten, wenn sie über Joe sprachen, und es schien Julie, als würde es Joe mehr und mehr ausmachen, mehr und mehr Besitz von ihm ergreifen. Und es war zugleich, als würde dies sie, Julie, von ihm entfernen. Mehr und mehr.

»Guten Flug«, sagte Joe.

»Danke«, sagte Julie.

Sie wollte sich umdrehen, aber da packte Joe sie an den Schultern und zog sie zu sich heran.

»Du hast nicht gekämpft«, sagte er leise. »Du warst feige, du hast nicht um uns gekämpft. Du tust am Ende immer nur, was deine Eltern sagen. Du lässt dich auf dem Bahnhof abführen wie ein Opferlamm. Du tust auch in zwanzig Jahren noch, was deine Eltern wollen.«

»Das ist doch Unsinn!«

»Du bist ein Mamikind!«, sagte Joe. Er grinste plötzlich. »Ein Mamikind!«

Julies Gesicht war glühend heiß. »Meine Eltern lieben mich, ist das so schlimm?«

Sie war ganz steif in seiner Umarmung, wollte sich losmachen. Aber Joe hielt sie fest.

»Deine Eltern lieben dich. Aber hallo, das ist toll, das ist wirklich toll. Deine Eltern lieben dich, und Joe Leinemann liebt dich, aber das zählt nicht. Du fliegst ja morgen. Geht's über New York?«

Julie nickte, die Lippen fest zusammengepresst, wandte sich ab. Sie fand, dass Joe nach Alkohol roch und nach Schweiß und Tabak. »Schick«, sagte Joe, »tolle Stadt. Grüß schön von mir.«

»Joe, lass mich los.«

»Klar, du musst ja gehen.« Joe stieß sie so heftig von sich weg, dass sie gegen das Treppengeländer prallte. »Guten Flug«, presste er hervor.

Julie starrte ihn an.

»Das hat wehgetan«, sagte sie.

Joe lächelte. »Ach ja? Oh Mann, tut mir Leid.«

»Es tut dir nicht Leid«, sagte sie. »Du zerstörst alles, was schön war.«

Er antwortete nicht. Sie sah, wie sein rechter Fuß sich auf den Bären stellte, es war kein Versehen, er musste es merken, dass sein dreckiger Fuß auf den Bären trat. Er wollte es so.

»Ich geh jetzt«, sagte Julie.

»Ja«, sagte Joe. »Geh.«

Julie bückte sich, sie zerrte den Stoffbären unter seinem Fuß hervor und drückte ihn an sich.

Joe schaute ihr mit einem grimmigen Lächeln zu.

»Ich nehm ihn wieder mit.«

»Klar«, sagte Joe.

»Weil du das alles ja sowieso nicht willst«, sagte Julie.

»Hab ich nicht gesagt.«

»Hast du schon.«

»Ganz wie du meinst«, sagte Joe.

Es war verrückt, sie standen da und hatten sich nichts mehr zu sagen. Oder sie hatten Angst, sich etwas zu sagen.

Oder... es war da noch etwas, etwas Unberechenbares, das in der Luft lag. Etwas, vor dem Julie sich auf einmal fürchtete.

Sie überlegte, ob sie Joe zum Abschied einen Kuss geben sollte, ob er das wohl erwartete.

Aber sie konnte sich nicht überwinden.

Sie lief die Treppe hinunter und konnte kaum etwas sehen, weil ihr die Tränen über das Gesicht liefen.

Auf dem nächsten Absatz schaute sie noch einmal hoch. Da stand Joe, beide Hände um das Treppengeländer geklammert, und beugte sich herunter.

Sie hob den Arm, um zu winken. Er rührte sich nicht.

War es vorbei?

TEIL 2

Der Flug von Frankfurt nach New York, Kennedy Airport, dauerte sechseinhalb Stunden. Das erschien Julie eine unglaublich kurze Zeit für so einen langen Weg.

Sie saß in der 36. Reihe am Fenster. Neben ihr ein junges Pärchen, die beiden wirkten, als würden sie in den Honeymoon fliegen. Sie küssten und streichelten sich und schmusten die ganze Zeit. Es machte Julie irgendwie nervös.

Sie schaute deshalb die ganze Zeit aus dem Fenster. Sie flogen mit der Sonne, die Erde drehte sich unter ihnen weg.

Sie waren um zwei Uhr nachmittags in Frankfurt gestartet, und ungefähr vier Uhr nachmittags würde es in New York sein, wenn sie landeten.

Der Pilot hatte ihnen die Route erklärt, und auf den Monitoren lief zwischen den Spielfilmen immer mal wieder ein Band, das jeweils den genauen »Standort« des Flugzeuges auf dem Weg über den Nordatlantik markierte. Ein kleiner silberner Pfeil vor blauem Hintergrund.

Sie flogen an Island vorbei. Als die Wolkendecke aufriss, sah Julie unter sich nur Weiß. Das war das Packeis.

Sie versuchte, sich vorzustellen, wie die Menschen da unten lebten. Wie sie im Meer Robben jagten oder Wale, wie sie den eisigen Stürmen über das Land trotzten. Dann wieder Meer. Endlos.

Sie flogen an der Küste von Neufundland vorbei, über die Hudson Bay.

Nach vielen Stunden sah sie dann endlich etwas Braunes, Grünes. Land, wie sie es kannte, mit einem wärmeren Klima. Da ging es ihr etwas besser.

Es war nicht Julies erster Flug, sie war mit ihren Eltern schon nach Tunesien geflogen und in die Türkei, an den Strand von Antalya. Aber das waren kleine Chartermaschinen gewesen, Urlauberflüge, und nicht so ein Monstrum wie dieser Jumbo, in dem fast vierhundert Passagiere Platz hatten.

Zu Mittag gab es Hühnchen in Champignonsoße auf Basmatireis. Dazu Obstsalat und als Nachtisch einen Himbeerpudding.

Julie aß alles auf, was auf dem Tablett war. Sie trank eine Cola, einen Apfelsaft, ein Wasser.

Zweimal musste sie das Pärchen neben sich bitten, sie vorbeizulassen, weil sie aufs Klo musste.

Das Flugzeug zog ruhig seine Bahn, es schaukelte nie. Es flog, als führe es auf Schienen. Immer war ein leichtes, angenehmes Summen in der Luft, ein Brummen, das ihr Zuversicht einflößte. Sie hatte keine Angst, nicht einen einzigen Moment.

Dennoch war sie froh, als der Pilot durch den Lautsprecher bekannt gab: »In etwa einer Stunde werden wir New York erreichen.«

Er gab den neusten Wetterbericht durch. Wolkenloser Himmel, sagte er, leichter Wind aus Südost, bei der Landung würde es 27 Grad warm sein. Ein Sommertag.

Die Leute lächelten sich an. Und freuten sich.

Julie schaute aus dem Fenster. Sie dachte an Joe. An dieses letzte Treffen.

Jetzt, mit ein wenig Abstand, konnte sie sich nur schwer erklären, warum alles so außer Kontrolle geraten war. Sie war in den besten Absichten gekommen.

Vielleicht war es falsch gewesen, überhaupt zu ihm nach Hause zu fahren, unangemeldet, ihn zu überfallen gleichermaßen. Das hatte ihn vielleicht so aggressiv werden lassen, weil er wusste, dass er hier, in der Wohnung seiner Großeltern, keine gute Figur machte. Er ahnte, dass er Julie nicht gefallen konnte, so wie er aussah. Er ärgerte sich vielleicht, dass er am helllichten Tag schon getrunken hatte, dass sie ihm Vorwürfe gemacht hatte, weil er in den letzten zwei Wochen unerreichbar für sie gewesen war, dass er gegen ihre Trennung nichts ausrichten konnte ...

Es gab tausend Gründe, warum er nicht so cool und entspannt wirkte wie sonst. Ein anderer Joe. Ein Joe, der ihr nicht gefiel.

Vielleicht hatte er es in ihrem Gesicht gelesen.

Julie lehnte den Kopf an die Scheibe und versuchte, sich an den anderen Joe zu erinnern, an den Tag, als sie am Fluss gewesen waren. Aber immer schob sich dieses letzte Abschiedsbild davor.

Gut, dass ihre Eltern nicht erlebt hatten, wie dieser Abschied verlaufen war. Das hätte sie ihnen nicht gegönnt, es wäre für sie ein Triumph gewesen. »Wir haben es ja immer gewusst.« Nein, nur das nicht.

Ihre Eltern hatten sie auf dem Flughafen ein letztes Mal geküsst und umarmt und gestreichelt, ihre Mutter hatte Tränen in den Augen gehabt und dennoch gestrahlt. So etwas konnte nur eine Mutter.

»Ich wünsche dir eine ganz ganz wunderschöne Zeit, mein Schatz«, hatte sie geflüstert. »Genieß es, ja?«

Und ihr Vater hatte gesagt: »Ich weiß schon jetzt, dass es das schönste Jahr deiner Jugend sein wird. Amerika ist großartig! Ein fantastisches Land mit fantastischen Leuten!« Ihr Vater musste es wissen. Er war mindestens schon achtmal in Amerika gewesen, zu irgendwelchen Wirtschafts- und Währungskonferenzen.

»Bedenke, auf welch ein großartiges Abenteuer du dich begibst«, hatte er hinzugefügt, »ich würde auch gern noch einmal so jung sein wie du. Und solch eine Chance bekommen.«

Sie hatte keine Lust gehabt, wieder die alten Diskussionen aufzuwärmen. Ihre Eltern glaubten, dass sie eine tolle Zeit haben würde, Julie selbst glaubte nicht eine Sekunde daran.

Sie wollte nicht nach Amerika, und wenn die Eltern ehrlich wären, würden sie aufhören, so zu tun, als machten sie ihr ein großartiges Geschenk.

Die USA interessierten sie nicht ein bisschen, sie kannte Amerika aus all den Fernsehserien und aus den Nachrichten sowieso… und das genügte ihr.

Sie würde dieses Jahr irgendwie herumbringen, nach ihrer Rückkehr würde sie bald achtzehn sein, und dann konnte sie endlich anfangen, ihr eigenes Leben zu leben.

Das war ihr Plan. Augen zu und durch.

Sie erinnerte sich, wie Joe einmal gesagt hatte: »Wer nach Amerika geht, der muss aufpassen, dass sie ihn dort nicht versauen.«

»Wieso denn versauen?«, hatte Julie gefragt.

»Du weißt genau, was ich meine«, hatte Joe erwidert. Aber wusste sie es?

Die Anschnallzeichen leuchteten auf, und der Pilot sagte, dass sie nun mit dem Landeanflug auf den John F. Kennedy-Airport beginnen würden.

Unter den Flügeln des Jumbos tauchten die ersten roten Hausdächer auf.

Eine Viertelstunde später sagte der Pilot: »Touch down in forty seconds.« Und genau vierzig Sekunden später setzte das Flugzeug auf. Auf amerikanischem Boden.

Und über den langen Gangways, die Julie bald darauf im Strom der Passagiere entlanglief, leuchteten die Spruchbänder. »Welcome to The United States of America.«

Sue und Richard Davenport standen hinter dem Absperrgitter in der Ankunftshalle und winkten mit kleinen Sternenbanner-Fähnchen. Es war unglaublich. Sie sahen wirklich aus wie Figuren aus einer Serie: bunt und fröhlich und aufgedreht.

»Hello, we are here!«

»Huhu! Julie!«

Sie hüpften auf und ab wie Kinder, die sich freuten, dass der Weihnachtsmann kommt. Richard hielt eine Leine in der Hand, die straff gespannt war. Smokey, der Golden Retriever, zerrte und zog und japste, als könne auch er Julies Ankunft nicht erwarten. Alles in Julie wehrte sich. Dass sie den Hund mit in die Ankunftshalle gebracht hatten, war das Tüpfelchen auf dem »i«.

Sie schob den Gepäcktrolley mit ihren drei Koffern vorsichtig durch die Menge. Sie hatte vorher im Waschraum noch einmal ihr Aussehen kontrolliert. So bleich hatte sie sich selten gesehen. Ich will das alles nicht, hatte sie laut zu ihrem Spiegelbild gesagt, ich will nach Hause.

In Deutschland war es schon zehn Uhr abends, und sie konnte nicht mehr zählen, wie viele Stunden sie jetzt auf den Beinen war. Aber daher kam ihre Blässe nicht. Die kam von der Aufregung, von dem Zwang, den sie geradezu körperlich spürte. Vorhin im Waschraum hatte sich ihr Magen zusammengezogen wie eine Auster, auf die ein Tropfen Zitrone fiel.

Ich werde krank, hatte sie erschrocken gedacht. Das fehlte gerade noch.

Sie hatte sich kaltes Wasser ins Gesicht gesprüht und mit einem Papiertuch ihre Wangen gerubbelt, bis sie glühten. Etwas Lipgloss und die Wimpern getuscht. Sie hatte keine Lust, wie ein kleines krankes Hühnchen in der neuen Familie anzukommen. Ihr Ziel war, cool zu wirken. Wie jemand, den nichts wirklich beeindrucken kann. A cool German girl that cannot be easily impressed.

Der Hund sprang an ihr hoch. Er legte seine Vorderbeine auf ihre Schultern und leckte ihr Kinn. Julie zog eine Grimasse, aber sie musste grinsen, als Sue rief: »Smokey, *ich* wollte Julie zuerst einen Kuss geben.«

Sue war zierlich, hatte schwarze, dicke Locken, sie trug ein rotes Leinenkleid zu weißen Turnschuhen, und aus dem Seitenfach ihrer Umhängetasche lugte eine Flasche Evian-Wasser. Julie wusste, dass Sue einundvierzig Jahre alt war, sie hätte sie aber für viel jünger gehalten. Sie war definitiv anders als ihre Mutter. So fröhlich, so aufgekratzt, dass es unnatürlich wirkte. Sie legte ihre Hände um Julies Gesicht und schaute ihr tief in die Augen. »Willkommen, Tochter«, sagte sie warm. »Wir freuen uns, dass du unser Gast bist!« Sie sagte das auf Deutsch, und sie lachte über ihren eigenen Akzent und erzählte, dass sie sich diesen Satz selbst beigebracht hatte, für den Empfang. Das sagte Sue auf Englisch, aber sie sprach langsam und deutlich. Julies Vater hatte gesagt, dass die Leute in Texas alle redeten, als hätten sie eine heiße Kartoffel im Mund. Aber Sue war nicht aus Texas, sie war ein East-Coast-Girl, und sie machte nach ein paar Sätzen eine Pause.

»Du verstehst alles, was ich sage?«, fragte sie.

Julie nickte. »Fast alles.«

Richard Davenport trug ausgebeulte Baumwollhosen mit vielen Taschen, ein Polohemd und Turnschuhe, wie seine Frau. Er umarmte Julie, aber er küsste sie wenigstens nicht.

»Du musst todmüde sein, Julie«, sagte er fröhlich. »Aber wir haben immer noch fast drei Stunden Autofahrt vor uns.«

Julie lächelte. »Das ist okay. Danke, dass Sie mich abgeholt haben.« Sie hatte sich vorgenommen, immer höflich zu sein. Höflich und distanziert.

Richard und Smokey führten sie zum Parkplatz. Die Davenports hatten einen riesigen schwarzen Van mit getönten Scheiben und ganz viel technischem Schnickschnack. Als Richard Davenport schon von weitem die Türen öffnete, sah Julie, dass die Sitze sich wie von Robotern gelenkt in eine andere Position brachten. Alles programmiert, alles elektronisch. Und natürlich gab es auch eine Klimaanlage. Es war Platz für acht Personen. Es war ein Fernseher an Bord. Und eine Bar. Und dann hatte der Wagen natürlich auch GPS, »global positioning system«.

Es war genau wie in der Werbung. Alles zu groß, zu schick, zu übertrieben. Dieser Van mit den abgedunkelten Scheiben war der größte auf dem Parkplatz, mit den wahnsinnigsten Reifen, so groß wie bei einem Laster und mit Angeberfelgen, und natürlich brauchte dieser Van zwei Parkplätze.

Julie war es so peinlich, dass sie jetzt für die Tochter dieser »Eltern« gehalten wurde, dass sie den Kopf zwischen die Schultern zog und sich so klein wie möglich machte.

»Well, Sweetie«, rief Sue, »hop in! And make yourself feel at home.«

Für die Amerikaner ist das Auto ja das halbe Zuhause, das war bekannt, dieses war ein ganzes Zuhause. Der Fernseher lief, irgendwelche Videoclips, wenigstens leise gestellt, die Bar war rammelvoll mit Getränken, in einer Kiste waren Popcorn und Chips, luftdicht in schicken knisternden Tüten verpackt.

Richard Davenport thronte auf dem Fahrersitz und lenkte den schweren Wagen mit dem kleinen Finger der rechten

Hand. Eine super Servolenkung, offenbar babyleicht zu fahren. Der Wagen machte überhaupt kein Geräusch, jedenfalls war im Innern nichts zu hören. Dafür brauchte das Teil wahrscheinlich zwanzig Liter Benzin auf hundert Kilometer.

Julie setzte ihr hochmütiges Gesicht auf und schaute sich nicht weiter um, so als wäre sie seit dem Kindergartenalter in solchen Autos herumgefahren worden.

I'm not impressed.

Sue, die vorne neben Richard saß, drehte sich alle zwei Sekunden zu Julie und fragte, ob auch alles okay sei.

Julie hatte Durst, sie nahm sich aus der Bar einen Orangensaft, zog verstohlen ihre Schuhe aus, weil ihre Füße ungefähr zwei Nummern angeschwollen waren, und machte Fußgymnastik, während draußen die Sommerlandschaft vorbeizog.

Richard schlug vor, dass sie irgendwo halten sollten, um etwas zu essen, aber Julie hatte keinen Hunger. Sie wollte eigentlich so schnell wie möglich ankommen, um zu wissen, wo sie die nächsten zwölf Monate überleben musste.

»Die Jungs«, sagte Sue, »freuen sich schon unheimlich. Sie haben das ganze Wochenende ihre Zimmer aufgeräumt.« Sie lachte. »Schon dafür hat es sich gelohnt, dass du gekommen bist. Sie haben es nur deinetwegen getan.«

»Sie wollen einen guten Eindruck machen«, sagte Richard. »Aber lass dich davon nicht blenden. Es sind chaotische, unerzogene, laute, selbstzufriedene amerikanische Jungs.« Er musterte sie durch den Rückspiegel. Julie lächelte, weil sie annahm, Richard meinte das ironisch.

Er nickte. »Wir werden eine gute Zeit haben, that's for sure.«

Julie war nicht so sicher, aber sie sagte lieber nichts.

Sie fuhren über achtspurige Autobahnen und eine Weile konnte man die Skyline von Manhattan in der Ferne sehen. Richard und Sue machten sie immer wieder darauf aufmerksam, und wirklich war es ziemlich beeindruckend, aber Julie tat, als ließe sie das alles völlig cool.

»You are tired, darling«, sagte Sue mitleidig, dabei war Julie nicht müde, über diesen Punkt war sie lange hinaus, sie wollte nur nicht so fröhlich sein wie dieses amerikanische Ehepaar, das sich ständig so benahm, als hätte es in einer Fernsehshow irgendwas gewonnen, entweder den Hund oder ihr Auto oder sich gegenseitig.

Julie hatte noch nie Leute erlebt, die so penetrant fröhlich waren wie Richard und Sue.

Das halte ich nicht lange aus, dachte sie.

Dann drehte Richard am Radio, und als er schließlich einen Sender gefunden hatte, der nur Countrymusic spielte, sang er die Texte mit. Das gab ihr den Rest.

Richard trommelte den Rhythmus auf das Lenkrad und schmetterte all die Songs von Golden Sunsets und Walking Back Home mit seiner dunklen, durchdringenden Stimme, und Julie hatte den brennenden Wunsch, sich die Ohren zuzuhalten.

Aber sie dachte, das kann ich nicht bringen. Das wäre einfach zu unhöflich. Ich bleibe lieber cool. Und tu, als würde ich das gar nicht hören. In ein Ohr rein, aus dem anderen wieder raus.

Jason, Sydney und Mike standen wie ein Empfangskomitee vor der Haustür, als der Van in die Garageneinfahrt einbog.

Eine Musterfamilie aus dem Bilderbuch. Jungs, denen man ansah, dass sie ihre Freizeit an der frischen Luft verbrachten, mit praktischem Kurzhaarschnitt, im Nacken ausrasiert, mit colgateweißen Zähnen, die jeden Morgen garantiert mit Zahnseide gepflegt wurden, und dazu in frischen Polohemden, Bermudas mit Bügelfalten, weißen Baumwollsocken und sauberen Turnschuhen – so standen sie auf der obersten Treppenstufe eines schneeweißen Hauses und strahlten.

Das halte ich alles nicht aus, dachte Julie.

Flüchtig fiel ihr Joe ein. Dieses müde, verschlafene Gesicht, die tiefen Ränder unter den Augen, sein schlaksiger Körper, die schmalen, leicht herunterhängenden Schultern. Komisch, es mochte sein, wie es wollte zwischen ihnen, doch so ein Typ wie er erschien ihr irgendwie »menschlicher« als diese Jungs.

Das Haus, das den Davenports gehörte, war eine Angebervilla. Daheim, in dem Stadtteil, in dem Julie wohnte, gab es nicht ein einziges Privathaus, das mit diesem Protzkasten mithalten könnte. Julie dachte an Florence. Der würden die Augen aus dem Kopf fallen, Florence wäre das alles hier nicht peinlich, das war klar. Aber sie war nun einmal Julie.

Das Haus lagerte etwas erhöht auf einer riesigen Rasenfläche, breit und ausufernd, mit tief hängendem grauen Schieferdach und einer Haustür, die besser zu einer Ritterburg gepasst hätte, und ringsum war das Grundstück begrenzt von Büschen und Bäumen, genau wie alle anderen Grundstücke rechts und links der breiten Allee.

Dicke Autos, Jeeps, Pick-ups und Vans parkten am Straßenrand. Die Bürgersteige waren so breit, dass zwei Mütter mit Zwillingskinderwagen leicht aneinander vorbeikonnten. In jedem Vorgarten stand ein Schild, auf dem WARNING stand. Und dann stand darunter »Neighbour Watch«. Julie hatte keine Ahnung, was das zu bedeuten hatte. Sie nahm aber an, dass damit Diebe abgehalten werden sollten.

Richard hupte fröhlich und Sue drückte alle Fensterscheibenknöpfe und streckte beide Arme winkend aus dem Fenster.

»Also, das sind sie!«, sagte sie fröhlich, sich zu Julie umdrehend, »das sind meine Jungs.«

Julie winkte ebenfalls aus dem Fenster, weil sie annahm, dass man das von ihr erwartete. Es war beklemmend, diese drei Typen da so aufgereiht zu sehen, zu ihrem Empfang abgestellt. Drei Jungs, mit denen sie jetzt ein Jahr lang das Badezimmer, die Küche, die Eltern und den Hund teilen würde.

Sie merkte, wie ein Kloß in ihrem Hals immer dicker wurde. Am liebsten hätte sie geheult.

Alles, was sie kannte, war auf der anderen Seite der Welt, und alles, was sie hier sah, war genau so, wie sie es erwartet hatte. Sie kam sich so unendlich allein vor. Sie schaute mit tränenverschleierten Augen diese drei Jungen an und dachte: Hey, das ist nicht mein Film.

Aber Richard hatte schon die Türenautomatik gedrückt, und Smokey hüpfte aus dem Wagen, um die drei Jungen mit mächtigen Freudensprüngen zu begrüßen.

Sydney und Mike waren riesengroße, athletische Jungen, braun gebrannt, blond und sommersprossig. Sydney, der mittlere, hatte sich eine Sonnenbrille ins Haar geschoben. Sie sahen aus wie in den Baywatch-Filmen, die Julie früher mal geguckt hatte.

Der kleine Jason bückte sich, um Smokey zu kraulen, aber die beiden anderen kamen auf sie zu. Sydney hatte die Hände tief in den Hosentaschen, aber er nahm sie sofort heraus, als sein Vater nur mal kurz einen warnenden Blick losließ. Er baute sich vor Julie auf. Er strahlte. »Hi, Julie«, sagte er. »Welcome to your new home.«

Julie lächelte verlegen. »Thanks«, sagte sie.

»This is a great place to stay«, sagte Mike, als er ihr die Hand reichte. Er hatte einen Händedruck wie ein Gewichtheber. Und Julie zuckte zusammen, als er ihre Finger quetschte.

»Thank you«, stammelte Julie.

Jason ließ den Hund los und rannte auf sie zu. Fast warf er sich ihr an den Hals. »You look nicer than on the photos«, sagte er und grinste frech.

Seine Mutter lachte. »She looked nice on the photos too, son«, sagte sie fröhlich.

Richard hob Julies Koffer aus dem Wagen.

Er fragte Julie, ob sie die Jungen verstehen könne. »Yes«, sagte Julie. »If they talk slowly.«

Richard gab seinen Söhnen die Anweisung, langsam mit Julie zu sprechen.

»What do you want to see first?«, fragte Sydney. »The garden? The house? The pool?«

Sie hatten sogar einen Pool! Es war ein bisschen wie Hollywood. Aber Julie merkte bald, dass alle Häuser in dem Ort so einen großen Garten, eine unglaubliche Terrasse mit Barbecue und ein so genanntes »Green« hatten, auf dem die Golfer das Einlochen üben konnten.

Es war klar, dass Sydney sich am meisten um Julie kümmern sollte, er war so alt wie sie, er würde in die gleiche Klasse gehen wie sie, mit ihr morgens im Schulbus fahren, sie in der Schule seinen Freunden vorstellen. Da dachte er wahrscheinlich, dass er sie besser sofort unter seine Fittiche nahm. Er war kein bisschen fremd oder reserviert ihr gegenüber. Er machte ihr Komplimente, er sagte, er hätte schon viel Gutes über Deutschland gehört und fände es toll, und dann, so nebenher, sagte er, dass die Deutschen gegen diesen Krieg waren, »in Iraq«, das fände er auch toll.

Julie sah ihn überrascht an. Und sie musste kurz an Joe denken, der nicht glaubte, dass es irgendeinen Amerikaner gab, der so dachte … »Die Amis«, hatte er gesagt, »brauchen alle eine Knarre in der Hand. Sonst sind sie nicht glücklich.«

Als sie bei der Hausbegehung endlich das Dachgeschoss erreicht hatten, zeigte Sydney ihr zuerst das Bad hier oben, ein riesiges Teil mit einer Wanne, in der zwei Leute gleichzeitig baden konnten, eine Extradusche und zwei Waschbecken. In diesem Haus war alles hell und riesig.

Endlich betrat sie ihr künftiges Zimmer. Es hatte zwei schöne Dachgauben, durch die man in den Garten sehen konnte, eine Tapete mit Efeuranken und eine Gardine, die das gleiche Muster wie die Tapete hatte. Das Bett war gewaltig und es gab sieben verschiedene Kopfkissen.

Julie warf einen Blick auf das Bett und verspürte den dringenden Wunsch, sich darauf zu werfen und sich einzukuscheln. Aber sie wusste, dass sie sich zusammennehmen musste.

Sydney stand, die Hände wieder tief in seinen weiten Bermudas, in der Tür.

»Do you think, it'll be okay?«, fragte er.

»It's nice«, sagte Julie höflich. »I like it.«

Sydney nickte zufrieden.

Julie zögerte. »The only thing«, sagte sie vorsichtig, »this room is so cold!«

Sydney starrte sie an. »Cold? What do you mean?«

Julie deutete auf die Klimaanlage. Und fragte, ob man sie wohl ausstellen könne. Sie hatte schon beim Betreten des Hauses eine Gänsehaut bekommen. Das ganze Gebäude war heruntergekühlt auf vielleicht achtzehn, zwanzig Grad, während es draußen sicherlich dreißig Grad waren. Im Haus brauchte man einen Pullover, draußen konnte man im Bikini herumlaufen.

Sydney konnte es nicht fassen, dass Julie die Kälte im Haus ungemütlich fand. »But it's summer!«, rief er. »You turn on the air-condition in summer!«

»We don't have one«, sagte Julie.

Sydney zeigte ihr, allerdings kopfschüttelnd, wie man die Klimaanlage ausschaltete. Er warnte sie, dass dann die Fliegen und die Mücken hereinkommen könnten, aber Julie wusste, wie man Mücken draußen hielt: Man machte abends bei offenem Fenster einfach kein Licht an.

»But how can you live without air-condition?«, fragte Sydney, immer noch fassungslos.

Julie musste an ihren Vater denken, der hatte sie gewarnt, dass die Amerikaner ihre Wohnungen und Büros zu Kühlschränken machten im Sommer. Wie sie überhaupt sorglos Energie verbrauchten, indem sie nachts alle Lampen in den Büros anließen, obwohl kein Mensch mehr darin arbeitete. Einfach nur, weil es so toll aussah, wenn die ganze Stadt von oben bis unten nachts leuchtete...

Die Koffer standen schon mitten im Zimmer. Sydney half ihr, einen von ihnen auf das Bett zu wuchten.

Als sie ihn aufschloss und den Deckel hochklappte, sagte Sydney: »Okay, I leave you now.« Er sagte ihr, dass es um acht Uhr Abendessen gäbe.

Julie konnte sich überhaupt nicht vorstellen, dass sie noch etwas runterkriegen würde. Acht Uhr abends, das war nach deutscher Zeit zwei Uhr morgens! Da hatte sie normalerweise ihre Tiefschlafphase...

Als es acht Uhr war, ging sie nach unten in das Esszimmer neben der Küche. Es gab Spagetti. Julie hatte mit Pommes und Ketschup gerechnet, aber die Spagetti waren mit frischen Florida-Tomaten zubereitet und schmeckten fast wie bei ihrem Lieblingsitaliener in der Nibelungenstraße. Mike legte eine CD von Elton John auf, weil Sue für Elton John schwärmte. Und weil sie keinen Rock oder Hip-Hop beim Essen wollte. Und offensichtlich richteten sich die Jungen danach.

Julie stellte fest, dass Richard und Sue ein ganz lockeres freundschaftliches Verhältnis zu ihren Söhnen hatten.

Wenn sie ihre Autorität ausspielten, dann passierte das so diskret, dass Julie es kaum mitbekam.

Die Jungen deckten den Tisch, schenkten Wasser und Tee ein, gingen mit der Spagettischüssel von Platz zu Platz. Unter dem Tisch lag Smokey und machte nicht ein einziges Mal den Versuch, zu betteln.

Die Hunde ihrer Freunde hatten ihre Schnauze immer auf Tischkantenhöhe, mit flehenden »Blicken« auf die Teller.

Eine Stunde später konnte Julie endlich die Tagesdecke von ihrem Bett ziehen und sich in die Daunen kuscheln.

Sieben Kopfkissen! Irgendwie peinlich.

Sie schlief sofort ein.

Als sie aufwachte, schien die Sonne ihr direkt ins Gesicht. Sie schaute auf ihre Uhr. Die war noch nach deutscher Zeit gestellt. Zu Hause war es jetzt nachmittags um zwei.

Als sie schlaftrunken ins Bad wankte, hörte sie, wie Sydney mit jemandem redete.

Immer wieder fielen die Worte »Germany« und »German girl«. Sydney sagte, er habe keine Zeit, sich zu verabreden. Sie hatten Besuch, um den er sich kümmern müsse. So sei das jetzt eben. Julie kam sich etwas mies dabei vor, dass sie versuchte, Sydneys Telefongespräch zu belauschen. Aber sie musste einfach wissen, wie die hier im Haus von ihr dachten, vielleicht gab es ja hinter all der amerikanischen Freundlichkeit noch etwas, das sie auf Anhieb nicht mitbekam ... Dabei verstand sie vieles nicht, weil Sydney schnell sprach. Er war in seinem Zimmer neben dem Bad. »I can't leave her alone the first days«, sagte er.

»She doesn't know anybody here.« Stimmt, dachte Julie, ich kenn keinen anderen Menschen. Ich weiß noch nicht mal, wie die Gegend aussieht, in der ich gelandet bin. Ich kenne nur das, was ich vom Auto aus gesehen hab. Schon ganz schön komisch. Als wär man mit dem Fallschirm über einem fremden exotischen Land abgeworfen worden.

»My parents want me to do this«, sagte Sydney, er sagte es ziemlich laut, so als wolle er, dass seine Eltern es hörten. Sie hatten ihn also dazu verdonnert, sich um Julie zu kümmern.

Dann hörte sie Sydney gleichmütig sagen: »Oh, she's quite normal, I suppose.«

Julie streckte sich selber im Spiegel die Zunge raus. »Du bist normal, Julie«, sagte sie. Und zog eine Grimasse. »Hey, ist das nun toll oder nicht?« Sie sah blass aus, ziemlich übernächtigt.

»She's German«, sagte Sydney, »you know how Germans are.«

Was?, dachte Julie. Wieso? Wie sind denn Deutsche? Was meint er jetzt damit?

Auf Zehenspitzen trat sie nah an die Tür heran, um besser zu hören. Doch Sydney hatte seine Stimme gedämpft oder eine andere Position eingenommen. Nichts zu machen. Aber sie konnte sich auch nicht vorstellen, dass Sydney ihr gestern nur einen Gefallen tun wollte – sicher ging es in dem Gespräch gerade um irgendeine so genannte »deutsche Tugend«. Sie hatte seinen Blick gesehen, als sie gestern ihren Koffer öffnete. Alles sehr ordentlich!

Als sie angezogen in ihrem Zimmer auf dem Bett saß, wurde es lauter im Haus. Stimmen waren zu hören, Lachen. Der Hund bellte. Sie hörte, wie ein Auto gestartet wurde. Ein Fenster flog im Wind, oder vielleicht waren es auch die Holzläden, die man vor den Fenstern schließen konnte. Sydney hatte ihr erklärt, dass es in dieser Gegend im Herbst heftige Stürme gab. Auch das würde sie erleben. Sie würde den ganzen Sommer hier sein, den Herbst mit seinen Stürmen und den Winter, der »icy cold« war im letzten Jahr. Und in den Jahren davor. Erst wenn das Frühjahr vorbei war, würde »ihr Jahr« hier um sein, und sie könnte diese Koffer, die sie in der Ecke ihres Zimmers gestapelt hatte, wieder vorholen.

Julie spürte auf einmal einen Druck in der Magengegend und eine Übelkeit, die in ihr aufstieg. »Oh Gott«, dachte sie.

Da klopfte es.

»Julie?«

Das war Sydney.

Sie sprang sofort auf, fuhr sich mit den Händen durch die Haare und lief zur Tür.

»Hi!«, rief sie, ein bisschen zu gut gelaunt, um frech zu wirken.

Sydney musterte sie. »Everything okay?«, fragte er besorgt. Offenbar sah er ihr die Anstrengungen der Reise an.

»Oh Yes! Yes!«, rief Julie. Sie wollte nicht, dass er dachte, sie sei wehleidig. Haltung zeigen, war die Devise.

Sydney fragte sie, ob sie gut geschlafen habe. Julie nickte, aber er glaubte ihr das nicht.

Julie wollte sagen, dass alles eben ein bisschen ungewohnt für sie sei, aber ihr fiel nicht das richtige Wort ein. Also sagte sie: »Everything here is so strange.«

»Strange?«, fragte Sydney verblüfft. »You think, we are strange?«

Julie hob die Hände, seufzte und lief dann zu ihrem Schreibtisch, auf dem sie das dicke Wörterbuch abgelegt hatte.

Während Sydney in der Tür wartete, blätterte sie hektisch in dem Wörterbuch herum und blickte dabei entschuldigend kurz zu ihm hinüber. Er hielt einen Stapel Badetücher im Arm.

»Unusual«, sagte Julie. »This is the right word.«

»Ah«, Sydney lächelte. Er reichte ihr die Handtücher. Er sagte ihr, dass das die Badetücher für den Pool seien, und erklärte, dass seine Eltern das Haus schon verlassen hätten, wegen eines wichtigen Kundentermins. Sie würden gegen zwölf zurückkommen.

Richtig, dachte Julie, die Eltern von Sydney waren ja Makler, und heute war Samstag, da machten sie wahrscheinlich gute Geschäfte. Wie sie offenbar überhaupt gute Geschäfte zu machen schienen, wenn man sich das Haus und das ganze Drumherum so ansah...

Also Samstag, es gab keine Schule und die Sonne schien.

»We can have breakfast now and go to the pool after that«, sagte er. »Or whatever you like.«

Julie verstand ihn immer besser. Sie schaute ihm auf die Lippen, wenn er sprach. Und er sprach sehr deutlich und langsam, und er breitete dabei die Arme aus, als wolle er sagen: Mir ist alles recht. Das Leben kann so einfach sein.

Erst also frühstücken und dann Pool.

Wieso nicht?

Dieses war ihr erster von 365 Tagen in Amerika.

Am zweiten Tag kauften sie Julies Schuluniform. In Wilmore gab es ein Geschäft, das »Bransons«, in dem man Schulkleidung für alle umliegenden High Schools und Colleges bekommen konnte.

Die Uniform der George School, die Julie besuchen würde, hatte sich anscheinend in den letzten hundert Jahren kaum verändert: dunkelblaue Hosen oder Faltenröcke, weiße Blusen oder Polohemden, ein Blazer mit Wappen, Sweatshirts in Weiß mit blauem Aufdruck und in Blau mit weißem Aufdruck: George School, Wilmore.

Julies Eltern hatten für die Schulkleidung extra Geld mitgegeben, und Julie hatte insgeheim gehofft, dass genug übrig bleiben würde für Klamotten, die ihr wirklich Spaß machten. Aber ihr Geld schmolz dahin, weil Sue immer noch etwas fand, das sie unbedingt brauchen würde: Bermudas, Trainingsanzug, Regenjacke.

Mit zwei riesigen Tüten kamen sie Stunden später wieder nach Hause.

Julie musste abends beim Essen der Familie ein paar ihrer neuen Sachen vorführen. Sue war begeistert und Richard lächelte zufrieden.

Einmal fing Julie den Blick von Sydney auf. Er schaute sie mit großen Augen an. Dann aber sah er schnell wieder weg.

Er mag mich nicht, dachte Julie.

Er findet, ich seh blöd aus in den Sachen.

Sie zog sich schnell wieder um.

Als sie wieder ins Zimmer kam, fragte Sydney, ob sie auch Lust auf einen Banana Split habe. Sie hatte keine Ahnung, was das war.

Deshalb nahm er sie mit in die hochmoderne Hightech-Küche und zeigte ihr, wie's geht: Vanilla Icecream, Bananenhälften, in Butter angebraten, und darüber heiße Schokoladensoße, die, wenn sie auf das Vanilleeis traf, sofort schockgefroren wurde und wie ein dünner, dunkler Schokodeckel auf allem lag.

Es schmeckte lecker. Sydney beobachtete sie die ganze Zeit. Als er sah, wie Julie die Augen verdrehte, lächelte er.

Joe jobbte bei Çelim im Döner-Laden. Er lernte alles, was man wissen musste, um allein eine Döner-Bude zu managen. War gar nicht so wenig. Er lernte, wie man das Messer schleift, mit dem man das Kebab schneidet, wie man die Alubehälter nachfüllt, was in den Kühlschrank gehört und was nicht, wie das Pidebrot gegrillt wird, wie man es aufschneidet, wie man die Kasse bedient.

Sie hatten sich beide darauf geeinigt, dass Joe eine Woche lang jeden Nachmittag mit Çelim zusammenarbeitete und dann einmal einen Tag allein den Laden führte. Danach würden sie sich entscheiden, ob sie das Projekt »Messe-Döner« angehen könnten.

Aber Joe hatte schon am dritten Tag keine Lust mehr. Es langweilte ihn unheimlich, immer die gleichen Handbewegungen zu machen und immer den Leuten beim Essen zuzugucken.

Die meisten Kunden waren Türken, und er verstand nicht, was sie sagten, wenn sie sich unterhielten. Mit ihm sprachen sie zwar alle deutsch, aber unter sich türkisch.

Was er am meisten hasste, war das Saubermachen. Çelim sparte die Putzfrau. Jeden Abend musste alles geschrubbt werden. »Die vom Gesundheitsamt kommen unangemeldet«, sagte er, »und wenn sie in irgendeiner Ritze eine Kakerlake finden, bin ich dran. Dann nehmen sie mir die Konzession weg.«

Joe hasste Putzen. Zu Hause brachte seine Oma alles in Ordnung. Das Einzige, was er dort machte, war, die Waschmaschine zu füllen und das Frühstücksgeschirr abzuräumen. Seine Großmutter nahm ihm alle anderen Arbeiten ab. Bis auf den Müll, den er noch runterbrachte, und die Bierkästen natürlich, die musste er nach oben schleppen.

Aber hier gab es niemanden, der ihm die lästige Arbeit abnahm.

Wenn wenig zu tun war, setzte Joe sich an einen der roten

Lacktische vor dem Verkaufstresen und arbeitete. Manchmal machte er Schularbeiten, aber meistens bastelte er an einem neuen Text herum.

Er war ein paarmal in der Schule gewesen. Don Corleone hatte ihn am ersten Tag mit einem strahlenden Lächeln empfangen.

»Willkommen zurück«, hatte er gesagt. Und Joe kameradschaftlich auf die Schulter geschlagen. Don Corleone hatte das Gefühl, dass er und Joe sich jetzt besser verstanden, seit er ihn zu Hause besucht hatte.

Aber das war Joe egal.

Er machte das nicht für Don Corleone oder etwa für sich, dass er manchmal wieder in der Schule auftauchte, er tat es einzig wegen seiner Großmutter. Ein paar Tage nach dem Gespräch mit dem Lehrer, als sie erfahren hatte, wie es tatsächlich um ihn stand, hatte sie sich so aufgeregt, dass sie zum Arzt musste. Der hatte festgestellt, dass der Blutdruck gefährlich hoch war, und ihr starke Tabletten verschrieben. Joe, der sich schuldig gefühlt hatte, wollte das wieder gutmachen. Er wollte es wirklich. Aber vielleicht war es schon zu spät. Er hatte sich so lange für die Schule nicht interessiert.

Als er die Englischarbeit nachschreiben sollte, hatte er keinen blassen Schimmer, worum es ging. Es war ein fremder Text in eigenen Worten wiederzugeben, ein Text aus einer Zeitung. Als er schon las, dass die Story sich in Washington D.C. abgespielt hatte, verlor er das Interesse. Washington, da war das Capitol, das Weiße Haus, da saß der Präsident …

Joe gab ein leeres Blatt ab.

Julie war jetzt schon eine Woche in Amerika und er hatte nichts von ihr gehört. Jede Stunde war er online, aber keine E-Mail für ihn, nur Werbeschrott. Kein Lebenszeichen von Julie.

Dieser verdammte Streit mit Julie, einen Tag bevor sie gefahren war – er tat ihm ungeheuer Leid. Joe konnte nicht sagen, was in ihn gefahren war, wieso er Julie so übel behandelt, so verletzt hatte. Aber es war geschehen, und niemand war in der Lage, es rückgängig machen zu können. Ihm blieb nur ein Stück Hoffnung … dass sie ihm verzeihen würde. Es tat so weh, dass sie nicht mehr mit ihm sprach, ihm nicht schrieb.

Er hatte sich inzwischen an einem neuen Gedicht versucht. Es war noch nicht ganz fertig, er musste noch mal daran arbeiten, zunächst ging es so:

The Vanishing Lady

Heute ist eine Taube
Vor meine Füße gefallen.
Als ich mich bückte
War sie tot.
Ich sah
Sie trägt etwas in ihrem Schnabel.
Tauben tun so etwas.
Brieftauben bringen uns Botschaft
Auf die wir warten.
Aber diese Taube hatte mir nichts zu sagen.
Ich riss ihren Schnabel auf
Und sah
Sie war tot.
Und was ich aus ihrer Gurgel holte
War
Taubenkot.

Und wieder vergingen Tage ohne ein Zeichen von Julie. Allmählich verblasste der Eindruck über das Ausmaß ihres Streits und Joes Verzweiflung und seine Reue schlugen um in Wut. Er war wütend auf sich, er war wütend auf Julie, und er war wütend auf die Leute, bei denen sie dort drüben lebte. Er stellte sie sich vor als diese fetten, ungeheuere Mengen Hamburger fressenden Amerikaner, die literweise Cola aus Pappbechern tranken und Hosen in Größen trugen, die man nur noch mit XXXXXL bezeichnen konnte. Er sah die fetten Amerikaner vor sich, wie sie die Straße entlanggingen und ihre unförmigen Oberschenkel sich aneinander rieben.

Und diese Wut fraß sich fest und steigerte sich. Je länger er auf ein Lebenszeichen von Julie wartete, desto mehr hasste er alles da drüben. Çelim fragte ihn jeden Nachmittag, was mit ihm los sei. Çelim, der immer gute Laune hatte, verstand nicht, wieso Joe mit diesem düsteren Gesichtsausdruck herumlief. Und auch hier immer nur abfällig redete über alles: das Wetter, die Kunden, die Musik im Radio, die Nachrichten. Sobald eine Nachricht aus Amerika kam, hechtete er zum Fernseher, um ihn auszustellen.

Irgendwann hatte Çelim die Schnauze voll. »Ich sag dir eins, Freund«, sagte er, »so wird das nichts mit uns.«

Joe starrte ihn an, cool, ohne das Gesicht zu verziehen.

»Dies hier ist ein Laden, in dem die Kunden Freundlichkeit erwarten«, sagte Çelim. »Dies ist ein Laden, in dem der Kunde merkt, dass wir gerne für ihn da sind, dass wir uns, wenn es sein muss, den Arsch für ihn aufreißen, verstehst du? Das ist Marktwirtschaft!«

Joe zuckte mit den Schultern. Çelim packte ihn am Arm. »Hörst du mir überhaupt zu, Kumpel?«, fragte er.

Joe sagte nichts. Aber er hielt seinem Blick stand. Mit ausdruckslosem Gesicht.

Das nächste Wochenende wartete Joe neben dem Telefon. An seinem Bett ein Kasten Bier, ein Stapel Papier, Kugelschreiber, ein Aschenbecher, sein Tabak, das Zigarettenpapier. Er wartete auf einen Anruf oder er saß am Computer und gab immer wieder Julies alte E-Mail Adresse ein, aber da kam nur: »Diese Mail-Adresse ist unbekannt!« Zehn Tage war Julie nun schon weg. Zehn Tage, und Joe vermisste sie so sehr, dass jeder Gedanke an sie in seinem Kopf schmerzte.

Joe fluchte. Er klickte sich in andere Programme ein. Vor der amerikanischen Botschaft in Berlin demonstrierten immer mehr Menschen. Im Irak war in einem Haus eine Bombe hochgegangen, in dem gerade eine Hochzeit gefeiert wurde, einhundertfünfzig Menschen starben, darunter auch die Braut, die war sechzehn Jahre alt. Es gab keine Entschuldigung gegenüber den Opfern. Sie nannten das »Kollateralschäden«. Und vergaßen zu erwähnen, dass sie mit dem Kriegsterror erst alle Katastrophen ausgelöst hatten.

»Was für ein verficktes Land!«

Joe fluchte. Und er warf seine leere Bierflasche an die Wand.

Den ganzen Sonntag verbrachte er in seinem Zimmer, trank, rumorte herum, fluchte, schlug auf seinen Computer ein, trank noch mehr. Die Großeltern machten sich Sorgen, aber er hatte seine Tür abgeschlossen.

»Junge, was ist los?«, rief sein Großvater immer wieder und hämmerte gegen die Tür.

»Nichts! Alles in Ordnung!«, brüllte Joe zurück. »Verdammt, alles in Ordnung!« Und lachte.

Gegen vier Uhr kam er wankend aus seinem Zimmer. Die Großeltern saßen vor dem Fernseher. Er zog seine Jacke an und ging wortlos zur Tür.

»Wo willst du hin?«, rief seine Großmutter ihm nach.

Aber Joe war schon weg.

Als er zwei Stunden später zurückkam, roch er nach Rauch und nach scharfem Schnaps. Er schleppte eine pralle Plastiktüte. Vorsichtig stellte er sie im Flur ab. Als er zum Klo ging, stolperte er über seine Füße.

Sein Großvater beobachtete ihn besorgt.

»Wenn du Probleme hast, Junge«, sagte er, »du weißt, mit uns kannst du reden.«

»Ich hab keine Probleme«, sagte Joe mit schwerer Zunge. Er legte seinem Großvater kurz die Hand auf die Schulter. »Aber trotzdem: danke. Hat jemand angerufen?«

»Nein. Erwartest du einen Anruf?«

»Keine Ahnung«, murmelte Joe. »Vielleicht, aber ist nicht wichtig. Jetzt nicht mehr.«

Dann war er wieder weg, in seinem Zimmer.

Am Montagmorgen stand Joe um halb neun auf, zog sich an, aß eine halbe Scheibe Brot, trank dazu das letzte Bier aus dem Kühlschrank, nahm seinen Schulrucksack, der dicker war als gewöhnlich, packte Feuerzeug und Streichhölzer in das Seitenfach und füllte eine kleine Halbliterflasche Evian-Wasser mit Petroleum.

Mit dem Bus fuhr er in die Schule.

Er blieb am Fahrradstand, bis es zur Pause klingelte. Dann nahm er den Rucksack und ging ins Gebäude, in den ersten Stock und wartete vor der Tür zum Lehrerzimmer. Er musste lange warten.

Jutta Dietrich war eine der Letzten, die aus dem Unterricht kamen. Sie trug einen Stapel Hefte vor dem Bauch, über ihrer Schulter hing ihre Ledertasche.

Joe stellte behutsam seinen Rucksack ab. Er richtete sich auf.

Als Julies Mutter ihn sah, blieb sie einen Augenblick stirn-runzelnd stehen. Joe schaute sie an.

»Hallo«, sagte Joe.

Sie räusperte sich.

»Hallo. Wartest du auf jemanden?«, fragte sie.

»Ja«, sagte Joe. »Auf Sie.«

»Oh.«

Joe sah, wie Julies Mutter die Hefte ein bisschen fester packte. Und wie ihr Gesicht ernster wurde, angespannter.

»Ja? Worum geht es?«, fragte sie, die Augenbrauen hochge-zogen.

Joe schluckte. »Es geht … wie geht es Ihrer Tochter?«, fragte er.

»Oh«, sagte Julies Mutter, »gut, danke.«

Sie trat einen Schritt zurück. Joe roch nach Bier.

Joe schwieg. Er wartete, dass sie noch mehr sagte.

»Julie ist begeistert.«

»Von was?«, fragte Joe.

Don Corleone kam den Flur entlang. Er stutzte, als er Joe mit Jutta Dietrich sah. Aber er lächelte Joe zu. »Hallo, Sports-freund«, sagte er. »Mit dir muss ich nachher auch noch ein paar Worte reden. Du hast dir wieder einmal einen ganz schönen Klops geleistet mit der Englischarbeit.«

»Ich weiß«, sagte Joe. Er ließ Julies Mutter nicht aus den Augen.

»Irgendetwas nicht in Ordnung?«, fragte Don Corleone. Seine Stimme klang misstrauisch, besorgt.

Julies Mutter lächelte. »Nein, nein, danke, Donald. Wir kom-men zurecht.«

Sie wartete, bis Don Corleone im Lehrerzimmer verschwun-den war. Dann sagte sie: »Joe, das mit Julie und dir, das ist vor-bei.«

Joe schwieg.

»Julie bleibt für ein Jahr in Amerika. Verstehst du? Und wenn sie zurückkommt, dann hat sich alles verändert. Es wäre gut, wenn du das so schnell wie möglich begreifst.«

Joe schwieg.

Julies Mutter verdrehte hilflos die Augen. »Schau mal, Joe, wir leben hier unseren Alltag weiter, aber Julie, dort drüben, für die ist es das große Abenteuer. Sie ist vollkommen begeistert von der Familie, von dem Leben da. Von der Schule. Sie schwärmt nur noch. Sie findet Amerika wunderbar. Wir sind froh, dass sie sich so schnell eingelebt hat. Und wir möchten nicht, dass sie in diesem Eingewöhnungsprozess gestört wird. Verstehst du?«

Joe schwieg.

»Es tut mir Leid, Joe«, sagte Julies Mutter, »aber ich glaube, sie hat dich längst vergessen. Es ist besser, wenn du das so schnell wie möglich begreifst.«

Sie nickte Joe noch einmal zu und verschwand im Lehrerzimmer – nicht ohne einen Anflug von schlechtem Gewissen. Denn es war nicht unbedingt so, wie sie gesagt hatte, mit Julie und wie sie sich fühlte in Connecticut, wenn ihre Tochter sich dort auch langsam einzugewöhnen schien. Aber ab und zu war eine kleine Lüge erlaubt, wenn sie denn einem guten Zweck diente. Und das war hier ja wohl der Fall.

Joe hatte eine Weile auf die geschlossene Tür gestarrt, ehe er seinen Rucksack aufnahm und langsam zurückging, über den Flur und die Treppe nach unten, hinaus auf den Schulhof.

Als es wieder zur nächsten Stunde geklingelt hatte und alles in den Klassenräumen war, kniete Joe sich neben seinem Rucksack mitten auf dem Schulhof hin. Es war ein asphaltierter Platz, umgeben von jungen Buchen, für die jeweils ein kleines Rechteck aus Erde in den Asphalt geschnitten war.

Die Buchen hatten ihr erstes leuchtendes Grün. Sie waren sieben Jahre alt, Joe konnte sich noch erinnern, als sie gepflanzt worden waren. Eine Initiative der Eltern, die für die Bäume Geld gesammelt hatten. Sie wurden jedes Jahr beschnitten und hatten inzwischen allesamt schöne große Kronen. Es waren schöne Bäume.

Joe zog das bunte Tuch aus dem Rucksack. Es war aus dünner Seide, und je länger er zog, desto größer wurde das Tuch.

Schließlich hatte er es ausgebreitet. Es war eine amerikanische Fahne. Stars & Stripes.

Joe trampelte auf der Fahne herum, bis sie vollkommen flach auf dem Boden lag. Er schaute an der Fassade seiner Schule empor. Es war seine Schule, die Realschule. Ein Betonbau mit roten Metallfenstern. Er hatte sie fast acht Jahre besucht.

Er sah, wie im zweiten Stock Fenster aufgerissen wurden und Köpfe sich herausbeugten. Er hörte Stimmen, er sah die Schüler winken.

Er winkte zurück.

Er holte aus dem Seitenfach seines Rucksacks die Evian-Flasche. Er hielt sie hoch, als wolle er davon trinken, und es sah aus, als prostete er der amerikanischen Fahne zu.

Noch mehr Fenster flogen auf. Jemand schrie seinen Namen, er winkte wieder.

Dann schraubte er den Deckel der Flasche ab und schüttete das Petroleum gleichmäßig über die Fahne, hier ein bisschen und da ein bisschen.

Er merkte, wie es still wurde oben an den Fenstern.

Dann zog er das Feuerzeug aus der Hosentasche, ließ es

aufflammen und hielt es an eine Ecke des bunten Tuches. Es brannte nicht sofort. Er lief zum Rucksack und holte die Streichhölzer. Es war eine beklemmende Stille auf dem Hof. Eine Stille, die in seinen Ohren wie ein Rauschen war.

Er nahm ein Blatt Papier, rollte es zu einem Fidibus zusammen und entzündete es mit einem Streichholz. Mit der kleinen Fackel strich er behutsam über die Ecke der Fahne. Plötzlich loderte eine Flamme auf, und Joe hörte, wie oben aus den Fenstern Schreie gellten und Rufe.

Er lachte. Er winkte zu ihnen rauf, er sprang zurück. Er zündete noch eine Ecke an und eine dritte.

Die Seide brannte lichterloh.

Joe trat zurück. Er schob die Hände in die Hosentaschen und schaute zu, wie Amerika brannte.

Er lächelte. Er fühlte sich zum ersten Mal seit Tagen wie befreit. Er sah aus den Augenwinkeln, wie ein paar Lehrer aus dem Schultor gerannt kamen, aber er rührte sich nicht. Es war zu schön, Amerika brennen zu sehen.

Da packten sie ihn an den Schultern und zogen ihn vom Feuer weg.

*I*n der Nacht hatte Julie von zu Hause geträumt, von ihren Eltern und auch irgendetwas von Joe. Etwas von der Fahrt auf dem Fluss mit ihm und die letzten Bilder von ihrem Streit vor seiner Wohnungstür… alles hatte sich ineinander verwoben. Sie wachte mit Kopfschmerzen auf und ihr war übel.

Obwohl sie sich bemühte, es niemanden merken zu lassen, fiel Sue schon beim Frühstück auf, dass Julie nicht okay war.

»Was ist, Schatz?«, fragte sie, als Julie ihr half, das Frühstücksgeschirr in die Küche zu bringen. »Dir geht es heute nicht gut, oder?«

»Ich glaube, ich bekomm meine Tage«, antwortete sie ausweichend, »dann bin ich immer ein bisschen schlecht drauf.«

Inzwischen verstand Julie sich ziemlich gut mit Sue. Sie hatte sich an ihre schrille Art gewöhnt, an ihr übertrieben lautes Lachen, an ihre großen Gesten, an ihre Schwäche für Kostüme in Pink und Türkis. Sue war so wie die Frauen in den amerikanischen Serien, nur menschlicher. Julie hatte ziemlich schnell gespürt, dass Sue ein großes Herz hatte. »So groß wie unser Kühlschrank«, hatte Sydney gesagt, als Julie einmal mit ihm über Sue sprach. As big as our fridge. Das war komisch. Da hatte Julie lachen müssen, das erste Mal überhaupt hatte sie richtig laut gelacht, und Sydney hatte sie verwundert angeguckt und gesagt: »Heaven, this girl can laugh!«

Sue Davenport liebte ihre Jungs, das war klar, und sie würde alles machen, damit es ihnen gut ginge. Sie würde im Ernstfall für ihre Familie kämpfen wie eine Löwin, das spürte Julie. Und das gefiel ihr.

Sue kam oft in ihr Zimmer, um mit ihr zu reden. Sie nach Sachen über Deutschland zu fragen. Sue erzählte auch von sich selbst, über ihre Zeit, als sie so jung war wie Julie. Sues Eltern kamen aus Boston, ihr Vater war ein Manager bei einer großen Pharmafirma gewesen. Und ihre Mutter hatte Wohltätigkeitsveranstaltungen organisiert für die Obdachlosen in Boston. Es war ganz klar, auch Sue und Richard hatten ein soziales Gewissen. Und Julie nahm es zunächst verwundert – und dann erleichtert zur Kenntnis. Die Davenports waren zwar ziemlich wohhabend, aber sie vergaßen darüber nicht, dass es vielen Leuten in Amerika schlecht ging. Richard beklagte sich oft über die schlechte Politik des jetzigen Präsidenten. »Die Republikaner haben immer schon in diesem Land dafür gesorgt, dass die Reichen immer reicher werden«, sagte er oft. »Und das bedeutet automatisch, dass anderen etwas weggenommen wird, es ist doch eine Schande, dass es in Amerika nicht einmal ein gutes Krankenversicherungssystem gibt. Und die Renten sind ein Skandal. In Deutschland wird viel mehr für die sozial Schwachen getan.«

Richard wollte Julie immer gern in politische Gespräche verwickeln. Er interessierte sich für Europa, obwohl er noch nie dort gewesen war.

Sue hatte Julie gefragt, ob sie in Deutschland einen Freund habe. Einen Augenblick hatte Julie gezögert, ob sie von Joe reden sollte, aber dann hatte sie es lieber doch nicht getan.

Sie war gern mit Sydney zusammen. Sydney war so easy, sagte sie immer. So selbstverständlich und immer gut drauf. Er machte viel Sport, Sport war sein Thema.

Doch oft spielte er den Kasper der Familie. Er kannte immer die neuesten Jokes. Und wenn ihm kein neuer einfiel, erzählte er einen alten Witz noch mal. Er machte ständig Faxen, er versuchte, Spagetti mit Stäbchen zu essen, sprühte mit dem Sahnesprayer Clownsgesichter auf die Götterspeise oder machte Leute aus dem Fernsehen nach. Er konnte Luftgitarre spielen zu alten Schnulzen von Frank Sinatra und das sah wirklich umwerfend aus. Er konnte mit fünf Äpfeln jonglieren, das machte er immer, bevor er das Obst als Nachtisch verteilte…

Sue seufzte dann immer, verdrehte die Augen und sagte: »Oh please, Sydney, how old are you?«

Sein älterer Bruder Mike besuchte ein College in New York und kam nur am Wochenende nach Hause. Dann verabredete er sich mit Freunden oder seine Freunde kamen zu ihm und sie veranstalteten eine Party. Manchmal erlaubte Mike gnädig, dass seine Geschwister und Julie dabei sein durften. Mike wirkte auf Julie ein bisschen »snobbish«. Er gab gerne an. Julie merkte, dass er sich toll fühlte. Sie war froh, dass Sydney nicht so war. Dass Sydney viel bescheidener auftrat.

Sues Küche war riesig. Die Spülmaschine hatte die Ausmaße eines Restaurant-Automaten. Alles war überdimensional im Haus der Davenports. Es gab in den Schränken Geschirr für vierundzwanzig Personen. Und einen ganzen Schrank nur für Gläser.

Sue erzählte ihr, dass sie früher oft von Plastikgeschirr gegessen hatten und aus Plastikbechern getrunken. Und jedes benutzte Teil wurde in den Abfall geworfen. Aber dann habe sie irgendwann begriffen, dass sie damit einen Berg von Müll produzierten, und sei wieder zu Porzellantellern übergegangen, die man abwäscht und in den Schrank zurückstellt. »To be honest«, sagte sie mit einem kleinen Lachen. »It was Sydney, who told me to stop using plastics. They were talking at school about how to keep this planet going.«

Es gefiel Julie, dass ausgerechnet Sydney sich über so was Gedanken machte.

Irgendwann würde sie mit ihm über die Klimaanlage reden.

»Mike is different«, sagte Sue, während sie einen ihrer seitenlangen Einkaufszettel vorbereitete. Einmal in der Woche fuhr Sue zu einem Riesensupermarkt, in dem sie Rabatt bekamen. Dann füllte sie den Van bis obenhin mit Lebensmitteln und Haushaltssachen, und alle mussten auspacken helfen, wenn sie zurückkam. »Mike never bothers about this kind of problems.«

»I know«, sagte Julie. »That's why I like to talk to Sydney. He tries to understand.«

Sue schaute auf, sie lächelte Julie an. »You Germans don't like our way of living, do you? And we always thought the whole world wants to become americanized.«

»Everybody drinking Coca Cola, eating hamburgers and sitting in air-conditioned rooms«, sagte Julie, ebenfalls lachend. »I don't know.«

Julie spürte, wie Sue sie musterte. Sie wurde ein bisschen rot, sie dachte, nun weiß Sue, dass ich hier nicht alles gut finde. Und sie wundert sich darüber. Vielleicht sollte ich es auch gut finden. Vielleicht hab ich zu viele Vorurteile?

Sue erhob sich ganz plötzlich, umarmte Julie und sagte: »We are very glad to have you here with us, darling.«

Das war typisch Sue. Sie war warmherzig und sensibel. Sie merkte, wenn es Julie nicht gut ging.

So wie jetzt. Ihre Kopfschmerzen waren unerträglich. Plötzlich hatte sie Tränen in den Augen, sie wusste selbst nicht, warum.

Sue musterte sie besorgt.

»Bist du sicher, dass es nur das ist?«, fragte sie. »Hast du immer Schmerzen, wenn du deine Periode hast?«

»Manchmal«, sagte Julie.

»Sag mir bitte immer, wenn es dir nicht gut geht, Julie«, sagte sie eindringlich. »Ich weiß nicht, ob du besonders tapfer bist und deine Probleme und Schmerzen unterdrückst oder ob du leicht und offen über alles reden kannst. Ich bitte dich also, uns zu helfen, dass wir dich besser verstehen. Und wir dann helfen können.«

Sue sagte das so liebevoll und strich Julie dabei sanft über das Gesicht, dass ihr ein paar der Tränen über die Wangen liefen. Sie wusste selbst nicht, woran das lag, aber ganz plötzlich hatte sie unheimliches Heimweh. Oder vielleicht war es kein Heimweh. Irgendeine Trauer war in ihr. Aber das konnte sie doch nicht sagen.

Sue beobachtete sie. Als Jason in die Küche wollte, schickte sie ihn wieder hinaus.

»Was ist los, Julie?«, fragte sie.

Julie wischte die Tränen mit den Fingern weg. Sie lächelte. »Ich weiß nicht. Ich hab keine Ahnung. Ich weine ganz selten.«

Aber als sie das sagte, musste sie noch mehr weinen. Es war wirklich peinlich. Sie erhob sich und bedeckte ihr Gesicht mit den Händen.

Sue stand hinter ihr und streichelte ihren Rücken. »My poor, poor girl«, sagte sie zärtlich. »What can I do to cheer you up? Want to call your Mom? Are you homesick?«

»Ich weiß nicht«, sagte Julie hilflos.

»Wir rufen in Deutschland an«, sagte Sue entschlossen. »Das ist das Beste. Komm, wir rufen sie sofort an. Das hätten wir längst schon einmal wieder machen sollen.«

Julie hatte mit ihren Eltern gesprochen am Tag nach ihrer Ankunft.

Aber dann hatten sie gesagt, dass sie sich schreiben wollten. Julies Mutter liebte das Briefeschreiben, sie fand es so viel persönlicher, als per Telefon oder E-Mail miteinander umzugehen. Viel intimer, sagte sie. Und Julie hatte auch schon Post von zu Hause bekommen, ihre Mutter hatte ein Blütenblatt von dem Apfelbaum in den Brief gelegt. Der Apfelbaum gehörte zum Nachbargarten, aber ein großer Zweig ragte weit zu ihnen herüber. Es waren süßsaure Äpfel, die im September reif wurden. Julie war sehr gerührt, als die Blüte aus dem Umschlag fiel, und sie hatte gedacht, dass ihre Mutter Recht hatte. Briefeschreiben war etwas sehr Persönliches.

»Hallo?«, hörte Julie.

Ihr klopfte das Herz, als sie die Stimme ihrer Mutter hörte. »Hallo!«, rief sie. »Ich bin's.«

»Julie!« Ihre Mutter war überrascht. »Ist etwas passiert?«

»Überhaupt nicht, gar nichts. Sue hat nur gemeint, dass ich mal anrufen soll.«

Sue zwinkerte Julie zu und formte mit den Lippen. »Greetings from all of us!« Und verließ diskret die Küche.

Julie zog sich einen Stuhl heran und setzte sich.

»Was machst du gerade?«, fragte sie.

»Ich… ich bin gerade nach Hause gekommen«, sagte ihre Mutter. Julie fand, dass ihre Stimme plötzlich anders klang. Irgendwie angespannt. Oder vorsichtig. »Ich komm in diesem Augenblick in die Tür. Ich bin so überrascht, Herzchen, dass du… ausgerechnet jetzt… ausgerechnet heute…« Sie stockte.

Julie umklammerte das Telefon. »Hallo?«, fragte sie stirnrunzelnd. Sie lauschte angespannt.

Sie hörte, wie ihre Mutter tief Luft holte und dann sagte: »Ist bei dir wirklich alles in Ordnung?«

»Ja, klar«, sagte Julie vorsichtig. »Alles prima. Mir war nur heute Morgen ein bisschen schlecht.«

»Ach.«

»Nichts Schlimmes.«

Ihre Mutter schwieg einen Augenblick. Dann sagte sie: »Dein Vater und ich reden so oft von dir und versuchen, uns vorzustellen, wie es dir geht.«

»Es geht mir gut«, sagte Julie. »Euch auch?« Es war ein bisschen wie früher, als sie Postkarten nach Hause schrieb, die immer gleich lauteten. »Mir geht es gut, wie geht es euch?« Postkarten von der Ostsee, wo sie die Ferien bei ihrer Tante verbracht hatte.

Sie hatte das Gefühl, dass ihre Mutter etwas vor ihr verbarg.

»Ich hab einen Brief für euch«, sagte Julie, »aber ich hab ihn noch nicht abgeschickt. Ich wollte noch Fotos machen. Und sie mitschicken.«

»Das kannst du doch mit der nächsten Post tun. Leg sie einfach dazu.«

»Ja, okay.« Julie zögerte. Ihr Traum von heute früh fiel ihr wieder ein. Ihr Traum von Joe. Es war merkwürdig. Trotz ihres hässlichen Streits, seit dem Julie eigentlich nicht mehr wirklich wusste, ob sie Joe noch mochte – er fiel ihr immer wieder ein, immer wieder musste sie an ihn denken, an vielen Stellen. Erst gestern wieder, als sie in der High School über ihre Gedichte gesprochen hatten, ihre Lieblingsgedichte… Und dass er in ihrem Kopf war, in diesen Minuten, wenn sie mit ihrer Mutter sprach, das war ja vielleicht auch kein Wunder. Sie hatte ihn so sehr gemocht…

Sie überlegte jetzt, ob sie nach ihm fragen sollte, ob ihre Mutter etwas von Joe gehört hatte. Ob sie wusste, wie es ihm ging. Ihre Mutter arbeitete schließlich an seiner Schule. Und sie war mit Don Corleone befreundet.

Bestimmt wusste sie etwas.

Aber sie fragte nicht. Stattdessen fragte sie: »Und geht es Papi auch gut?«

»Oh, dem geht es gut. Der wird sich freuen, wenn ich sage, dass du angerufen hast. Er muss übermorgen nach London zu einem Wirtschaftsgipfel. Es ist wie immer«, sie lachte, »er fliegt in der Welt rum, und ich muss jeden Tag in diese blöde Schule…« Sie stockte, Julie wartete. Würde sie jetzt etwas sagen?

Aber ihre Mutter schwieg, und Julie schwieg so lange, bis ihre Mutter plötzlich lachte und sagte: »Dafür sind transatlantische Gespräche zu teuer, dass wir uns anschweigen. Sag, hast du schon Post aus Deutschland?«

»Von wem?«, fragte Julie.

»Keine Ahnung«, ihre Mutter lachte. »Ich weiß ja nicht, wem du alles deine Adresse in Amerika gegeben hast.«

Julie schluckte. Dann sagte sie trotzig: »Joe jedenfalls nicht, wenn das deine Frage ist.«

Sydney steckte den Kopf in die Tür. Er lächelte ihr zu. »School bus is coming!«, flüsterte er.

Julie nickte. Sie deutete auf das Telefon. »My mom!«

Sydney lachte. »Greetings«, sagte er und zog sich schnell zurück.

»Julie?«, rief ihre Mutter. »Hast du was gesagt?«

Und plötzlich dachte Julie: Warum hab ich überhaupt angerufen? Wenn es etwas Neues bei den Eltern gibt, werden sie es mir schon mitteilen. Und was mit Joe ist, werden sie mir sowieso nicht sagen.

Sie war auf einmal ganz ungeduldig, das Gespräch zu beenden.

»Ich muss aufhören«, rief sie, »der Schulbus kommt. Und grüß Papi von mir, ja?«

Sie drückte ihre Lippen auf den Hörer, machte ein schmatzendes Geräusch. Und legte den Finger auf die OFF-Taste.

Dann rannte sie zur Tür und rief: »Sydney! I'm coming!«

Als sie aus dem Haus lief und Sydney sah, der vorn an der Straße auf sie wartete und dabei Faxen machte wie immer – da musste sie lachen. Plötzlich ging es ihr wieder gut.

»You know what?«, sagte sie, als sie mit ihm in den Bus stieg und sie wie immer die dritte Reihe rechts aussuchten, »I am looking forward to today. I like your school.«

Sydney grinste. »And what about little Sydney, your American brother?«, fragte er.

Julie lachte. »Den kann ich nicht ausstehen!«

Sydney stand auf und setzte sich in die vierte Reihe neben Kevin, einen Jungen aus der gleichen Sportgruppe. »Ich muss mich neben dich setzen«, sagte er so laut, dass Julie es hören konnte.

»Julie und ich haben Schluss gemacht. Wir lassen uns scheiden. Morgen geh ich zum Anwalt.«

So was tat er immer, Sydney dachte sich immer irgendeinen Blödsinn aus auf der Busfahrt. Vielleicht damit gar nicht erst das Gerücht aufkommen könnte, dass er und Julie etwas miteinander hätten.

Aber sie hatten ja auch nichts.

Julie lehnte ihren Kopf an die Scheibe und schaute lächelnd auf die Landschaft, durch die sie fuhren.

Sie kannte den Weg von den Davenports zur Schule inzwischen genau. Sie wusste, wann sie über die alte Brücke fahren würden und wann sie an der weißen Holzkirche vorbeikämen, die schon zweimal abgebrannt und von den Gemeindemitgliedern immer wieder aufgebaut worden war. In dem Ort gab es vier Kirchen. Sonntags waren sie alle bis auf den letzten Platz gefüllt. Die Davenports gehörten zu den Adventisten, aber Julie hatte noch nicht rausgefunden, was der Unterschied zwischen Adventisten und Lutheranern war.

Dann fuhren sie an der »Palladium Shopping Mall« entlang, einem noblen Einkaufscenter mit Pick'n Pay und Stapels, mit Starbuck's Coffee Shop und einem kleinen Ableger von Bloomingdales, dem berühmten New Yorker Kaufhaus. In der Shopping Mall gab es Schuhgeschäfte, Friseure, Ärzte, einen Laden, in dem man sich die Nägel feilen und lackieren lassen konnte, ein indisches Schnellrestaurant, eine chinesische Wäscherei – und ein Beerdigungsinstitut. Im amerikanischen Fernsehen gehörte eine Serie über ein Beerdigungsinstitut zu den Quotenknüllern. Die Serie hieß: »Six feet under«, und wenn die lief, fanden Sydney, Jason und Sue sich immer rechtzeitig in den weichen Daunensofas vor dem Fernseher im Wohnzimmer ein, aßen Oliven und Cracker, tranken Cola und benahmen sich wie richtige amerikanische couch-potatoes. Julie fand es witzig, auch wenn sie viele der Gags nicht verstand. Aber Sydney erklärte ihr hinterher alles, was sie versäumt hatte, und dann konnte sie noch mal lachen.

*D*ie Lehrer nahmen sich viel Zeit für Julie. Jeder bot ihr an, dass sie mit Fragen und Problemen jederzeit kommen könnte, auch nachmittags, Julie hatte die privaten Telefonnummern von ihrer Englisch-, Mathe- und Bio-Lehrerin, von dem Coach, der sie für den Zehntausend-Meter-Lauf trainierte (jeder in der Schule musste an dem Lauf teilnehmen, der ein großes Ereignis war), und vom Vertrauenslehrer.

Sie hatte sich für einen Bildhauerkursus angemeldet und für Computerdesign. Es gab so viele verschiedene Angebote, dass Julie sich anfangs für nichts entscheiden konnte. Das ganze System war so verwirrend, weil es so aufgefächert war. Weil jeder Einzelne nach seinen Talenten und seinen Wünschen gefördert wurde.

Richard Davenport sagte, dass dabei die Allgemeinbildung der Schüler auf der Strecke blieb, aber Julie konnte das nicht so sehen, sie hatte das Gefühl, dass sie hier lernte, ohne wirklich zu merken, dass sie lernte. Und es gab dennoch einen großen Ehrgeiz und sehr viel Wettbewerb unter den Schülern.

Julie mochte die High School.

»Es ist so vieles anders, als ich dachte«, hatte Julie vor zwei Tagen in einem Brief an Florence geschrieben. »Wenn ich daran denke, mit welchen Vorurteilen ich hierher gekommen bin! Aber die Leute machen es einem so leicht. Die sind alle so easy. Und längst nicht alle sind diese typischen Amerikaner, wie wir sie in Deutschland oft sehen, wirklich nicht.«

Sie legte dem Brief auch ein Foto bei, das Richard Davenport von ihr und Sydney gemacht hatte. Es war ein Foto, das sie am Pool zeigte, sie stützten sich gerade auf die Brüstung, beide mit nassen Haaren und breitem Grinsen. Julie fand das Foto lustig. Und weil man im Hintergrund das tolle Haus sehen konnte, wollte sie auch damit ein bisschen angeben. Sie wusste, dass Florence das Foto in der Klasse herumzeigen würde.

Sie schrieb auch noch, dass alle in ihrem Englisch-Literatur-Kurs fasziniert davon waren, dass ihr Gedichte so gut gefielen, dass es ihr nichts ausmachte, Shakespeare-Sonette auswendig zu lernen und darüber zu reden, was sie wohl bedeuteten.

Das würde Florence gefallen, denn Florence mochte ja auch Gedichte.

Julie ließ aber aus, dass die Lehrerin sie einmal gefragt hatte, ob sie selber Gedichte schriebe.

»Ich nicht«, hatte sie geantwortet. »Aber ein Freund von mir, der kann das.«

Jemand hatte das Sydney später erzählt.

»Ist das wahr, dass du einen Freund hast, der Gedichte schreibt?«, wollte er wissen.

Sie hatte ein bisschen verlegen gelächelt und genickt.

»Wie heißt er?«, hatte Sydney gefragt, und Julie hatte seinen Namen genannt.

»Ist er dein richtiger Freund?«

Da hatte Julie gezögert – und den Kopf geschüttelt, einfach so. Und war feuerrot geworden.

Aber das war alles nichts für Florence.

Joe wusste, dass es nichts Gutes bedeutete, wenn Herr Assmann, der Rektor seiner Schule, ihm schriftlich mitteilte, dass er ihn am folgenden Donnerstag um zehn Uhr im Rektorat erwartete.

Er machte sich auf das Schlimmste gefasst. Und deshalb kam ihm auch gar nicht erst die Idee, an diesem Donnerstag zum normalen Unterricht zu erscheinen.

Seine Großeltern hatten keine Ahnung, was in ihm vorging. Sie spürten vielleicht am Abend zuvor, dass er wortkarger war.

Er lag im Zimmer auf dem Sofa und starrte gegen die Zimmerdecke, während sie einen Krimi im Zweiten verfolgten. Joe war merkwürdig zumute, so als ginge an diesem Mittwochabend seine Kindheit oder Jugend endgültig zu Ende. Und er wusste nicht, ob das gut war oder schlecht.

Am nächsten Morgen stellte er sich lange unter die Dusche. Sein Körper dampfte, als er vor den Spiegel trat und sich darin musterte. Das Wasser perlte von seinem Gesicht, seine Haare tropften. Er hatte das Gefühl, dass ein Fremder ihn anschaute.

Da sein Magen noch immer in keinem guten Zustand war, verzichtete er auf das Frühstück. Er brachte auch den Müll nicht runter, aus Angst, dass ihm schlecht werden würde beim Herausheben der Mülltüte. Dieser Geruch nach Zigarettenkippen, Essensresten und aufgeweichtem Zeitungspapier würde ihn fertig machen.

Und er brauchte doch all seine Kraft, um vor dem Rektor einen coolen Auftritt hinzulegen.

Sie waren alle da, das ganze Lehrerkollegium. Sie warteten auf ihn. Er kam sieben Minuten zu spät. Die Sekretärin, Frau Birgel, warf einen vorwurfsvollen Blick auf die große Wanduhr mit dem Schweizer Zifferblatt und seufzte: »Sieben Minuten, Joe!«

Dann ging sie vor, öffnete die Tür, sagte: »Jetzt ist er da«, und ließ ihn eintreten.

Der Rektor gab ihm nicht die Hand. Also schob Joe die Hände in die Hosentaschen und ballte sie zur Faust. Er stand gerade aufgerichtet, die Schultern hochgezogen, und schaute die Anwesenden an, einen nach dem anderen. Er blickte ihnen allen in die angespannten Gesichter. Alle seine Lehrer waren da. Und auch Julies Mutter.

Sie war die Einzige, die seinem Blick nicht standhielt. Mit einem Lächeln, das Verlegenheit ausdrückte oder auch Hilflosigkeit, wandte sie sich ab, und Joe sah, wie sie einen Spatzen beobachtete, der draußen auf dem Fensterbrett hin und her hüpfte und gegen die Scheibe pochte mit seinem kleinen Schnabel, als wollte er reinkommen.

Der Rektor erklärte ihm, dass er, Joe Leinemann, siebzehn Jahre alt, die Schule verlassen müsse. Dass man nach reichlicher und sorgfältiger Überlegung zu dem Entschluss gekommen sei, ihn sofort von der Schule zu entfernen.

Er sagte tatsächlich »entfernen«. Joe nahm es mit Aufmerksamkeit wahr.

Herr Assmann hatte ein Papier vorbereitet, auf dem alle Verfehlungen von Joe aufgelistet waren. Es waren einige Dinge, an die Joe sich spontan erinnerte und die er anders sah, aber er sagte nichts. Er hörte nur zu.

Die Rede des Rektors schloss mit den Worten: »Die öffentliche Verbrennung der amerikanischen Flagge auf dem Schulhof bei gleichzeitigem dauernden Fernbleiben vom Unterricht haben wir alle als eine üble Demonstration empfunden.« Er hob seine Stimme. »Wir haben die Botschaft verstanden, Joe Leinemann. Du willst uns, das heißt dieser Schule, zeigen, dass du kein Interesse mehr an uns hast. An unseren Werten, an den Idealen, die wir vermitteln. An den Gedanken der Gewaltlosigkeit als wichtigstes Prinzip im Umgang mit Konflikten und Problemen an unserer Schule, in unserer Gesellschaft überhaupt. Wir müssen auf diese Demonstration der Flaggenverbrennung, die den Gipfelpunkt aller deiner Verfehlungen und Provokationen darstellt, mit einer Konsequenz reagieren.«

Joe zuckte nur mit den Schultern.

Er spürte, dass Julies Mutter ihn musterte, er spürte ihre Feindseligkeit. Er mochte sie nicht ansehen.

»In Amerika würdest du für das Verbrennen der amerikanischen Fahne in den Knast kommen«, sagte jetzt einer der Lehrer. Es war der, den Joe seit zwei Jahren in Englisch hatte. »Wegen unpatriotischen Verhaltens. In den USA ist das ein Angriff gegen den Staat.«

»Oh Mann«, sagte Joe nur und bohrte die Hände tiefer in die Taschen.

Alle schauten ihn an, dann sagte der Rektor: »Gibt es etwas, das du uns wissen lassen willst? Irgendein Problem?«

»Nein.« Joe hob den Kopf, er schaute Julies Mutter jetzt an, und ihre Blicke kreuzten sich.

»Wir haben dich oft genug gewarnt«, sagte der Rektor. »Du hast gewusst, dass der Ausschluss dich erwartet, wenn du weiter mit unserer Geduld spielst.«

Joe schwieg verbissen. Den Blick noch immer auf Julies Mutter gerichtet.

Der Rektor holte tief Luft. »Deshalb war dieses dein letzter Auftritt an dieser Schule, Joe. Du hast ab sofort Hausverbot. Wenn du noch persönliche Dinge in der Schule aufbewahrt hast und sie holen willst, wird dich der Hausmeister begleiten.«

»Ich habe hier nichts mehr«, sagte Joe.

»Gut.« Der Rektor atmete noch einmal tief durch, er wirkte befreit. »Dann können wir dir nur alles Gute für deinen weiteren Weg wünschen – in der Hoffnung, dass du irgendwann begreifst, welche Chance diese Schule dir immer wieder gegeben hat. Unsere ausgestreckte Hand hast du zurückgewiesen, Joe. Denke nicht«, fügte er hinzu, »dass wir glücklich über diese Entscheidung sind. Es tut uns um jeden Schüler Leid, den wir verlieren.«

Joe wartete am Seiteneingang von Julies Schule. Er musterte alle, die das Gebäude verließen. Er drehte sich eine Zigarette und wartete. Dann erkannte er die ersten Leute aus Julies Klasse. Er trat die Zigarette mit dem Fuß aus und verschränkte die Arme vor der Brust.

Da kam Florence. Sie blieb stehen, als sie ihn entdeckte. Sie sagte etwas zu Gilda. Und Gilda lachte und schaute auch zu ihm hin.

Joe presste die Lippen aufeinander, er war bleich und es ging ihm schlecht.

Florence kam auf ihn zu. Neigte neckisch den Kopf.

»Hi, Dichter. Falls du auf Julie wartest, hast du Pech: Die ist seit zwei Wochen in Amerika.«

»Weiß ich«, sagte Joe. »Ich wollte auch zu dir.«

»Zu mir?«, fragte Florence verblüfft.

Joe starrte auf seine Füße. »Warst du mal wieder im *Quasimodo* in der letzten Zeit?«

Florence schüttelte den Kopf. »Hat Julie dir nichts erzählt?«

»Was?«

»Wie die mich ausgelacht haben?«

Joe schüttelte den Kopf.

»Ich weiß nicht«, sagte Florence, »ich fand meinen Text gut. Aber die haben mich echt ausgelacht.«

»Weil sie es nicht verstanden haben«, sagte Joe.

Florence lächelte. »Meinst du?«

»Klar, die kapieren doch nichts. Niemand kapiert irgendwas.«

»Aber bei dir haben sie geklatscht. Gejubelt geradezu.«

»Sie haben trotzdem nichts kapiert«, sagte Joe.

Leute gingen an ihnen vorbei, manche schauten neugierig hin, mit wem Florence da redete.

»Und sonst?«, fragte Joe, nachdem er sich unauffällig geräuspert hatte.

»Was sonst?«

»Na ja, Schule. Und überhaupt.«

Florence schaute ihn nachdenklich an, dann lachte sie. »Ah! Verstehe! Es geht um Julie, oder?«

Joe hob den Kopf. Er war rot geworden, aber er nickte. »Hast du was von ihr gehört?«

»Sie hat mir eine Mail geschickt. Und heute soll ein Brief von ihr kommen.« Florence musterte Joe. »Heißt das, sie hat sich bei dir noch nicht gemeldet?«

Joe tat ganz cool. Er hob ein bisschen die Schultern, nur ein paar Zentimeter, sein Gesicht war eine undurchdringliche Maske.

»Mann«, sagte Florence mitfühlend, die natürlich wusste, was sich am Tag vor Julies Reise abgespielt hatte, »das tut mir Leid. Wirklich.«

Joe sah sie an. »Morgen ist wieder Poetry-Session«, sagte er stattdessen. »Ich geh vielleicht hin.«

»Keine schlechte Idee. Vielleicht komm ich auch.« Sie lächelte. »Soll ich den Brief von Julie mitbringen?«

»Würde mich freuen«, sagte Joe, nickte ihr zu und ging.

Am Sonntag hatten Julie und Sydney Pooldienst. Das hatte Sydneys Vater angeordnet. Sydney reinigte unter anderem die Siebe, in denen sich Blätter und Spinnen und tote Fliegen sammelten, während Julie die Poolumrandung säuberte und die Dusche auswischte.

Julie machte die Arbeit gern. Sie war froh, dass sie ihre Hilfe anbieten konnte, denn im Haus gab es fast nichts für sie zu tun, die Hausarbeit erledigte Juana, eine Mexikanerin, die seit zehn Jahren für die Davenports den Haushalt organisierte. Juana war sehr nett, aber Julie konnte sie mit ihrem Hispano-Akzent schlecht verstehen und musste immerzu nachfragen, wenn Juana ihr etwas erklärte.

»Meine Eltern sind heute Abend nicht da«, sagte Sydney unvermittelt. »Und Juana hatte keine Zeit, Essen vorzubereiten. Ich hab mir überlegt, vielleicht hast du Lust, dass wir beide zu einem Diner fahren, in ein Restaurant. Ich kenne ein gutes an der Vermont Street, Ecke Pinetree Avenue. Die machen da ein supergutes Chili con Carne. Das gibt es da auch als Take-away.« Er lächelte ein bisschen verlegen. »Aber ich hätte Lust, dass wir uns da hinsetzen, was trinken, was essen und vielleicht ein paar Leute treffen und nachher mit denen ins Kino gehen.« Er lachte. »Dann kann ich ein bisschen mit dir angeben.«

»Mit mir angeben? Wie denn das?«

»Na, schon weil du so gut aussiehst.«

Das machte sie noch verlegener. Aber sie wollte ihm nicht zeigen, wie sehr sie sich über die Einladung freute.

»Willst du dich nicht lieber allein mit deinen Freunden treffen?«, fragte sie.

»Nein«, sagte Sydney.

»Du kümmerst dich so viel um mich.«

»Das tu ich gern«, sagte Sydney.

»Ja, danke, das ist nett. Aber du vernachlässigst deine Freunde. Sie werden wütend auf dich sein, weil du seit neuestem immer so wenig Zeit für sie hast.«

»Wenn sie wegen so was wütend sind«, sagte Sydney gleichmütig, »dann sind sie nicht meine Freunde.«

Jetzt wurde Julie rot. »Okay. Und wie kommen wir dahin?«

»Mit Moms Auto«, sagte Sydney, und er sagte es so, als wäre es das Normalste von der Welt, dass ein Junge mit sechzehn schon einen Führerschein hat. Aber in Amerika gab es das eben.

Wenig später saßen sie in einem silbernen Chrysler mit schwarzen Ledersitzen und fuhren über leere, breite Straßen in Richtung Wilmore-Center.

Alle Fenster waren heruntergelassen und der warme Wind fauchte herein und plusterte Julies Haare auf. Julie hatte ihr schönstes Sommerkleid angezogen und dazu die roten Riemchensandaletten, rasch hatte sie noch ihre Fußnägel lackiert – und zwar schwarz. Es sah irre aus. Sie schaute an sich herunter und war sehr zufrieden mit ihrem Outfit.

Als hätte Sydney ihre Gedanken erahnt, sagte er: »You look great.«

Dafür, dachte Julie, könnte ich mich in ihn verlieben. An Komplimente war sie nicht gewöhnt. Das war neu, aber schön.

Laut sagte sie: »Da vorne ist eine Ampel.«

Sydney lachte. »Keine Angst, ich fahre gut Auto. Ich hab bei der Führerscheinprüfung als Bester abgeschnitten.«

»Wissen deine Eltern, dass wir das Auto genommen haben?«, fragte Julie.

»Klar«, Sydney lachte. »Glaubst du, ich klau ihr Auto?«

Julie fiel ein, wie oft sie zu Hause ihre Eltern hatte anlügen müssen, die ganze Zeit über, als sie mit Joe zusammen war. Sie konnte sich nicht vorstellen, dass Sue und Richard Davenport sich in solch einer Siuation ebenso verhalten würden. Sicher hätten sie versucht, die Dinge in Ruhe zu klären und sie, Julie, nicht unter Druck zu setzen, wie sie es erlebt hatte. Und sicher hätten sie sie nicht weggeschickt, wie ihre Eltern es getan hatten – und auch wenn es ihr hier jetzt gut gefiel, das eine und das andere hatten nichts miteinander zu tun.

Ja, es stimmte, Sydney hatte ein anderes Verhältnis zu seinen Eltern, zwischen ihnen herrschte mehr Vertrauen. Das gefiel ihr. Manchmal dachte sie, vielleicht kriegen wir das auch hin, wenn ich wieder nach Deutschland zurückkomme.

»Mom findet es gut, dass wir ausgehen«, sagte Sydney. »Sie freut sich, dass wir uns so gut verstehen.«

»Geht mir auch so«, sagte Julie und wurde fast wieder rot, rasch schaute sie zur Seite. Außerdem hatte sie das Gefühl, dass Sydney sie immer wieder ansah. Es war ihr ein bisschen peinlich. Aber eben nur ein bisschen.

Sydney war am Steuer absolut nicht aufgeregt. Wenn er es war, zeigte er ihr es jedenfalls nicht, er hatte den Wagen vorhin rückwärts aus der Einfahrt gelenkt und sie dabei nicht einmal gebeten, ihre Straßenseite zu kontrollieren, was sie tun musste, wenn sie mit ihrer Mutter im Auto saß: Es ist gleich frei. Da kommen nur noch zwei Autos, dann kannst du, warte, da ist noch ein Laster.

Sydney hatte alles im Blick.

Die Art, wie er seine Hände um das Lederlenkrad legte, zeigte, wie gern er Auto fuhr. Wie viel Spaß ihm das machte.

Julie hatte damit gerechnet, dass er einen Superstart hinlegen würde, mit rauchenden Reifen, wie das alle Jungen taten, die zeigen wollten, was sie draufhatten, aber nichts davon. Und auch jetzt fuhr er ganz gelassen, ganz ruhig.

»Hey«, sagte Julie, »das ist super, mit dir Auto zu fahren.«

Sydney schaute sie an. »Find ich auch«, sagte er und grinste.

Jetzt schloss ein BMW zu ihnen auf, fuhr ein paar Sekunden neben ihnen her und zog dann elegant davon.

»Mom wollte lieber auch so einen«, sagte Sydney und deutete dem Wagen hinterher, »aber mein Daddy sagt, die deutschen Autos sind zu teuer.«

»Ich hab gedacht, ihr habt jede Menge Geld.«

Sydney lachte. »Stimmt schon, im Grunde. Aber die beiden Davenports müssen unheimlich hart arbeiten. Mom sagt, der Konkurrenzkampf wird immer stärker. Früher hatten sie kein Problem, an die Vermarktung eines Bürohauses mit zwölf oder noch mehr Stockwerken zu kommen, heute bewerben sich fünf oder zehn Immobilienfirmen um solch ein Projekt. Das ist wie ein Haifischbecken.« Er lachte. »Aber die beiden sind echt gut. Einer ihrer Kunden ist zum Beispiel Stephen King. Sie haben einmal ein Beachhouse an der Ostküste für ihn besorgt. Das ist drei Jahre her und wir haben damals die ganze Zeit Romane von ihm gelesen. Das war der Wahnsinn.«

Julie war echt beeindruckt, von Stephen King hatte auch sie schon etwas gelesen, ein paar verrückte, gruselige Geschichten. Sie wollte darüber gerade etwas sagen, als Sydney meinte, dass sie bald bei dem Restaurant, in das er mit ihr gehen wollte, ankommen würden.

Er konzentrierte sich nun mehr auf das Fahren, denn langsam näherten sie sich der Innenstadt, der Verkehr wurde dichter und staute sich vor den Ampeln. Endlich bogen sie in eine Nebenstraße ein, sie war gesäumt von Geschäften, Bars und Kinos. Doch hier und da gab es eine Lücke zwischen den Häusern und in eine davon kurvte Sydney schließlich ein.

Sydney parkte vor einem Ding, das ein silberglänzender, umgebauter Greyhound-Bus war. Er stieg aus, rannte um den Kühler herum und öffnete Julie die Tür. Das war ihr irgendwie unangenehm. Aber Sydney fand es offenbar normal. Er sah toll aus, in dunkelblauen Baumwollhosen und einem roten Polohemd. Er hatte die blonden Haare aus der Stirn gekämmt, und man sah, wie die Sonne sein Gesicht verbrannt hatte, heute bei der Pool-Arbeit.

»Deine Freunde sind sicher nett«, sagte Julie. Sie hatte ein bisschen Lampenfieber.

»Wenn sie dir nicht gefallen«, meinte Sydney lächelnd, »dann kannst du mir unter dem Tisch einen Kick geben, dann stehen wir auf und gehen.«

»Würdest du das echt für mich tun?«, fragte Julie.

Sydney lachte. Er nahm ihre Hand. »Alles.«

Sie liefen auf den Eingang zu. Sydney konnte nie langsam gehen, er musste immer laufen, er musste immer in Bewegung sein, er hatte einfach zu viel Kraft, zu viel Energie, seine Muskeln verlangten das – aber er ließ sie los, bevor er die vier Stufen zur Eingangstür auf einmal nahm. Sonst wäre sie wahrscheinlich auf die Nase gefallen.

Sydneys Freunde hießen Amian und Juan. Amian war siebzehn, klein und zäh, und das Erste, was Sydney über ihn sagte, war, dass er der beste Fußballer der High School sei. Der andere, Juan, hatte Schultern wie ein Boxer, und als er Julies Hand drückte, war sie sicher, dass alle Knochen gebrochen waren. Juan sprach ein anderes Amerikanisch als Sydney und Amian. Er kam aus Venezuela. Seine Eltern waren vor zehn Jahren in die USA gekommen. Juans Vater war Chef irgendeines Supermarktes.

Die beiden waren so froh, ihren Freund Sydney endlich einmal wieder für sich zu haben, dass sie von Julie fast gar keine Notiz nahmen. Dann aber waren sie so höflich, als hätten sie gerade einen Benimmkurs in der Tanzschule absolviert, sie lasen Julie die Speisekarte vor, als könne sie selber nicht lesen, und berieten sie. Sie schlugen vor, nichts Fettes zu essen, weil amerikanische Girls niemals etwas Fettes äßen, denn amerikanische Girls wären immer auf Diät.

Julie bestellte schließlich einen Ceasar's-Salad mit Putenbruststreifen und eine Cola. Die Jungs aßen Steaks. Julie hätte eigentlich auch lieber ein Steak gegessen, aber das wurde ihr erst klar, als die Gerichte auf dem Tisch standen. Sydney, der Julies große Augen sah, fragte sie, ob sie ein Stück probieren wollte, er schnitt einen Streifen ab und legte ihn auf ihren Tellerrand.

Dann tat er etwas Ketschup und Senf dazu, und als sie sagte, dass es toll schmeckte, wollte er ihr sogar auch noch ein Steak spendieren, aber Julie hatte die Preise auf der Karte gesehen, sie wollte sein Budget nicht völlig ruinieren.

Sie genoss es, dazusitzen an diesem Vierertisch, die Leute in diesem »Bus« zu beobachten, besonders die Kellnerinnen in ihren aberwitzig langen Schürzen und den weißen Schnürstiefeln, und durch die Stimmen an ihrem Tisch der Musik zu lauschen. Sie spielten Countrymusik. Julie gewöhnte sich allmählich an diese Art von Songs.

Sydney, Amian und Juan taten zwar so, als würden sie Julie immer mit in die Gespräche einbeziehen, aber eigentlich ging es doch nur um ihren Sport, um die letzten Wettkämpfe, die nächsten Spiele, wer Tutor wurde und ob Amian in den Sommerferien einen Segelkurs machte.

Irgendwann legte Sydney plötzlich die Hand auf ihr Knie. »Everything okay?«, fragte er leise, er schaute sie besorgt an.

Julie nickte. »Yes, absolutely.«

»You're sure?«, fragte Sydney noch einmal, und wieder nickte Julie.

Sie bestellten noch Applepie with Vanilla Icecream, und dann sagte Juan, dass im Capitol der neue Film mit Denzel Washington gezeigt wurde – und alle drei waren *die* Denzel-Washington-Fans!

Im Kino saß Julie neben Sydney. Sie konnte sein Gesicht beobachten, während er auf die Leinwand starrte. Sie konnte sehen, wie sich winzige Fältchen um seine Augen bildeten, bevor er loslachte, und wie seine Augen sich verengten, wenn es traurig wurde. Einmal war Sydney den Tränen nahe, das sah sie auch. Das gefiel ihr.

Als sie aus dem halbdunklen Kino heraustraten, legte Sydney, der hinter ihr ging, seine Hände um ihre Taille und schob sie sanft den Gang entlang nach draußen.

Als sie ihren Kopf zurückbog, drückte er seine Lippen auf ihr Haar. »Did you like the film?«, fragte er leise.

»Yes, it was great«, sagte sie.

Sydney beugte sich an ihr Ohr. »Next time we go without the boys«, flüsterte er.

Sie sah ihn an. Und in dieser Sekunde bemerkte sie in seinen Augen ein Leuchten, wie sie es noch nie darin gesehen hatte, so als würden Wellen von ihnen ausgehen und sie von Kopf bis Fuß durchfluten. Sie musste sich einen Moment an Sydney festhalten, weil ihr auf einmal war, als würden ihre Knie weich wie Pudding und langsam unter ihr nachgeben. Lächelnd drückte Sydney sie an sich. Dann war der Moment vorüber.

Es machte Sydney nichts aus, vor seinen Freunden den Kavalier zu spielen. Er öffnete zuerst die Beifahrertür und ließ Julie einsteigen.

Dann verabschiedete er sich von den beiden, die auch mit dem Auto gekommen waren. Sie schlugen sich auf die Schultern. Juan sagte etwas in Sydneys Ohr und Sydney lachte.

Als er den Motor anließ, sagte er: »Juan says, you are beautiful.«

Und Julie wurde schon wieder rot, aber das konnte Sydney in der Dunkelheit nicht sehen.

Als sie an diesem Abend ins Bett kroch und die Uhr stellte, sah sie noch einmal das Bild vor sich, wie sie und Sydney aus dem Kino gekommen waren und sie plötzlich in seine Augen sah … Wahnsinn! Und dann fiel ihr auf, dass sie an diesem Tag nicht ein einziges Mal an Joe gedacht hatte. Oder überhaupt an Deutschland.

An diesem Tag lief Julie ein gutes Tempo, besser als bei allen anderen Trainingsstunden. Sie hatten schon einmal den kleinen See umkreist, der zum Campusgelände der George School gehörte, und kamen auf die Aschenbahn des Sportareals zurück. Ihr Herz schlug heftig, aber rhythmisch, der Schweiß rann über ihre Wirbelsäule. Aber sie lächelte, denn Dan hatte ihr erklärt, dass man nur gut sein könne, wenn man Freude an dem empfindet, was man tut. Also versuchte sie, Freude an dieser Strapaze zu finden. Es war vier Uhr nachmittags und das Thermometer hatte die Dreißig-Grad-Grenze längst überschritten. Im Norden von Deutschland gab es den ganzen Sommer nur einige wenige Tage, an denen es so heiß wurde, die nannte man dann gleich die Hundstage. Das hatte Julie Dan erzählt, während sie sich auf den Lauf vorbereiteten. Dan war fast zwei Meter groß, schwarz und athletisch. Er war Julies Coach. Ein Sportstudent, dessen Aufgabe es war, Julie fit zu machen für das große Schulereignis, den Zehntausend-Meter-Lauf.

Eigentlich eine unmögliche Aufgabe, denn Julie hasste Sport.

In ihrer Schule hatte sie tausend verschiedene Tricks erfunden, um sich von Sportarten wie Geräteturnen oder Dreisprung zu befreien. Sie schaffte am Reck keinen Überschwung, und auf dem Schwebebalken kam sie sich vor wie ein Rollmops, der auf einem Zahnstocher stehen sollte. Wenn sie einen Ball werfen sollte, renkte sie sich fast die Schulter aus.

Und ausgerechnet sie war in eine amerikanische Familie gekommen, die nur aus Sportfreaks bestand! Jason spielte Football und Hockey wie ein Champion, Sydney hatte beim Tennis die Juniormeisterschaften von Wilmore gewonnen, Mike surfte in den Semesterferien auf dem Atlantik, an der Ostküste, in der Nähe von Cape Cod, wo die Davenports ein Ferienhaus hatten – und Sydney sagte, dass Mike beim Surfen jeden Profi abhängte. Ganz abgesehen davon, dass sie alle joggten, tauchten, und Kraftsport betrieben. Im Keller der Davenports hier in Wilmore standen Geräte, an denen Richard jeden Morgen trainierte. Geräte, die in Julies Augen wie Foltermaschinen aussahen. Sue machte Yoga, joggte und spielte Golf mit ihren Freundinnen. Oder mit ihrem Mann. Das Auto war immer beladen mit irgendwelchen Sportsachen. Mal lagen die Hockeyschläger auf dem Rücksitz oder ein Surfbrett war aufs Dach des Van montiert oder die Golftaschen versperrten den Blick durch das hintere Fenster.

Sydney fand das alles vollkommen normal. Er hatte zig verschiedene Paar Sportschuhe, und im Poolhaus gab es fünf Meter lange Schränke, die nur für die Sport-Ausrüstungen der Familie waren. Da gab es keinen Zentimeter Platz mehr.

Sydney hatte sich ziemlich gewundert, dass Julie ohne irgendwelche Sportsachen gekommen war. Er hatte zuerst nicht gewagt, sie zu fragen. Das heißt, er hatte genau bis zum ersten Frühstück gewartet und sie dann gefragt: »Was ist dein Lieblingssport?«

Julie hatte ziemlich lange überlegen müssen, eigentlich hatte sie sagen wollen: Spazieren gehen. Aber das war lächerlich, das war kein Sport. Deshalb hatte sie gesagt: »Schlittschuhlaufen.« Es war jetzt Sommer, und es bestand wenig Gefahr, dass ihre Künste da getestet würden.

Julie war froh, dass sie bisher ihre sportlichen Talente nur im Pool vorzeigen musste, Schwimmen gefiel ihr. Im Schwimmen war sie immer gut gewesen. Ihre beste Disziplin war Delfin. Das hat auf Sydney einen guten Eindruck gemacht. Danach hielt er sie für eine Sportskanone. Und deshalb war er auch sicher, dass sie beim Zehntausend-Meter-Lauf eine gute Zeit haben würde. Schwimmer haben Kondition, sagte er immer.

Dan lief locker neben ihr her. Wenn er lief, sah es aus, als koste es nicht die geringste Kraft, als sei Laufen ein Federspiel.

Er redete die ganze Zeit, und Julie lächelte, denn das ersparte ihr die Antwort.

Dan erzählte von seiner Zeit an der George School, und wie gut er diese Schule fand und was er ihr alles verdankte. Zum Beispiel zahlte sie ihm jetzt ein Stipendium an der Universität in Philadelphia. »Isn't that phenomenal?«, fragte er. Schließlich hätten seine Eltern niemals das Studium auf einer so guten Universität bezahlen können, die privaten Universitäten Amerikas wären ziemlich teuer… Und Julie lächelte und nickte. Außer Sport studierte Dan auch noch Sportmedizin. Er wollte irgendwann einmal Trainer einer Nationalmannschaft werden. Am liebsten Rugby. Rugby war seine Leidenschaft.

»Wie gefällt dir Rugby?«, fragte er, während er lässig neben ihr herlief. Sie hatten gerade viertausend Meter glücklich geschafft, und Julie sagte: »I like it!« –, und genau in diesem Augenblick bekam sie Seitenstechen. Sie hatte keine Ahnung, was Seitenstechen auf Englisch hieß, und deshalb verzog sie nur gequält ihr Gesicht und drückte die Hand in die Taille. Sie wurde langsamer. Immer langsamer.

Dan zappelte vor ihr herum. »You can't give up now!«, rief er beschwörend. »We nearly got it!«

Aber Julie keuchte heftig, sie hatte den Rhythmus verloren, ihr Herz raste, ihre Füße brannten, und sie konnte einfach nicht mehr, sie ließ sich in den Schritt fallen. Dan hob anklagend die Hände.

»Julie! Julie!«, rief er immer wieder.

Es war ihr egal. Sie blieb stehen, stützte sich auf die Knie und ließ den Oberkörper nach vorn fallen.

»You can't be tired!«, rief Dan. »We have just started!«

»But, yes, I am exhausted«, sagte Julie. Sie würde gleich zu Hause im Dictionary nachsehen, was Seitenstechen hieß.

»Sydney told me, that you are a sportive girl! He said you swim like a dolphin!«

Julie musste lachen, trotz ihrer Erschöpfung, sie stellte sich vor, wie Sydney Dan etwas vorschwärmte von ihren Schwimmkünsten. Das musste komisch gewesen sein, ausgerechnet Sydney, der schon den riesigen Lake Ontario durchschwommen hatte. Zusammen mit seinem Vater übrigens, an dessen vierzigstem Geburtstag. Eine unfassbare Familie.

Während sie so dastand, vornübergebeugt, keuchend und schwitzend, eröffnete ihr Dan, dass er in der nächsten Woche keine Zeit habe, sie zu trainieren, an seiner Uni stünden wichtige Termine an, aber dass Sydney seinen Job übernehmen werde.

Julie richtete sich auf. »Sydney?«, fragte sie entsetzt.

Dan grinste. »Ich hab ihn schon gefragt. Er sagt, er freut sich.«

»Sydney will das hier mit mir machen?« Julies Kopf, der ohnehin schon glühte, wurde noch heißer. »Das geht überhaupt nicht!«

»Und wieso nicht?«, fragte Dan erstaunt. »Ihr seid doch Freunde.«

Das stimmte, Freunde waren sie. Aber sie waren auch... – Julie überlegte, warum sie der Gedanke, mit Sydney zu trainieren, so entsetzte.

Sie wollte sich in seiner Gegenwart nicht blamieren, das war es. Sie wollte ihm keinen Grund geben, sie auszulachen. Oder sich für sie zu schämen. Das wäre noch schlimmer, wenn es ihm auf einmal peinlich wäre, mit ihr zu trainieren.

An diesem Abend, das Diner mit seinen Freunden und das Kino danach, da war es so gut gewesen, da hatte Sydney sich verhalten wie jemand, der stolz ist auf das Mädchen, mit dem er unterwegs ist. Sie wollte, dass es so bliebe. Genau, das war es. Sydney sollte sie gut finden.

Sie spürte Dans aufmerksamen Blick. Sie lachte verlegen.

»Ich bin nicht gut genug. Ich schnaufe wie ein Nilpferd, wenn ich laufe. Sydney weiß nicht… Er denkt, ich bin gut…« Sie schaute Dan hilflos an.

Er musterte sie, er lächelte. »Hey«, sagte er sanft, »what is this? Are you in love with Sydney?«

Julie starrte ihn an. Ihre Augen wurden riesengroß. »Oh, no!«, rief sie. »Nein! Überhaupt nicht… wie… also… Sydney und ich…« Sie schüttelte heftig den Kopf. Sie dachte: Sydney und ich?

Sie blieb stehen und wandte sich ganz langsam zu Dan um.

»Wenn Sydney das erfährt, Dan«, sagte sie, »dann spreche ich mit dir nie wieder ein Wort.«

Dan lachte. Er legte seine Hände auf ihre Schultern. »I can keep a secret«, sagte er.

*F*lorence brachte ins *Quasimodo* keine eigenen Texte mit, aber den Brief von Julie, der am gleichen Tag angekommen war.

Der Laden war schon zur Hälfte gefüllt, als sie gegen halb fünf eintraf. Um fünf Uhr sollten die ersten Lesungen beginnen.

Joe war noch nicht da. Deshalb suchte Florence sich einen Platz, von dem aus sie den Eingangsbereich gut im Auge hatte. Sie bestellte einen Milchkaffee. Als Joe eintrat, schöpfte sie gerade genüsslich mit einem Teelöffel den Milchschaum ab.

Joe trug einen für das Wetter viel zu dicken Parka über seinem blauen T-Shirt. Er hatte einen Rucksack dabei, den er neben der Garderobe abstellte, während er sich umschaute.

Florence winkte mit ihrem Kaffeelöffel.

Als er sie erkannte, lächelte er nicht, sondern nickte ihr nur zu. Florence deutete auf den freien Platz an ihrem Tisch. »Hast du was dabei?«, fragte sie, als er zu ihr trat und sich setzte.

Joe schüttelte den Kopf. »Ich hab nicht viel Zeit«, sagte er. »Ich muss nachher gleich wieder weg.«

»Ah«, sagte Florence. »Wohin?«

»Ich muss nach Berlin«, sagte Joe.

Florence hatte keine Vorstellung, warum Joe nach Berlin musste, sie fragte auch nicht. Es ging sie nichts an. Und Joe hatte nicht vor, es ihr zu erzählen, ebenso wenig, dass er von der Schule geflogen war. Auch seinen Großeltern gegenüber hatte er über seinen Rausschmiss geschwiegen. Er wollte das mit niemandem besprechen, sondern es erst mal allein mit sich abmachen. Seinen Großeltern hatte er einen Brief auf dem Küchentisch hinterlassen, in dem er schrieb, dass er für ein paar Tage wegfahren würde, es klang so, als sei er auf einer Klassenreise. Er wollte nicht, dass sich die alten Leute Sorgen machten. Er hatte einen sehr lässigen, unbekümmerten Ton gewählt für die Zeilen.

Joe bestellte sich ein Bier. Immer mehr Leute kamen herein. Draußen war es stürmisch und frisch, als wenn der Sommer, der noch gar nicht richtig angefangen hatte, schon fast wieder vorüber wäre. Doch in seinem gefütterten Parka war es Joe zu warm. Er hängte die Jacke über die Stuhllehne. Am Nebentisch beugte sich ein Mädchen mit rotem Kopf über ein paar ausgedruckte Seiten. Sie hatte bunte Perlen in ihre Zöpfe geflochten, sich mit schwarzem Kajal die Augen umrahmt und ihre Schultern in einen schwarzen Umhang gehüllt.

Florence sah, dass Joe das Mädchen interessiert anschaute. Sie bückte sich, nahm die Tasche auf die Knie und zog den Brief von Julie heraus.

Sofort war Joes Aufmerksamkeit wieder bei ihr. Seine Augen wurden schmal. »Der Brief? Aus Amerika?«

Florence lachte. »Klar, woher sonst!« Sie wedelte damit vor ihrem Gesicht herum, als wollte sie Joe damit locken.

»Ich hab sogar ein Foto von dem Typen, bei dem sie wohnt. Weißt du, wie der aussieht?«

Joe tat unbeteiligt.

Florence lachte wieder. »Wie Brad Pitt.«

»Kann ich das Foto mal sehen?«, fragte Joe.

Florence schüttelte den Kopf. »Hab ich zu Hause. Tut mir Leid, hab ich vergessen. Hättest du das gern gesehen?«

Joe schaute sich um, als interessiere ihn das Gespräch gar nicht, er blickte gegen die Decke, den alten staubigen Kronleuchter, auf die Filmplakate an den Wänden und zuckte mit den Schultern. Er tat gleichmütig, dabei hätte er verdammt gern dieses Foto von diesem »Brad Pitt« gesehen. Diesem Typen, der genauso aussah.

Er stellte sich vor, wie er dieses Foto mit einer Pinzette über ein kleines Feuer hielt, das er im Aschenbecher entfacht hatte, wie die Ecken sich krümmten und wie die Flammen dann über das Gesicht dieses Typen züngelten.

»Soll ich dir was vorlesen?«, fragte Florence.

Aber Joe legte den Finger auf die Lippen und deutete nach vorn. Florence sah, der Veranstalter des Slam ging auf die Bühne. Wie immer wirkte er etwas unbeholfen, als er die Gäste begrüßte.

Aus den Augenwinkeln bemerkte Florence, dass Joe nicht zuhörte, er schaute immer nur auf den Brief, den sie auf den Tisch gelegt hatte.

»Hat Julie dir ihre Adresse gegeben?«, fragte er leise, nun doch mitten in die Ansprache des Mannes auf der Bühne.

Florence tat Joe Leid, er sah so schlecht aus, sein Gesicht war viel schmaler als sonst und unter seinen Augen lagen dunkle Ringe. »Auf dem Umschlag«, flüsterte sie.

Joe zog den Brief zu sich heran. Seine Hände zitterten, als er ihn umdrehte.

Er las:

Julie Dietrich

c/o Sue and Richard Davenport

Sun Valley 2212

Wilmore/Connecticut

Das Mädchen mit den Perlenzöpfen raffte die beschriebenen Blätter zusammen und ging auf die Bühne. Im gleichen Augenblick zog Joe seinen Parka vom Stuhl, beugte sich vor und sagte: »Tschüs, ich muss los«, und war weg, bevor Florence es richtig begriffen hatte.

Sie sah nur, wie er am Eingang seinen Rucksack hochhob, wie die schweren Stoffvorhänge sich teilten, als er sie zur Seite schob, wie einen Augenblick das helle Licht in den Raum fiel, bevor die Vorhänge sich wieder schlossen.

Sie fürchtete einen Moment, dass Joe den Brief einfach mitgenommen hatte, weil er nicht mehr auf dem Tisch lag. Aber dann sah sie, dass er heruntergefallen war. Sie bückte sich und hob ihn vom Fußboden auf. Der Umschlag hatte einen Bierfleck. Und er roch nach kalter Asche. Es war eklig. Florence verzog das Gesicht, als sie ihn an die Nase hielt.

Das Mädchen mit den Perlenzöpfen begann mit ihrer Lesung.

Florence wischte den Briefumschlag mit ihrer Serviette ab, bevor sie ihn wieder in die Tasche steckte. Dann lehnte sie sich zurück und konzentrierte sich auf den Text, den das Mädchen vortrug.

Julie hatte Sydney seit dem Sonntagabend, als sie zusammen in Sues Chrysler unterwegs gewesen waren, nicht mehr gesehen. Er war am Montag in aller Frühe mit seiner Hockeymannschaft zu einem Turnier gefahren. Er sollte vier Tage weg sein und in den vier Tagen musste Julie allein mit dem Bus in die Schule und wieder zurück. Das war kein Problem, weil sie sich gut auskannte und die Schüler, die bereits im Bus waren, sie jedes Mal begeistert begrüßten. – Das Problem lag woanders.

Julie vermisste Sydney. Das war das Komische. Sie vermisste ihn morgens beim Frühstück, wo er ihr manchmal die Augen verband und sie eine Cornflakes-Mischung auswählen ließ. Sie vermisste ihn, wenn sie allein beim Vokabellernen saß oder wenn sie mit den Matheaufgaben nicht zurechtkam. Außerdem bügelte Sydney nicht nur seine eigenen Hemden, sondern auch ganz verstohlen eine frisch gewaschene Bluse von ihr. Oder ihre Bermudas. Sydney war irgendwie ein Hausmann, es machte ihm Spaß. Er konnte perfekte Scrambled Eggs machen, mit »Crispy Bacon«, so kross, dass es knackte, wenn sie reinbiss. Er schälte für sie Ananas, schnitt von den Mangos das süße weiche Fleisch, tat noch Erdbeeren hinzu und mixte aus den Früchten einen herrlichen Cocktail. Und er tat das alles so selbstverständlich, ohne eine Sekunde darüber nachzudenken, ob ein Junge »so was« machte oder nicht.

Manchmal wenn Julie an Joe gedacht hatte, stellte sie sich vor, welches Theater er um all solche Dinge machen würde, abgesehen davon, dass er wahrscheinlich nicht mal ein weißes Hemd besaß. Aber würde er ihre Bluse bügeln? Würde er ihr eine schöne Cornflakes-Mischung machen? Konnte er das überhaupt? Und hatte Joe sie je so zum Lachen gebracht?

An jenem Abend, als sie unterwegs gewesen waren zum Essen und in das Kino – da hatten sie sich fast geküsst. Es passierte, als sie aus dem Auto stieg, aus Versehen kamen sie sich mit ihren Gesichtern so nah, dass ihre Lippen sich streiften.

Julie hatte einen heißen Kopf bekommen und er hatte gelacht und »Sorry!« gesagt. Und war auf Abstand gegangen, ganz guter Junge, obwohl er zuvor schon fast zärtlich zu ihr gewesen war. Sie fragte sich, was das zu bedeuten hatte. War da was, wollte er ihr nahe sein? Oder nicht? War er nur höflich? Oder mochte er sie? Ein bisschen? Oder so wie sie ihn mochte?

Aber fragte sie sich das alles wirklich? Denn schließlich war da ja auch das Wahnsinnsleuchten in seinen Augen gewesen…

Sie zermürbte sich den Kopf.

Und deshalb war Julie auch ein bisschen froh, dass Sydney für ein paar Tage nicht da war, damit sie darüber nachdenken konnte, und andererseits sehnte sie ungeduldig den Augenblick herbei, wo sie sich beide wieder gegenüberstehen würden.

Schlimm bei alledem aber war, dass Sydney nunmehr ihr Coach für den Zehntausend-Meter-Lauf sein würde. Und sie lief wie eine Ente. Sie hatte keine Kondition, keine Ausdauer, und von einem eleganten Laufstil konnte nicht die Rede sein. Bestimmt glaubte Sydney, dass sie so gazellenhaft laufen konnte wie Chelsea, die er bei früheren Läufen trainiert hatte, Chelsea aus ihrem Dramakurs. Chelsea allerdings war schwarz, und jeder wusste, dass die Schwarzen sowieso den besseren Laufstil hatten und immer alle Preise abholten bei solchen Sportarten. Sie würde furchtbar gerne wie Chelsea laufen können, so gleichmäßig ruhig federnd, mit schwingenden Armen, so als bewege sie sich immer einen Zentimeter über dem Boden. Chelsea hatte ganz lange, dünne Beine, aber eine Kondition wie Stahl.

Sydney bewunderte sie. Und er würde vor Scham in den Boden sinken, wenn er sah, dass sie, Julie, sich wie ein Albatros vorwärts kämpfte, schnaufend und prustend. Und es gab noch ein Problem: Was, wenn sie sich wirklich in Sydney verliebte? Wie würde die Familie das finden? Würde es das tägliche Leben nicht schrecklich schwierig machen? Es wäre einfach zu peinlich. Es durfte nicht passieren. Sue würde sie vielleicht nicht mehr in ihrem Auto losfahren lassen und wäre nicht mehr so unbesorgt, wenn sie abends allein zu Hause blieben, Sydney und sie.

Es war verdammt kompliziert. Und deshalb war es gut, dass Sydney eine Weile nicht da war.

An Joe dachte sie nicht.

*E*s hieß, seit gestern seien der Pariser Platz um das Brandenburger Tor und die amerikanische Botschaft weiträumig abgesperrt. Wegen eines Weltwirtschaftsgipfels, der gerade auf einer fernen Insel stattfand, rechnete man mit Krawallen. Im Internet hatten sich Leute aus allen Teilen Deutschlands verabredet, an diesem Tag zur amerikanischen Botschaft zu marschieren.

Joe war erst eine Stunde zuvor in Berlin angekommen, am Bahnhof Zoo und hatte dann gleich den Weg durch den Tiergarten zum Brandenburger Tor genommen. Er war zu Fuß unterwegs, den Rucksack auf dem Rücken. Er hatte seinen Pass dabei, seinen Personalausweis und das Geld, das er in der Sparkassenfiliale abgehoben hatte, bevor er losgefahren war.

Er besaß genau tausendzweihundert Euro. Es war das Geld, das seine Großeltern immer auf sein Konto einzahlten, Monat für Monat, ein Teil des Kindergeldes, das sie für ihn bekamen. Eigentlich war es dafür gedacht, später eine Ausbildung mitzufinanzieren, aber Joe hatte immer Geld gebraucht, und von

Zeit zu Zeit hatte er etwas abgehoben – sonst wären jetzt fast dreitausend Euro auf dem Konto gewesen.

Joe folgte den anderen Leuten, die auch alle auf dem Weg zur amerikanischen Botschaft waren, sie trugen Transparente mit sich und sie waren gut gelaunt.

Auf der Straße des 17. Juni war Polizei aufgefahren. Die Mannschaftswagen parkten am Straßenrand, Polizisten patrouillierten hoch zu Pferde und Megafonansagen gellten über die breite Allee.

Schließlich war Joe am weiträumigen Absperrgitter vor der Botschaft. Hinter dem Gitter standen Polizisten und sahen grimmig auf die Demonstranten. Joe stellte sich zu einer Gruppe von jungen Männern, die ein Spruchband ausrollten, das Joe zuerst nicht lesen konnte.

Die Männer sprachen arabisch miteinander, aber als Joe sie etwas fragte, antworteten sie auf Deutsch, sehr freundlich.

Er holte eine Flasche Wasser aus der Seitentasche seines Rucksacks und bot davon an, dafür bekam er eine Zigarette von seinem Nachbarn. »Seit wann geht das hier schon so?«, fragte Joe.

Einer der Männer lachte. »Seit einer Woche machen wir Party«, sagte er. »Die Bullen sind ganz schön nervös. Die erwarten jeden Augenblick, dass wir stürmen. Aber das tun wir nicht, wir wollen die nur reizen. Das ist ein Spiel, verstehst du? David gegen Goliath.«

Joe nickte. Das Bild vom Zwergen gegen den Riesen gefiel ihm. Er zündete sich die Zigarette an und ließ die Stimmung auf sich wirken. Auf dem Weg durch den Tiergarten war er schon an einem richtigen Zeltlager vorbeigekommen. Überall hörte man Musik. Und überall gab es Mädchen, die nabelfrei und mit superengen Shirts herumliefen und auf ein Abenteuer hofften. Party eben.

Die Leute, die unmittelbar neben ihm standen, kamen aus Syrien, aus Ägypten und dem Libanon. Sie lebten seit ein paar Jahren in Deutschland, sie studierten an verschiedenen Universitäten. Sie fragten Joe, was er machte. Er hob die Schultern und sagte cool: »Gedichte.«

Das kam gut an. Sie nannten ihn jetzt »Der Dichter«. Er fragte, was das auf Arabisch hieß, hatte es aber eine Sekunde später vergessen.

Hinter ihnen gab es auf einmal ein heftiges Gedränge, Rufe wurden laut, immer mehr Leute schoben sich zum Absperrgitter vor. Es wurde eng.

Die Polizisten standen ihnen jetzt auf einen Meter Entfernung gegenüber. Einige hielten Schäferhunde an sehr kurzer Leine, die Hunde schauten wachsam, sie sahen gefährlich aus.

Einer der Demonstranten versuchte, einem der Tiere ein Stück Wurst anzubieten. Darauf raunzte der Polizist ihn an und die Leute pöbelten zurück. Die Stimmung heizte sich weiter auf, als ein paar Typen mithilfe eines Megafons Parolen skandierten und zum Angriff auf die Botschaft aufriefen. Joe dachte, die sind verrückt, aber er hörte, dass viele Beifall johlten.

Der Druck von hinten nach vorn wurde noch stärker, und plötzlich, ohne dass Joe genau wusste, wie es passierte, brachen ein paar Segmente der hohen Sperrgitter aus der Verankerung und fielen nach vorn. Jubel brandete auf. Und mit den Leuten um ihn herum, ein paar dutzend junge Männer und Frauen, wurde Joe auf die Polizistenkette zugedrängt. In dem Durcheinander sah er auf dem Dach der Botschaft einen Mann mit Kameras. Er fotografierte herunter zu den Demonstranten.

Jemand drückte Joe einen Stock in die Hand, an dem eines der Transparente befestigt war. Sie hörten Musik von Jimmy Hendrix, die aus irgendeinem Ghettoblaster dröhnte. Jetzt setzte sich eine Phalanx von Polizisten aus dem Absperrgürtel in Bewegung und kreiste die Demonstrantengruppe langsam ein, Polizisten mit Gesichtsschutz und schusssicheren Westen. Als Joe sich umschaute, sah er plötzlich überall Berittene. Und einen Wasserwerfer.

Joe jagte es vor Aufregung einen Schauer über den Rücken. Er stand hier mit etwa dreißig Leuten und mittlerweile waren sie völlig eingekreist. Die anderen Demonstranten waren wieder zurückgedrängt worden, hinter die Gitter. Doch er und die anderen standen hier, im Sicherheitsbereich, und sie hielten tapfer die Spruchbänder hoch: »DOWN WITH USA! AMI GO HOME! DOWN WITH USA! BUSH IS A MURDERER!«

Joe sah, dass auf dem Dach der Botschaft mehr und mehr Leute auftauchten. Er sah, wie sie fotografierten. Er hob die Hand, ballte sie zur Faust und grinste zu ihnen hoch.

Er war glücklich, dass er zu der Gruppe gehörte, die dem Botschaftsgebäude am dichtesten auf den Pelz gerückt war. Wie berauscht brüllte er die Parolen mit und schwenkte sein Transparent. Und immerzu blitzten oben auf dem Dach der Botschaft die Kameras, und ihre Bilder wurden zeitgleich in Zentralbüros gesandt, wo Computer versuchten, bekannte Gesichter herauszufiltern. – Niemand machte sich im Augenblick Gedanken darüber, aber sie hätten es wissen müssen. Auch Joe hätte es wissen müssen.

Die Polizisten zogen nun den Kreis um die Demonstrantengruppe enger, griffen sich wahllos einzelne der Männer und Frauen heraus, schließlich wurde jeder gezwungen, seine Papiere zu zeigen. Alles wurde notiert.

Auch Joes Personalien nahmen den Weg in einen Polizeicomputer.

Danach war es vorbei. Die Gruppe wurde wieder hinter die

Absperrgitter zurückgedrängt. Joe kaufte sich an einem Imbiss-stand eine Currywurst und setzte sich zu einer der Gruppen im Tiergarten, hörte Musik und trank Bier aus der Flasche, bis es Zeit war, sich auf den Weg zu machen. Auf den Weg zum Flughafen. Berlin sollte nur eine Station sein.

Im Internet hatte Joe sich eine Liste von billigen Flügen nach New York ausgedruckt.

In seiner Hosentasche, auf einem winzigen Zettel, den er mehrfach gefaltet hatte, hatte er Julies Adresse notiert. Von Zeit zu Zeit kontrollierte er, ob der Zettel noch da war. Aber selbst wenn: Die Adresse hatte er sowieso im Kopf.

Der Zehntausend-Meter-Lauf der Schule, an dem sich alle Schüler ab dem vierzehnten Lebensjahr beteiligen mussten und der in diesem Semester an einem Samstag stattfinden sollte, hieß an der George School »THE BIG RUN«.

Es war ein Riesending für die umliegenden Orte, an diesem Tag schlossen die Geschäfte schon mittags um dreizehn Uhr, bald darauf säumten Schaulustige die abgesperrte Strecke.

Ganz Wilmore würde auf den Beinen sein, auch Sue und Richard hatten vor, ihr Immobilienbüro zu schließen, an die Strecke zu kommen und den Läufern mit bunten amerikanischen Fähnchen zuzuwinken. Jason würde dabei sein und Hund Smokey natürlich auch. Sue hatte versucht, Mike zum Kommen zu bewegen, aber er hatte gemeint, dass er genug Big Runs mitgemacht hätte und dass das für sein weiteres Leben reiche.

Julie hatte ihre Kondition einmal heimlich alleine austesten wollen, bis an die Grenze ihrer Kräfte wollte sie gehen.

Abends, als die anderen ein Hockeyspiel im Fernsehen anguckten, hatte sie sich aus dem Haus geschlichen und war losgerannt, mit einer Stoppuhr in der Hand.

Sie wollte sehen, wie viele Kilometer sie in einer halben Stunde schaffte. Aber schon nach zwanzig Minuten wurde ihre Luft knapp. Sie keuchte, sie verlor den Rhythmus, sie machte alles falsch. Als hätte Dan ihr nie etwas erklärt, als hätte sie nie zugehört.

Sie brach einfach ab, lehnte sich an eine Gartenmauer, mit geschlossenen Augen, und wartete, dass ihr Puls sich wieder normalisierte. Es dauerte eine Ewigkeit.

Ausgerechnet in dieser Minute kam Damian mit dem Auto vorbei, sein Vater saß am Steuer, er fuhr ganz langsam und Damian drehte das Fenster herunter.

»Hi, Julie!«, brüllte er. »Going for the Big Run?«

Sie nickte herüber, versuchte ein Lächeln, aber es gelang ihr nur halb. Was sollte sie bloß tun?

Jeder hier in Wilmore redete über den Big Run. Es war mehr als ein Volksfest, es war eine Solidaritätsveranstaltung. We are all one family, das sollte es wohl heißen, Schwarze, Weiße, egal. We are one family.

Alle Schüler würden rote Hosen tragen, dazu das weiße T-Shirt mit dem Logo der George School und ihrer Startnummer. Sydney hatte dafür gesorgt, dass er mit Julie in einer Gruppe laufen würde. Das war eigentlich genau das, was sie verhindern wollte. Sie wollte nicht schuld sein, wenn Sydney eine schlechte Zeit lief. Er könnte den Big Run gewinnen, das war klar. Er könnte eine der besten Zeiten laufen, die letzten Tests hatten das schon gezeigt.

Aber Sydney sagte: »No way. I am by your side, Julie.«

Seit er von dem Hockey-Turnier zurück war, hatte sich etwas zwischen ihnen verändert. Sydney war ein bisschen verkrampfter, fast scheuer. Er errötete häufiger als früher und war manchmal so verlegen, dass er stotterte.

Sue hatte schon eine kleine amüsierte Bemerkung darüber losgelassen.

Julie hingegen hatte abgenommen. »You look skinny«, hatte Sue an einem Morgen gesagt, als Julie ihr in Top und Hüft-Jeans gegenüberstand. Julie hatte sich ein paar Tage lang nur von Obst, Jogurt und stillem Wasser ernährt, ihr Coach Dan hatte ihr erklärt, dass stilles Wasser viel gesünder sei, und dass sie bessere Chancen hätte, den Lauf gut zu überstehen, wenn sie keine Ballaststoffe mit sich herumschleppen müsste.

Zehn Kilometer schaffte man als Fußgänger in zwei Stunden. Gute Läufer brauchten die Hälfte. Durchtrainierte Leute wie Chelsea schafften es vielleicht in weniger als einer Drei-viertelstunde. Julie rechnete damit, dass sie irgendwann bei Kilometer fünf einfach schlappmachen würde. Davor fürchtete sie sich. In der Nacht vor dem Lauf wachte sie schweißgebadet auf, es war verrückt, dass sie sich so verkrampfte, dass sie das alles so wichtig nahm.

Sydney hatte nicht viel Zeit gehabt, mit ihr zu trainieren, er stoppte zweimal Julies Zeit nach tausend Metern. Tausend Meter schaffte Julie gut, das war kein Problem. Da war sie zwar außer Atem und keuchte, aber sie hatte noch keine Seitensti-che und sie erholte sich schnell danach. Ihr Puls war wenige Minuten später schon wieder normal. Deshalb glaubte Sydney nach wie vor, dass der Big Run für sie kein Problem sein würde.

Aber es war ein Problem.

Julie hatte immer schon Angst vor Prüfungen. Immer schon. Sie hatte Lampenfieber gehabt, als sie in der vierten Klasse mit ihrer Blockflöte in der Aula ein Weihnachtslied spielen musste, ihr Lampenfieber war so groß gewesen, dass sie keinen Ton he-rausgebracht hatte. Dabei konnte sie damals gut Flöte spielen.

Immer wenn es drauf ankam, war sie schlecht gewesen. Als sie für das Sportabzeichen trainiert hatte, war sie guter Durchschnitt. Aber an dem Tag, als es eben wirklich drauf ankam, blieb ihr die Puste weg, und ihre Knie waren weich wie Pudding…

Sie wusste, sie würde es nicht schaffen. Es würde eine Katastrophe werden, eine einzige Peinlichkeit, Sue und Richard mit ihren Fähnchen am Straßenrand, während sie zusammenkrachte.

Eine lahme Ente.

In der Nacht vor dem Lauf, als Julie senkrecht im Bett saß, von Panik geschüttelt, fasste sie einen Entschluss. Sie zog den Bademantel an und tappte barfuß über den Flur. Leise drückte sie die Klinke von Sydneys Zimmertür herunter. Es war eine mondhelle Nacht und Sydney schlief bei offenem Fenster. Er lag auf der Seite, eine Hand unter dem Kopf, die andere hing aus dem Bett. Auf dem Fußboden davor lagen seine Earphones und sein Portable und dazu jede Menge CDs. Daneben, aufgeschlagen, Bücher und Computerzeitschriften. Auf dem Stuhl seine Sachen.

Sydney machte beim Schlafen nicht das geringste Geräusch.

Julie streckte die Hand vor und berührte vorsichtig seine nackten Schultern.

»Sydney«, flüsterte sie, »are you sleeping?«

Sydney brummte verschlafen und wälzte sich auf die andere Seite.

»I must talk to you, Sydney!«, flüsterte Julie.

Wieder warf Sydney sich herum, er hatte eine tiefe Falte auf der Stirn und er schnaubte.

»I am sorry«, flüsterte Julie. »I am sorry, Sydney, but I… can we talk, please?«

»What?« Sydney fuhr jetzt hoch. Er rieb sich verwirrt die

Augen. Er blinzelte. Er starrte sie an, Julie war sicher, dass er in dem fahlen Mondlicht nicht viel erkennen konnte.

»What?«, rief Sydney erstaunt. Er tastete nach der Nachttischlampe und knipste sie an, er saß senkrecht im Bett.

»What ist happening?«, fragte er verwirrt. »Are you sick?«

Klar, dachte Julie, die hochrot geworden war, so was würde ich auch denken. Aber sie war nicht krank, sie war nur verzweifelt.

»Ich kann den Big Run morgen nicht mitmachen, Sydney«, sagte sie. »Könntest du das deinen Eltern sagen und den Leuten in der Schule, bitte?«

Sydney starrte sie an wie einen Geist, wer weiß, dachte Julie, aus welchen Träumen ich ihn gerade gerissen habe. Sie machte eine entschuldigende Geste und ging zur Tür.

»Hey!«, rief er leise. »Wait! Julie!«

Sie blieb stehen, sie drehte ihm den Rücken zu.

»What did you say?«

Julie wiederholte, was sie gesagt hatte: »Ich kann morgen den Big Run nicht mitmachen.«

»But … Why not? Why not?«, fragte er. »Was ist passiert?«

»Nichts«, sagte Julie, »außer dass ich weiß, ich schaffe es nicht, und ich habe keine Lust, mich lächerlich zu machen.«

Sydney fuhr sich mit den Händen durch das wirre Haar. »You are crazy.« Er wollte die Decke zurückwerfen. Dann zog er sie schnell wieder an sich. Er lachte. »I can't get up. I am naked.«

Was für eine absurde Situation. Wie spät ist es?«

Es war zwei Uhr morgens.

»Du weckst mich um zwei Uhr morgens, um mir zu sagen, dass du morgen den Big Run nicht mitmachen willst? Das kann ich nicht glauben!«

»Tut mir Leid«, flüsterte Julie. »Ich bin verrückt. Es war … ich weiß auch nicht …« Sie begann plötzlich zu weinen.

Sydney starrte sie an. Er zog die Decke um sich herum wie einen Rock und stand auf, ging zu Julie. Er streichelte mit der freien Hand ihr Haar. »Tut mir Leid. Unsinn, du bist nicht verrückt, es macht nichts. Ich war sowieso wach. Schön, dass du gekommen bist.«

Das war eine glatte Lüge. Aber es war typisch für Sydney. Julie musste durch ihre Tränen hindurch lächeln.

»Hast du ein Taschentuch?«, fragte sie schniefend. »Ich komm mir so blöd vor.«

Sydney hüpfte mit seinem Bettzeug zurück zum Schreibtisch, holte ein Taschentuch und hüpfte zu ihr zurück.

»Dreh dich um, bitte«, sagte er leise. Julie wandte sich weg von ihm und schnäuzte sich, trocknete ihre Tränen.

»Now.« Sie sah wieder zu ihm hin. Sydney trug seine Boxershorts und er hatte die Decke zurück auf das Bett gelegt. Er ging auf Julie zu.

»Warum hast du solche Angst vor dem dummen Big Run?«, fragte er.

»Ich hab Angst, dass du mich nicht mehr magst, wenn ich so schlecht bin«, sagte Julie. »Ich weiß, es klingt blöd, aber ich bin total unsportlich und ihr seid alle so super drauf, deine Eltern werden mich auslachen, deine Freunde auch. Und es wird dir peinlich sein, mit mir zusammen irgendwohin zu gehen.« Ihr kamen schon wieder die Tränen und das war noch peinlicher. »Verstehst du nicht?«, schniefte sie.

Sydney sagte nichts. Er nahm sie einfach nur in den Arm. Sie legte ihren Kopf an seinen Oberkörper. Er roch gut. Er hatte eine ganz glatte Haut. Sie schloss die Augen.

»Julie«, murmelte Sydney, »es ist mir vollkommen egal, ob du laufen kannst.«

Julie sagte nichts. Ihr Herz schlug.

»Und es ist mir auch egal, was meine Freunde dazu sagen.

Und du musst wissen, dass meine Eltern dich niemals auslachen werden wegen so was. Und ich sowieso nicht.«

Julie sagte immer noch nichts. Es war einfach so schön, so umarmt von Sydney nachts vor einem offenen Fenster im Mondlicht zu stehen. Sie hob den Kopf.

Sydney lachte. Er war auch ein bisschen verlegen. »Und jetzt…«, murmelte er.

Da stellte Julie sich auf die Zehen und küsste ihn.

Und als hätte er nur darauf gewartet, nahm er sie noch fester in die Arme.

Julie hatte die Startnummer 237. »Eine Glückszahl«, sagte Sydney strahlend.

»Wieso soll das eine Glückszahl sein?«

»Eine Primzahl«, meinte er augenzwinkernd. »Lernt ihr so was nicht in Mathe?«

»In Mathe lernen wir nichts, was mit Glück zu tun hat«, sagte Julie.

Sie war überhaupt nicht aufgeregt vor dem Start, das war merkwürdig, keine Angst davor, zu versagen.

Sydney hatte lange mit ihr geredet, morgens auf dem Weg zum Start. Er hatte ihr erklärt, dass es wirklich nur darauf ankam, dass man mitmachte, sonst auf gar nichts. »Du musst sagen können, dass du dabei gewesen bist«, hatte er ihr immer wieder eingeredet, »nur das zählt.«

Irgendwann hatte Julie es ihm geglaubt, hatte sich die Nummer umgebunden, ihre Atmung kontrolliert, hatte sich locker gemacht und war beim Startschuss einfach losgelaufen.

»Du musst locker bleiben«, hatte Dan ihr immer eingeschärft,

»nur die Leute, die locker bleiben, schaffen ihr Pensum. Niemals verkrampfen. Denk an was Schönes.«

Ich muss an was Schönes denken, dachte Julie.

Sie fand ihren Rhythmus relativ schnell. Sie schaffte es, die Atmung und den Laufrhythmus zu koordinieren. Sie lief in einem Pulk von Leuten, die sie nicht kannte, vielleicht war das auch gut so. Sie liefen durch Straßen, die sie nicht kannte. Es winkten fremde Menschen, sie riefen fremde Namen. Helfer reichten ihnen Wasserflaschen und Schwämme, mit denen sie den Schweiß abwischen konnten. Sydney hatte ihr erklärt, wie das Versorgungssystem aufgebaut war. Es war genau wie bei großen Läufen in Deutschland, etwa einem Marathon, nur dass Julie sich nie für so was interessiert hatte.

Sie dachte an den Tag, als sie in Wilmore angekommen war. Wie Sydney und seine Brüder sie am Eingang begrüßt hatten. Wie fröhlich alle gewesen waren. Wie freundlich. Aber wie fremd ihr dennoch alles gewesen war. Dieses eiskalte Haus, die riesige Küche, die wie ein Hightech-Labor aussah. Richard Davenport mit seinem überdimensionalen Van.

Sie dachte daran, wie Sydney sie zum ersten Mal geküsst hatte. Sie dachte an das Strahlen, das Leuchten in seinen Augen. Er war sicher, dass sein Leben aufregend sein würde, dass er Spaß haben würde. Er war so anders als Joe.

Joe glaubte nicht an eine schöne Zukunft. Joe sah immer nur Probleme, sah immer nur die Schattenseiten.

Ich werde Joe irgendwann einen Brief schreiben, dachte Julie, und ihm erklären, was mir an Amerika gefällt. Was in Amerika besser ist. Ich werde ihm das alles aufschreiben. Er soll das lesen. Er soll wissen, dass nicht alles so negativ ist, wie er sich das vorstellt.

Sie lief. Ihr Herz schlug gleichmäßig, sie hatte keine Seitenstechen und ihre Muskeln verkrampften sich nicht. Sie schaffte es bis ins Ziel.

Im Ziel stand Sydney. Er strahlte und breitete die Arme aus. »You made it, Baby!«, brüllte er, und es war ihm egal, ob die anderen sich wunderten. Und Julie ließ sich einfach in seine Arme fallen.

It's great, dachte sie. It's really great. I got it!

Am Sonntagmorgen hörte sie ein zaghaftes Klopfen an der Tür. Sie lag noch in ihrem Bett, die Arme unter dem Kopf verschränkt, und sah dem Schattenspiel an ihrer Zimmerdecke zu, das die Ahornäste draußen im Wind verursachten.

Sie saß sofort senkrecht im Bett.

Sydney, dachte sie. Oh Gott, das ist bestimmt Sydney. Wie sehe ich aus?

Sie sah aus wie ein sechzehnjähriges Mädchen, das gut geschlafen hatte nach einem anstrengenden sportlichen Tag. Sie sah okay aus.

Es klopfte wieder, dieses Mal etwas lauter.

Julie schaute auf die Uhr. Halb acht. Das war früh für einen Sonntag.

Aber es war Sommer und seit sechs Uhr schien die Sonne in ihr Zimmer. Auch sie war schon lange wach.

Sie schlüpfte aus dem Bett und ging zur Tür, öffnete sie einen Spalt.

Da stand Sydney in Boxershorts und T-Shirt und mit zerrubbeltem Haar.

»Hey«, sagte er sanft, »did I wake you up?«

»No problem, I was awake«, sagte Julie.

»Can I come in for a minute?«

»Yes, sure.« Julie öffnete die Tür und Sydney kam auf Zehenspitzen herein. Sie drückte ganz behutsam die Tür wieder ins Schloss.

Dann standen sie sich gegenüber, beide verlegen.

»This is the only time I can talk to you in private«, sagte Sydney, als müsse er sich entschuldigen. »I have to tell you something.«

»Okay, come and sit down.«

Sie setzten sich nebeneinander auf die Bettkante. Sie schauten sich an. Julie wartete mit klopfendem Herzen, was Sydney ihr zu sagen hatte.

Er schaute sie an, und es war, als würden seine Blicke in ihren Augen Tauchversuche machen, als versuchte er, in ihr zu versinken, in ihr aufzugehen.

Dann streckte er seine Hand aus und schob zärtlich eine Haarsträhne hinter ihr Ohr. »Ich muss immer daran denken«, sagte er, »wie du letzte Nacht in mein Zimmer gekommen bist.«

»War das schlimm?«, fragte Julie.

Sydney schüttelte den Kopf. »Nein, das wollte ich ja gerade sagen: Ich fand es toll. Aber es war komisch, weißt du? Weil ich … weil ich …« Er zögerte, er suchte nach Worten. Julie wagte nicht, ihn anzusehen. Ihr Gesicht glühte.

Schließlich, mit einem Ruck, richtete Sydney sich auf. Er lachte verlegen. »Das ist das, was sie alle immer sagen: Dass es so verdammt schwer ist, obwohl es ganz einfach sein sollte. Ich hab immer gedacht, ich bin so cool. Aber ich wäre, verdammt noch mal, gern ein bisschen cooler in einem Augenblick wie diesem. Ich …«, er räusperte sich, lachte noch einmal verlegen, schüttelte den Kopf über sich – und nahm ihre Hände. Er spielte mit ihren Fingern, drehte an den Ringen, die sie trug, schaute ihre Fingernägel an.

»Als du zu uns gekommen bist, als meine Eltern dich vom

Flughafen abgeholt haben und du hier vor unserem Haus aus dem Auto gestiegen bist«, sagte er, »da hab ich es schon gewusst. Das war der Wahnsinn. Ich meine, vorher haben mich Frauen nie wirklich interessiert. Überhaupt nicht. Ich fand sie okay, aber irgendwie nichts Besonderes. Hey«, er warf den Kopf zurück, »ich rede völligen Blödsinn.«

»Überhaupt nicht«, sagte Julie.

»Du ahnst, was ich sagen will?«, fragte Sydney hoffnungsvoll.

Julie ahnte es. Sie konnte ihm jetzt den Gefallen tun und einfach nicken. Aber sie wollte, dass er es sagte. Dass er es aussprach. Sie wollte es hören, aus seinem Mund, von seinen Lippen lesen, die berühmten drei Worte: I love you.

»Ich hab keine Ahnung«, sagte sie. Und wurde rot.

»Okay, ich wusste es. Du willst, dass ich es ausspreche. Also, ich hatte an dem Tag, als du kamst, das Gefühl, dass ich mich in dich verlieben würde. Und es ist passiert. So ist das.« Er breitete die Arme aus in einer Geste der Verzweiflung. »Nun musst du damit leben. Ich bin total verliebt in dich.«

Julie senkte den Kopf, sie schaute auf ihre nackten Füße mit den seit gestern rot lackierten Zehennägeln, auf ihre nackten Knie, weiß und rund. Ihre schlanken Oberschenkel.

Eine Sekunde dachte sie darüber nach, dass sie immer, wenn sie sich an diesen Augenblick erinnerte, daran denken würde, dass sie so lächerlich gekleidet waren, alle beide, er in seinen Boxershorts und sie in T-Shirt und Baumwollslip. Und dass sie total wie die schüchternen Teenies auf der Bettkante saßen und nicht wagten, sich zu berühren.

Julie dachte: So kann das nicht bleiben. Sie umarmte Sydney und zog ihn herunter auf das Bett, und als sie sich küssten, seufzte Sydney tief und zufrieden auf.

Später an diesem Sonntag spielten Jason, Julie und Sydney Wasserball im Pool und alberten herum. Sue schob eine Karre, bis oben mit Sommerpflanzen gefüllt, am Blumenbeet entlang. Hin und wieder blieb sie stehen, schaufelte ein kleines Loch und steckte eine Pflanze hinein, die sie mit den Händen festdrückte. Sie war mit Hingabe bei der Sache.

Richard hatte einen Termin mit Kunden in der Nachbarschaft, wo ein riesiger Bürokomplex vermietet werden sollte. »Wenn es klappt«, hatte er gesagt, »könnt ihr euch was wünschen.«

Sydney hatte Julie schon gesagt, was er sich wünschen würde: Ein neues Surfbrett für die Sommerferien, die die Davenports traditionell in Cape Cod verbrachten, dem Prominenten-Urlaubsort am Atlantik. Ihr Ferienhaus lag am gleichen Strand wie das Sommerhaus der Kennedy-Familie. Julie war natürlich eingeladen, die Sommerferien mit den Davenports dort zu verbringen.

Sydney schnellte aus dem Wasser, um Julie den Ball zuzuwerfen. Julie lachte und war ungeheuer glücklich. Sie hatte sich verliebt und es war alles so einfach und so leicht.

Da klingelte das Telefon, das auf der Terrasse lag, und Julie dachte: Oh nein, nein! Wir gehen nicht ran. Es ist gerade alles so schön.

Jason hatte sich schon am Poolrand hochgestemmt. »Ich geh hin!«, rief er, immer in der Erwartung, einer seiner Freunde würde anrufen, um sich mit ihm zu verabreden.

Julie und Sydney schwammen aufeinander zu, während Sue am Blumenbeet ihnen den Rücken zudrehte und Jason zum Telefon spurtete.

Sie lächelten sich an. »Sollen wir es wagen?«, flüsterte Sydney mit einem Blick auf seine Mutter.

»Lieber unter Wasser!«, sagte Julie. Und so tauchten sie beide und gaben sich unter der Wasseroberfläche einen Kuss.

Als sie wieder auftauchten, kniete Jason am Pool und streckte Julie das Telefon hin.

»It's for you«, sagte er.

Julie schwamm zum Beckenrand. »For me? Who is it?«

»No idea«, sagte Jason und sprang mit einem Hechter zurück in den Pool.

Julie schob ihre nassen Haare vom Gesicht. »Yes?«, fragte sie. »Hello?«

Einen Augenblick war es still.

Julie dachte schon, dass die Leitung tot wäre, und sie rief noch einmal: »Anybody there?«

Da hörte sie etwas wie Musik und sie presste den Hörer dichter ans Ohr.

Jemand räusperte sich. »Kannst du schon nicht mehr deutsch sprechen?«, fragte eine Stimme.

Julie erschrak so, dass sie fast das Telefon ins Wasser hätte fallen lassen.

Es war Joe. Es! War! Joe!

Eine heiße Welle schoss durch ihren ganzen Körper.

Sie drehte sich um. Sydney und Jason alberten mit dem Wasserball herum. Sue schaute nicht zu ihr hin.

»Joe!«, flüsterte Julie. »Wieso rufst du an?«

»Wieso nicht?«, gab Joe zurück.

»Aber… woher hast du die Nummer?«

»Ist das nicht egal?«, fragte Joe. »Oder freust du dich nicht, meine Stimme zu hören?«

»Klar, schon… ich freu mich.« Aber sie spürte, dass es eine Lüge war. Joes Stimme zu hören, an diesem Tag, in dieser Situation, brachte sie vollkommen durcheinander. Joes Stimme gehörte nicht hierher, nicht in den Garten der Davenports, Joes Stimme gehörte zu ihrem anderen Leben, ihrem Leben, das irgendwie weit zurücklag.

»Du wohnst ja in einer ziemlich feudalen Gegend«, sagte Joe.

Julie runzelte die Stirn. »Woher weißt du das?«

»Weil ich vorhin an deinem Haus vorbeigefahren bin, mit dem Bus.«

Julie konnte nichts antworten. Joe war hier! In Wilmore! War das ein Trick? Wollte er sie nur auf die Probe stellen? Nur sehen, wie sie reagierte?

»Das glaub ich nicht«, sagte Julie.

Sydney schwamm zu ihr hin. »Who are you talking to?«, rief er. »Tell him, we're in the middle of a game!«

»Just one second«, sagte Julie bittend zu Sydney. Ihr Kopf glühte, sie war vollkommen durcheinander.

»Du bist hier! Oder nicht?«, fragte sie leise. »Du machst einen Witz, oder?«

»Mit wem hast du da eben geredet? Ist ja ein super Englisch, was du sprichst.«

»Wir sind gerade im Pool«, sagte Julie. Und merkte im gleichen Augenblick, dass es eine dämliche Antwort war.

Joe lachte. »Oh! Ihr seid im Pool! Daran hab ich nicht gedacht.« Es war ein grimmiges Lachen.

»Ja«, sagte Julie trotzig, »wir spielen Wasserball.«

»Toll!«, sagte Joe. »Du bist also bei richtigen amerikanischen Bonzen gelandet. Klasse.«

»Du bist verrückt«, sagte Julie wütend. »Rufst du an, um mir so was zu sagen? Dann tschüs.«

»Hey, warte. Wann können wir uns sehen?«

»Ich weiß nicht«, Julies Herz schlug heftig. »Ich muss darüber nachdenken. Ich weiß nicht, was für heute noch geplant ist...«

»Dann sag ich dir, was für heute geplant ist«, sagte Joe. »In einer Stunde in der Lincoln Avenue, kennst du die?«

»Nein«, sagte Julie. Sie merkte, dass Sydney sie eindringlich anschaute. Sie lächelte ihm zu. Er nickte, drehte sich um und schwamm zurück zu Jason.

»Okay, der Bus, der bei dir vorbeifährt, fährt auch durch die Lincoln Avenue. Da gibt es eine Autovermietung, ›Alamo‹. Die ist genau gegenüber von dem Youth Hostel. Kennst du das?«

»Nein«, sagte Julie.

»Ich warte da«, sagte Joe und legte auf.

Julie kletterte aus dem Becken. Sie trug das Telefon zurück. Als sie im Schatten der Terrasse stand, fror sie plötzlich. Ihr ganzer Körper überzog sich mit Gänsehaut. Sie schaute erschrocken an sich herunter.

Sydney warf ihr den Ball zu. »Come back in and get on with the game!«, rief er.

Julie lächelte, strich ihre nassen Haare aus der Stirn und sprang zurück ins Becken.

In einer Stunde, dachte sie. Oh Gott! Was mach ich bloß.

Sue hatte wieder eine kleine gelbe Pflanze in die Erde gesetzt und richtete sich auf, sie trug eine rote Baseballkappe, unter die sie ihre Haare gesteckt hatte. Die Kappe war groß wie ein Ballon. Mit ihren erdigen Fingern winkte sie, als sie sah, dass Julie zu ihr hinschaute. Julie winkte zurück.

Joe ist da, dachte sie. Und ich freu mich gar nicht.

Die ganze Familie war draußen im Garten, um einen neuen Barbecue zu installieren, den Richard Davenport kürzlich gekauft hatte. Im Nachbarhaus wurde ein Kindergeburtstag gefeiert, laute Musik schallte herüber, es roch nach gegrillten Steaks, die Luft war von Kinderlachen erfüllt, und immer wieder stiegen bunte Ballons in den blauen Himmel. Es war wohl ein schöner Sonntag. Für alle. Nur nicht für Julie.

Es war halb drei Uhr nachmittags und Joe wartete schon über eine Stunde. Julie hatte sich unter einem fadenscheinigen Vorwand in ihr Zimmer zurückgezogen, um überlegen zu können. Sie hatte gesehen, dass Sydney ihr hinterhersah, ein bisschen nachdenklich, aber freundlich wie immer.

Julie griff nach ihren Sachen, Jeans und das T-Shirt mit dem Aufdruck der George School. Das musste es sein… Sie wusste nicht, ob sie sich freuen sollte, Joe wiederzusehen, sie wusste nicht, was sie denken sollte. Sie war hin- und hergerissen. Angesichts dessen, dass sie in wenigen Minuten vor Joe stehen würde, und auch, weil sie Sydney etwas vormachen musste, um für ein paar Stunden das Haus allein verlassen zu können.

Ihre Turnschuhe hielt sie in der Hand, als sie barfuß die Treppen ins Erdgeschoss hinunterging, sie wollte so wenig Lärm wie möglich machen. Vielleicht konnte sie doch heimlich verschwinden und nach einer Zeit einfach wieder zurück sein.

Plötzlich stand Sydney da. In nassen Badehosen, mit einem Handtuch um die Schultern.

Das Wasser tropfte von seiner Hose, aus seinen Haaren und ließ ihn in einer kleinen Pfütze stehen. Sie sah, wie seine Zehen sich zusammenkrallten. Er bibberte, weil im Haus die Klimaanlage wieder so weit runtergeschaltet war und ein eisiger Luftzug wehte.

»You're going out?«, fragte Sydney.

Julie lachte verlegen. »Ich mach nur einen kleinen Spaziergang. Ist so schönes Wetter. Ein bisschen die Gegend anschauen.«

Sydney musterte sie. Er lächelte. »Okay, give me five seconds. I am coming with you.« Er spurtete die Treppen hoch.

Julie lief ihm nach. »Sydney! Nein! Bitte! Du musst nicht mitkommen. Ich bin bald zurück.«

Sie hörte sich so flehend an, dass er zurückkam und sie besorgt anschaute. »What's happening?«, fragte er sanft.

Julie wurde rot, sie schüttelte übereifrig den Kopf. »Nichts, nichts. Alles in Ordnung.«

»But you want to be on your own«, sagte Sydney. »I don't understand. Did I do anything wrong?«

»Oh no, nothing, nothing. It's got nothing to do with you, Sydney!«

Sydney rieb seinen Hals mit dem Handtuch. Er fuhr sich über das Gesicht. Als er sie wieder anschaute, lächelte er wie sonst.

»Okay«, sagte er, »you do whatever you like.«

Julie beugte sich vor und küsste ihn. »You're sweet!«, flüsterte sie.

Sydney nickte. Er ging die Treppen wieder hinunter, machte einen Bogen um die Pfütze, die er hinterlassen hatte und drehte sich zu ihr um.

»I better go back into the sun. It's icy cold in here.«

»Yes«, sagte Julie lächelnd, »yes, it is.«

Sie sah, wie er durch das Wohnzimmer auf die Terrasse trat. Als sie sich auf die Treppenstufe setzte, um ihre Turnschuhe anzuziehen, hörte sie, wie Sue fragte: »Where is Julie?«

»She is going for a walk«, sagte Sydney.

»For a walk?«, wiederholte Jason lachend. »Why?«

»Because she's German«, sagte Sydney, »and Germans love to go for a walk.«

»Why don't you go with her?«, fragte Sue.

»Because she doesn't want me to«, sagte Sydney.

Julie stand auf, warf noch einen Blick in den Spiegel und verließ schnell das Haus.

*D*ie Lincoln Avenue war eine lange, vierspurige Straße, die ein hügeliges Villengebiet durchquerte und dann, nach einem Kreisel, ins Zentrum von Wilmore führte. Julie stieg am Kreisel aus. Sie ging auf der Sonnenseite der Straße. Es waren kaum Menschen unterwegs, die Geschäfte alle geschlossen, bis auf eine Bäckerei, vor der viele Wagen parkten. Und der Supermarkt hatte geöffnet. Leute schoben ihre Einkaufswagen zum Parkplatz, begleitet von Mengen kleiner Kinder, manchmal umrundet von einem Hunderudel – eine bunte Mischung von Kunden: Weiße, Schwarze, Leute aus Lateinamerika und solche, die aussahen, als kämen sie aus Korea oder Japan. Julie war immer wieder fasziniert von der Multi-Kulti-Welt Amerikas. Auf einer Steinmauer saßen ein paar Typen, etwas älter als sie, und ließen einen Joint kreisen. Sie rauchten ganz offen und niemand beachtete sie. Ein Streifenwagen der Polizei fuhr langsam die Lincoln Avenue hinunter. Julie sah, wie die Jugendlichen jetzt den Joint schnell verschwinden ließen. Doch der Streifenwagen hielt, die Polizisten stiegen aus und gingen mit einem lässigen Schlendergang auf sie zu.

Sue sagte immer, dass das hier eine ruhige Gegend wäre, hier gäbe es keine Gangs wie in New York, keine Gewalt und keine Drogenprobleme wie in der City, Gott sei Dank.

Vielleicht irrte sie sich.

Joe hockte auf der Türschwelle zu dem Büro der Autovermietung. Am Straßenrand parkten blitzsauber polierte Mietautos.

Joe hatte die Knie so weit hochgezogen, dass sie fast sein Gesicht verdeckten. Er sah ihr entgegen. So regungslos, als wäre sie eine Fremde. Er saß im Schatten und war kaum auszumachen, wenn man selber auf der Sonnenseite ging. Der Tag leuchtete und das schwärzte die Schatten tiefer als sonst. Vor den Bürofenstern der Autovermietung waren die Jalousien heruntergezogen, die Tür mit einem Metallgitter verschlossen. Überall die Plaketten privater Sicherheitsdienste.

Joe tat nichts, er saß nur da und schaute ihr entgegen.

Julie überquerte die Straße. Sie ging auf ihn zu. Joe blieb sitzen, bis sie direkt vor ihm war und lächelnd sagte: »Ich hätte dich fast nicht erkannt.«

»Aber ich dich«, sagte Joe.

Er richtete sich schwerfällig auf, klopfte den Staub von den Hosen. Er war blass und er schwitzte. Julie sah, dass ihm ein paar Barthaare wuchsen, das sah witzig aus. Aber es war das einzig Witzige an ihm. Joes Augen glänzten, als habe er Fieber. Seine Lippen waren spröde und an einer Stelle aufgeplatzt.

»Ich kann es immer noch nicht fassen«, sagte Julie, »dass du da bist.«

»Ich auch nicht«, sagte Joe. Jetzt lächelte er. Er deutete zu dem Haus auf der gegenüberliegenden Seite, der Sonnenseite. Es war aus gelbem Klinker, vier Stockwerke hoch. »Das ist das Youth Hostel«, sagte er. »Da wohn ich. Ein Zehnbettzimmer. Waschräume wie in unserem alten Schwimmbad. Aber es ist okay.«

Sie standen sich hilflos und verlegen gegenüber. Julie fiel nichts ein, was sie sagen konnte.

Sie war erschrocken darüber, wie Joe aussah und wie anders er *hier* aussah. Er war so dünn, ganz dürr, er hatte so schmale Schultern und seine Arme hingen kraftlos an seinem Körper herunter. Als wäre er krank.

»Bist du krank?«, fragte Julie schließlich, als er immer noch nichts sagte.

»Kann sein.« Er zuckte die Achseln. »Krank von irgendwas. Kann schon sein. Aber ich hab keine wirkliche Krankheit, wenn du das meinst. Nichts Ansteckendes.«

Julie lachte verlegen. Sie schaute die Straße hinunter. »Wollen wir hier stehen bleiben?«, fragte sie.

»Wir können da runtergehen, wenn du willst«, Joe deutete nach rechts, »oder da.« Er deutete nach links. »Hier sieht sowieso alles gleich aus.«

Sie gingen nach rechts. Sie gingen nebeneinander her, ohne sich zu berühren, sie hatten sich nicht geküsst, sich nicht einmal die Hand gegeben. Weil sie beide spürten, dass das nicht normal war, wurden sie immer verlegener.

»Ich dachte, du wolltest nach Berlin«, sagte Julie schließlich.

»Ich war in Berlin.«

»Und?«

»Es war gut«, sagte Joe. »Aber nicht gut genug.«

»Und wieso war es nicht gut genug?«

»Rat mal«, sagte Joe. Er schaute sie an, sie blickte an ihm vorbei. Er hob die Schultern. »Wir wollten das eigentlich zusammen machen, falls du dich erinnerst.«

»Klar erinnere ich mich«, sagte Julie.

Und dann schwiegen sie wieder.

Sie gingen diese Straße herunter, an einem Sonntagnachmittag in einer amerikanischen Stadt. Es war auf einmal, als gingen sie unter einer Glocke, als wären sie gar nicht wirklich hier, nicht in dieser Stadt und nicht in der Zeit, in der sie sich tatsächlich bewegten.

Wochen waren vergangen, und es war so viel passiert, doch plötzlich waren beide wie zurückversetzt, und alles schien auf einmal wie gestern erst geschehen.

»Du weißt, wie das gelaufen ist«, sagte Julie endlich leise, »meine Eltern haben mich dazu gezwungen.«

Joe schaute sie an, er verzog keine Miene.

»Weißt du, dass ich dir das nie geglaubt hab? Ein Mensch, der sechzehn Jahre alt ist, kann nicht gezwungen werden, nach Amerika zu gehen. Er geht, wenn er es selbst will.«

»Du bist wie immer superschlau«, erwiderte Julie, ohne die

Stimme zu erheben. Es klang wie eine traurige Feststellung. Joe senkte den Kopf. »Nicht immer«, sagte er. »Das war ziemlich blöd… ich meine… unser Abschied. Du hast mich irgendwie auf dem falschen Fuß erwischt.«

Und mit einer Bierflasche, wollte Julie sagen, aber sie schwieg lieber. Sie wollte keinen Streit. Nicht jetzt.

Joe war nach Amerika gekommen, weil er sie sehen wollte, weil er Sehnsucht nach ihr hatte. Der Gedanke war auf einmal so groß in ihr, dass sie damit gar nicht umgehen konnte.

Doch Joe war schon auf dem anderen Trip.

»Du wolltest weg«, sagte er, und seine Stimme wurde schärfer, »weil ich dir auf die Nerven ging. Gib es wenigstens zu. Du hattest die Schnauze voll von mir.«

»Ist doch gar nicht wahr und das weißt du genau! Es war nur…« Sie stockte.

»Was?«, bohrte Joe. »Was war? Ich weiß, was es war: Ich war dir nicht gut genug. Die Schule nicht, die Wohnung, in der ich lebte, die ganze Geschichte mit meinen Großeltern…«

»Das stimmt doch gar nicht! Ich fand deine Großmutter total gut!«

Joe schüttelte unbeirrt den Kopf. »Und? Wie ist es hier? Alles recht für das Lehrertöchterchen? Scheint dir gut zu gefallen – im Pool.« Er dehnte das Wort, sodass es ganz hämisch klang.

»Ja, es gefällt mir. Es gefällt mir tatsächlich!«, rief Julie jetzt. »Na und?«

»Und die Ami-Typen«, fragte Joe, »bei denen du wohnst?«

»Die sind nett!« Julie stieß es mit Nachdruck hervor.

»Und dieser Heini im Pool, mit dem du geredet hast? Der ist bestimmt auch total nett.«

Julie schloss die Augen. Ich will nicht über Sydney reden, dachte sie, nicht mit Joe!

»Ich hab Florence im *Quasimodo* getroffen. Sie hatte von dir einen Brief bekommen und ein Foto. Sie sagt«, Joe verdrehte die Augen, »dass dieser Typ aussieht wie Brad Pitt.«

Julie schwieg beharrlich.

Gegenüber war ein McDonald's. »Wollen wir da reingehen?«, fragte sie. »Ich hab keine Lust, durch die Gegend zu laufen.«

»In einen McDonald's geh ich nicht«, sagte Joe. »Wenn *du* da reinwillst, bitte.« Er blieb stehen. »Dann warte ich hier.«

Julie starrte ihn an. »Bist du jetzt total durchgeknallt? Wir haben zu Hause auch Hamburger gegessen. Und Milkshakes getrunken. Du fandest die gut.«

»Ich hab meinen Geschmack eben geändert.«

»Aha.« Sie lachte grimmig. »Du isst jetzt nur noch Döner.«

Joe sagte nichts.

»Wie geht's denn dem Dönerladen von Çelim?«, fragte Julie.

»Keine Ahnung«, sagte Joe. »Ich hab ihm gesagt, dass ich nicht bei ihm ins Geschäft einsteige.«

»Geht ja sowieso nicht, du musst schließlich erst die Schule fertig machen.«

»Ich muss überhaupt nichts«, sagte Joe.

Julie sah ihn an. »Wieso? Was ist passiert?«

»Frag doch deine Mutter«, sagte Joe. »Ich bin von der Schule geflogen. Don Corleone hätte mich sicher behalten, das weiß ich, aber sie hat nicht aufgehört, daran zu arbeiten, deine Mutter! Jutta Dietrich! Tolle Frau!« Er nickte. »Die zieht so was knallhart durch.«

Julie zitterte, sie schrie plötzlich. »Wieso denn meine Mutter? Was hat die damit zu tun?«

»Sie will mich fertig machen«, sagte Joe.

Julie schüttelte erregt den Kopf. »Das ist doch Blödsinn! Möglich, dass sie nicht wollte, dass wir zusammen sind…«

»Genau, und dass sie dich deshalb ans andere Ende der Welt geschickt hat.«

»Ja!«, schrie Julie. »Aber sie ist eine gute Lehrerin! Du hast doch jede Menge Scheiß gebaut! Hast du dich mal gefragt, wie ein Lehrer sich dabei fühlt?«

Joe starrte Julie an, Julie starrte zurück.

»Okay«, sagte Joe, »in Ordnung. Danke, dass du so zu mir hältst. Das war's dann wohl.«

Er drehte sich weg.

Julie atmete heftig, sie schaute sich um. Sie hatte keine Ahnung, was sie machen sollte. Sie lief ihm nach, hielt ihn fest. »Joe! Mann! Begreifst du nicht, wie du mich hier… ich meine, wie überrascht ich war… Du stehst plötzlich vor mir wie aus einer anderen Welt und erzählst mir Sachen… und ich…« Sie brach hilflos ab.

Joe fasste ihre Schultern, zog sie an sich und presste seinen Mund auf ihre Lippen.

Julie schloss die Augen. Ihr Kopf glühte. Als Joe sie wieder losließ, holte er tief Luft. »Das hätte ich gleich machen sollen«, sagte er, und seine Stimme war viel weicher, »dann wär das erste Gespräch vielleicht anders gelaufen. Es tut mir Leid.«

Julie nahm seine Hand. »Es tut *mir* Leid«, flüsterte sie. »Ich war nicht nett.«

Joe nickte. »Ich hab ein paar neue Gedichte«, sagte er, »oben in meinem Zimmer. Hab vergessen, dass ich sie dir geben wollte.«

»Macht nichts«, sagte Julie.

»Ich geb sie dir morgen«, sagte Joe. »Okay?«

Julie schaute ihn an. Er sah so krank aus. Krank und müde und traurig.

»Okay«, sagte sie.

»Wann können wir uns treffen?«

»Ich hab morgen Schule«, sagte Julie.

»Also danach.«

»Ja, okay.«

»Und das klappt bestimmt?«

»Ich will's versuchen«, sagte Julie. »Die Davenports machen immer irgendein Programm«, sie lächelte gequält. »Die haben das Gefühl, sie müssten mir unentwegt etwas bieten.«

Joe sagte nichts. Er schaute an ihr vorbei in die Luft.

»Ich lass mir was einfallen«, sagte Julie. Sie küsste ihn. »Aber jetzt muss ich zurück.«

»Ich will nicht, dass du gehst«, sagte Joe.

»Joe! Ich muss!«

»Wenn du nicht da bist, geht es mir schlecht.«

»Joe! Sag das nicht.«

»Es ist die Wahrheit«, sagte Joe. Er steckte seine Hände in die Hosentaschen. »Aber wenn du gehen musst, dann musst du gehen.«

»Danke«, flüsterte Julie.

»Ich warte auf dich«, sagte er. »Immer. Vergiss das nicht.«

*D*eine Mom hat angerufen«, sagte Sue, als Julie zurückkam. Sie fragte nicht, wo sie gewesen war. Dafür war Julie dankbar. Sie hätte nicht lügen wollen, andererseits konnte sie doch nicht einfach erzählen, dass ein Junge, den sie aus Deutschland kannte und der gerade von der Schule geflogen war, ihr bis nach Wilmore, Connecticut, nachgereist war.

Abends kamen Freunde von Sue und Richard, und weil es ein warmer Abend war, saßen sie im Garten. Überall brannten kleine Teelichter in roten Plastikbechern, die Glühwürmchen leuchteten und die Grillen zirpten zum ersten Mal in diesem Sommer.

Sydney hatte sich neben Julies Liegestuhl gehockt. Sie tranken jeder ein kleines Glas Chardonnay.

»Du warst lange weg heute«, sagte Sydney. »Den ganzen Nachmittag. Ich hab mich gelangweilt, ich wollte schon losfahren und ein paar Mädels aufreißen.«

»Und warum hast du es nicht getan?«

»Keine Ahnung.« Sydney strahlte sie an. »Weißt du's vielleicht?«

Julie schüttelte den Kopf.

Sydney streckte sich auf dem Rasen neben ihrem Liegestuhl aus, verschränkte die Arme hinter dem Kopf und schaute in die Sterne. »Das Leben hat sich verändert, seit du hier bist«, sagte er.

»Gut oder schlecht?«, fragte Julie.

Sydney lachte leise. »Ich weiß es gar nicht mehr, wie es war, bevor du hergekommen bist. Hast du Sehnsucht nach Deutschland? Deiner Familie? Deinen Freunden?«

Wieso fragte er das ausgerechnet heute?

Ausgerechnet an diesem Abend, an dem Julie sich fühlte, als würde man sie an den Armen in gegensätzliche Richtungen ziehen. Der eine hierher, der andere dahin.

»Ich weiß nicht«, sagte Julie. »Keine Ahnung, ich weiß gar nichts mehr.«

»Du bist traurig, oder? Du bist heute den ganzen Tag so komisch«, sagte Sydney. »Wenn du ein Problem hast... du weißt, dass Richard und Sue... Du kannst mit meinen Eltern über alles reden. Mit mir natürlich auch. Aber vielleicht ist es dir peinlich, mit mir zu reden.«

Julie nahm seine Hand. Sie streichelte ihn. »Ich weiß, dass ich mit euch über alles reden kann«, sagte sie. »Aber manchmal muss man sich auch selbst etwas klar machen. Und niemand kann einem dabei helfen.«

Sie wollte nicht, dass er weiter in sie drang. So lieb es auch gemeint war.

Er nickte und schwieg, trank von seinem Wein. Julie war ihm dankbar für dieses Schweigen. Sie brauchte das jetzt, um Ordnung in ihrem Inneren zu schaffen, um mit sich zurate zu gehen. Was sollte sie tun? Mit diesem Joe, der ein paar Kilometer von hier in einem Youth Hostel hockte und darauf wartete, sie morgen wiederzusehen... was sollte sie mit ihm machen? Wie sollte es weitergehen? Und wie Joe ihr von der Schule erzählt hatte, von seinem Rausschmiss, an dem, wie er sagte, ihre Mutter »gearbeitet« hatte. Julie konnte es sich nicht vorstellen, dass die Lehrerin Jutta Dietrich so etwas tun würde. Aber andererseits – wenn es um ihre Prinzipien ging...

Da klingelte das Telefon irgendwo im Haus, in der Küche, im Wohnzimmer, oben in den Bädern – überall gab es Anschlüsse.

Sie wandte den Kopf und sah, wie Richard aufstand und ins Haus ging.

Wenig später war er wieder zurück.

»Julie?«, rief er in den Garten. Der Garten war dunkel, bis auf die kleinen roten Lichter. »It's your Mom!«

Julie erhob sich. Sie lief zur Terrasse, sagte: »Thanks, Richard«, und nahm den Hörer. Langsam ging sie damit zu ihrem Liegestuhl zurück.

Sydney hatte sich aufgerichtet, die Arme um die Knie geschlungen und beobachtete sie.

Sie wusste, was sie tun würde. Sie brauchte Klarheit. Auch wenn sie sich von Joe entfernt hatte, seit sie hier lebte und nun auch noch in Sydney verliebt war... Was mit Joe geschah, ging sie immer noch etwas an. Es ließ sie nicht kalt, natürlich nicht.

»Hallo«, sagte Julie unverfänglich. »Bei euch muss es doch schon mitten in der Nacht sein.«

»Wir waren auf einer Party«, rief ihre Mutter. »Dein Vater hat getanzt wie ein Teenie! Er möchte dir Hallo sagen.«

Julie wartete auf ihn. Ihr Vater rief: »Schatz? Hallo! How is life?«

»Great«, sagte Julie. Und das stimmte ja auch.

Ihr Vater lachte. Julie sah vor ihrem inneren Auge, wie ihre Eltern in der Wohnung standen, ihr Vater in einem hellen Anzug und ihre Mutter wahrscheinlich in dem blauen neuen Sommerkleid... wie sie sich um den Hörer drängten.

»Was hast du heute gemacht?«, rief ihre Mutter.

Julie schloss die Augen. »Nichts Besonderes. Wir waren am Pool, es ist schönes...« Sie holte tief Luft, nahm Anlauf. Es musste jetzt sein, jetzt sofort. »Mami, ich muss mit dir reden.«

»Was ist los, Julie? Du klingst so komisch! Ist etwas mit dir?« Ihre Mutter hörte sich besorgt an.

»Mit mir ist nichts. Aber mit jemand anderem.« Sie bemühte sich um eine feste Stimme. »Was habt ihr mit Joe gemacht?«

Jetzt war es heraus. Julie konnte wieder freier atmen.

Augenblicklich war die fröhliche Stimmung bei ihren Eltern wie weggeblasen.

»Hallo, seid ihr noch da?«, rief sie. Julie spürte, wie ihr das Blut in den Kopf schoss. Sie wartete nicht auf eine Antwort ihrer Mutter. »Das ist total ungerecht!«, rief sie erregt in den Hörer. »Du wirfst einen Schüler raus, kurz vor dem Abschluss! Mann! Ist dir überhaupt klar, dass du damit sein Leben zerstörst?«

Sie hörte, wie ihre Eltern jetzt leise miteinander redeten. Dann nahm ihr Vater das Telefon.

»Hör mal zu, Schatz, wir wollten mit dir ein paar fröhliche Worte wechseln. Aber wenn du willst, können wir auch über Joe Leinemann reden, obwohl uns wie gesagt wirklich etwas Besseres einfiele... Ich glaube, ich muss hier was klarstellen. Es stimmt, dass dein Freund Joe die Schule verlassen musste. Aber das hat mit deiner Mutter nichts zu tun. Absolut nichts.«

»Natürlich hat es was mit ihr zu tun! Lüg doch nicht!«, rief

Julie. Sie merkte, dass die anderen zu ihr hinschauten. Sie machte eine abwehrende, hilflose Bewegung zu Sydney, stand auf, zog sich tiefer in den Garten zurück. »Joe hat gesagt, dass sie es war, die dafür gesorgt hat, dass er…«

»Moment mal, Schatz, jetzt mal ganz ruhig«, sagte ihr Vater. »Joe ist doch überhaupt kein Schüler deiner Mutter gewesen.«

»Aber Don Corleone, der Klassenlehrer von Joe, wollte, dass er bleibt«, rief Julie. »Und sie war dagegen! Was glaubst du, wie ich mich fühle, wenn ich so was höre! Was glaubst du?«

Sie hatte sich immer mehr in einen hilflosen, ohnmächtigen Zorn hineingesteigert. Nur mit Mühe konnte sie die Tränen der Wut zurückhalten.

Sie sah, Sydney stand, das Glas in der Hand, unschlüssig neben der Liege. Er ließ sie nicht aus den Augen.

Ihre Mutter übernahm jetzt wieder das Gespräch, aber auf einmal konnte Julie sie nicht mehr richtig verstehen.

»Bitte!«, rief Julie. »Ich will wissen, warum ihr das gemacht habt! Was ist denn so schlimm an ihm, dass ihr ihm alles verbaut?«

»Über dieses Kapitel«, sagte ihre Mutter scharf, »können wir uns unterhalten, wenn du zurückkommst. Aber solange du in Amerika bist, lassen wir das einfach, ja?«

»Bitte, höre endlich auf, mich so von oben herab zu behandeln«, sagte Julie trotzig.

Einen Augenblick war es still. Dann war ihr Vater dran, und fragte: »Und woher weißt du das mit Joe?«

»Woher wohl?«, rief Julie wütend. »Er hat es mir erzählt und es geht ihm verdammt schlecht. Und ich finde es einfach beschissen, wenn jemand mir ins Gesicht sagt, dass meine Mutter schuld daran ist, dass…«

»Moment mal, Julie, Moment! Wer hat dir was ins Gesicht gesagt?«

Julie presste die Hand an den Mund. Oh! Verdammt, dachte sie, ich Idiot. Oh Gott. Ich bin blöd. Ich bin so blöd.

»Nichts, niemand. Vergesst es!«, rief sie.

Aber ihre Mutter, argwöhnisch lauernd, fragte: »Ist Joe da? Ist er etwa nach Amerika geflogen, dieser Wahnsinnige?«

»Dieser saubere Typ«, rief ihr Vater aufgebracht, »war vorgestern Abend im Fernsehen zu bewundern. Klasse Foto. Der hat demonstriert, zusammen mit einer Gruppe von Arabern, vor der amerikanischen Botschaft. Und er hat ein Spruchband gehalten, auf dem im Prinzip stand, dass man den Präsidenten töten soll, und auf dem Schulhof hat er…«

»Julie!«, rief ihre Mutter ins Telefon. »Bitte, versprich uns eins! Wenn er sich bei dir meldet, dann sagst du, dass es aus ist. Dass du nichts mehr mit ihm zu tun haben willst! Wir haben eine Abmachung getroffen, Julie!«

Ihr habt die Abmachung getroffen, ich nicht, dachte Julie, ich hab nicht versprochen, dass ich mich nie wieder mit Joe treffen werde. Aber sie schwieg.

»Bist du noch da?«, fragte ihr Vater.

Sie räusperte sich. »Ja, bin ich.«

»Du hast gehört, was wir dir gesagt haben?«

»Ja, hab ich.«

»Und du versprichst es uns?«

»Nein«, sagte Julie.

Weil an dem Jackson Highway Straßenbauarbeiten stattfanden, musste der Schulbus an diesem Morgen – die Lincoln Avenue hinunterfahren! Und so kam sie genau an dem Youth Hostel vorbei, in dem Joe wohnte.

Gegenüber zogen die Mitarbeiter der Autovermietung gerade die Metallgitter vor dem breiten Eingangstor hoch. Julie presste ihr Gesicht gegen die Scheibe, sie starrte auf die schwarzen Fensterrahmen in dem gelben Klinkerbau, über dem in Leuchtschrift »Wilmore Youth Hostel« stand. Sie überlegte, hinter welchem Fenster Joe wohl schlief.

Ob er noch schlief oder ob er wach gegen die Zimmerdecke starrte.

Sydney hatte sich nach hinten gesetzt zu seinem Freund Mike, mit dem er etwas besprechen musste. Mike und Sydney waren in der Physik-Fördergruppe. Sydney hasste Physik.

»Ich versteh die Regeln nicht«, hatte er gesagt. »Ich kapier nicht, wer die Regeln gemacht hat und wofür sie gut sein sollen.«

Julie hatte gesagt: »Die Regeln kommen von der Natur. Physik ist die Wissenschaft von der Natur. Alles ist schon da. Der Mensch hat nur ein System dafür gefunden. Das heißt, das System war auch schon da, der Mensch lernt nur, es zu verstehen.«

»Lernt man so was Philosophisches etwa bei euch in Deutschland in der Schule?«, hatte Sydney gefragt.

Der Bus verließ Wilmore und durchquerte ein Industrieviertel. Eintönige, fensterlose Fabriken.

Julie hatte in der Nacht schlecht geschlafen. Eigentlich hatte sie fast überhaupt nicht geschlafen. Dabei war der Montag immer der anstrengendste Schultag. Alles schwierige Fächer. Wenig Pausen.

Als sie sich umdrehte, um noch ein letztes Mal auf das Youth Hostel zu sehen, tauchte Sydney in ihrem Blickfeld auf. Er schaute sie an. Sehr aufmerksam. Er hatte sie schon vorhin so aufmerksam angesehen... Er lausche immer auf die Töne hinter den Tönen, hatte er ihr erklärt, um herauszufinden, ob sie, wenn sie sprach, eigentlich etwas ganz anderes meinte. Das hatte er zu ihr gesagt, vorhin nach dem Frühstück. Und hinzugefügt:

»Ich habe gedacht, ich kenne dich allmählich, aber jetzt merke ich, dass ich überhaupt nichts von dir weiß. Nichts von deinem Leben, bevor du zu uns kamst. Das find ich unheimlich traurig.«

Die Sonne warf ein gleißendes Licht auf alles da draußen. Alles war zu grell. Vielleicht lag es auch daran, dass Julie so müde war. Ihre Lider waren gerötet und ein bisschen geschwollen und das Licht brannte in ihren Augen.

Sie lehnte sich zurück. Sydney kam nun zu ihr und setzte sich auf den freien Platz daneben. »Hey«, sagte er, »like to go to a hockey game tonight? Mike's parents are taking us to Richmond, small town, twelve miles away.«

Julie wandte ihm langsam ihr Gesicht zu. Sie lächelte. »Ich weiß nicht«, sagte sie. »Hockey? Ich glaube, ich hab keine Lust.«

»Was würdest du denn heute Abend lieber machen?«, fragte er.

Julie seufzte. Sie hob die Schultern, lächelte unsicher. »Sydney«, sagte sie plötzlich, »ich hab ein Problem.«

Sydney holte tief Luft, er nickte. »I know that«, sagte er. »Ich hab es gesehen. Du hast seit gestern ein Problem, seit das Telefon geklingelt hat, als wir im Pool waren.«

»Was du alles merkst«, sagte Julie.

»Wer war da am Telefon?«, fragte Sydney.

Julie schaute aus dem Fenster. Sie fuhren unter riesigen Hochspannungsmasten hindurch. Ganz oben zog ein kleines silbernes Flugzeug einen breiten weißen Kondensstreifen hinter sich her.

»Ein Freund aus Deutschland ist hier«, sagte sie.

Sydney schwieg. Er knetete seine Finger, was er immer tat, wenn er unsicher war.

»Und?«, fragte er nach einer Weile.

»Ich weiß auch nicht«, Julie stöhnte. »Es ist alles so kompliziert.«

»Verstehe.« Sydney presste die Lippen zusammen und starrte nach draußen.

Der Bus fuhr über einen Highway, der zwei Vorstädte miteinander verband. Als sie an einem Bürohaus vorbeikamen, sah Julie das Schild: »Davenport Real Estate.«

Das war der Firmenname von Sydneys Eltern. Dieses Bürohaus makelten sie also auch, suchten vielleicht einen neuen Käufer. Julie fiel ein, dass ein paar Abende zuvor Richard Davenport zum ersten Mal angedeutet hatte, dass die Geschäfte nicht so gut liefen.

Es war komisch gewesen, ihn auf einmal über finanzielle Probleme reden zu hören. Julie kannte solche Gespräche von zu Hause.

Auch Sydney hatte eben flüchtig auf das Firmenschild geschaut. Aber seine Sorgen waren ganz andere.

Er tat ihr Leid. Er sah auf einmal ganz unglücklich aus. Sie fühlte sich selber ja auch unglücklich. Noch vorgestern war alles so heiter gewesen, so schön! Sie hatte den Big Run geschafft! Die Leute in der Schule mochten sie! In den Ferien würde sie mit Sydneys Familie nach Cape Cod fahren, an die Ostküste. Sydney war in sie verliebt.

Und sie in ihn.

Julie kniff die Augen zusammen.

Ja, so war es. Sie war in ihn verliebt, und zwar sehr. Doch das »Kapitel Joe«, wie ihre Mutter es gestern Abend genannt hatte, das ging sie trotzdem etwas an.

Sie atmete tief durch. Sie musste die Sache zu Ende bringen.

»Dieser Freund will, dass wir uns heute Abend sehen. Ich hab gesagt, okay. Er tut mir Leid.«

Sydney schaute sie verblüfft an. »Er tut dir Leid?«

Julie nickte. Sie begann zu erzählen, wie sie Joe kennen gelernt hatte, und von den Problemen, die Joe an der Schule hatte. Dass er bei seinen Großeltern lebte und nie über seine Eltern sprach. Dass irgendetwas Trauriges, Dunkles um ihn ist, was sie zu ihm hinzieht. »Ich denke immer«, sagte sie hilflos lächelnd, »dass ich ihn aufmuntern muss. Dass er mich braucht. Er hat sonst niemanden.«

»Und so was nennst du Liebe?«, fragte Sydney grimmig.

»Hab ich gesagt, dass ich ihn liebe?«, fauchte Julie zurück.

Der Schulbus bog in die Auffahrt zum Schulcampus ein. Sydney stand auf und holte seine Sportsachen aus dem Gepäckfach.

»Also, du kommst heute Abend nicht mit«, sagte er. »Schade.«

Der Bus hielt. Sie stiegen nacheinander aus. Julie fasste Sydneys Arm. Er blieb stehen und schaute sie an.

»Sydney«, sagte Julie, »ich weiß, es ist ziemlich viel, um das ich dich bitte. Aber könntest du für mich lügen? Könntest du sagen, dass ich mit Mike und dir beim Hockey war?«

Sydney starrte sie an. Er fuhr mit der Hand durch seine Haare. »Soll das ein Witz sein? Ich soll meine Eltern anlügen?«

»Als wenn du noch nie gelogen hättest«, sagte Julie.

»Okay, stimmt.« Sydney schob sie im Strom der Schüler vorwärts. Sein Griff war hart, fast ein bisschen grob. Anders als sonst. »Aber ich weiß nicht, ob ich Lust habe, meine Eltern zu belügen«, sagte er, »damit du dich mit deinem Freund treffen kannst.«

Julie drehte sich um. »Sydney«, sagte sie, »stoß mich nicht so. Das tut weh.«

Sydney verzog erschrocken das Gesicht. Er lächelte. »Verzeihung. Tut mir Leid. Ich bin... ich hab... ich weiß auch nicht...« Er fuhr sich mit dem Unterarm über die Stirn. »Willst du dich wirklich mit ihm treffen, Julie?«

»Ich muss«, sagte Julie.

»Unsinn, du musst überhaupt nichts. Wenn du nicht willst, dann willst du nicht.«

»Er ist extra aus Deutschland gekommen«, sagte sie. Sie sagte es fast flehend, sie wollte, dass Sydney sie verstand, dass er ihr verzieh. Sydney lächelte traurig.

»Und ich«, sagte er, »würde für dich um die ganze Welt fahren. Und noch weiter.«

In diesem Augenblick hätte Julie ihn gern in den Arm genommen. Aber das ging natürlich nicht. Sie waren am Eingang der High School. Stattdessen sagte sie: »Bitte, Sydney, glaub mir doch! Zwischen uns ändert das nichts.«

Er sah sie nur an.

»Das glaubst *du*!«

*I*n der Schule war Julie nicht richtig bei der Sache.

Sydney reagierte verletzt. Er tauchte nicht wie sonst an ihrer Seite auf, in den Pausen zwischen den Kursen oder in der Cafeteria, er war fast unsichtbar.

Das irritierte sie.

Dann kam die Stunde, in der sie History hatten. Es ging um die Amerikanische Verfassung. The Constitution. Julie erinnerte sich plötzlich, dass sie am Wochenende eigentlich mit Richard Davenport darüber reden wollte, um ein bisschen besser Bescheid zu wissen. Und Sydney sollte mit ihr das durchbüffeln, was er im letzten Kursus über Gesellschaftspolitik in Amerika gelernt hatte. Beides hatte sie total vergessen. Joes plötzliches Auftauchen hatte alles durcheinander gebracht.

History wurde von Dick Brandshaw gelehrt, einem witzigen, sehr jungen Typen, der immer karierte Fliegen zu gestreiften

Hemden trug, und Cowboystiefel zu Anzughosen. Er hatte schon zwei Bücher verfasst über politische Ökonomie. Julie hatte nicht einmal eine Ahnung, was man darunter verstand.

Dick Brandshaw also strahlte Julie an und sagte: »And now, Julie, we are all keen on your résumé – the German point of view.«

Julie wurde knallrot. Der deutsche Standpunkt zur amerikanischen Verfassung! Darf's noch ein bisschen schwieriger sein! Und das Ganze auf Englisch!

Sie schaute sich verzweifelt zu Sydney um. Sydney hatte sich neben Norman einen Platz gesucht und er hatte beide Arme aufgestützt und vergrub sein Gesicht in den Händen.

»Mister Brandshaw«, begann Julie stotternd, »I am sorry, but… but Sydney and I…«

Sydney hob den Kopf. Er sah sie nicht an.

Da erinnerte der Lehrer sich und lächelte Sydney zu. »Okay, Sydney, you wanted to introduce Julie to all the items we were talking about.«

Sydney erhob sich. Er schüttelte den Kopf, er sagte, Nein, sie hätten darüber nicht gesprochen am Wochenende. Er habe ihr auch nicht seine Bücher gegeben. »And why not?«, fragte der Lehrer.

Sydney zuckte mit den Achseln und sagte: »I suppose, she was elsewhere engaged.«

Julies Kopf glühte. Sie wollte ihm sagen, dass sie sein Verhalten unfair fand. Aber sie beherrschte sich.

Ein paar Leute lachten, einige riefen sich was zu, aber Julie verstand nichts, weil es in ihrem Kopf so rauschte.

Anschließend hatten sie verschiedene Kurse, ihre Wege trennten sich, und Julie traf Sydney erst wieder auf dem Rückweg im Bus. Sie saß an ihrem Stammplatz, Sydney wieder ganz hinten, scheinbar unbeteiligt, aber dann kam er doch einmal nach vorn, um ihr zu sagen: »Es geht in Ordnung, wenn du diesen Typen sehen willst … Wann wirst du wieder zurück sein?«

»Muss ich das jetzt schon wissen?«, fragte Julie.

»Wär besser«, sagte Sydney, »damit wir zusammen zu Hause ankommen.«

»Dann schlag du was vor.«

Sydney überlegte. Er legte den Kopf in den Nacken, und Julie sah, wie sich eine steile Falte auf seiner Stirn bildete. Er wirkte angespannt.

»Elf Uhr«, sagte er. »An der Ecke Lincoln Avenue und Sun Valley. An der Bushaltestelle. Ich hole dich ab. Ich warte.«

»Okay«, sagte Julie. Sie wollte noch »und danke!« hinzufügen, aber Sydney war schon an ihrer Haltestelle Sun Valley ausgestiegen.

Julie war froh, dass Sydney seinen Frust offenbar jetzt etwas besser im Griff hatte – und sich selbst auch.

Sie fuhr weiter bis ins Zentrum von Wilmore. Den Rest des Weges ging sie zu Fuß.

Das Youth Hostel hatte an seiner Rückfront einen gepflasterten Hof, umgeben von einer Steinmauer. Ein einziger Baum wuchs in dem Hof. Eine mächtige Jacaranda, die gerade ihre Blüten abwarf. Der ganze Hof war mit blauen Blütendolden übersät. Manchmal wirbelte der Wind ein paar davon hoch, und sie fielen wieder im Zeitlupentempo auf den Boden zurück.

Es sah so schön aus, dass Julie einen Augenblick mitten im Hof stehen blieb. Sie bückte sich, griff mit den Händen in den dicken Teppich aus Blüten und warf, so viel sie davon fassen konnte, hoch in die Luft.

Da wurde im zweiten Stock ein Fenster hochgeschoben.

»Julie!«

Das war Joe. Julie lächelte zu ihm hinauf.

Er winkte ihr zu. Er strahlte über das ganze Gesicht.

»In einer Sekunde!«, rief er und zog das Fenster wieder zu.

Julie setzte sich auf eine Steinbank am Rande der Hoffläche. Sie studierte all die eingeritzten Initiale und Herzen, Telefonnummern und Schriften. Ein Carlos, ein Joshua, eine Ingmar Dottir, eine Norah, ein Chang Mei.

Plötzlich fiel ein Schatten auf die Bank. Sie drehte sich um. Joe stand vor ihr. Über der Schulter sein dicker Rucksack.

»Hi«, sagte er. »Schön, dass du gekommen bist.«

Er musterte sie. Julie trug noch ihre Schulkleidung, den dunkelblauen Faltenrock, das weiße Polohemd mit dem Schullogo. Und weiße Sneakers.

»So was zieht man hier in der Schule an?«, fragte Joe.

Julie nickte. »Passt es dir nicht?«

»Doch. Wieso nicht? Ist mir egal, was die sich hier in ihren Lehranstalten für einen Schnokus ausdenken. Soll wohl so aussehen, als wären hier alle Schüler gleich. Das ist auch so eine große Lüge.«

»Joe«, seufzte Julie, »ich hab echt keinen Bock auf so was!«

Joe entschuldigte sich.

»Bin nicht so gut drauf. Ich glaube, wir haben gestern ein bisschen zu viel Gras geraucht und dazu auch noch getrunken. Da hat ein Typ seinen Geburtstag gefeiert und unheimlich billigen Rum spendiert. Aus Jamaica. Ich hätte die Finger von dem Zeug lassen sollen.«

»Schön, dass du das jetzt schon merkst.«

»Ich dachte nur«, sagte Joe, »dass du ein bisschen anders rumlaufen solltest. Jetzt, für unseren Trip.«

Julie erschrak. »Trip? Wieso Trip? Was meinst du? Und was willst du mit den ganzen Sachen?«

»Mitnehmen natürlich.«

Julie spürte, wie sich in ihr etwas zusammenkrampfte. »Mitnehmen? Wohin denn?«

»Keine Ahnung. Wir können los.« Joe warf noch einen Blick auf das Youth Hostel. »Adios, amigos.«

»Aber Joe! Ich geh doch nicht weg!«, rief Julie.

Joe verharrte reglos. Es war, als fiele ein Schatten über sein Gesicht.

»Nicht weg?«, fragte er.

»Nein!«, rief Julie ganz aufgeregt. »Ich bin nur gekommen, um mit dir zu reden! Was hast du denn gedacht! Joe!« Sie sprang auf, packte seine Schultern, sie schüttelte ihn. »Ich geh hier zur Schule. Ich wohne hier. Ein ganzes Jahr lang. Verstehst du? Ich dachte, wir gehen irgendwo was essen und… und wir sind den Nachmittag und Abend zusammen.«

Er nahm langsam den Rucksack von der Schulter. Seine Lippen waren ganz schmal.

»Dafür musstest du nicht kommen«, sagte er kalt. »Dann geh doch gleich wieder zu deinem Brad Pitt zurück.«

Julie fühlte sich vollkommen hilflos.

»Hast du echt gedacht, wir hauen jetzt zusammen ab?«, fragte sie fassungslos.

Er schwieg. Er saß neben ihr, die Hände zwischen den Knien, und starrte vor sich hin. Er war kreidebleich.

»Joe! Wie stellst du dir das vor!«

Joe wandte ihr langsam sein Gesicht zu. »Schön. Ich stell es mir schön vor«, sagte er.

»Oh Gott, Joe! Was ist denn los?«

»Was soll los sein? Nichts, außer dass ich dachte, wir zwei, wir machen was zusammen.«

»Was zusammen machen! Aber doch nicht abhauen!«

»Schon vergessen, dass du mal mit mir nach Berlin wolltest?«

»Nein! Hab ich nicht vergessen! Aber jetzt wohne ich bei den Davenports und die sind unheimlich nett. Ich kann die nicht einfach…«

Joes Augen wurden schmal. »Unheimlich nett. Klar. Du kannst nicht. Klar. Du musst dich anständig benehmen. Ganz brav. Nur nicht auffallen. Nur nicht aus der Reihe tanzen!«

»Ja, verdammt«, schrie Julie, »und was ist so schlimm daran? Ich find die Leute nun mal nett. Mir gefällt es hier. Mir gefällt die Schule und…«, sie suchte nach Worten, sprudelte heraus, was ihr einfiel, »und außerdem hab ich den Big Run mitgemacht, zehntausend Meter bin ich gelaufen, das hätte ich mir in Deutschland nie zugetraut! Und die haben einen Drama-Kurs an der Schule, da werde ich mitmachen, und dann…«

»Sag mal, merkst du gar nicht, was für eine Scheiße du redest?«, schrie Joe plötzlich. Er sprang auf, er zerrte seine Sachen an sich. »Hast du bei diesen Amis eine Gehirnwäsche gekriegt? Ist jetzt hier auf einmal alles toll und schön und was weiß ich?«

Julie starrte Joe an.

»Die Davenports können doch nichts dafür, dass du so einen Hass auf Amerika hast.«

Joe wirbelte herum, verdrehte die Augen und ließ sich wieder neben sie fallen.

»Du bist unheimlich naiv«, stöhnte er.

»Joe! Hör mir doch mal zu! Richard und Sue sind nicht so, wie du denkst! Ich hab bis jetzt überhaupt nur ganz wenig Amerikaner getroffen, die so sind, wie du dir das immer vorstellst.«

»Ach«, sagte Joe gehässig, »und wie stell ich mir das vor?«

Julie schüttelte den Kopf. Sie schwieg. Sie sah, dass Joe sie abwartend anguckte, aber sie sagte nichts, sie würde auch nichts mehr sagen. Es hatte keinen Zweck. Joe war verbohrt, sie hatte es schon in Deutschland gewusst, dass er sich in eine Sache reinsteigern konnte und dabei jedes Maß verlor. So war es doch. So war es jetzt wieder.

Ein Pärchen kam aus dem Haupteingang, lachend, sie sah aus wie eine Asiatin, er ein großer blonder Hüne, Däne vielleicht. Sie küssten sich.

Joe und Julie schauten schweigend zu ihnen hin.

Als sie verschwunden waren, sagte Joe: »Ich hab halt gedacht, wir gehen zusammen weg.«

»Weg? Wie denn weg?«

»Eben weg«, sagte Joe. »Wie das besprochen war. Ich dachte, das sei irgendwie klar zwischen uns, dass wir das hier zusammen durchstehen.«

Julie wandte ihm ihr Gesicht zu. Sie wusste, dass sie einen hochroten Kopf hatte, Joe war bleich. Er knetete unablässig seine Finger. Julie sah, dass er schmutzige Fingernägel hatte. Irgendwie störte sie das plötzlich.

»Ich kann hier sowieso nicht bleiben in dem Hostel«, sagte Joe. »Nach drei Tagen werden die Personalien der Gäste alle weitergeleitet. Keine Ahnung, wohin. Geheimpolizei, State Department, CIA. Keine Ahnung.«

Julie lachte. »Du bist verrückt! Als wenn die CIA sich für eine Jugendherberge interessiert.«

»Es wohnen ein paar Araber in meinem Zimmer«, sagte Joe. »Wenn du wüsstest, was die erzählen…«

»Was erzählen die denn?«

Joe machte eine wegwerfende Handbewegung. Er beugte sich vor und legte sein Gesicht in die Hände. Julie schwieg. Ich hau ab, dachte sie, in zehn Sekunden bin ich hier weg.

Sie dachte plötzlich an Sydney, an das Hockeyspiel, seine

fröhlichen Freunde, die tolle heitere Stimmung. Neben Joe verdunkelte sich immer der Himmel. Wenn sie bei ihm war, wirkte auf einmal alles düster und hoffnungslos. Woher kam das? Und er roch wirklich nach diesem billigen Fusel.

»Was hast du eigentlich auf deinem Schulhof angestellt?«

Joe sah auf, jetzt grinste er.

»Ich habe eine amerikanische Flagge verbrannt.«

»Du hast was?«

Joe nickte. »Ich hab Petroleum draufgekippt und sie dann…
War 'ne heiße Aktion.«

»Wenn es brennt, ist es immer heiß«, sagte Julie.

Joe schaute sie von schräg unten an. »Guter Witz.«

Julie zuckte nur mit den Schultern.

»Ich hab eine Scheißwut auf das Ami-Land«, presste Joe hervor. »Und die Leute *sind* so, wie ich sie immer gesehen habe. Vergisst du die ganzen Dickärsche, die hier durch die Straßen gehen? Das kommt von dem Scheißfraß, den sie in sich reinmampfen. Einfach eklig. Und die Riesenautos, die sie hier fahren? Die schleudern einen Haufen Sprit in die Stratosphäre und vergiften alles, nur um mal eben zwei, drei Blocks weit zu fahren. Ich meine, so ein Jeep braucht neunzehn Liter Sprit auf hundert Kilometer!«

»Ich weiß, aber du kannst doch nicht erwarten, dass alle alles von heute auf morgen anders machen.«

Joes Augen wurden schmaler. »Deine komische Familie hat natürlich auch so ein Vehikel.«

»Ja«, sagte Julie. »Hat sie.«

»Na, prost Mahlzeit. Ihr habt ja auch einen Pool. Wahrscheinlich so groß wie ein Olympiabecken.«

»Nicht ganz«, sagte Julie trotzig. »Was soll das!«

»In den schwarzen Ghettos stehen die Kids an den heißen Tagen vor den Hydranten Schlange, um sich nass zu spritzen«, sagte Joe, »die haben keinen Pool. Die haben nicht mal ein anständiges Zuhause!«

»Ich weiß es«, sagte Julie.

»Und das findest du okay so?«

»Nein, Joe, ich finde es nicht okay«, sie seufzte, »bist du den ganzen Weg von Deutschland bis hierher gekommen, um mich das zu fragen?«

»Sag mir einfach, wie du dazu stehst.«

»Ich finde das so schlimm wie du, aber …«

»Kein Aber«, unterbrach er sie, »sonst muss ich dich fragen, ob du es gut findest, dass die Weißen das Geld haben, die Schwarzen arm geboren sind und arm sterben, und der Präsident mit den Ölländern Geschäfte macht, und überall auf der Welt Kinder ihre Arme und Beine verlieren, weil sie auf Landminen treten, die die Amis abgeworfen haben, als wären es Carepakete … Ob du das alles gut findest, weil der Typ, bei dem du wohnst, vielleicht sein Geld mit irgendwelchen Landminen verdient.«

Julie stand auf. »Du überdrehst total«, sagte sie. »Es gibt auch andere Amerikaner. Du musst sie einfach nur zur Kenntnis nehmen.«

Joe packte ihren Arm. »Setz dich wieder«, zischte er.

Ein Streifenwagen hielt vor dem Haupteingang. Zwei Polizisten stiegen aus, die Hand am Pistolenhalfter. Sie schlugen die Wagentüren zu und traten nebeneinander durch das Tor in den Hof.

Joe setzte sich aufrecht. Er wurde noch ein bisschen blasser.

Die beiden Polizisten grüßten freundlich zu ihnen herüber. Julie hob die Hand. »Hi«, sagte sie.

Als sie im Haus verschwunden waren, nahm Joe den Rucksack und stand auf. »Komm«, sagte er, »wir gehen.«

Julie folgte Joe aus dem Hof auf die Straße. Sie schauten

nach rechts, nach links. Es war immer noch warm, obwohl die Sonne schon sehr tief stand.

Julie schaute verstohlen auf die Uhr. Es war erst halb sieben. Bis um elf Uhr musste sie noch durchhalten.

Sie wünschte, sie wäre mit Sydney gegangen. Sie wusste auf einmal nicht mehr, was sie überhaupt hier wollte.

»Wir nehmen den Bus«, sagte Joe. »Ich weiß, wo die Greyhound Station ist. Von da geht jede Stunde ein Bus nach New York.«

»Willst du nach New York?«, fragte Julie.

Joe schaute sie an. »Du etwa nicht?«

Julie schüttelte den Kopf.

Joe lächelte sorglos. »Okay, dann eben Florida. Oder willst du lieber nach Boston? Mir ist es egal.«

»Mir aber nicht!«, fauchte Julie.

Joe fasste grob ihren Ellenbogen und führte sie neben sich her. Sie gingen auf der schattigen Straßenseite. Es waren viele Menschen unterwegs. Aber alle kümmerten sich um ihre Sachen. Niemand interessierte sich für dieses Pärchen, das da lief. Ein Mädchen in Schuluniform, in blauem Rock und weißem Polohemd, und ein Junge in Jeans und einem Sweatshirt, auf dem PEACE stand, einen schwarzen Rucksack auf dem Rücken.

»Joe«, sagte Julie entschlossen, »ich fahr mit dir nirgendwohin.«

Er lachte.

»Wieso lachst du? Ich meine das ernst.«

»Und ich meine das auch ernst.« Joe blieb stehen. Er baute sich vor ihr auf.

»Ich bin nicht hierher gekommen, weil ich mir die Gegend angucken will. Kapiert? Ich bin hierher gekommen, um dich hier rauszuholen! Ich will dich retten!«

Julie starrte ihn an.

»Du bist verrückt«, sagte sie heiser. »Ich glaube, die Drogen und der Rum haben dir echt den Verstand geraubt!«

Sie schaute sich um. Auf der vierspurigen Straße rollten dicke, klimatisierte Autos von rechts nach links und von links nach rechts. Manchmal blitzten die Sonnenstrahlen in den Rückspiegeln auf.

Leute hasteten an ihnen vorbei. Aus einem Musikladen wummerten Rockrhythmen. Eine schwarze Nanny führte drei kleine Mädchen, die alle weiße Schleifen im Haar hatten, auf dem Zebrastreifen über die Straße. Alle Autos hielten.

Ein Mädchen, mit Earphones, Arm- und Kniepolstern, raste auf Inlineskates an ihnen vorbei, schlängelte sich durch den Strom der Fußgänger.

»Joe«, sagte Julie, »ich komme nicht mit dir. Ich gehe mit dir nirgendwohin.«

Joe holte tief Luft. »Okay«, sagte er ruhig.

Julie zögerte. »Und was machst du jetzt?«

»Was schon«, sagte Joe, »was soll ich schon machen? Wenn du das nicht willst!«

Julie schaute ihn an. Und ganz plötzlich wusste sie, was er machen würde, wenn sie nicht mitkäme: Er würde sich aufgeben.

Der Gedanke war wie ein Schock. Sie fasste seinen Arm. Ihre Stimme wurde weich, fast schmeichelnd.

»Joe«, sagte sie leise, »ich versteh ja, wie du dich fühlst.«

»Ach ja?«, sagte er rau. »Auf einmal?«

»Wir haben uns da in was verrannt.«

»Ich hab mich in gar nichts verrannt«, sagte Joe trotzig, »ich hab einen ganz klaren Plan. Der würde auch funktionieren. Leider machst du nicht mit.«

»Nein, ich mach nicht mit, fahr wieder zurück, Joe, bitte. Geh zurück zu deiner Schule.«

»Schon vergessen? Dahin kann ich nicht mehr.«

»Aber es gibt doch Abendschulen, verstehst du? Ohne Abschluss kriegst du keinen Job, kriegst du das Leben nicht in den Griff.«

»Toll, wie gut du mich kennst«, knurrte Joe.

»Ich bin doch nicht für ewig hier, in einem Jahr komm ich wieder zurück, und wer weiß…«

Joe lachte plötzlich. »Was soll das alles? Willst du mich einseifen? Soll ich dir das Gesülze glauben? Ich weiß genau, wie es ist: In einem Jahr, wenn du zurückkommst, bist du nicht mehr die Julie, die ich gekannt hab. Die Julie, die…« Er stockte plötzlich. Er räusperte sich.

»Bitte, Joe«, flüsterte Julie, »versteh mich doch.«

Joe schaute sie an. »Ich versuche es ja die ganze Zeit«, sagte er. »Aber ich schaff's nicht. Ich weiß nicht, was in deinem Kopf vorgeht. Ich kapier's nicht.« Und leiser: »Aber mir ist einiges andere klar geworden.«

Julie sprang auf. »Und was ist das?«, rief sie erschrocken. Er ahnt es, dachte sie, er ahnt das mit Sydney.

Aber Joe schüttelte den Kopf, er schaute an Julie vorbei ins Leere. Er sagte nichts.

Und Julie hatte plötzlich das Gefühl, als würde sich ein Eisenring um ihre Brust legen. Sie dachte daran, wie es einmal gewesen war zwischen ihr und Joe. Wie dankbar sie gewesen war, dass Joe und sie zusammen waren, wie gut sie sich vertragen hatten, damals am Anfang, und wie das jetzt alles kaputtging.

Sie sah, dass Joe darunter litt, viel mehr als sie. Ich hab Schuld, dachte sie. Und dann dachte sie: Ich darf ihn jetzt nicht allein lassen.

Sydney war pünktlich. Er hatte sich beeilt, er wäre gerne noch etwas länger mit seinen Freunden zusammen gewesen, aber er durfte Julie nicht warten lassen. Sie hatten eine Verabredung, und er gehörte zu der Sorte, die sich an Verabredungen hielt. Er fand es wichtig, dass sie zusammen nach Hause kämen und es wirklich so aussah, als hätten sie den Abend gemeinsam verbracht, wichtig aus mehreren Gründen...

Andererseits hatte es noch nie ein Hockeyspiel gegeben, das er mit weniger Begeisterung verfolgt hatte. Seine Gedanken waren bei Julie gewesen, den ganzen Abend. Er hatte sich immer wieder gefragt, ob es richtig gewesen war, Julie einfach so ziehen zu lassen.

Hätte er nicht kämpfen sollen? Hätte er nicht sagen sollen: Hey, was soll das? Ich denke, wir sind jetzt zusammen... und du triffst dich noch mit einem alten Freund?

Aber das wäre kleinlich gewesen und bescheuert. Er hatte sich schon über sein Verhalten am Vormittag in der Schule geärgert. Nein, so ein Typ war er nicht. Er lehnte an einem Hydranten, schob den Kaugummi von einer Seite im Mund auf die andere. Und außerdem wollte er wissen, wie das Treffen mit Julies Freund gelaufen war. Er wollte es dringend wissen.

Sydney spähte die Straße entlang. Auf einmal kam, ohne jede Vorwarnung, ein heftiger Wind auf, zerrte an dem frischen Grün der Bäume und wirbelte Wolken von Straßenstaub auf. In der nächsten Sekunde war es wieder ruhig.

Sydney wusste, was das bedeutete, ein Anzeichen für einen Sturm, der nicht mehr lange auf sich warten lassen würde.

Wilmore war ein verschlafener, ruhiger Ort. Die Restaurants schlossen um elf, die einzige Diskothek hatte zwar länger geöffnet, aber die war nur über einen anderen Highway zu erreichen. Ab und zu donnerte ein Kühllaster vorbei, mit frischen

Lachsen aus Kanada, und einmal ein Riesenteil mit einem An-
hänger, auf dem in großen Lettern stand: WE COVER THE
CONTINENT FOR YOU.

Sydney überlegte, wo der wohl hinwollte, quer durch den
Kontinent... Vielleicht bis Mexiko? Er war noch nie in Mexiko
gewesen. Einer seiner Freunde war Mexikaner. Nach der High
School wollten sie zusammen einen Trip nach Yucatan machen,
das war schon beschlossen. Aber bis es losgehen würde, war
noch viel Zeit, mehr als zwei Jahre.

Als Julie eine halbe Stunde überfällig war, wurde Sydney
langsam nervös. Er ärgerte sich, dass er ihr kein Handy besorgt
hatte, dass er deshalb so außen vor war, dass er jetzt nicht
herausfinden konnte, was los war. Außerdem war ihm plötzlich
kalt und er war müde. Er wollte in sein Bett.

Er stellte sich vor, wie Julie und dieser deutsche Freund
irgendwo zusammen saßen, wie sie redeten, in ihrer Sprache,
von der er kein Wort verstand.

Dieser Joe, der schrieb Gedichte. Das hatte Julie ihm erzählt. So was mochte sie also.

Er hatte nie viel von Gedichten gehalten. Shortstorys, das
war was anderes. Die mochte er durchaus.

Aber Gedichte?

Da gab es also in Deutschland einen Typen, der setzte sich
hin und dichtete etwas für Julie.

Wie man sich als Frau da wohl fühlt?

Wahrscheinlich anders als mit einem Typen, der nur vom Big
Run redete, als sei das der Mittelpunkt der Welt.

Er wusste es ganz deutlich. Sie würde nicht mehr kommen.

Der Sturm brach plötzlich los, kam wie ein Brausen die
breite Straße hinunter, wie eine Welle aus Wind und Staub und
Abfall, und Sydney musste sich umdrehen, damit der Staub
ihm nicht in die Augen kam. Die Böen rissen kleine Zweige von

den Bäumen und blähten sein Hemd auf wie einen Ballon. Hier konnte er nicht länger warten.

Sydney spuckte den Kaugummi aus, schob die Hände tief in die Taschen und duckte sich gegen den Sturm. Er fühlte sich, als er allein nach Hause ging, wie nach einem verlorenen Match. Er fühlte sich miserabel, verfroren und einsam.

Er fühlte sich verraten.

Sydney bemühte sich, keinen Lärm zu machen, als er die Haustür aufschloss.

Aber Smokey hatte ein gutes Gehör. Smokey, der oben auf dem Treppenabsatz schlief, hob den Kopf, bewegte die Ohren und bellte. Er raste die Treppen herunter und sprang von innen gegen die Tür, als Sydney den Schlüssel drehte.

»Quiet, Smokey!«, flüsterte er beschwörend. »Keep quiet!«

Smokey warf sich winselnd vor Sydney auf den Boden. Er japste vor Freude. Smokey gehörte zu dieser Art von Hunden, die sich bei der Heimkehr ihrer Leute immer freuten, als seien sie ein halbes Leben lang weg gewesen.

Im Flur brannte nur noch die kleine Lampe mit dem grünen Glasschirm, halb verdeckt in der Mauernische. Es war alles still.

Sydney hockte sich neben Smokey auf den Fußboden und zog die Turnschuhe aus. Der Hund leckte freudig über sein Gesicht.

»Oh, please!«, wisperte Sydney. »Stop it!«

»Sydney?« Das war Sues Stimme. »Julie?«

Sydney räusperte sich. Er unterdrückte einen Fluch. Er rief: »It's okay, Mom.«

»You are late!«, rief Sue. Sie stand oben an der Treppe. Sydney konnte von seinem Platz aus ihre Füße sehen und ihre nackten Beine.

»I know, I am sorry, Mom. Go back to sleep.«

Sydney hielt die Luft an. Sein Herz raste.

Er fürchtete sich davor, dass seine Mutter herunterkommen und ihn da allein entdecken würde. Er dachte: Ich werde sagen, Julie ist ganz schnell ins Gästebad hier unten.

Aber Sue sagte nichts. Sie war schläfrig. Er sah, wie ihre Füße sich in die andere Richtung drehten, und hörte, wie sie etwas murmelte, das wie »good night, dears« klang.

Wenig später war es wieder still. Sydney tätschelte den Hund. Dann klemmte er seinen Turnschuh in die Haustür, damit sie nicht zufallen konnte.

»You stay here, dog«, sagte er streng zu Smokey. »You keep watch!«

Smokey wedelte mit dem Schwanz und legte sich direkt vor die Haustür, als habe er verstanden.

Als Sydney seine Nachttischlampe ausknipste, war es fast Mitternacht.

Er lag auf dem Rücken und starrte mit weit aufgerissenen Augen an die Decke. Er lauschte auf jedes Geräusch. Alles war still. Smokey gab keinen Ton von sich.

Sydney fühlte sich immer noch elend.

Er versuchte, nicht daran zu denken, was Julie gerade machte. Was sie dazu gebracht hatte, sich nicht an die Verabredung zu halten. Er versuchte, sich nicht zu ärgern. Aber seine Wut wurde immer größer.

Um zwei Uhr nachts ging er noch einmal nach unten. Smokey lag auf der Seite, die Pfoten von sich gestreckt, und schnarchte leise. Er stieg über den Hund und zog die Tür vorsichtig weiter auf. Sofort hob Smokey den Kopf und wedelte, blieb aber stumm.

Der Sturm hatte sich gelegt. Stilles Mondlicht lag auf dem Rasen vor dem Haus. Der kleine rote Punkt der Warnanlage blinkte, wenn Sydney sich bewegte. Sonst passierte nichts. Kein Auto fuhr durch die nächtliche Straße, kein Vogel zwitscherte, kein Wind raschelte in den Bäumen. Nirgends ein Laut.

Sydney kroch in sein Bett zurück und schlief sofort ein.

Als knapp sechs Stunden später sein Radiowecker losging mit einem Song von Kylie Minogue, der eigentlich zu seinen Lieblingssongs gehörte, richtete er sich ruckartig auf. Er schaute auf die Uhr. Er fluchte. Er sprang aus dem Bett und ging auf Zehenspitzen zu Julies Zimmer. Er hatte ihre Tür nachts, bevor er ins Bett gegangen war, einen Spalt offen gelassen, aus Vorsichtsgründen. Die Tür war noch immer offen.

Er drückte sie weiter auf und schaute sich um. Julies Bett war unberührt, alles war genauso wie in der Nacht. Sydney lehnte sich an den Türrahmen und schloss die Augen.

Er hatte keine Ahnung, was er jetzt machen sollte. Er wusste nur eins: Er war stinksauer auf Julie, dass sie ihn in eine solche Situation gebracht hatte.

Er schloss sich im Badezimmer ein. Er duschte zehn Minuten heiß und stellte sich dann so lange unter die eisige Brause, bis es auf der ganzen Haut prickelte. Dann rubbelte er sich ab, gurgelte mit eiskaltem Wasser, bis das Zahnfleisch schmerzte, und nickte sich im Spiegel zu.

»Okay«, murmelte er, »okay, let's get things going.«

Sydney hatte Glück. Seine Eltern waren früher aufgestanden als gewöhnlich. Sie hatten einen Notartermin in Philadelphia. Sie hatten dort einen großen Wohnblock verkauft, ein Geschäft, an dem sie lange gearbeitet hatten. Zwei Makler vorher hatten das Haus monatelang erfolglos auf dem Markt angeboten. Und sie hatten einen Käufer gefunden. Ein Investment-Unternehmen. Wieder einmal ein gutes Geschäft. Sie waren bester Laune.

Sydneys Mutter hatte sich elegant angezogen, sie freute sich auf Philadelphia, sie war dort aufs College gegangen. Mittags waren sie mit Freunden im Hotel Four Seasons verabredet. Sie würden wahrscheinlich erst spät nach Hause zurückkommen. Für Juana lag ein Zettel auf dem Küchentisch.

»You and Julie«, sagte Sue, als sie ihrem Sohn zum Abschied liebevoll durchs Haar fuhr, »can take care of the pool. There was a big storm last night. Did you hear it?«

Sydney rubbelte mit den Händen seine Haare wieder zurecht. Er hasste es, wenn die Mutter ihm die Frisur, an der er heftig gearbeitet hatte, wieder kaputtmachte.

»No, I didn't hear it«, murmelte Sydney, »I slept like a bear.«

Sue schaute nachdenklich ins Treppenhaus. Sie runzelte die Stirn, als dächte sie über irgendetwas nach.

Gleich fragt sie, was mit Julie ist, dachte Sydney. Seine Augen wurden ganz dunkel. Er fürchtete sich vor dem Moment, wo er die Wahrheit sagen musste. Aber der Moment ging vorbei.

»Give Julie a kiss«, sagte Sue. Und lachte.

In der Einfahrt stand schon der Chrysler. Sydneys Vater saß am Steuer und drückte ungeduldig auf die Hupe.

Sydney gab seiner Mutter die Ledertasche mit den Akten und winkte den beiden, als sie rückwärts aus der Einfahrt fuhren.

Als er sich umdrehte, stand Jason da. Jason war noch im Pyjama.

»Julie is not in her bed«, sagte er. »Where is she?«

Sydney packte seinen kleinen Bruder an den Schultern und schob ihn in die Küche.

»Wieso rennst du morgens in Julies Zimmer?«, schimpfte er. »Du weißt, dass du das nicht sollst.«

»Aber die Tür war offen!«, nörgelte Jason. Er setzte sich auf seinen Stuhl und riss eine Packung mit Frühstücksflocken auf.

»Wo ist Julie?«, wiederholte er störrisch. In diesem Augenblick bellte Smokey, und sie hörten, wie Juana fröhlich »good morning, everybody!« rief.

»Hm«, Sydney knuffte Jason in die Schulter. »Juana ist da. Soll sie uns Pancakes machen?«

Und so vergaß Jason, dass Julie nicht in ihrem Bett geschlafen hatte.

Aber Sydney konnte auf der Fahrt im Schulbus, dann in der Schule, später beim Mittagessen, den ganzen Tag lang an nichts anderes denken.

Als er abends gegen sechs Uhr nach Hause kam, an einem strahlend schönen Frühsommerabend mit herrlich milder Sonne und mit Vogelgezwitscher, war Julie immer noch nicht zurück.

Da fror Sydney auf einmal, als würde er einen Schüttelfrost bekommen.

Joe hatte den Bus bezahlt. Für sie beide. Zwei Mal One Way nach New York City, Manhattan. Sechs Dollar. Pro Person. Sie waren um acht Uhr abends in den Bus geklettert und in die Nacht hineingefahren. Joe hatte Julie gar nicht gefragt, ob sie das überhaupt wollte. Im Gepäckfach lag sein dicker Rucksack.

Julie hatte nichts dabei außer ihrem Leinenbeutel mit den Sachen, die sie immer mit in die Schule nahm. Bücher und Hefte blieben dort, Hausarbeiten gab es nicht. Sie nahm immer nur ein paar Kleinigkeiten mit. Etwas Geld, ihren Ausweis, Taschentücher, Lipgloss, manchmal eine Strickjacke. Dieses Mal hatte sie keine Strickjacke mitgenommen.

Aber Joe hatte ja gesagt, er habe genug Klamotten für sie beide im Rucksack. Und er hatte hinzugefügt: »Wir können mit dem nächsten Bus wieder zurückfahren. Sind nur drei Stunden bis New York. Morgen früh bist du wieder pünktlich in der Schule.«

Sie wusste nicht mehr, warum sie überhaupt mit ihm gekommen war. Vielleicht weil er so eindringlich auf sie eingeredet hatte, so flehend. Weil er einen Liebesbeweis von ihr forderte. Weil sie auf ihn aufpassen wollte.

»Mann, ich bin den ganzen Weg hierher gekommen, und du schaffst es nicht einmal, eine Nacht mit mir unterwegs zu sein?«

Da hatte sie gesagt: »Okay, ich mach's.«

Und von dem Augenblick an war Joe wie verwandelt. Er sah nicht mehr so aus wie jemand, der total deprimiert war, dem das Wasser bis zum Hals stand. Fast war ihr nicht mehr bewusst, wieso sie überhaupt auf die Idee gekommen war, dass sie Joe helfen müsste. Es war frappierend und bestürzend zugleich: Sie war bei ihm, und das genügte, um aus ihm einen anderen Menschen zu machen.

Sie hielten an einem Rastplatz am Hudson River, einem von Peitschenlampen grell erleuchteten Platz mit Snack-Bar, Toiletten, Geld- und Ticketautomaten. Hier war der Hudson River breit. Auf der anderen Seite leuchtete New York. Harlem, Brooklyn, die Skyline von Manhattan – wie Weihnachtsbäume, die dicht beieinander standen, beleuchtet mit Millionen kleiner elektronischer Kerzen.

Auch die Brücken, die über den Hudson führten, glänzten hell in gleißendem Licht.

Die Skyline spiegelte sich in dem ruhigen Wasser des Hudson. Unter anderen Umständen hätte Julie das wundervoll gefunden. Aber so schnürte ihr alles, was sie sah, die Kehle zu.

Ich muss die Davenports anrufen, dachte sie immer wieder. Ich muss ihnen Bescheid sagen.

Es war fast elf Uhr abends. Sie fragte sich, ob Sydney schon an dem Treffpunkt auf sie wartete. An dieser Bushaltestelle. Jetzt saß sie in einem Bus, aber der war die halbe Nacht hindurch in eine ganz andere Richtung gefahren. Was Sydney wohl gedacht hatte. Wie lange er dort wohl gewartet hatte.

Wenn sie doch nur ein amerikanisches Handy hätte... dann könnte sie ihn anrufen. Die Davenports hatten schon vorgeschlagen, dass sie ihr ein Handy besorgen wollten, aber irgendwie war es dann doch nicht dazu gekommen, Sydney hatte ja eines, und da sie immer mit ihm zusammen war... Und überhaupt, wen sollte sie hier in Amerika anrufen. Sie kannte ja niemanden.

Julie starrte aus dem Fenster. Sie sah, wie Joe ein paar Geldscheine aus dem Brustbeutel fingerte und umständlich nachzählte. Sie sah, wie ein schwarzer Typ ihn ansprach, mit Rastalocken und verschmierten Hosen. Joe reagierte zuerst nicht, sondern nahm die braune Papiertüte mit den Drinks und den Sandwiches in Empfang. Der Typ mit den Rastalocken folgte Joe, redete weiter, mit ausgestreckter Hand, auf ihn ein.

Schließlich, kurz vor dem Bus, blieb Joe stehen und drehte sich zu ihm um, schaute ihn von oben bis unten an. In der grellen Straßenbeleuchtung leuchtete Joes Gesicht ganz weiß.

Der Typ redete, als ginge es um sein Leben.

Da drückte Joe ihm die braune Tüte in die Hand, hob sein T-Shirt, zog den Brustbeutel hervor und zählte umständlich ein paar Dollarscheine.

Ein paar Leute im Bus lachten, als sie die Szene beobachteten.

»Gleich ist er sein ganzes Geld los«, rief eine Frau. Und ein Mann bemerkte. »Und die Snacks auch. Passt auf. Gleich hat der Typ alles.«

Joe lächelte den Rastatypen arglos an. Der Rastatyp lächelte zurück. Er verbeugte sich, als er die Dollarscheine einsteckte. Joe nahm die braune Tüte in Empfang. Der Rastatyp klopfte Joe auf die Schulter und rief ihm noch etwas zu. Julie war klar, dass Joe das gar nicht verstand. Joes Englisch war ziemlich schlecht, das hatte sie schon bemerkt.

Als er wieder in den Bus kletterte, sagte der Busfahrer: »Better take care next time. You never know with these guys.«

»What guys?«, fragte Joe zurück.

Der Busfahrer lachte. Er deutete auf den Rastatypen, der gerade eine junge Frau ansprach, sie trug ein Baby im Schultertuch. Die junge Frau drängte sich sofort weg, und der Rastatyp sprach einen älteren Mann an, mit wirren grauen Haaren, eine Sonnenbrille auf der Stirn.

Joe kam grinsend zu Julie zurück. Er schwenkte triumphierend die braune Tüte. »Ich hab was zu futtern besorgt«, sagte er.

Julie nahm stumm die Tüte und stellte sie auf ihren Schoß. Sie schaute weiter aus dem Fenster.

»Was ist los? Was hast du?«, fragte Joe.

»Ich friere«, antwortete Julie.

Joe sprang sofort wieder auf. Er hievte den Rucksack aus dem Gepäckträger, schnürte ihn auf und zerrte einen hellen Pullover mit Zopfmuster und Rollkragen heraus. Er warf ihn ihr zu.

»Hier, zieh an. Das ist das Wärmste, was ich dabeihab. Oder willst du meinen Parka?«

»Quatsch«, sagte Julie. »Mir ist nicht wirklich kalt.«

Ihr war nur elend.

Der Busfahrer sagte ins Mikrofon: »Next stop Brooklyn.«

Brooklyn, dachte Julie. Wie das klingt. Sie dachte an all die Bücher, die sie im Englischunterricht gelesen hatten, über New York und die einzelnen Stadtteile der Riesenmetropole.

Sydney wollte auch mit ihr nach New York fahren. Er hatte etwas von einem Konzert erzählt, das die Gruppe U2 im Central Park geben würde. Das sollte irgendwann in zwei Wochen sein, kurz vor den Sommerferien. Die Sommerferien …

Julie tat der Magen weh, als sie an Sydney dachte und an die anderen Davenports.

Joe neben ihr schwieg.

*U*nd jetzt?«, fragte Julie trotzig.

Sie standen an einer Kreuzung der 11. Straße und der 7th Avenue.

Es war zehn Minuten nach Mitternacht. Julie hatte sich Joes dicken Pulli um die Schultern gewickelt. Der Himmel war bedeckt, und es sah aus, als könnte es jeden Augenblick regnen. Die Häuser waren grau und schmutzig, die Luft feucht und schwül. Ganz anders als in Wilmore. Es stank und es roch nach Diesel.

Joe schaute nachdenklich an den Wolkenkratzern empor.

»Ich hab nicht gedacht, dass die wirklich so hoch sind«, sagte er.

»Du scheinst vieles nicht ›gedacht‹ zu haben«, sagte Julie.

Joe lächelte. Er warf den Rucksack über die Schultern und legte den Arm um sie.

»Wer wollte denn so gerne nach Amerika?«, sagte er. »Du oder ich?«

»Hör auf damit«, knurrte Julie.

Als der Bus an der Endstation angehalten hatte und die letzten Leute, müde wie sie selbst, mit ihnen aus dem Bus getaumelt waren – da war Julie überhaupt erst klar geworden, auf was für einen Wahnsinn sie sich eingelassen hatte.

»Weißt du wenigstens einen Platz, wo wir schlafen können?«, fragte sie.

»Klar«, sagte Joe. »Wir nehmen ein Hotel.«

»Du bist verrückt«, sagte Julie. »Das kostet ein Vermögen.«

»Es gibt billige Hotels.«

»Hier? In Manhattan?«

»Unten am Fluss«, sagte Joe.

»Und woher willst du das wissen?«

»Ich hab mich eben informiert.«

Julie schaute ihn an. Sie glaubte ihm nicht. Aber ihr blieb nichts anderes übrig, als durch die finsteren, schlecht beleuchteten Straßen zu gehen, über das holprige, aufgerissene Pflaster, entlang an endlosen Reihen schwarzer Mülltüten, von denen ein unfassbarer Gestank aufstieg, hinunter zum Fluss.

Joe hatte den Kopf zwischen die Schultern gezogen, und er ging mit großen Schritten, so als wollte er das alles schnell hinter sich bringen.

Einmal stolperte Julie über eine aufgeplatzte Mülltüte und eine voll gefressene Ratte entfernte sich ganz gemächlich.

Julie schrie.

»Was ist?« Joe blieb stehen.

Julie deutete mit dem Finger auf das graue Tier mit dem dünnen Schwanz, das gerade in einem Gully verschwand.

»Eine Ratte!«, flüsterte sie.

Joe nickte. »New York ist voller Ratten. Hast du das nicht gewusst? Hier kommen drei Ratten auf einen Einwohner. Wenn du den Klodeckel aufmachst, kann es passieren, dass eine Ratte dich anguckt.«

»Du spinnst.« Julie schüttelte sich.

Joe lachte grimmig. »Amerika ist anders, als du denkst. Amerika ist Scheiße.«

Julie blieb stehen. »Und warum bist du dann gekommen?«, schrie sie. »Um mir das zu beweisen?«

Sie wollte die Antwort nicht wissen.

Sie überquerte wütend die Straße. Joe rannte hinter ihr her. Julie begann zu laufen. Tränen rannen ihr über die Wangen. Immer sah sie diese Ratte vor sich. Überall sah sie jetzt Ratten. Ihr war übel.

Joe holte sie ein. Er keuchte. »Hör auf mit dem Scheiß«, rief er. »Du weißt doch gar nicht, wohin du gehst. Wir müssen da runter, zum Fluss.«

Ein gelbes Taxi fuhr an ihnen vorbei, sehr langsam. Der Fahrer, der aussah wie ein Chinese, beugte sich vor und musterte die beiden, Julie lächelte hilflos. Aber Joe schüttelte den Kopf. Da gab der Taxifahrer wieder Gas.

»Wir hätten ihn nach dem Weg fragen können.«

»Quatsch. Die New Yorker Taxifahrer sind alle Gangster, die fahren uns in einen dunklen Hinterhof und nehmen uns aus.«

»Wir sind doch schon in einem dunklen Hinterhof«, sagte Julie.

»Schau mal da vorn.« Joe deutete auf eine Straßenkreuzung. »Was siehst du?«

Julie sah ein Eckhaus, vielleicht zehn- oder zwölfstöckig, grau, mit monotonen viereckigen Fenstern, die alle dunkel waren, sie sah einen Eingang, über dem ein schwaches Licht brannte, und ein Neonschild, das flackerte. Wenn man genau hinschaute, konnte man lesen, dass da »ROOMS« stand.

»Komm«, sagte Joe. Er zog sie weiter. »Wir gehen da jetzt rein, pennen erst mal richtig, und morgen früh, wenn es hell wird, sieht alles ganz anders aus.«

Er beugte sich vor und schaute ihr in die Augen. »Okay?«

»Nein«, sagte Julie, »nichts ist okay.«

Sie dachte: Morgen früh hau ich ab. Mit dem ersten Bus fahr ich zurück. Und Joe kann machen, was er will. Mir egal. Und bei dem Gedanken ging es ihr etwas besser.

*H*inter dem Tresen saß ein Mann, vielleicht sechzig Jahre alt, mit offenem Hosenbund und einer Bierdose in der Hand. Er verfolgte einen Kampf zweier Männer im TV. Der Apparat hing an der Decke, und er hatte die Rückenlehne seines Sessels so weit wie möglich zurückgedreht, sodass er mehr lag als saß.

Es war, wie Julie feststellte, ein Sumokampf, zwei fette Monstermänner, die keine Hosen, sondern nur irgendwelche Gurte trugen, verhakten sich ineinander, während die Menge um den Ring brüllte und schrie und Fähnchen schwenkte. Der Kommentator redete ohne Punkt und Komma in einer Sprache, die Julie noch nie gehört hatte, wahrscheinlich Japanisch oder so.

Sie und Joe warteten am Tresen, bis der Mann sich zu ihnen umdrehte.

Er sah aus, als habe er sich seit Tagen nicht rasiert und seit einer Woche das Hemd nicht gewechselt.

In dem kleinen Empfangsraum roch es nach kaltem Rauch. In der Ecke gab es zwei Bartische mit zerschlissenen Kunstledersesseln, und eine Bar, die aber abgeschlossen war.

Auf einem der Sessel schlief eine Katze.

Joe sagte, dass sie ein Zimmer brauchten.

»How old are you?«, fragte der Portier misstrauisch.

»I am eighteen«, sagte Joe. Er deutete auf Julie. »She is my cousin.«

Der Mann musterte Julie. Sie merkte, dass sie rot wurde.

»And how old is your cousin?«, fragte er.

»Nineteen«, sagte Julie.

Der Mann grunzte gleichgültig. Er knöpfte seinen Hosenbund zu und schob ihnen ein Formular über den Tresen.

»How much is a room?«, fragte Joe tapfer.

»Forty bucks«, sagte der Mann. Er angelte nach einem der Schlüssel, die an dem Brett hingen.

Joe runzelte die Stirn. »Forty what?«

Julie stieß ihn an. »Er meint Dollar.«

Joe fauchte. »Klar, weiß ich doch. Denkst du, ich kann überhaupt kein Englisch?«

Der Mann legte den Schlüssel auf den Tisch. »You pay in advance«, sagte er.

»Vorher zahlen«, übersetzte Julie.

»You are from Germany?« Joe und Julie nickten.

»Which part? I was in the army in Rosenheim.«

Julie und Joe lächelten etwas hilflos. »Very good beer«, sagte der Mann und schaute wieder auf den Monitor.

Julie nahm den Schlüssel.

»Fifth floor!«, rief der Mann ihnen nach. »Take the staircase. The elevator is off duty.«

»Was ist mit dem Fahrstuhl?«, fragte Joe gereizt.

»Das Zimmer ist im fünften Stock, aber der Lift geht nicht«, übersetzte Julie.

»Klar«, sagte Joe.

Sie waren gerade eine halbe Treppe hochgekommen, da wurden sie noch einmal gerufen. Es war der Portier.

»Hey, you Germans!«, rief er. »I need your passports!«

Julie sah, wie Joe zusammenzuckte.

»Hast du deinen Pass dabei?«, flüsterte er.

»Klar«, sagte Julie. »Hab ich immer.«

Sie gab Joe den Pass. Und er ging noch einmal die Treppe runter.

»You get this back tomorrow«, sagte der Portier.

Als Joe und sie endlich keuchend im fünften Stock ankamen, sagte Julie: »Das ist Mist.«

»Was?«

»Dass der Typ unsere Pässe hat.«

Joe lachte. »Glaubst du, der wirft da einen Blick rein? Dem ist völlig egal, wer hier übernachtet. Er tut bloß so als ob… reine Formsache.«

Durch einen schmalen Flur traten sie in das Zimmer.

Die Betten waren getrennt durch einen kleinen Nachttisch. Das Fenster hatte gelbe Stoffvorhänge. Zum Bad gab es keine Tür. Die Dusche hatte einen Vorhang, der steif von Schmutz und Kalk war, die Kloschlüssel war braun. Es gab kein Klopapier.

»Und für so was zahlt man vierzig Dollar!«, schimpfte Joe. »Merkst du, was das hier für ein Land ist? Die totalen Ausbeuter.«

»Wir hätten ja nicht hier reingehen müssen«, sagte Julie.

Sie legte sich in ihren Sachen auf das Bett. Die Wolldecke, die über das Laken gespannt war, roch nach süßem Tabak. Ihr wurde schlecht.

»Wir müssen ein Fenster aufmachen«, sagte Julie, »mir ist übel.«

Joe setzte sich auf ihre Bettkante. Er lächelte. Er legte seine Hand auf ihre Beine. »Jetzt sind wir also in New York«, sagte er.

»Du und ich.« Er seufzte und schaute sich in dem Zimmer um. »Das ist wie im Kino, oder?«

Er beugte sich vor, und Julie dachte, jetzt will er mich küssen. Sie wandte sich weg.

»Ich zeig dir was.« Joe grabbelte nach seinem Rucksack und zog ein zusammengefaltetes Stück Zeitung heraus. Er glättete es auf den Knien, dann knipste er das Licht über Julies Bett an und legte den Zeitungsausschnitt auf das Kopfkissen.

»Das bin ich«, sagte er. »Und das dahinter ist ein Transparent, das ein paar Typen aus Syrien hochgehalten haben, damit hab ich nichts zu tun.«

Julie schaute das Bild an. Sie sah Joe, wie er den Mund aufriss, um etwas zu brüllen, irgendeine Parole. Seine Augen leuchteten. Er war umgeben von anderen Leuten, die auch etwas riefen. Über ihren Köpfen ein Meer von Spruchbändern. Julie versuchte zu entziffern, was darauf stand, aber da hatte Joe das Papier schon wieder geschnappt und zusammengefaltet.

»Meine Trophäe«, sagte er grinsend. »Ich bin jetzt berühmt. So was wie ein Widerstandskämpfer.«

Julie lachte. »Du übertreibst.«

Beleidigt schnappte Joe nach der Zeitung. »Daran sieht man wieder, dass du keine Ahnung hast.«

»Klar«, sagte Julie. »Ich hab keine Ahnung, aber du hast den Durchblick. Du bist ja so superschlau.« Sie stand auf. »Ich hab mir auch ein paar Gedanken gemacht, falls es dich interessiert, Joe. Und ich finde, dass du längst nicht mit allem Recht hast. Du steckst voller Vorurteile. Du bist unbelehrbar. Ich bin auch mit Vorurteilen hierher gekommen, aber dann hab ich, je länger ich da war, gemerkt, dass die Dinge nicht schwarz-weiß sind.«

»Sondern wie?«

»Bunt«, sagte Julie.

Joe schaute sie an, als hätte sie einen Filmriss. Er lachte. »Bunt«, äffte er sie nach. »Bunt wie eine Welt von Smarties, oder was?«

Darauf sagte Julie nichts mehr. Sie wollte einfach nur noch ins Bett und vorher kurz ins Bad.

Als sie aufs Klo musste, bat sie Joe, so lange im Flur zu warten, es war ihr peinlich, zu pinkeln, wenn er ihr dabei zusehen konnte.

Joe nickte und verschwand. Als er wieder ins Zimmer kam, lag sie schon im Bett.

Er knipste im Bad das Licht an und Julie presste ganz fest ihre Lider zusammen. Sie versuchte, an gar nichts zu denken, während Joe sich seine Zähne putzte, das Klo benutzte, das Gesicht wusch. Sie konnte alles hören, aber sie schaute nicht hin.

Sydney schlief bestimmt schon, und Sue und Richard auch. Aber vielleicht schliefen sie auch nicht. Vielleicht hatte Sydney doch erzählt, mit wem sie sich getroffen hatte, oder seine Eltern hatten irgendetwas gemerkt.

Morgen früh, dachte Julie, werden sie es spätestens wissen.

Ich muss um sieben aufwachen, dann geh ich runter zum Portier, dann ruf ich sie von da aus an. Im Zimmer gab es zwar ein Telefon, aber sie wusste, dass sie nicht viel sagen konnte, wenn Joe bei ihr war.

Das Licht im Bad ging aus. Sie hörte, wie Joe auf bloßen Füßen ins Zimmer trat. Er kam zu ihr. Sie hörte seinen Atem. Er stand neben ihrem Bett.

»Julie?«, flüsterte er.

Sie presste die Augen fest zu und rührte sich nicht.

»Julie, schläfst du schon?«

Sie war mucksmäuschenstill.

Er beugte sich über sie und strich ganz behutsam eine Locke von ihrer Schläfe. Dann drückte er seinen Mund auf ihre Stirn.

Julie hielt die Luft an.

Sie hörte, wie er nebenan im Bett die Decke zurückschlug, wie die Matratze Geräusche machte, als er seine Schlafposition suchte. Als es auf einmal ganz still war, schlief sie ein.

Julie wachte auf, weil Joe weinte. Zuerst fand sie sich nicht zurecht. Sie hörte nur ein leises, unterdrücktes Weinen, und es war noch ganz dunkel, sie hatte keine Ahnung, wo sie war. Sie hatte etwas geträumt, sie war gelaufen, vielleicht der Big Run, sie wusste es nicht mehr. Julie öffnete weit die Augen. Wenn sie sich konzentrierte, konnte sie schemenhaft die Tür zum Flur erkennen, ein paar Gegenstände, über sich die Zimmerdecke. Im Viereck des Fensters, hinter den Vorhängen, stand erstes Licht. Der Himmel über New York wurde langsam hell. Die Morgendämmerung kam.

Joe hatte sich zusammengerollt wie ein Baby. Er weinte unter der Decke. Er sah aus wie eine Schnecke, sein Kopf eine runde Kugel. Seine Schultern zuckten.

Julie starrte zum Fenster. Sie schaute so lange auf das bisschen Licht, bis ihre Augen brannten. An der Wand neben dem Fenster gab es ein Bild. Sie konnte nur den Rahmen erkennen. Abends war sie zu aufgeregt gewesen, da hatte sie nichts richtig wahrgenommen.

Sie setzte sich auf. Sie fixierte Joes Schneckenkörper.

Dann erhob sie sich und machte einen Schritt zu seinem Bett. Sie legte ihre Hand auf seine Schulter. »Joe«, sagte sie leise, »was ist los?«

Das Weinen hörte sofort auf. Es war still.

»Was hast du, Joe?«, fragte Julie.

Schließlich, nach einer endlosen Weile, schob sich Joes Gesicht unter der Wolldecke heraus. Er lächelte. »Hi«, sagte er. »Gut geschlafen? Wie spät ist es?«

»Keine Ahnung. Warum weinst du?«

»Ich? Weinen?« Er richtete sich auf, fuhr sich durch die Haare, verzog sein Gesicht. »Du hast geträumt.«

»Nein, Joe.«

»Dann habe ich vielleicht geträumt. Ich schau mal, wie spät es ist.« Er stand auf, er trug nur seine Boxershorts. Er ging zum Fenster, hielt seine Armbanduhr lange in das dämmrige Licht. Dann schaute er zu ihr hin.

»Erst zehn nach fünf.« Er ging wieder zurück zu seinem Bett, deckte sich zu. »Zu früh, um aufzustehen«, sagte er. »Schlaf noch 'ne Runde.«

Julie ging auch wieder in ihr Bett. Sie lag mit offenen Augen, sie konnte nicht wieder einschlafen. Bald schwoll der Lärm der Stadt draußen an. Das ewige Autohupen, das Dröhnen und Brausen des Verkehrs, die Sirenen von Feuerwehr- und Polizeiwagen kamen dazu, ein Presslufthammer unten in der Straße. Dann im Haus die Wasserspülungen. Das Rauschen. Das Türenschlagen. Einmal hörte sie, wie eine Frau schrie. Sehr laut. Dann dröhnte ein Hubschrauber über ihrem Haus hinweg, die Rotoren zerhackten ohrenbetäubend die Luft. Als Julie sich auf die Seite legte, um Joe anzuschauen, lag auch er mit offenen Augen da.

»Ich hab einen Plan«, sagte er leise.

»Ich auch«, sagte Julie. Und sie wollte sagen: Ich nehm den ersten Bus zurück.

»Wir fahren nach Westen«, sagte Joe. »Mir sind die Filme eingefallen, die ich früher gesehen hab. Die Leute sind alle nicht in New York geblieben. Die sind nach Westen gefahren, Kalifornien, weißt du?«

»Ich geh nicht mit dir nach Kalifornien, Joe«, sagte Julie.

Joe lachte. Er ging ins Bad. Es plätscherte, dann rauschte die Dusche.

Er kam zurück, das kleine, einzige Handtuch um die Hüften geknotet.

»Als Erstes«, sagte er, »spendier ich uns ein richtig fettes Frühstück. So was, was dir Spaß macht. Und dann erklär ich dir meinen Plan.«

*H*ow do you guys want your eggs?«, fragte die Kellnerin fröhlich, während sie mit einem Schwamm den Plastiktisch abwischte.

»Sunnyside up«, sagte Julie.

Joe lächelte sie an. »Was bestellst du da?«

Julie erklärte ihm, dass man die Spiegeleier als zwei Sorten bestellen konnte. Over easy, das hieß, auf beiden Seiten gebraten. Sunnyside up, nur von einer Seite gebraten.

»Und wenn man überhaupt keine Eier will?«, fragte Joe.

»Dann isst du Pancakes oder Bacon oder einen Bagel.«

Die Kellnerin war schon an einen anderen Tisch gegangen. Sie trug eine Thermoskanne Kaffee mit sich herum und füllte immer wieder unaufgefordert die Tassen ihrer Kundschaft.

Julie hatte die Frühstückskneipe entdeckt. Es war ein kleiner Imbiss, in dem Büroangestellte frühstückten, Arbeiter und auch ein paar Pärchen. Es war okay.

Nachdem sie zwei Tassen Kaffee getrunken hatte, kamen ihre Lebensgeister allmählich zurück. Sie hatte ein Telefon entdeckt. »Ich geh mal kurz telefonieren«, sagte sie.

Joe schaute sie nur an. Er sagte nichts, aber er folgte ihr mit seinen Blicken. Julie fragte die Kellnerin, die nickte und deutete auf den Apparat an der Wand neben dem Eingang.

Julie drehte Joe den Rücken zu, als sie wählte.

*E*s war acht Uhr vierzig, als es bei den Davenports klingelte. Sydney war längst in der Schule, Juana zum Einkaufen und Sue und Richard waren auf dem Weg nach Philadelphia. Der Anrufbeantworter sprang an.

»Hi, this is the Davenport family. Please leave your message on the mailbox.«

Julie räusperte sich. »Hello«, sagte sie. »Hello, it's me. Julie. I'm so sorry. But something happened and I cannot be back today, maybe tomorrow. Everything is okay. I am fine. I am so sorry. Please do not worry. I will be back soon. Very soon… And tell Sydney…« Sie schluckte, sie räusperte sich wieder. Sie wusste nicht mehr, was sie sagen sollte. So hängte sie einfach ein.

Als sie zurückkam, standen ihre Spiegeleier schon auf dem Tisch. Joe hatte sich für Pancakes entschieden. Er schaute sie aufmerksam an. »Alles in Ordnung?«, fragte er.

Julie zuckte mit den Schultern. »Ich muss wieder zurück«, sagte sie. »Das ist klar.«

»Und wieso ist das klar?«

Sie schauten sich an. Julie tauchte ein Stückchen Weißbrot in das weiche Eigelb.

»Willst du wissen, warum ich auch gekommen bin?«, fragte Joe. Seine Stimme war ganz leise.

Julie nickte.

»Meine Großeltern haben mir endlich erzählt, was mit meinen Eltern passiert ist. Ich meine, was wirklich mit ihnen passiert ist und mit mir. Und ich werde damit nicht fertig. Ich krieg das nicht in meinen Kopf. Meine Eltern…«, er stockte. »Also, meine Eltern, die sind vielleicht gar nicht tot, also, keiner weiß…« Er legte die Gabel weg und lehnte sich zurück, schloss einen Moment die Augen. Dann sah er vor sich hin und redete. »Meine Mutter hat mich weggegeben nach der Geburt. Sie hat mich nicht mal angezogen, verstehst du? Sie hat mich in ein schmutziges Handtuch gewickelt. Das war noch voller Blut. Voll von ihrem Blut. Und dann hat sie mich in eine Einkaufstasche gelegt. Ich war ungefähr vier Stunden alt. Verstehst du?«

Seine Stimme wurde lauter. Er beugte sich wieder vor. Julie wagte kaum zu atmen. Sie starrte Joe an. »Und dann hat meine Mutter mich in dieser Einkaufstasche vor dem Kinderkrankenhaus Bethanien abgelegt. Genauer: im Besucherklo im Erdgeschoss des Krankenhauses. Da hat sie mich hingestellt. Gekachelter Boden, gekachelte Wände. Meine Großeltern haben sich das Jahre später angeguckt.«

Er stützte die Arme auf und legte das Gesicht in seine Hände.

Julie schob ihren Teller zur Seite und streckte die Hände nach ihm aus, streichelte ihn.

»Das ist ja eine furchtbare Geschichte«, flüsterte sie.

Joe nickte. »Und es sind ungefähr fünfzig Zufälle gewesen, die dazu geführt haben, dass meine Großeltern mich in dem Heim gefunden haben und endlich zu sich nehmen konnten.«

Er nahm die Hände weg. Er schaute sie an. »Und willst du noch was wissen?«

»Nein«, sagte Julie.

Aber Joe sprach weiter. Er sprach heftig, trotzig, laut. »Meine Eltern haben nie wieder etwas von sich hören lassen. Nie wieder. Ich hab eben keine Ahnung, ob die noch leben, ob die tot sind oder ob sie im Knast sitzen, ja vielleicht sitzen sie im Knast!« Er starrte sie an.

»Und deine Großeltern?«, fragte Julie. »Haben die nicht versucht, deine Eltern zu finden?«

»Klar, haben sie das. Sie wurden von der Polizei informiert. Mein Vater saß im Gefängnis. Raubüberfall. Sie hatten ihn an der Grenze erwischt, in Italien, er wollte gerade mit dem Schiff nach Griechenland. Da haben sie ihn verhaftet, Prozess, Urteil und so weiter. Und so haben meine Großeltern von mir erfahren. Sie hatten ja vorher keinen Kontakt.«

»Und deine Mutter?«

Joes Gesicht verfinsterte sich noch mehr. »Nicht die geringste Ahnung. Vom Erdboden verschwunden. Spurlos. Vielleicht ist sie ausgewandert, aber dann müsste es irgendwelche Papiere geben, vielleicht ist sie durchgebrannt mit einem anderen Typen, oder jemand«, sein Gesicht verzog sich, »irgend so ein Zuhälter lässt sie jetzt für sich arbeiten. Weißt du, was ich neulich gedacht hab, als ich mit meiner Großmutter abends die Strecke von ihrem Geschäft zur Bank gegangen bin?«

Julie schaute ihn an. Sie konnte nicht sprechen.

»Ich hab gedacht, vielleicht ist es eine von diesen. Von den Frauen, die da stehen und auf Freier warten, weißt du, vielleicht verdient sie so ihr Geld, hat vielleicht immer schon ihr Geld so verdient. Und mein Vater war ihr Kunde. Und vielleicht ist sie aus Versehen schwanger geworden, aber mit dem Baby konnte sie nichts anfangen. Das geht auch nicht, in dem Job.« Er blinzelte, drückte die Tränen weg. »Ist ja klar, da stören Kinder nur. Weißt du, was ich mir wünsche, seit ich die Geschichte kenne?« Er beugte sich vor. Er schaute Julie in die Augen. »Ich wünsche mir, sie eines Tages zu treffen. Nur einmal, ganz kurz, weißt du, sie treffen und sagen: Hallo, Mutter, ich habe nur eine Frage. Bitte, was hast du dir gedacht, als du mich einfach abgelegt hast? Was ist dir da gerade durch den Kopf gegangen? Ist dir da überhaupt etwas durch den Kopf gegangen?« Joe lehnte sich wieder zurück. »Das würde ich sie wahnsinnig gerne fragen.«

Die Kellnerin kam an ihrem Tisch vorbei, hob die Thermoskanne. »More coffee?«, fragte sie.

Joe und Julie schoben ihre Tassen wortlos hin.

»Oh Gott«, flüsterte Julie.

»So sieht's aus«, sagte Joe. »Wenn man so was erfährt, dann …« Er schüttelte hilflos den Kopf. »Dann ist man irgendwie am Ende.«

Julie nickte, ihre Augen waren voller Tränen. Joe tat ihr unheimlich Leid. Sie musste kämpfen, um das Wasser in den Augen zurückzuhalten. Schon früher, als kleines Mädchen, wenn sie einen traurigen Film sah, hatte sie vor Mitleid oft endlos weinen müssen. Aber jetzt waren es keine Fremden, von deren Unglück erzählt wurde, jetzt war es Joe, und Joe war vor einem Monat noch einer der wichtigsten Menschen in ihrem Leben gewesen. Und sie für ihn.

Joe war hierher gekommen nach Amerika, er hatte das alles hingekriegt, nur um sie zu sehen, um bei ihr zu sein. Weil er sie brauchte, weil er sie liebte, und weil diese Liebe ihn retten sollte aus seinem Unglück.

Und sie hatte das nicht verstanden. Sie hatte ihn behandelt wie … wie …

Die Tränen rollten nun doch über ihr Gesicht und sie wischte sie verlegen mit dem Handrücken ab. Sie lächelte ihn an, es war ein flehendes Lächeln, eines, das um Verzeihung bat.

Oh Gott, was für ein Leben, was für eine Kindheit Joe hinter sich hatte.

Und sie dagegen. So behütet, so normal aufgewachsen in einer heilen Welt. Unfassbar.

Joe suchte auch eine heile Welt, ein Zuhause, und dieses Zuhause war sie für ihn.

Was sollte sie nur tun?

Joe sah sie an. »In zwanzig Minuten geht ein Bus nach Chicago. Was hältst du von Chicago?«

*I*n Chicago war es so heiß, dass der Asphalt dampfte. Sie fanden einen kleinen Park mitten im Zentrum zwischen gläsernen Wolkenkratzern, in dem sie barfuß auf einem Rasenstück herumgehen konnten. Es war eine Hundewiese und sie teilten das Stückchen Rasen mit ungefähr drei Dutzend Hunden. Julie wusste schon, dass es Dog-Walker gab, Leute, die ihren Lebensunterhalt damit verdienten, dass sie die Hunde reicher Leute ausführten, ein ganzes Rudel verschiedenster Rassen. Solche Leute trafen sie hier. Viele waren noch jung und sahen ein bisschen exotisch aus und verrückt. Manche der Dog-Walker nutzten ihre »Tätigkeit« offenbar als Tarnung für ein anderes Geschäft: Sie dealten mit Haschisch und vertickten Pillen. Das geschah ganz unauffällig, aber Joe sah es jedes Mal und stieß Julie an. »Guck mal, die da«, murmelte er dann.

Aber Julie hatte andere Gedanken im Kopf. Sie musste Joe helfen, einen Weg zu finden, der ihn tragen konnte, der ihn nicht absinken ließ.

»Wenn du die Schule tatsächlich hinschmeißt«, sagte sie, »dann endest du vielleicht wie deine Eltern.«

»Wenn ich das alles früher gewusst hätte«, sagte Joe, »wer weiß, vielleicht wär alles anders gekommen. Dann hätte ich mich vielleicht am Riemen gerissen. Um es meiner Mutter zu zeigen, verstehst du? Und meinem Vater. Um ihnen zu zeigen: So, das ist das Kind, das ihr weggeworfen habt. Wie

Müll. Dieses Kind macht jetzt sein Abi. Und es wird was studieren.«

Julie lächelte. »Klingt gut.«

»Ist aber nicht gut«, sagte Joe. »Weil ich von der Schule geworfen wurde.«

»Wollen wir jetzt etwa wieder von meiner Mutter reden?«, sagte Julie.

Joe schüttelte den Kopf.

»Ich weiß nicht weiter«, stöhnte er. »Ich bin total am Ende. Ich hab alles verpfuscht. Und du, Julie … du liebst mich nicht. Nicht mehr, ich spüre das genau. Und das tut weh. Schon wieder etwas, das furchtbar wehtut.« Er sah sie an. »Das klingt jetzt ein bisschen wie eine Gedichtzeile, ist aber keine. Ich hatte dir mein Herz mit auf die Reise gegeben, in dein Gepäck. Aber du hast nicht mehr bemerkt, dass es bei dir ist.«

Julie schwieg einen Augenblick. Dann fragte sie leise: »Und was ist mit deinen Gedichten?«

»Zerrissen.«

»Was?«

»Ich hab sie zerrissen«, sagte Joe.

»Nicht dein Ernst!«

»Doch.«

»Und warum?«

»Keine Ahnung. Vorgestern Nacht noch, nach dem billigen Fusel und all dem Gras, das ich geraucht habe, da fand ich meine Gedichte alle Scheiße.«

»Dann schreibst du eben neue«, sagte Julie. »Und dann gucken wir, ob es hier auch solche Poetry-Slam-Sessions gibt. Oder du machst sonst irgendwas mit den Gedichten, schickst sie an eine Zeitung, an einen Verlag. Mann, es gibt immer tausend Möglichkeiten! Man gibt doch nicht einfach auf! Das ist doch Wahnsinn!«

»Ich soll neue Gedichte schreiben?«, fragte Joe.

Julie nickte. Sie schaute ihn an.

»Das geht nur, wenn du bei mir bleibst.« Er blickte ihr fest in die Augen. »Alles geht überhaupt nur, wenn du bei mir bleibst.«

Am zweiten Tag entdeckte Julie, dass Sydney seine Handynummer in ihr kleines Notizbuch eingetragen hatte. Heimlich. Vielleicht hatte er gedacht, dass sie die irgendwann mal brauchen würde.

Sie saßen auf der Ladefläche eines Pick-ups, eines roten Pick-ups, der einem Farmer aus Michigan gehörte. Der Mann hatte seine alte Mutter besucht, die in einem Heim in Chicago lebte. Und er hatte bei Woolworth einen neuen Kühlschrank gekauft, apfelgrün, mit Fächern, die automatisch Eiswürfel herausspuckten, wenn man auf einen Knopf drückte. Das Teil war mit Gurten auf der Ladefläche befestigt. Julie und Joe hockten daneben, mit dem Rücken ans Fahrerhäuschen gelehnt. Der Farmer war nett. Er hieß Ed Jankins und seine Farm lag irgendwo am Ufer des Sees. Der Michigan war der berühmteste und der größte See der USA. Es war Joes Idee, raus aus der Stadt zu fahren, weil Julie es in dem dampfend heißen Chicago nicht ausgehalten hatte.

Sie hockten auf der Ladefläche und Joe kritzelte in einen Skizzenblock Anfänge eines neuen Gedichtes, dazu hatte Julie ihn gebracht. Endlich mal was Konstruktives, hatte sie gesagt. Und ihn angegrinst.

Und weil sie ihn beim Denken nicht stören wollte, blätterte sie in ihrem Notizbuch und war ganz sentimental, als sie all die Namen las aus ihrer alten Schule, Florence, Didi und die anderen. Dann ihre Tante in Frankfurt und die Nummern vom Pizza-Service und der Eisdiele *Diavolo*, und dann die von Daniel, dem Freund von einst. Und darunter stand, was sie heute Morgen schon gesehen hatte: Sydney Davenport. Und seine Nummer.

Sie lächelte. Sie machte ein Eselsohr in die Seite und schob das Notizbuch wieder zurück.

Als Joe sie ansah, fragte sie: »Warst du denn nie glücklich, als du ein Kind warst?«

»Doch«, sagte Joe. »Wenn ich bei den Pfadfindern war.«

»Erzähl«, sagte Julie.

Joe legte das Blatt und den Kugelschreiber weg und begann zu erzählen, wie er zu der Gruppe gestoßen war, wie er mitmachte bei dem Umbau eines Hauses für behinderte Kinder, und wie stolz es ihn gemacht hatte, als er zum Gruppenführer ernannt wurde, erst für eine Truppe von Kleinen und dann für die Wölflinge.

»Was ist das?«, fragte Julie. Sie hatte keine Ahnung vom Pfadfinderleben.

»Wölflinge, das sind die Kinder zwischen acht und zwölf«, erklärte Joe. »Danach kommen die Junioren.« Er hatte sein Thema gefunden. Er erzählte und erzählte, während sie durch Raps- und Maisfelder fuhren, endlose Felder, die bis an den Horizont reichten.

»Und, was glaubst du, warum warst du glücklich, wenn du bei den Pfadfindern warst?«

»Das war so was wie meine Ersatzfamilie, mal abgesehen von meinen Großeltern. Die haben sich bemüht, das stimmt, die waren total lieb. Aber sie waren eben nicht meine Eltern«, sagte Joe nach kurzem Nachdenken. »Die Pfadfindergruppe, das waren auch meine Freunde, da hatte ich Verantwortung. Die Leute haben mich alle für einen guten Menschen gehalten.« Er lachte. »Ich war richtig beliebt. Sie wollten mich zum Ranger machen.«

»Und was ist das?«

»Das ist ungefähr das Größte, was du da werden kannst.«

»Und wieso hast du aufgehört?«

Joe streckte seine Beine. Er schaute in den Himmel. Über ihnen flog ein Bussard seine Kreise.

»Keine Ahnung«, sagte er. »Hatte wohl keinen Bock mehr. Ist jetzt sowieso egal.«

Am Lake Michigan, in einem kleinen Ort, der Greenpoint hieß, gab es gegenüber vom Post Office ein kleines rosa angestrichenes Holzhaus, zweistöckig, mit weißen Holztürmen an der Ecke. An einem Pfosten war ein Pappschild befestigt, auf dem stand »Rooms to let. Nice and cheap«.

Das Haus gehörte einer Jessie Powell, die ein paar ihrer Zimmer vermietete, seit, wie zu hören war, ihre Kinder aus dem Haus waren. Sie hatte fünf Kinder allein großgezogen. Jessie war Lehrerin gewesen, und als sie das erzählte, hatte Joe auf einmal keine Lust mehr, bei ihr etwas zu mieten.

Sie waren schon vier Stunden lang unterwegs gewesen, auf der Suche nach einer Bleibe. Julie trug eine Hose von Joe und ein T-Shirt, beides hatte er mit einem entschuldigenden Lächeln aus seinem Rucksack gezogen, arg zerknautscht und zerknittert. Ihre Schuluniform hatten sie im Rucksack verstaut. Julie wünschte sich nichts sehnlicher als eine heiße Dusche, möglichst stundenlang. Besser noch: eine große Badewanne, in der sie einfach untertauchen konnte.

Aber mit einer Badewanne konnte Jessie Powell nicht dienen. Und das Zimmer war winzig, es gab ein Fliegengitter vor dem Schiebefenster und eine Dose mit Mückenspray, das nach Banane roch. Jessie gab ihnen noch Tipps, wo abends in Greenpoint was los war.

»Unten am Hafen«, sagte sie, »da sind meine Kinder oft gewesen. Da gibt es Bars und Cafés, meine Kiddies haben immer gesagt, die beste Musik machen sie im Jailhouse.« Sie lachte. »Das war früher wirklich mal ein Gefängnis. Ist dann aber zu klein geworden. Hier werden immer mehr Verbrechen verübt, Drogenkriminalität und so was. Ihr nehmt doch keine Drogen?«

Joe und Julie schüttelten den Kopf.

»Ihr seht auch nicht so aus«, sagte Jessie Powell. »Ich hab für so was einen Blick. Frühstück gibt es bei mir übrigens nicht. Aber gleich an der Ecke, da ist ein Diner, das gehört Susi, einer Freundin von mir. Wenn ihr Susi sagt, dass ihr bei mir wohnt, bekommt ihr Rabatt. Susi macht gute Muffins.«

Julie mochte die alte Frau. Sie nahmen das Zimmer.

Für eine ganze Stunde schloss Julie sich im Bad ein. Auch weil sie einfach Zeit brauchte, um zu überlegen, was sie jetzt machen sollte. Bis nach San Francisco wollte sie auf keinen Fall, es musste irgendeine andere Lösung geben. – Als Erstes beschloss sie, mit Sydney zu telefonieren, um herauszufinden, wie die Stimmung war bei den Davenports.

Sie wollte wissen, ob sie sich überhaupt noch dahin zurücktrauen konnte.

Nachdem sie ihre Unterwäsche gewaschen und auf die Handtuchstange zum Trocknen gehängt hatte, zog Julie eine Boxershorts von Joe an, seine Bermudas und ein frisches T-Shirt. Als sie aus dem Bad kam, lag Joe auf dem Bett und zapppte durch die Fernsehprogramme. Er schaute CNN, aber er verstand nur die Hälfte, sie redeten immerzu vom Irak und zeigten Autos und Panzer, die zerstört an den Straßen lagen.

»Hör mal her«, rief Joe, »was sagen sie da? Was ist da genau passiert?«

»Siehst du doch«, sagte Julie nach einem kurzen Seitenblick. »Ein Selbstmordattentäter hat sich vor einer Polizeistation in die Luft gesprengt. Aber wehe, du sagst jetzt, dass das eine gute Idee ist.«

Joe schaute sie an, er grinste und wandte sich wieder dem Bildschirm zu. Julie schnappte sich ihr kleines Notizbuch und verschwand, bevor Joe sie fragen konnte, was sie vorhatte.

Gegenüber im Post Office gab es Telefonkabinen. Julie zahlte vier Dollar, alles, was sie noch hatte, am Schalter ein und bekam die Kabine Nummer fünf. Sie musste noch warten, ein Mann mit einem breitkrempigen Hut und weiten Schlaghosen unter einem Wollponcho hatte sein Kleingeld überall verstreut und sammelte es wieder ein. Das dauerte.

Als er herauskam, entschuldigte er sich bei Julie. Er hatte ein richtiges Indianergesicht. Julie kamen die Storys von Karl May in den Sinn ... verrückt ...

Sie nahm den Hörer. Dann kam das Freizeichen und sie konnte Sydneys Nummer wählen.

Sie hockte sich auf den kleinen Schemel. Ihre Hand zitterte. Es klingelte lange.

Julie schloss die Augen und stellte sich die Klingeltöne vor, die Sydney sich aufs Handy geladen hatte. Es war der Anfang eines Songs von Whitney Houston, ein ganz altmodischer Song, aber schön.

»Hello?« Das war Sydney.

Julie riss die Augen auf. Sie räusperte sich.

»Sydney? It's me. It's Julie.«

Einen Augenblick war es still. Julie lauschte angespannt, sie hatte das Gefühl, dass Sydney mit jemandem redete, dabei aber das Handymikro zuhielt.

Plötzlich war seine Stimme wieder ganz klar. »Wo bist du?«, fragte er.

»Ziemlich weit weg«, sagte Julie.

»Wo? Verdammt, Julie? Wo bist du?«

»Michigan, Ohio«, sagte Julie.

Wieder Stille. Dann hörte sie, dass Sydney ganz tief durchatmete.

»Und? Was soll das Ganze?«, fragte er erregt. »Bist du endgültig abgehauen oder was?«

»Nein! Nein! Sydney! Ich hab bloß ein Problem mit Joe. Hab ich dir doch erzählt.«

»Ach ja?« Sydney war wütend. Fast aggressiv. »Und jetzt soll ich dir bei der Lösung helfen oder was?«

»Es geht ihm total schlecht. Ich bin nur mit ihm gefahren, weil ich dachte ... ja, weil ich dachte, er verliert hier sonst völlig den Boden unter den Füßen. Er hat mir Schlimmes ...«

»Bullshit«, sagte Sydney.

Julie schwieg. Sie dachte, er muss sich erst beruhigen.

Sie wartete, aber Sydney sagte nichts.

Da fragte sie leise. »Was sagen deine Eltern? Sind sie sauer auf mich?«

»Sie sind nicht sauer, sie machen sich Sorgen«, sagte Sydney. »Das ist etwas anderes. Sie haben schließlich als Gasteltern hier für dich die Verantwortung.«

Julie nickte bedrückt. »Ja, ich weiß. Es tut mir auch so Leid. Ich weiß nur nicht ...« Sie begann plötzlich zu weinen. Sie konnte ihre Tränen überhaupt nicht mehr zurückhalten. »Sydney... bitte, du musst mir zuhören... Weißt du, was Joe mir erzählt hat, aus seiner Kindheit... das ist alles so furchtbar. Und wenn ich ihn jetzt verlasse, weißt du, dann denkt er... dass überhaupt kein Mensch ihn jemals...« Sie konnte nicht mehr sprechen. Sie war verzweifelt. Nicht nur über Joe, auch über sich, über die ganze Lage. Sie sehnte sich nach Sydney, nach seinen Eltern.

Sydney hatte sich anscheinend etwas beruhigt. »Meine Mutter wollte auf der Stelle bei deinen Eltern in Deutschland anrufen«, sagte er.

»Nein!«, wisperte Julie erschrocken.

»Aber ich hab sie dazu gebracht, dass sie noch warten. Es war gut, dass du die Nachricht auf dem Anrufbeantworter hinterlassen hast. Ich hab ihnen gesagt, dass es okay ist, dass sie dir vertrauen sollen.«

»Das hast du gesagt?«, flüsterte Julie.

»Ja, war das falsch?«

»Nein, das war richtig. Danke, Sydney, danke! Sydney... Joe und ich... wir haben nichts mehr miteinander, weißt du. Das ist vorbei. Das ist aus. Ich... Er ist nur noch ein Freund. Mehr nicht.«

Sydney schwieg.

»Hast du gehört, was ich gesagt hab?«

»Ja, ich habe es gehört«, sagte Sydney.

»Aber du glaubst mir nicht, oder?«

Stille. Julie wartete. Sie hörte Sydneys Atem. Dann, nach einer endlosen Pause, fragte er: »Wie lange willst du noch wegbleiben?«

»Ich weiß nicht. Zwei, drei Tage vielleicht. Ich habe keine Ahnung. Ich hoffe immerzu, ich bete, dass irgendetwas... dass ich...«

»Was denn? Was soll denn passieren?«

Julie schluchzte auf. »Ach, ich weiß auch nicht. Irgendwas. Sydney!«

Pause.

»Ja?«

»Ich träum jede Nacht von dir.«

Da klickte es und das Gespräch war zu Ende.

Als sie in die Pension zurückkam, hatte Joe einen Entschluss gefasst.

»Du brauchst Klamotten«, sagte er, »deshalb geht es dir schlecht. Das war nicht okay, dass ich dich einfach so mitgenommen hab.«

Julie schaute ihn an. »Klamotten? Du meinst, damit haben wir das Problem gelöst?«

»Frauen wollen gut aussehen«, sagte Joe. »Und das kannst du nicht, weil du mit meinen Sachen rumläufst.« Er zog sein T-Shirt hoch, zeigte den Brustbeutel und sagte: »Ich hab noch jede Menge Kohle. Überhaupt kein Problem.« Er lächelte sie an. »Die Amis sind doch die Erfinder des Konsumterrors. Bestimmt gibt es auch in Greenpoint mehr Klamottenläden als Ökoshops.«

Julie stöhnte auf. »Weißt du, manchmal geht mir dein Gerede unheimlich auf den Geist. Die Leute hier sind überhaupt nicht so, auch die Davenports nicht. Sie …«

Joe legte ihr die Finger auf den Mund. »Sprich nicht weiter«, murmelte er. »Sag es nicht. Ich will nichts über sie wissen. Sie sind nicht deine Familie, verstanden?«

Er wollte sie in den Arm nehmen. Aber als er sie berührte, war es Julie, als bekäme sie einen kleinen elektrischen Schlag. Sie zuckte zurück.

Joes Augen verdunkelten sich. »Hey«, fragte er leise, »was ist? Was hast du?«

Julie drehte sich verlegen weg. »Nichts«, murmelte sie, »alles in Ordnung.«

»Wirklich?« Joe umfasste sie mit seinen Armen und da konnte sie nicht mehr ausweichen. Er drückte seinen Mund auf ihr Haar und seine Hände tasteten nach ihrer Brust.

Julie schloss die Augen. »Bitte, Joe«, flüsterte sie.

»Was denn? Was denn?«, murmelte Joe.

»Bitte, kannst du mich loslassen, Joe?«

Er ließ die Arme sofort fallen. »Ich darf dich nicht mal mehr anfassen?«, fragte er verstört.

Julie lachte. Sie war verlegen, verzweifelt.

»Na klar, ich meine … ach, ich weiß auch nicht.«

Sie beugte sich vor und gab Joe einen keuschen Kuss auf die Wange. Als Entschuldigung. Joe starrte sie an.

Jessie Powell freute sich, als sie die beiden unten in dem kleinen Flur traf. Sie trug Jeans, eine Latzhose, in der ihr großer Hintern noch viel größer wirkte, die dichten, krausen Haare hatte sie auf dem Kopf zusammengebunden und darüber einen weichen Schlapphut gestülpt.

»Vergesst den Haustürschlüssel nicht, ihr Lieben«, rief sie. »Ich komm erst spät zurück. Nick und seine Leute brauchen Hilfe. Jeden Mann, den sie kriegen können«, sie lachte. »Ich bin zwar eine Frau, aber ich schaff schon was weg.«

Julie fragte, wo es einen billigen Klamottenladen gab, und Jessie kam gleich mit mehreren Adressen raus.

»Was ist das für eine Arbeit, die Sie machen müssen?«, fragte Julie.

»Wir sind immer noch mit den Aufräumarbeiten von diesem Tornado beschäftigt«, sagte Jessie. »In der Gegend um Olmstead ist alles verwüstet. Diese Naturkatastrophe ist über uns gekommen wie das Jüngste Gericht. Wir haben gerade mal erst die Schule wieder fertig und zwei oder drei Häuser. Aber bei dem Tornado sind drei Dutzend Häuser durch die Luft geflogen wie Streichholzschachteln.« Sie schaute Joe an. »You know about tornado?«

Julie übersetzte: »Ob du weißt, was ein Tornado ist?«

»Mann!«, sagte Joe gereizt. »Ich hab das verstanden! Bist du eine Lehrerin, oder was?«

»Der Tornado ist am 30. Oktober letzten Jahres hier durchgezogen. Die Fischer, die mit ihren Schiffen draußen waren auf dem See, die haben ihn kommen sehen«, erzählte Jessie. »Eine schwarze Wolkensäule, die bis in den Himmel ging und mit unheimlicher Geschwindigkeit auf die Küste zuraste und alles niedermähte, was ihr im Weg stand. Oh mein Gott, ich bekomme eine Gänsehaut, wenn ich nur davon spreche.«

»Und was ist genau passiert?«, fragte Julie.

»Na ja, der Tornado hat eine Schneise der Verwüstung in unser schönes Land geschnitten. Stromleitungen, Fernsehmasten, Bäume – alles hat er umgeknickt wie Streichhölzer. Er hat die Kühe auf den Weiden dutzende Meter weit durch die Luft geschleudert und sie auf dem Boden zerschmettert. Wir haben einhundertvierundzwanzig tote Kühe gezählt! Dann ist er über den Highway gerast und hat die Autos wie Matchboxes gegen die Pfeiler der Brücke geschleudert.« Sie holte tief Luft und fuhr mit der Hand über die Augen. »Drei meiner früheren Schüler sind auf dem Weg zur Schule umgekommen. Ihr könnt euch nicht vorstellen, was Greenpoint ausgehalten hat, wie viel Trauer, wie viel Schmerz. Aber der Tornado ist Gott sei Dank nicht bis hierher ins Zentrum gekommen. Eine Meile vor dem

Holiday Inn, ihr habt bestimmt das Hotel gesehen, das einzige große Haus hier von Greenpoint – eine Meile davor hat er es sich anders überlegt. Hier wohnen lauter gläubige Christen. Vielleicht hat Gott ein Einsehen gehabt.«

Julie nickte mitfühlend. Joe neben ihr starrte Jessie Powell an. Julie wusste nicht, ob er alles verstanden hatte, was die Frau so schnell erzählte. Aber das, was er mitbekam, hatte offensichtlich auch ihn erschreckt.

»Jedenfalls ist der Tornado genau vor dem Holiday Inn abgedreht und dann zurück über den See. Zehn Boote sind noch gekentert und der gute Randy ist ertrunken. Aber sein Hund hat sich retten können, der ist halb tot ans Ufer gekrochen, irgendwann als der Sturm vorbei war. Der Gouverneur war hier und hat eine bewegende Rede gehalten. Und Geld versprochen.

Aber wir hier in Greenpoint haben uns gesagt, dass wir auch alleine klarkommen. Mit Nachbarschaftshilfe. Bevor der Staat endlich das Geld rausrückt, hat hier jeder wieder ein Dach über dem Kopf. Das haben die Bürger von Greenpoint sich in die Hand versprochen. Und ich leg mit Hand an, wo ich kann.« Jessie lachte. »Aber ihr beiden – ihr geht jetzt schön shoppen. Lasst euch nicht durch meine Story die Laune verderben, so schlimm auch alles war.«

Sie winkte, packte den großen Weidenkorb, über den sie ein kariertes Küchentuch gebreitet hatte, und verschwand.

Julie und Joe schauten sich an.

»Hast du das gewusst«, fragte Julie, »dass es hier so eine Naturkatastrophe gegeben hat?«

»Woher denn?« Joe zuckte mit den Schultern. »Ich weiß natürlich, dass es in Amerika immer die Hurrikansaison gibt, aber ich dachte, das passiert weiter unten, im Süden.«

»War ja auch kein Hurrikan, sondern ein Tornado«, sagte

Julie, »die gibt es auch hier in diesen Gegenden. Ich hab eine richtige Gänsehaut bekommen.«

Joe nickte nachdenklich. »Wenn man genau wüsste, was der Unterschied ist.«

»Im Internet könnte man das sofort nachgucken«, sagte Julie.

»Tolle Idee. Und wo ist dein Computer?«

Julie dachte kurz an die Davenports, an das Arbeitszimmer von Sue und den Apple-Computer, der da stand. Sie sah den Raum ganz plastisch vor sich. Sydney, wie er am Computer seiner Mutter saß und GOOGLE anklickte, »Tornado« eingab und dann »Hurrikan«. Sie sah das plötzlich so plastisch vor sich, als passierte es wirklich genau in dieser Sekunde.

Drehe ich jetzt langsam durch?, dachte sie und fühlte, wie Joe sie musterte.

Sie lächelte hilflos.

»Du brauchst neue Klamotten. Für zwei Leute reichen meine Sachen sowieso nicht«, sagte Joe und zog sie aus dem Haus. Als wären neue Klamotten die Antwort auf alle Fragen, aber Julie ließ sich ziehen.

Greenpoint war einmal ein kleiner Fischerort gewesen, bevor die Gegend von den Einwohnern in Chicago und Milwaukee als Urlaubsparadies entdeckt wurde. Das Zentrum bestand aus hübschen alten Holzhäusern, von Ulmen gesäumten Straßen und vielen Geschäften mit bunt bemalten Schildern davor.

»Grocery«: Der Gemüseladen hatte hübsche rote Tomaten und grüne Äpfel auf seinem Schild.

»Bakery«: Ein Teller mit braunen Muffins, so gemalt, dass man hineinbeißen wollte.

»Laura's Tea-Shop«: Handycrafts. Das waren Kunstgewerbeartikel.

»Fisherman's Stuff«: Sie schauten in den Laden, in dem man Angelruten, Gummilatzhosen, Harpunen und anderes Angelzubehör kaufen konnte. Der Mann, dem der Laden gehörte, sah aus wie aus einem alten amerikanischen Bilderbuch.

Die Leute grüßten auf der Straße. Sie lächelten Joe und Julie an und Julie lächelte immer wieder zurück.

»Warum grinsen die alle so?«, fragte Joe.

»Oh Mann, Joe! Das tun sie einfach so! Amerikaner sind freundliche Leute. Die sind nicht so muffig wie wir Deutschen.«

Joe sagte nichts mehr, bis sie eine Boutique gefunden hatten. Auf einem Kleiderständer, der vor die Tür geschoben war, hingen Jeans und Blusen, T-Shirts, Miniröcke. In einem großen Korb lagen wild durcheinander Sandalen und Flip-Flops, in einem anderen Korb Sonnenhüte und Accessoires. Der Laden hieß: »Nelly's Treasures.«

Und Nelly – oder eine ihrer Angestellten –, eine junge schwarze Verkäuferin im orangefarbenen Mini und grünen Turnschuhen, winkte ihnen zu, als sie vor ihrem Geschäft stehen blieben.

»Come in and have a look, young folks«, rief sie fröhlich. »A lot of beautiful stuff in here for this beautiful girl!«

Joe und Julie wechselten einen Blick. »Meinst du das echt ernst, dass ich mir was kaufen kann?«, fragte Julie.

»Ich sag doch, ich will ab jetzt für dich sorgen«, sagte Joe großspurig.

»Ha, ha«, murmelte Julie. »Und was machst du, wenn dein Geld zu Ende ist?«

»Mach dir darüber keine Sogen. Wir kommen schon zurecht«, entgegnete Joe.

Aber Julie wusste, dass er sich Sorgen machte. Sie wollte Joes Geld nicht verschwenden. Deshalb kaufte sie nur eine helle Bermuda, die runtergesetzt war, ein Top und eine Bluse. Alles zusammen kostete etwas mehr als siebenunddreißig Dollar.

Neben der Kasse war eine Spendendose, auf der stand: »For the poor victims – give as much as you can.«

Sie zog die neuen Sachen gleich im Geschäft an. Joes Klamotten trugen sie in einer Tüte, auf der »Nelly's Treasures« stand, mit sich herum.

Es stimmte, dass Julie sich auf einmal besser fühlte. Irgendwie sauberer. Irgendwie normaler. Sie atmete tief durch. »Danke, Joe«, sagte sie.

Joe grinste. »Dafür nicht. Hauptsache, es geht dir besser.«

»Ja, stimmt.«

»Siehst du? Ich versteh doch was von Frauen.« Er wollte ihre Hand nehmen, aber Julie hatte keine Lust, mit ihm Hand in Hand durch Greenpoint zu gehen, als wären sie ein Liebespaar in den Ferien. Sie waren kein Liebespaar und sie waren nicht in den Ferien.

Sie gingen die Mainroad entlang, bis sie zur Town Hall kamen, zum Rathaus. Vor dem Rathaus gab es einen kleinen Park mit schön gestutzten Bäumen und weiß lackierten Bänken. Mitten in dem Rondell stand ein riesiger Fahnenmast, an dem die amerikanische Flagge im Wind wehte.

Sie setzten sich auf eine Bank, aber so, dass Joe die Flagge nicht ansehen musste.

»Willst du dir hier in Amerika einen Job suchen?«, fragte Julie. »Oder was?«

Joe zuckte mit den Schultern. »Keine Ahnung. Kommt drauf an.«

»Und worauf?«, fragte Julie.

Joe wandte ihr sein Gesicht zu. »Darauf, was wir beide gut finden.«

»Joe«, sagte Julie, »ich werde wieder zurückfahren nach Wilmore. Ich muss in die Schule.«

»Du musst gar nichts«, sagte Joe.

»Ich bin noch nicht achtzehn! Ich will dieses Jahr hier in Amerika zu Ende bringen und gehe dann zurück nach Deutschland. Ich will mein Abitur machen, um dann irgendetwas zu studieren, was mir Spaß macht…«

»Toll, wie du dein Leben im Griff hast«, sagte Joe bitter.

»Das weiß ich nicht, aber ich will versuchen, es so zu machen.« Julie zerknüllte die Papiertüte von Nelly's Treasures. »Ich hab es mir vorgenommen.«

»Ich hatte auch mal ein Ziel«, sagte Joe.

Julie seufzte, sie schloss die Augen. Sie schwieg.

»Ich dachte eben, wir würden von jetzt an alles zusammen machen«, sagte Joe. »Wir fahren irgendwann zurück und…«

»Oh Mann! Joe! Das ist nicht dein Ernst!«

»Und wieso nicht?«, fragte Joe. »Außerdem krieg ich hier keinen Job. Weil ich keine Arbeitserlaubnis habe. Und weil es in Amerika sowieso schon 20 Prozent Arbeitslose gibt.«

Julie sprang auf. Sie hatte keine Lust mehr auf dieses Gespräch. Sie klemmte die Tüte unter den Arm und marschierte los. Joe wartete einen Augenblick, ob sie sich zu ihm umdrehte und ihn aufforderte, mitzukommen. Als sie nichts dergleichen tat, erhob er sich lässig und schlenderte hinter ihr her. So gingen sie, im Abstand von fünf oder zehn Metern, durch die Stadt, zurück zu ihrer Pension.

Da entdeckte Julie ein Schild, auf dem »Youth Hostel« stand. Jetzt drehte sie sich doch zu Joe um. »Hier gibt es auch eine Jugendherberge«, sagte sie.

»Ja, und?«, fragte Joe gleichgültig.

»Die ist bestimmt billiger als das Zimmer bei Jessie.«

»Was hast du gegen das Zimmer?«

Nichts, wollte Julie sagen, aber sie wusste, dass es nicht stimmte. Was sie gegen das Zimmer hatte, war, dass sie es mit Joe teilen musste. Sie fürchtete sich vor der Nacht, in der Joe wieder versuchen würde, sie zu küssen und mit ihr zu schmusen. Sie wusste, dass Joe irgendwann erwarten würde, dass sie miteinander schliefen. Aber allein der Gedanke erschreckte sie so, dass ihr ganz kalt wurde. Sie konnte sich kaum noch an die Zeit erinnern, als ihr ganzer Körper sich nach Joe gesehnt hatte, nach seiner Nähe, seinen Händen, seinen Küssen.

Sie verstand es selber nicht.

Joe schaute auf das Hinweisschild.

»Das liegt irgendwo außerhalb«, sagte er. »Da steht es drei Meilen.«

»Ich bin beim Big Run zehntausend Meter gelaufen«, sagte Julie. »Das sind sieben Meilen. Ich war gut.«

Sie dachte an Dan, ihren Coach, und an den Augenblick, als sie das Shirt mit der Nummer überstreifte, sie hatte die Nummer 176 bekommen. Das Shirt lag in ihrem Zimmer in Wilmore über der Stuhllehne. Sie hätte sich jetzt gerne irgendwo hingesetzt, die Augen geschlossen, dann an das Haus der Davenports gedacht. An ihr Zimmer. An die Sonne, die morgens durch die Gardinen auf das Bett fiel. An die Geräusche im Haus. An die friedliche heitere Stimmung, die da herrschte. Wie beschützt sie sich gefühlt hatte. Wie umsorgt.

»Wenn du willst«, sagte Joe, »können wir uns das ja mal angucken. Wir haben ja sowieso nichts zu tun.«

So gingen sie los.

*D*as Youth Hostel lag, umgeben von Weiden und Wäldern, auf einer entfernten Anhöhe. Julie und Joe machten es schon von weitem aus. Auf ihrem Weg dorthin kamen sie an ein paar einsam stehenden Heuschobern vorbei, von denen der Tornado nur noch die Skelette übrig gelassen hatte. Ein Traktor, hochgehoben von den ungeheuren Kräften des Windes, steckte in einer Wellblechhütte. Als sie sich dem Youth Hostel näherten – wie durch ein Wunder war es verschont geblieben –, sahen sie, dass alle Bäume ringsum wie abrasiert waren, nur noch niedrige Stümpfe reckten sich in die Luft. Die gewaltigen Baumkronen lagen wie gefällte Riesen herum. Zwei Arbeiter mit einer Motorsäge schnitten die wuchtigen abgerissenen Stämme und Äste in dicke Scheiben. Man konnte die Jahresringe sehen. Es waren sehr alte Bäume.

Joe und Julie waren schweigsam geworden.

»Der Tornado hat hier ja gewütet«, sagte Joe schließlich. Seine Stimme klang beklommen. »Hier ist alles zu Kleinholz gemacht worden.«

»Schau mal, das Haus dort«, sagte Julie, »es hat kein Dach mehr.«

Joe blieb stehen. Er rieb sich die Augen. Er war müde, wahrscheinlich hatte er die ganze Nacht wach gelegen und gegrübelt. Julie war sicher, dass er sich Sorgen machte, einen Haufen Sorgen. Aber er wollte es ihr nicht zeigen, er wollte cool sein.

»Das sieht ja echt Scheiße aus«, sagte Joe.

Julie nickte. Sie gingen langsam weiter. Sie sahen, dass um das Haus herum Bewegung war. Lastwagen, Baufahrzeuge, und der weite Ausleger eines Krans drehte sich über dem Gebäude. Am Ende hing ein langer Holzbalken, der hin und her schwankte. Sie sahen Arbeiter, die versuchten, den Holzbalken auszubalancieren und in die neue Konstruktion einzupassen. Die Männer trugen Helme.

»Schlafen kann da jedenfalls im Augenblick niemand«, sagte Julie.

Als sie näher kamen, entdeckten sie das Zelt. Es war grün und groß und sah aus wie ein amerikanisches Militärzelt.

Aus dem Zelt kam Musik, Gitarrenmusik, und auf einmal hörten sie Stimmen. Leute, die ein Lied sangen. Julie hatte das Lied noch nie gehört, aber Joe blieb stehen.

Er fuhr sich durch die Haare. Er atmete hörbar tief ein und dann wieder aus. Er schaute Julie an. »Ich kenn das Lied«, sagte er. »Das haben wir auch immer bei den Pfadfindern gesungen.«

Er summte leise mit, während sie weitergingen. Sie waren jetzt sehr nah an dem Zelt. Es stand etwas abseits von dem asphaltierten Weg, der zum Youth Hostel führte.

»Willst du mal reingehen?«, fragte Julie.

Joe lachte verlegen. »Und wieso? Das sind doch Pfadfinder von hier.«

»Na und?«, sagte Julie. »Was ist der Unterschied?«

Joe sagte nichts. Er starrte wie gebannt auf das Zelt.

Auf einmal wurde eine Plane zurückgeschlagen und zwei Jungen kamen heraus. Sie waren ungefähr fünfzehn oder sechzehn und sie trugen die Uniform der amerikanischen Boy Scouts. Und dieses Halstuch. Sie winkten.

Joe hob unsicher den Arm und winkte zurück.

»Hi!«, rief Julie. »You are boy scouts?«

»Mann, das sieht man doch!«, zischte Joe. Er wurde ganz rot.

Die beiden Jungen kamen auf sie zu. »Yes, we are scouts«, sagte einer von ihnen. »We came here to help«, er deutete mit dem Kopf auf das zerstörte Haus. »And you? What are you here for?«

»We just came to look«, sagte Julie freundlich.

Der zweite Junge schaute sie neugierig an. »You are European«, sagte er.

Julie lachte. »Yes, from Germany.«

»Oh! Germany! Great country! This guy too?«

Er deutete auf Joe. Joe nickte, immer noch ein bisschen verlegen. Da schlug der Junge ihm auf die Schulter.

»Glad to meet you«, er strahlte ihn an und streckte ihm dann die Hand hin. »My name is George, and this is Clint.«

»My parents love the actor Clint Eastwood«, sagte da der zweite Junge grinsend, »that's how I got that name.«

»Germany was against… our war in Iraq«, sagte der erste Junge. »That was great.«

Joe lachte. Er lachte zum ersten Mal. Er hob seinen Pulli und entblößte das T-Shirt, auf dem das PEACE-Zeichen und die Regenbogenfarben zu sehen waren, auch wenn das T-Shirt schon zigmal gewaschen und ausgebleicht war.

Die beiden Jungen grinsten. »Ey«, sagte der erste. »You know, there is a group of German boy scouts here right now. They are helping us with this work. Come and say hello.«

Julie stieß Joe an. »Hast du gehört? Da sind auch deutsche Pfadfinder«, flüsterte sie. »Im Zelt. Die helfen hier.«

»Hab ich mitgekriegt«, sagte Joe. »Ja, und?«

»Los, wir sagen Hallo.« Julie stieß Joe vorwärts.

Inzwischen war Leben um das Zelt herum, viele der Jungen waren herausgekommen, sie hielten ihren Becher in der Hand, tranken, redeten, alberten ein bisschen. Ein etwa fünfundzwanzigjähriger Typ in Arbeitskleidung und mit Gitarre kam gebückt aus dem Zelt. Er stutzte, als er Julie und Joe auf sich zukommen sah. Dann legte er die Gitarre auf eine Bank und kam ihnen entgegen.

»Hi«, sagte er. »What can I do for you?«

Julie hörte sofort, dass der Typ mit einem deutschen Akzent sprach. Sie merkte auch, dass sein Englisch unsicher war. Sie lachte.

»Sind Sie aus Deutschland? Wir sind Deutsche.«

»Oh, schön. Mein Englisch ist nicht gut.« Der Mann streckte die Hand aus. »Ich hätte in der Schule im Englischunterricht besser mitmachen sollen. Aber so was merkt man erst zu spät. Ich heiße Moritz.«

Joe stellte sie vor. »Ich bin Joe. Und das ist Julie.« Sie gaben sich die Hand.

Moritz hatte braune kurze Haare, war groß und trug eine Brille mit winzigen Gläsern, durch die er Joe aufmerksam musterte.

»Joe war auch bei den Pfadfindern«, sagte Julie, weil Joe den Mund nicht aufmachte.

Moritz hob erfreut den Kopf und musterte ihn.

»So? Wo denn? Wie lange?«

Und Joe erzählte. Und je länger er redete, desto lockerer und entspannter wirkte er.

Er erzählte Sachen, die auch Julie noch nicht wusste. Zum Beispiel, dass er mit seiner Gruppe, mit den Wölflingen, geholfen hatte bei einer Hochwasserkatastrophe und dabei zehn Tage lang nur Sandsäcke geschleppt hatte. Er erzählte, dass sie sogar eine Auszeichnung vom Bürgermeister dafür bekommen hatten.

Moritz aber nickte. »Ich glaube, ich hab davon mal gehört«, sagte er. »Ist schon ein paar Jahre her oder so.«

»Fast vier Jahre«, sagte Joe. Er lächelte. »War meine beste Zeit.«

»Und jetzt?«, fragte Moritz. »Keine gute Zeit?«

Joe räusperte sich. Er druckste herum. »Geht so. Ich hab ein paar Probleme.«

Julie spürte, dass dies der Augenblick war, wo sie Joe alleine mit Moritz sprechen lassen sollte. Sie winkte den beiden zu und sagte so beiläufig wie möglich: »Ich schau mich mal ein bisschen um, drüben bei dem Haus.«

»Wir kommen auch gleich, wir haben eine Verschnaufpause gemacht«, sagte Moritz. »Ich will meine Kiddies nicht überstrapazieren. Aber es geht gleich weiter.«

*E*ine halbe Stunde später – Julie besichtigte gerade den zerstörten Blumengarten hinter dem Gebäude – kamen Joe und Moritz auf sie zu.

Joe wirkte anders, sein Gang war entspannt, sein Gesicht auch. Er lachte. Er wiegte den Kopf hin und her, während er mit Moritz redete, und er redete mit weit ausholenden Bewegungen.

Julie schaute den beiden entgegen. Ihr Herz klopfte. Als sie vor ihr standen, räusperte sich Joe: »Moritz hat eine Idee.«

Julies Herz schlug noch heftiger. »Ach ja?«, fragte sie gleichmütig. »Was denn?«

Moritz grinste. »Ich hab gehört, was Joe in der letzten Zeit so für Probleme hatte«, sagte er. »Aber ich denke, so was lässt sich überwinden.« Er legte seinen Arm um Joes Schultern. »Ich hatte auch ein paar Krisen in meinem Leben, bevor ich wusste, was ich wirklich wollte.«

»Und jetzt weißt du's?«, fragte Julie.

»Klar«, sagte Moritz ruhig. »Helfen. Wo immer meine Hilfe gewünscht ist.«

»Klingt super, oder?«, fragte Joe.

Julie starrte Joe an.

Es war schwierig, sich vorzustellen, was in ihm vorging. Aber Joe lächelte.

»Joe hat mir erzählt, dass du nach Connecticut zurückwillst«, meinte Moritz.

»Ich lebe da bei einer Familie«, sagte Julie, »als Austauschschülerin. Ich bin einfach abgehauen, um mit Joe …« Sie verstummte. Sie wollte nichts sagen, was Joe nicht gefiel.

»Ich weiß.« Moritz nickte. »Joe hat es mir erzählt. War ja eine Nacht-und-Nebel-Aktion. Du hast vollkommen Recht. Du musst wieder zurück. Ist das eine nette Familie?«

Julie nickte. »Sie sind super.«

Joe starrte in den Himmel.

Moritz lächelte. »Ich hab Joe angeboten, dass er bei uns bleiben kann. Ich hab ihm angeboten, dass ich ihm helfe, ein billiges Rückflugticket zu bekommen, wir sind hier in zwei Wochen durch. Dies ist nur ein Ferienprogramm für meine Scouts. Dann geht es zurück nach Bremen. Ich werde Joe das Projekt vorstellen, das ich da in Angriff nehmen will. Es geht um die Integration von jugendlichen Ausländern.« Er lächelte Joe an. »Und ich glaube, dass Joe für so was der richtige Mann sein könnte.«

Julie konnte nichts sagen. Sie musste sich darauf konzentrieren, nicht loszuheulen.

»Du findest es okay?«, fragte Joe.

Julie nickte. Sie holte tief Luft. Dabei fühlte sie sich, als habe man ihr einen Mühlstein von den Schultern gerollt.

Zwei Tage später, die Julie schlaflos und durchgerüttelt in übervollen Greyhound- und Linienbussen verbracht hatte, fuhr sie wieder durch die Lincoln Avenue von Wilmore. Ihre übermüdeten Augen brannten und sie waren entzündet von so vielen Stunden voller Unruhe und Erschöpfung.

Wie im Film sah sie die Autovermietung, das McDonalds, das Youth Hostel, in dem Joe gewohnt hatte, sie entdeckte den Sportshop, in dem Sue und Richard für sie die Schulausrüstung gekauft hatten, und das Belcanto, den rosafarbenen Bau, der früher ein Theater war und jetzt ein Kino. Sydney hatte gesagt, dass sie zusammen einmal dort hingehen wollten, er hatte von dem plüschigen Kino richtig geschwärmt.

Es war drei Uhr nachmittags, und Julie wusste, dass Sydney noch in der Schule war. Der Schulbus würde erst um sechs Uhr kommen.

Sie hatte Sydney aus einem Telefonshop im Bus-Center von Chicago angerufen.

»It's me, Julie«, hatte sie gesagt.

»Oh«, Sydney hatte sich geräuspert. »Hi, Julie.«

»Sydney? I am coming home. My bus is leaving in twentyfive minutes.«

Er hatte eine Weile gebraucht, bis er wieder sprechen konnte.

»You are coming back?«

»Yes, tomorrow, I'll be back in Wilmore around three.«

»Oh! Good!«, hatte Sydney leise gesagt.

Julie hatte ihn gefragt, wie Sue und Richard sie wohl empfangen würden.

»I have no idea«, hatte Sydney gesagt. »Wait and see.«

Seitdem war Julie angespannt. Was sollte sie tun, wenn Sue und Richard sie ins nächste Flugzeug zurück nach Deutschland steckten? Es war ihr gutes Recht. Julie hatte sie belogen, hintergangen, war einfach abgehauen.

Julie wusste immer noch nicht, ob Sue und Richard ihre Eltern inzwischen benachrichtigt hatten. Sie wusste, dass die Probleme noch lange nicht zu Ende waren.

Sie schien also auf alles vorbereitet. Nur nicht auf das:

Als der Bus anhielt und Julie blind vor Müdigkeit heraustaumelte, mit ihrem kleinen City-Rucksack, in den hellen Bermudas, die inzwischen schon grau waren – da winkte jemand von der anderen Seite der Straße.

Nein, nicht nur einer, es winkten eine ganze Menge Leute! Sie standen neben einem schwarzen Van, und einer hielt einen Hund an der kurzen Leine, der japste und jaulte und mit dem Schwanz wedelte!

Julie wartete, bis der Bus wieder losgefahren war. Sie holte tief Luft. Ihre Beine zitterten, als sie die Straße überquerte. Da standen Richard und Sue und neben Sue stand Sydney und neben Sydney stand Jason und Jason hielt Smokey an der Leine.

Und alle lächelten. Nur Sydney lächelte nicht. Er schaute ihr ernst entgegen, eine steile Falte auf der Stirn.

Sue war die Erste, die die Arme ausbreitete und voller Wärme sagte: »We are so glad, dear, we are so glad to have you safely back.«

Julie ließ den Rucksack fallen und erwiderte erleichtert die Umarmung. Sie schaute nicht zu Sydney hin. Sie blinzelte nur einmal, da sah sie, dass Sydney den Hund kraulte.

Dann breitete Richard seine Arme aus. »The most important thing is to have you back home«, sagte er warm. »Everything else is of no importance.«

»Hey!« Das war Jason. »Did you bring anything from your trip?«

Julie schüttelte unter Tränen den Kopf. »I am so sorry, but I didn't have any money.«

Jason verzog sein Gesicht. »Okay«, sagte er cool, »we can go and buy something here for me one of these days.«

Julie lachte. Sie wischte sich über die Augen.

Sydney kraulte immer noch den Hund. Er hatte den Kopf gesenkt.

»Hello, Sydney«, sagte sie leise.

Da sah er sie an. »Hello, Julie«, er deutete auf den Hund.

»The dog is happy to have you back«, sagte er rau.

»Wir gehen schon mal rüber zum Auto«, sagte Richard, hängte sich bei seiner Frau ein und nahm Jason an die Hand. Im Weggehen zwinkerte er Julie zu.

Julie lächelte Sydney an. »Und du? Bist du nicht froh?«

»Ich weiß nicht.« Er holte tief Luft. Er verdrehte seine Augen. »Ich hab den anderen immer gesagt, sie sollen sich keine Sorgen machen. Als ich ihnen sagte, dass du heute zurückkommen würdest, hat Mom gemeint, ich sollte da sein, wenn du eintriffst... Du hast mir ja versprochen, dass alles okay geht, das hab ich ihnen auch gesagt. Aber...«, er seufzte, »ich weiß nicht. Mir ging es schlecht.«

»Mir auch«, sagte Julie, »furchtbar schlecht. Aber manchmal ging es mir auch gut.«

Sydney sah sie fragend an.

»Ja, wenn ich gemerkt habe, dass es richtig ist, was ich tue. Dass ich jemandem helfen kann, weißt du?« Sie zuckte die Schultern. »Ich hätte es euch nicht erklären können, und meinen Eltern auch nicht. Meine Eltern hätten sicher gleich überlegt, ob sie herkommen sollten... Na ja, es hätte ja auch schief gehen können.« Sie lächelte. »Aber das Schöne ist: Es ist nicht schief gegangen. Das nennt man Glück, oder?«

Sydney lächelte jetzt ebenfalls. »Ich weiß nicht, wie man das nennt«, sagte er leise. »Ich weiß nur, ich bin verdammt stolz.«

»Worauf?«

»Dass es eine Julie gibt, und dass diese Julie ausgerechnet zu uns gekommen ist, und dass sie damit einverstanden ist, dass ich sie mag. Ich mag sie sogar ziemlich sehr.«

Sie hörten das Klappen der Wagentüren. »Kommt ihr mit oder seid ihr festgewachsen?«, rief Sue fröhlich herüber.

Und Julie und Sydney gingen zu ihnen, den Hund Smokey zwischen sich.

»Alles rein jetzt«, rief Sue. »Richard hat versprochen, dass er den Barbecue anmachen will. Es gibt Spareribs. Aber zuerst«, sie streichelte Julies Rücken, »zuerst rufen wir deine Eltern an.«

Julie nickte. »Was wissen die?«, fragte sie.

»Nichts«, sagte Sue beruhigend. »Sydney hat gemeint, wir sollten bis heute warten. Er war so sicher, dass alles gut geht. Richard und ich waren uns nicht einig, was zu tun ist. Aber Sydney meinte, wenn wir deine Eltern in Deutschland anrufen, dann machen die sich noch hundertmal mehr Sorgen als wir.«

»Wir hatten viel Vertrauen«, sagte Richard. »Und ich bin froh, dass du uns nicht enttäuscht hast.«

Julie saß neben Sydney auf der hinteren Sitzbank. Zu ihren Füßen kauerte Smokey. Der Hund hatte seinen Kopf auf Julies Knie gelegt und schaute sie ganz verliebt an. Gerührt streichelte Julie ihn. »Smokey hat mir schon vergeben«, sagte sie leise. Sie beugte sich vor und küsste Smokey auf die Stirn.

Sydney schaute kurz zu ihr hin. »Ich doch auch, merkst du das nicht?«, flüsterte er zurück.

Und da sah sie wieder das Leuchten in seinen Augen. Und sie erinnerte sich, dass sie sich als Erstes in dieses Leuchten verliebt hatte. Bevor alles begann.

Brigitte Blobel
Böses Spiel

256 Seiten   ISBN 978-3-570-30630-7

Jetzt wird alles gut, denkt Svetlana, als sie dank eines Stipendiums
auf ein angesehenes Internat wechselt. Als Tochter osteuro-
päischer Einwanderer lebt sie in bescheidenen Verhältnissen, doch
nun scheinen ihr endlich alle Türen offen zu stehen. Pech nur,
dass ihre neuen Mitschüler das ganz anders sehen ... Erst sind es
nur Witze auf Svetlanas Kosten, dann offene Anfeindungen –
und dann tauchen im Internet bösartige Fotomontagen und
gefälschte Berichte über Svetlana auf. Allein und isoliert, kämpft
Svetlana mit jedem neuen Tag.

www.cbt-jugendbuch.de